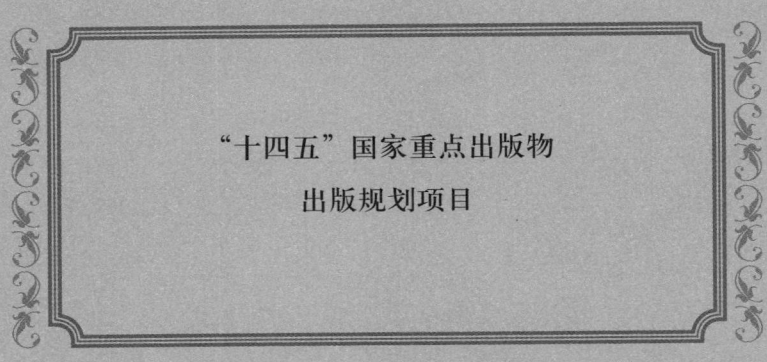

"十四五"国家重点出版物
出版规划项目

人民艺术家·王蒙
创作70年全稿

小说编

青春万岁

· 1 ·

人民文学出版社

图书在版编目(CIP)数据

人民艺术家·王蒙创作70年全稿：1—61卷／王蒙著.—北京：人民文学出版社，2023
ISBN 978-7-02-018195-7

Ⅰ.①人… Ⅱ.①王… Ⅲ.①王蒙—文集 Ⅳ.①I217.2

中国国家版本馆CIP数据核字（2023）第152242号

特约编辑	杨　柳
责任编辑	薛子俊
装帧设计	刘　静
责任印制	张　娜

出版发行	人民文学出版社
社　　址	北京市朝内大街166号
邮政编码	100705
印　　刷	河北新华第一印刷有限责任公司
经　　销	全国新华书店等
字　　数	20500千字
开　　本	890毫米×1290毫米　1/32
印　　张	788.125　插页122
版　　次	2023年9月北京第1版
印　　次	2023年9月第1次印刷
书　　号	978-7-02-018195-7
定　　价	3980.00元（全六十一册）

如有印装质量问题，请与本社图书销售中心调换。电话：010-65233595

人民艺术家·王蒙

我真爱文学，始终觉得意犹未尽

——关于王蒙创作七十年的对话

（《人民艺术家·王蒙创作70年全稿》代序）

从"初恋"谈起

舒晋瑜[①]：在您从事创作七十周年前夕，二〇二二年出版了《从前的初恋》。虽然是六十多年前的作品，但今天读来，仍然觉得感动。那种温暖、单纯、欲言又止的羞涩，那么美好，那么干净，那么崇高。虽然是作为小说出版，但我的第一阅读感觉，却觉得是真实的，是非虚构的。这是小说创作的技巧吗？还是您的虚晃一枪？

王蒙：那是我一九五六年的旧稿，是当年四月份写完《组织部来了个年轻人》之后写的。许多内容是从一九五一年、一九五二年，此前七十多年真正的日记上抄录下来的，例如，每天的天气，并非虚构。此稿寄出去后被退回，我自己觉得是内容太靠近实录、靠近当时的报刊乃至简报汇报了。此后经过了六十多年，手稿一直陪伴着我，至今还在我的柜子里。二〇二一年底，重新发现了它，生活的七十余年、手稿的六十六年的距离，文本的少年性纪念性沧

---

① 舒晋瑜，《中华读书报》记者，总编辑助理。

桑性,帮助了作者,将太不像小说的文稿变成太像小说的追溯。

舒晋瑜:《从前的初恋》里,刘夏在凌蕊园的歌声中感受到她内在的激情;《组织部来了个年轻人》中,林震和赵慧文一起听《意大利随想曲》,体会音乐与心灵相通的奇妙;写作《青春万岁》时,您受到一次唱片音乐会的启发,悟到了"天马行空百川入海"的小说结构方法……您如何看待音乐和创作的关系?

王蒙:歌曲在中国革命中作用很大。甚至台湾一位资深诗人都承认,他的学生时代碰到过春游期间,没有与共产党无关的歌曲歌唱的窘态。

音乐是时间(先后连续、形成故事、对比、承接、发展变易)与演出的艺术,美术建筑是空间陈列的艺术,戏剧是文学加演出的艺术。文学同时又是可以不断反复阅读打乱时间顺序的艺术。结构上,音乐给文学的启发太大了,主题,主旋律,第二主题,和声,交响,变奏,回旋,第一小提琴,大贝,节奏,伴奏,独奏,对应,干扰……如果你写小说的时候写出了咏叹调、二重唱、协奏曲、交响乐……那是多么美妙和动人的感觉呀。

为什么"不悔少作"

舒晋瑜:十九岁您就动手写第一部长篇小说《青春万岁》,一九五七年,小说的部分章节在《文汇报》和《北京日报》上发表,但这部小说的出版是二十二年之后;您在新疆完成的《这边风景》是四十年之后才出版;《从前的初恋》时间更久……这些"尘封"的旧作翻出来的时候,您是什么心情?"不悔少作"是否也是一种自信?

王蒙:这就是一弦一柱思华年,这就是此情可待成追忆,这就是人生若只如初见。可以看到许多幼稚,一些空想、生疏、拧巴,但它们仍然真实、真诚、真率得让我自己击掌鸣咽。比如,《这边风景》,写在"文革"时期,即使看得出文中某些背景大变、说法不合时宜，然而毕竟我写了那么多那个时期的真实的伊犁地区各民族农民，尤其是维吾尔兄弟民族的生活细节，有人说，这是二十世纪六十年代伊犁的清明上河图啊。我懂得概念的重要性，但我的作品从来不是从概念出发，而是绝对地从生活和感受出发。离谱的概念可能干扰人民生活的线路，但是生活和人民又总是能够拖延、架空，直到瘫痪太离谱的概念，而回到更有力更靠谱的概念传统上去。如果说不悔少作，因为我着力的不是写我个人的少年意气、少年大言、少年风头，而是写我认真地沉潜在生活的深层的独得之秘，这个秘就是人民的喜怒哀乐、悲欢离合。你写出了生活，你写出了人民，你写出了大有特色的边远美丽风光，特定的时代背景，你为什么要"悔"呢？

舒晋瑜：对于旧作，比如《这边风景》和《从前的初恋》，无论注脚或括号，都是一种说明、阐释。括号里的插话，是您与过往的对话，您觉得这是必要的吗？

王蒙：这是我的一种幸运，一个作品写出来了，数十年后才发表，遗憾是失去了新鲜、火热、当前性和新闻性，幸运是我获得了作品的未来，即发表的现在。我让我的作品受到了文学必须经受的最大考验：岁月的淘洗和磨损。《这边风景》出版是在完稿后近四十年。至于稍加编辑，加点小注或者插话，增加一些历史感，这是后发制人的优势。有几个同行享受过完稿二十五年、四十年、七十年后化休眠为蓬蓬勃勃、旧而弥新的奇妙的快感呢？前半辈子写好，后半辈子发表，不是更增加了感慨良多，思考反刍，余音绕梁，两万五千五百五十日不绝的感受了吗？

舒晋瑜：我重读了《组织部来了个年轻人》，林震身上娜斯嘉式的天真、热情与理想主义，带着一种光明积极的天然的感染力。但是当年这篇作品发表后，引发了一场大讨论，在《文艺学习》上连续刊发了二十七篇文章。回过头来看，您如何看待那一时期的讨论和评论？当时所有的文章，您都读吗？那得多大的承受力啊！

王蒙：说实在话，那么多人争说你的新作，我更多的是得意感和满足感。后来，其他，那是另外的事情，是历史的经验与教训，是另外的艰难与崭新机遇，也锻炼帮助与成全了这样一个特定的写作人。山东马瑞芳教授的说法是："王蒙什么都没耽误。"

舒晋瑜：有评论认为《青春万岁》《从前的初恋》《组织部来了个年轻人》构成了您的"青春万岁系列"，您认同吗？回顾自己的"青春系列"，您愿意作何评价？

王蒙：我自己可顾不上组织自己的作品系列，有那个工夫，不如再写一篇新稿。

去新疆是我的重要选择

舒晋瑜：二〇二三年，距离您远赴新疆已经六十年了。"嘉峪关前风嗥狼，云天瀚海两茫茫。边山漫漫京华远，笑问何时入我疆。"如何评价您去新疆时写下的这首诗呢？悲怆还是笑傲？

王蒙：我要强调，去新疆是我自己在特定情况下的选择，是我此生极关键与正确的选择。突破此前，得到全新生活体验，我兴奋，觉得仍然一定程度上把握着自己的命运。

我还要说，当时情况下，经风雨见世面，去了新疆。成了编辑，后来下乡深潜，连年农业劳动，当过村干部，当过翻译，还去过"五七干校"。动乱年代当然有忧心忡忡的一面，同时一直全须全尾、健康充实，其间完成了七十万字的长篇小说《这边风景》，四十年后出版、获奖。勇敢一搏，心想事成。

舒晋瑜：您的《在伊犁》系列小说极具浓郁的地域风情、乐观的生活态度，以及和当地百姓深厚的、亲如一家的感情，深深地感动了我。"我"跟穆敏老爹品尝自酿的葡萄酒，穆罕穆德·阿麦德冒着风险给"我"提供当时所谓的"禁书"……还养鸡、养猫、自制酸牛奶。"当雄鸡第一次啼鸣报晓,当小母鸡被自己的第一个蛋激动得咯咯大叫,当小猫捉了老鼠或者麻雀,衔着它的战利品跑到主人面前报捷,当牛奶变浓变酸、酸得恰到好处或者酸得倒牙的时候,我简直能笑出眼泪。"新疆对您的人生和创作带来了怎样的影响?

王蒙:我是真正地热爱生活,胜于爱我自己。我尝试新的生活方式,体验新的文化风习,远胜于保守已有的习惯轨迹。一条伊犁河,急湍的河水、帐篷与炊烟、城乡的骑手、大面积的苜蓿田、街巷午夜的酒醉高歌,都让我迷恋万分叹为观止,也都鼓励我开拓再开拓,创作再创作。

舒晋瑜:您以赞赏的笔调描述维吾尔人"伟大的塔玛霞尔精神",因为这是"快乐的阿凡提的乡亲们"的一种性格底色,也是一种生存智慧。您如何看待不同的人生态度?

王蒙:那是老百姓的笑谈,但也反映了新疆各族人民在相对严峻的自然条件与不发达的经济状态下乐观与幽默。新疆一直是世俗社会,不是极端神权社会,那种视此生为虚无,视死后天堂为目标的论说,在新疆并没有市场。我还熟知,哈萨克人善意地调笑维吾尔一些人是"sart",即小商贩,还有一种说法,说维吾尔人如果一天没有做成买卖,晚上天黑前,就把左口袋里的莫合烟草与右口袋里的零钱互换位置,算是做成了一笔小生意。

舒晋瑜:在您关于新疆的诸多文字中,看得出您对新疆的感情深厚是常人无法体会的。您在《祝福新疆》(2001)中又写:"我离开新疆的日子已经超过了我在新疆度过的日子了。但我还是惦记着新疆,想念着新疆,神往着新疆。"同时这种血肉相连的浓烈情感并没有影响您对新疆冷静的观察和理性思考。关于民族团结等问题,您也有自己的想法和主张。

王蒙:许多年中,我与伊犁农民同吃同住同劳动,息息相通。我知道伊犁民众的可爱与美好,也知道他们的某些短处某些弱点,如信口开河、说话夸张等等。我欣赏他们的歌舞、幽默、坚忍。坚忍，在维吾尔语中叫做"契达"，男性聚会中如果有人说了不得体的话、做了不得体的事，一声"契达玛斯"（经不住了）的哄笑，足以令他面红耳赤。我也理解他们的某些知识与教育上的不足，还有轻率与马虎，但这些都是可以改善的。我从内心深处坚信不同民族间的相亲相爱，坚信他们对于伟大祖国的永远的深情，相信人们的善良与情谊。我相信民族团结、文化交流融合是社会主义中国的民族关系与国家统一的成功所在。

新疆各族人民对我恩重如山

舒晋瑜：近来我又拜读了您的"季节"系列（2000年）。同样"放逐"新疆，钱文的生活与《在伊犁》中"老王"逍遥惬意的生活迥异。钱文寂寥失意，压抑困苦。那么，在现实和文本书写中，您对新疆的感情是矛盾复杂的吗？如果是，如何看待这种不同感受？对于同一段历史，您是如何区别讲述的？

王蒙：这很简单，《在伊犁》是我写上世纪六十年代那个历史时期的各民族农民与农村生活，那是相当正面的体验。我至今强调，新疆各族人民对我恩重如山，我从他们身上学到的最多的东西是务实、勤劳、吃苦、耐心与毅力，还有实事求是、以实践为检验真理的唯一标准。而《狂欢的季节》是写动乱年代的干部与知识分子的心态，不可能是同样的情绪反应。即使如此，我们对那一段时期，对整个国家人民、社会生活的方方面面，也仍然看到许多美好的值得珍视的因素。那时仍然有许多劳动人民、党员、干部、知识分子、各族同胞，为国为民做出了巨大的贡献。

人民和生活的力量是伟大的，它们有一定的免疫抗毒功能。有深厚的生活基础的文学，如果真实地反映了生活与人民，就能相对立于不败之地。

代　序

写自己刻骨铭心的感受是多么幸福

舒晋瑜：再谈谈《这边风景》吧。这部写于一九七四年的大书，有时代的烙印，同时也体现出您深厚的生活积累和文化资源。其中有细致入微的描写：打钐镰、烤肉、打馕、酿啤酒等等，打开书，热气腾腾的生活场景扑面而来，"仍然能拨动你的感情的琴弦，能激起你的滚滚的热泪"（书中小说人语）。现在距离出版又过去十年了，您有时间回望或者重读自己的旧作吗？

王蒙：我极少回望旧作，因为想写的新作太多。但是你引用的上面的情节我听了依然感动。新疆的既通汉语普通话也通维吾尔语的少数民族朋友说，他们读《这边风景》，常常会忘记普通话与维吾尔语的区别，他们感觉我的语言与原生态的少数民族语言一样。我可以认真地说，小说中少数民族人物的对话，我全部是以少数民族原生态语言构思，是我在写作中将它们翻译成了普通话的。

我常想，你对生活对人民了解得多深，就能写多深；爱得多深，就能感情多丰满；熟悉到什么程度，就能得心应手地写到什么程度。写自己熟悉的东西，写自己热衷的东西，写自己刻骨铭心的感受，这是一件多么幸福的事情！

舒晋瑜：库瓦汗捆的麦子不结实，雪林姑丽给她指出来，却因此起了争执。这一段争吵写得热闹真实，想必您是亲眼见识过？雪林姑丽夜不能寐，独自走出庄院口，那一段夏夜的描写真是美轮美奂。《这边风景》叙述语言充满诗意，人物语言生动鲜活，但是到了《狂欢的季节》以后，您的语言显示出喷发之势。您如何看待后来语言风格的变化？

王蒙：在动乱时期，写作很谨慎，同时仍然有着靠罕有的生活经验、文学思维、虚构能力而突破艰难、写出特色、写出这边风景的信念。谨慎令我注意严守已经被各方面视为圭臬的现实主义，严守自己的年轻的正在接受艰难考验的老干部、老革命身份。"年轻的老干部",这个词是我在北京团市委的老领导张进霖,给新疆原自治区团委书记,后任区党委副秘书长牛其义的信中写的,从中也可以看出,即使遭遇艰难,我仍然得到太多的帮助护持。

数十年后,我就放得开多了。这符合我们的盖有年矣的民间说法:少要稳重老要张狂。用意是说,人老了,再放不开,会不会有些晦气呢?

舒晋瑜:在新疆十六年,您完全融入了新疆生活,甚至学会了维吾尔语的小舌音、卷舌音和气声音……还有复杂的语法。能不能说,学会维语,使得您的写作介乎汉语和维吾尔语两种思维方式和表达方式之间?

王蒙:到新疆后不久,自治区党委设计者书记林渤民书记就鼓励我学习维吾尔语,他的说法是,深入生活是与人民"恋爱",不能仅仅依靠翻译。我还要说,我接受过一位曝光率很高的节目主持人的采访,谈到这个话题,她居然问:"学了维吾尔语,又有什么用呢?"我的天啊,这位小有名气的朋友说出了这样无知的话,我血压升高,欲哭无泪。我想说,岂止是有用,而且是有大用。我学习了一种阿尔泰语系的语言,从而增长了语言学的知识与使用能力,多了一个舌头、两只耳朵、一双眼睛;有助于我更真切地了解兄弟民族的文化特色与多民族的中国,我结交了那么多兄弟民族的友人,开辟了新的生活,大大开拓了写作的生活资源。

爱国爱民爱文学是我的精神支柱

舒晋瑜:"我们唯一的愿望,唯一的要求和最大的幸福就是要把自己献给祖国,把自己的劳动和爱情献给祖国,让祖国变得更加美丽,哪怕是一百年以后,我们也要变成祖国大地里的泥土的一粒小小分子,也要歌唱伊犁,歌唱天山,歌唱黄河与长江,歌唱我们经过了不少的试炼才有了的些许安慰,我们与祖国同在。"——读《这边风景》,我被这种真诚而朴素的感情打动了,作品表达了对不同民族、对不同文化的欣赏和好奇,更有一种家国情怀。您的作品中从来不乏这种情怀。

王蒙:这种火热的情怀始于我十岁时的日本无条件投降。我一下子明白了,我是中国人,我应该献身祖国,我应该为祖国而死。

我还要说,我决心赴疆,因为我相信,到达新疆后,民族团结、国家统一的主题会压倒一切,我自信能胜任这样的主题的写作。爱国爱民爱文学之情形成了我心中一个坚实的精神支柱,有了这个支柱,碰到什么样的考验,你垮不了,塌不了,永远充满了信心和期待。

长袖善舞,多写不苦

舒晋瑜:最近又在《北京文学》上读到您的短篇小说《霞满天》。主人公仍是一位知识女性——您创作了一批饱满生动、独一无二的人物,包括女性。很想了解您写女性角色的时候,是一种什么心理?

王蒙:第一是爱,第二是真正的尊重,第三是理解女性的韧性、敏感、承受能力。周易讲,地势坤,君子以厚德载物,不是虚话。现在定居海外的一位女作家说,她确实从我身上感觉到了"五四"以来新文化运动的男女平等的精神。

舒晋瑜:庄子系列、《天下归仁》、《得民心 得天下》以及后来有关中国传统文化解读等一系列著作的出版,并不是您的应时应景之作,而是长期思考积累的结果。好像在早期的创作中,《蝴蝶》《活动变人形》《名医梁有志传奇》等,已经直接或间接地流露出老庄思想的印痕。您最早接触庄子是什么时候?

王蒙:化蝶故事从童年时代就迷住了我。何西来早就讲过王某对庄子的兴趣。我还写过《相见时难》《球星奇遇记》《满涨的靓汤》呢,跟庄子套磁,是有点迹象的。

舒晋瑜:林语堂《论幽默》中说:"庄生可谓中国之幽默始祖。"徐复观认为,庄子的"'谬悠之说,荒唐之言,无端崖之辞'里面,实含有无限的悲情,流露出一往苍凉的气息"。您在二十世纪八十年代表达过一种观点,认为幽默"所表达的是一种人生的智慧,是对许多事情的一种彻悟",又四十年过去了,您对幽默的理解也在变化吧?

王蒙:我主要的话是"幽默感就是智力的优越感"。我更重视的是中国民间的化无奈为幽默本领。

讲传统,是为了拓宽我们的精神资源

舒晋瑜:在分别做了孔、孟、老、庄、列子、荀子的读解漫议之后,您又完成了《天地人生》。

王蒙:《天地人生:中华传统文化十章》是二〇一八年以来所记录的一些从新角度谈中华传统文化、传统观念、传统逻辑的认知与感悟。我强调的是,文化来自天地与人的生活,而又优化与引领着生活,以及对生活的作用是文化的有效性衡量标准,我强调中华传统文化的根本追求是自然与人文的统一,文化与生活的统一,天地与人生人性的统一(天人合一),哲学、政治与道德的统一,天道与人心人情的统一。

舒晋瑜:您在书中探讨了以中国古代圣贤学人为主的诸多观点,同时也有全世界近现代一些学者、领导人对于天地人生等问题的理解,但是您更多的解读是和当下生活紧密相连。

王蒙:我们现在讲孔孟老庄也好,讲传统也好,讲四书五经也好,目的并不是要怀旧,更不是要回到春秋战国、汉唐时期,而是为了拓宽我们的精神资源,是为了做好中国特色的社会主义的现代化。

我写的谈老子的书有两本,谈庄子的书有四本,孔子的书、孟子的书、荀子的书、列子的书、《红楼梦》的书,都有。另外还发表了李商隐有关的各种文章。我的目的主要不在于解读古典与传统,那并不是我的行当,而是学习、参考、引证中华传统文化的天地人生之宏论,讨论解答政治生活、家国生活、文化生活直至生老病死、吃喝拉撒睡、柴米油盐酱醋茶的生活课题。我认为我讲得符合原意;或者还有不完全准确的地方,我欢迎批评指导,但这毕竟并不是最最主要的。解读方面,首先还是听老师讲课。我能说的,是你从这里边能够得到更多的启发,能够开动你的脑筋,能够得出新鲜的、有趣的、优美的而且有用的结论,那就太好了。典籍再伟大,也是出自当时的现实生活、生活实践的需要,它们是活人的活见识。在伟大的典籍中,我看到了中华民族的兴衰发展、曲折前进,人们有时艰难困苦,有时跌跌撞撞,有时被置之死地而后生,有时则逢凶化吉、化险为夷、光辉灿烂、如有天助。

舒晋瑜:说到"如有天助",这其实是我读您的作品时一个强烈的感受。就是您解读传统文化典籍也好,文学创作也好,滔滔不绝、上天入地、如有神助!

王蒙:因为这些都是我感兴趣的,很多不容易解决的问题,当和你的个人生活经验、政治生活经验联系起来,立刻就变得非常容易解决。比如说老子,他有时候说话很极端,喜欢逆向思维,他说"天下皆知美之为美,斯恶矣;皆知善之为善,斯不善矣"。从古至今,都有人认为他说得太过。钱锺书先生把这句话所蕴含的齐物论思想表述为,"故老子亦不仅谓知美则别有恶在,知善则别有不善在,且谓知美,'斯'即是恶,知善,'斯'即非善,欲息弃美善之知,大而化之"。但是对于我来说就特别容易理解。《官场现形记》里有一章就写到,钦差大臣提倡朴素,去下面巡视的时候,地方上的各级官员就赶紧抢旧官服,最后导致旧官服比新官服还要贵。钦差大臣视察的时候,地方官员都来了,全跟叫花子一样。就是说某种对美的提倡会引起分化,会引起作伪,会引起相互之间的攻击。

再比如读《论语》,我想来想去,孔子哪句话最好?"逝者如斯夫,不舍昼夜。"你找不着比这更好的词儿,光阴似箭,日月如梭,白驹之过隙……庄子也说过,李白也说过,可是都比不了孔子。这里包含了孔子面对时间的流逝,对于生命的珍惜与嗟叹,你再找不着这么合适的话了。

我们需要优化对经典的理解,比如"无为"不是躺平

舒晋瑜:《天地人生》堪称您对文化哲学的集大成著作。您认为文化来自生活,亦应回归生活、反哺生活,并发出让文化"优化与引领生活"的提倡,"让古代与现代接轨,让生活之路受用文化滋养"。能否请您进一步谈谈传统文化在现代生活中的价值或意义?

王蒙:经典树立起来以后,一个重大的课题是理解、发挥、延伸与扩展经典的内涵与意义。简单地说,我们需要优化对经典的理解。比如,"无为"不是躺平,而是不做那些脱离实际、南辕北辙的事情。还有就是毛主席讲过的精兵简政,还可以联系共产主义的高远理想。再如"圣之时者",我们应该强调的是思想理论的时代性,即传统文化的创造性的转化与创新性的发展。

舒晋瑜:您认为:"圣贤孔子,其最集大成的关键在于他是圣之时者,他面对时代的课题,摸清时代的脉搏,理解发展的趋势,做出自己的答卷,留下自己的主张,指出努力的方向,创造自己的新的思想理论与精神境界。"同时您的写作也是"面对时代的课题,摸清时代的脉搏",您的创作,无论是小说还是对传统文化的解读,从来都是和国家命运联系在一起的。

王蒙:我出生第三年发生卢沟桥事变,北京沦陷于日军占领,

一九四五年到一九四九年，我经历过美军的进京与国民党的腐朽统治，一九四九年以后，新中国的风风雨雨，惊天变革与发展，一切都在连续着、发展着、日新月异着，这当中有多少文学和哲学，国际与国内，理论与实际，胜利和代价啊。这里头出来了多少学问、文化、历史和新的经典啊。谁能脱离开生活与时代，做自己的空头文章呢？从唐尧虞舜夏禹文武周公的圣王时代，到东周的天下大乱，孔孟老庄遭遇的是前所未有的变局，孔子是应时而生的圣人，他要兴灭国、继绝世、举逸民，要克己复礼。天下归仁，是时代圣贤。

舒晋瑜：在《以礼治国的理念、实践、经验、教训》中，您从柏拉图的哲学家治国理论，从乌兹别克作家阿依别克的小说《纳瓦依》中读到的故事，又写到从毛泽东的事迹里感受到革命家、政治家、一代伟人的哲学思维的优越性与有效性，诗人的浪漫性感悟性，再加上军事家的用兵神性的统一。同时也从唐明皇、李后主的命运中想到了诗人文人艺人治国的尴尬可疑可悲……您的超强大脑带给我们无与伦比的知识风暴，纵横捭阖，正是您一直所说的"抡圆了"的写作，无论读者是何种身份，想必都会从您的解读中收获到丰富的启发。您希望自己的写作达到怎样的目的？

王蒙：我姑且引用一点贾平凹老弟的话吧，他鼓励我不仅得道，而且得通，他又说我是"贯通"先生，还说过读到某些拙著，获得"如莲的喜悦"。我自己就别再瞎吹乎了吧。

不必为了创新而创新

舒晋瑜：有评论家说：王蒙浑身是电，他触到哪一个领域，哪里就会放出火花来。也有评论家称您是"中国当代小说艺术的探险家"。如何在不同领域的阐释都有所创新，是您考虑的范畴吗？

王蒙：我想的是尽力，此生能尽到自己的各方面的能量，能记录下"所有的日子"，还想怎么样呢？人不必为了创新而创新，不值得装神弄鬼,葱花味精,各领风骚三十来天。一个人从娘肚子里生出来,天生就是新生命,不是拷贝,不是抄袭,不是雷同。你过自己的日子,动自己的脑筋,学自己的知识,怎么可能没有自己的心得收获呢?

舒晋瑜:讲到《红楼梦》里面元春省亲,元春说起宫中的不愉快,"虽富贵已极,骨肉各方,然终无意趣"时,贾政含泪回道:"贵妃切勿以政夫妇残年为念……惟业业兢兢,勤慎恭肃以侍上,庶不负上体贴眷爱如此之隆恩也。"您每次读到贾政"贵妃切勿以政夫妇残年为念"都泪目,是为贾政的忠心而感动,还是"跪在大闺女面前时的吾老矣真情"让您感慨? 在不断的解读中,您对作品的理解也是有变化的吗?

王蒙:贾政在《红楼梦》中很讨人嫌,但是见到闺女以后忠得一塌糊涂的心情与个人伤感,使我感动。我的此种反应当年引起过学者王元化老师的注意。

舒晋瑜:在《天地人生》中,您认为王阳明的贡献在于把修身与正心紧紧结合,并与刘少奇的《论共产党员的修养》相结合,不但有文化自信,更有人类的道德自信、心灵自信、生命自信、天地自信、经验自信,为如何正确理解王阳明指出了一条光明大道。对王阳明的崇拜,在中国近现代政治史上一直是个普遍现象。尤其近些年"阳明热"兴起,坊间甚至流行《王阳明教你驭心术》之类的读物,您如何看待当下王阳明的热?

王蒙:谈传统文化不能绕开王阳明,就和谈中华诗词绕不开李、杜、苏、辛一样。对王阳明的更深入的阅读与理解,是我今后的一项功课。

让我们开怀痛饮,哪怕是死亡的阴影渐渐靠近

舒晋瑜:您从积极入世的人文关怀视角解读经典,陆续推出

"王蒙讲孔孟老庄"系列之后,又出版了《治国平天下:王蒙读荀子》。人生阅历和智慧沉淀与先秦诸子百家的集大成者发生了同频共振,不做寻章摘句式文字阐释,不拘泥文本本身内在意涵,娓娓道来,发人深省。对于荀子,您曾说:"读荀恨晚。"这种感慨,是否也经常生发于读其他作品?

王蒙:是的。我还说过我是学生。学生的角色令我着迷。读书,一个是会恨晚,一个是感到幸运,毕竟在有生之年见到了。

舒晋瑜:《王蒙讲孔孟老庄》共分为六大部分,分别是《论语》篇、《孟子》篇、《道德经》篇、《庄子》篇、《列子》篇以及《荀子》篇。孔子的君子观、中庸思想、仁爱与德政,孟子的浩然之气、性善论、义利观,老子的道和无为而治,庄子的齐物思辨和养生观……您轮番抽丝剥茧,去粗取精,古今贯通,将充满哲思的儒道文化融入生活经验,您的处世哲学与孔子、孟子、老子、庄子等先贤的大智慧浑然一体。那么,能否谈谈您本人的处世哲学?听说您有三枚闲章:"无为而治""逍遥"和"不设防",现在是不是更多了?

王蒙:闲章也是为了好玩,继承一点中国文人的狂狷气,所以用的都是老庄的词儿,不能算数。

舒晋瑜:您在书中引用黑格尔、引用培根……外国的各种说法需要的您都引用,相互对照参考。您写传统文化,但并不回避外来的东西。

王蒙:钱锺书先生讲:"东海西海,心理攸同;南学北学,道术未裂。"太对了。岂只是心理与道术,我们还要讲人类命运共同体。我写过比较莎乐美与潘金莲的文章,我也做过苏三的遭遇与《复活》里的马斯洛娃的遭遇的比较。我喜欢引用来自佛经与郭沫若的诗的"一切的一,一的一切"的说法,同时我在旧金山渔人码头看过商店的大招牌:"One is All"——一就是一切。我还津津有味于将波斯诗人莪默·迦谟的一首鲁拜体诗译成中文的五言绝句:"无事须寻欢,有生莫断肠。遣怀书共酒,何问寿与殇。"直译是:"空闲时候要多读快乐的书,不要让忧郁的青草在心中生长,饮酒吧,让我们开怀痛饮,哪怕是死亡的阴影渐渐靠近。"

舒晋瑜:二〇二三年是您写作的七十周年,您似乎仍然写得酣畅淋漓,乐此不疲,有人说您是青春永驻,是高龄少年——您是怎么做到这一点的?

王蒙:没有什么,曹雪芹只留下可能没完稿的一部《红楼梦》,他高于一切高产写手。来自香港、定居深圳的作家黄维樑先生告诉过我,徐訏写了两千万字,曹聚仁写了四千万字。至于我,一是少年时代身体太差,保护与锻炼身体的意识与实践比较充分。二是我的生活经历丰富充实,我是历史与社会实践的书写者,也是参加者行动者。例如我曾任新疆伊犁哈萨克自治州伊宁巴彦岱张红旗人民公社二大队副大队长。三是我真爱文学,始终觉得意犹未尽。当然最根本的是,我一直生活在有意义的风口浪尖,得到了党、国家、社会、读者与各族同胞的鼓励推动。

我不能再喏瑟了,今后还要努力而为。

谨以此书
献给一九五三年北京市三区中学生
马特洛索夫夏令营的朋友们

序　　诗

所有的日子,所有的日子都来吧,
让我编织你们,用青春的金线,
和幸福的璎珞,编织你们。

有那小船上的歌笑,月下校园的欢舞,
细雨蒙蒙里踏青,初雪的早晨行军,
还有热烈的争论,跃动的、温暖的心……

是转眼过去了的日子,也是充满遐想的日子,
纷纷的心愿迷离,像春天的雨,
我们有时间,有力量,有燃烧的信念,
我们渴望生活,渴望在天上飞。

是单纯的日子,也是多变的日子,
浩大的世界,样样叫我们好惊奇,
从来都兴高采烈,从来不淡漠,
眼泪,欢笑,深思,全是第一次。

所有的日子都去吧,都去吧,
在生活中我快乐地向前,

多沉重的担子,我不会发软,
多严峻的战斗,我不会丢脸;
有一天,擦完了枪,擦完了机器,擦完了汗,
我想念你们,招呼你们,
并且怀着骄傲,注视你们。

1953 年至 1956 年

一

"姑娘们,现在,我们的幸福泉开始喷水了!"

十八号帐篷前,女七中高二班的孩子们挖了一个小小的"泉眼"。上午九点钟,她们刚刚爬山、看日出回来,不顾疲倦,围了个圈圈,举行"幸福泉开幕典礼"。

梳着短辫子的、身材灵活的袁新枝,郑重而又幽默地做了如上的宣布。然后,她在清脆的掌声中弓下腰,小心翼翼地把"泉眼"上的瓦片挪开。活鲜鲜的水,一下冒了老高,溅湿了袁新枝的绿裙子。水柱接着矮下来,离地只有半尺。

她们拥挤着,用自己的漱口杯,一人接了一杯水。

袁新枝以自由神高举火炬的姿势把漱口杯举起,忍住笑,庄严地说:"干杯!"杯子叮叮当当地碰在一块儿。大伙把杯子拿到唇边,仰脖子喝了进去;冰凉、苦涩、带着牙膏味儿。

"棒极了,能气死卖汽水的!"孩子们一边叽喳称赞,一边扭动舌头,吐出沙砾和土块子。

这时,五个穿着裤衩、很有运动员风度的女孩子远远跑来,她们骄傲地挺起胸,克制着倦意。离近了,为首的周小玲喊道:

"我们来了,怎么不欢迎啊?"她揩一揩额上淌着的汗。

她们是"红色勇敢者旅行小队"的队员,今天摸黑从城里动身,徒步走来,准备和本班的同学一起参加营火会。

"欢迎,欢迎,请喝幸福泉水!"大家拉住勇敢队的队员,一人灌了一口水。

周小玲挣脱开，哭丧着脸说："妈哟，一点也不幸福。"又问："郑波呢？"

"郑波在营部开会。"

"她妈病了，她舅母让她快回去。"

"哦。"大家静下来，袁新枝去找郑波。

孩子们在西郊的草地上露营，三十多个帐篷排成一个凸字。用竹竿和树枝，扎起了营门，营门上端插着一排小彩旗，迎风飘舞。彩旗下边，是柳叶编的四个大字："快乐的营"。

进了营门往左，可以看见高高搭起的塔形的瞭望台。值勤的"哨兵"，扶着军棍，站在台上，警觉地俯视着营地的四周，俯视着田野、道路和池塘。有时也禁不住放松自己的职务，望望空中多变的云彩、时淡时浓的远山的轮廓，和那边堆满石块的高岗子。从那里，清清的河水稀里哗啦地流过来。

每天早晨三四点钟，天还黑，孩子们已经被无边的兴奋搅得睡不下去。谁都不说话，怕吵着别人，只是静静地躺在稻草垫子上，听那清晰可闻的喧嚣音响：有呼号、走步的声音，那是附近的部队为了准备国庆检阅紧张地操练着；有木轮车咯吱咯吱推过；还有从遥远的工地上广播的，随着风一会儿大，一会儿小的评剧唱片《小女婿》和《刘巧儿》；也偶然听见一两句含糊的叫喊，或是火车汽笛的高亢鸣声。不论醒得多么早，不论周围的一切在表面上是多么平静，但孩子们细心地躺在帐篷底下，紧挨着心爱的土地，就总听得见这一切又协调又混乱、又清楚又模糊、又复杂又单调的声音。孩子们从而确信，全体都睡觉的时候是没有的。当辛劳的人们钻入安乐的被窝，轻松地喘上一口气，闭上自己熬红的眼睛的时候，另一些辛劳的人们，已经穿好衣裳，掏出翻在里边的领子，打打鞋上的土，骄傲地奔向自己的生活，担起种种的任务了。生活的旋律就是这样的无尽无休，嘈杂而且强壮。

然后太阳升起,新的一天开始。孩子们欢呼野营的每一天,每一天都是青春的无价的节日。所有的一切,都是新发现,所有的一切,都归我们所有。蓝天是为了覆盖我们,云霞是为了炫惑我们,大地是为了给我们奔跑,湖河是为了容我们游水,昆虫雀鸟更是为了和我们共享生命的欢欣。从早到晚,大家远足、野餐、捉蜻蜓、钓鱼、划船,采集野草野花,登高望远……直弄得筋疲力尽。天底下快活的事儿好多哟,从前竟没有做过!这些事儿今天来不及做完,时间过得真快!只得等明天了。明天还不快来,时间过得真慢!

晚上,灼热的空气还没有散尽,就寝号已经吹起来。号手站在野营"仓库"旁边,呜呜地使劲吹,他看着满天的星星,满意地体会着自己的地位的重要;又惋惜由于自己一吹,孩子们的欢笑吵闹顿然消失,星星也变得又高又远,只剩下成群的青蛙,它们的大合唱才刚刚开了头儿。

这就是首次的露营生活,在一九五二年夏天,新中国诞生还不到三个年头。

郑波被袁新枝叫了回来。周小玲拉着她的袖子,告诉了她妈妈的情况。她说:"也许不要紧,我妈有老病根,常犯。可是一回去,就参加不上营火晚会了,真有点倒霉。"

"岂止有点!简直惨透了!"说这个话的是杨蔷云,郑波的好朋友,她有稍高的个子,肌肉显得绷紧。她没有通常的所谓"美"——修长的眉毛、高鼻梁和小嘴,但是在她的脸上,目光里,却像是拥有照耀一切人的光亮。那丰富的,多变的,不断闪过的表情,使每个注视她的人都会眼花。听周小玲一说,她好像比郑波还着急,右手捏了一下左手的小指头,说:"要是你不在,我们开营火会多扫兴呀。"

郑波说:"我不在要什么紧?你不在才真扫兴呢。对了,我还没喝咱们的幸福水,喝了水,就走吧。"

郑波喝了水,朋友们又活泼了。杨蔷云眨了眨眼,叹口气说:"我送你上汽车去。"郑波点点头。杨蔷云轻快地跑在前面,向汽车站去了。

周小玲低头钻进十八号帐篷,别人随着进来。虽然这个帐篷最大,而且取去了帐篷"帽",可是里边仍然显得闷暗,有一股油味。周小玲在堆满了行军壶、绳索和毛巾的一角坐下,两腿弯曲在左边,左手支持着,右拳敲着走累了的双腿。

"好房子!"她摸一摸铺地的草垫,称赞着:"可是太热了。"

"不,到早晨可冷呢,那时候,露水湿透了帆布,连头发也像水洗了似的。"别人给她解释。

"我从咱们学校带来了一个惊人的消息!"看看大家被她吸引住了,周小玲又泄气地说:"其实也没什么,我只想用'惊人'这个词练一练造句。"

杨蔷云跑进来,几乎被伸在稻草上的许多腿绊倒,她说:"你们怎么回事?大白天价跑到帐篷里……"

"嘘……周小玲带来了新闻!"别人打断她。

"据说,"周小玲强调这两个字,以开脱自己的责任:"根据上学期的考试成绩,学校要发一批奖章。"

"得奖章有什么好处?"眉毛、眼睛、鼻子、嘴长得聚成一堆的胖胖的吴长福,端正地盘腿坐着问。

"坐电车可以不打票。"李春嘲笑着。

"昨天开了校务会议,据说,下学期起功课要特别特别严了。"

"真糟糕,我这一个暑假还没念过书,原来订了个温书计划,一玩,就忘了……"

"得了吧,前天我还看见你温代数。"

"想想吧,明年就是高三,本来高三的功课就够紧的,再普遍地严一家伙,那可怎么办?"

"要得奖章准有你……"

"你敢说！"

"我就怕代数……"大家议论起来。

"还提考试成绩呢，"蔷云好像不太相信周小玲的消息："上学期我有半学期没上课，在节约检查委员会誊写材料，大考时候我真怕不及格！"

"是啊，上学期谁也没踏下心念书，为什么要发奖章呢？"袁新枝问。

"为了让你下学期塌下心念书呗！"李春的话好像从鼻子里说出来，然后她仰头躺下，从帐篷洞口望着远处的天空。

安静了一会儿，有的想起自己没考好的功课，有的暗暗估计谁可以得学习优良奖章，有的已经过虑地想到了升高三、温课、毕业和升学考试……

"算了吧！"蔷云大声说，挥一挥手："为什么要聊这些呢？我们是在露营，早就忘记它们啦。不要让考试、功课、奖章来打扰我们的生活吧。周小玲，你只要在这儿玩上一天，就会忘记一切，那么单纯，那么快乐，你尽情地享受生活吧，就像大小姐享受她家里无尽的财产似的……"

吴长福动一动身体，好像某一部分发痒，她用手拔一下圆而大的鼻子，叹了口气说："糟啦，一提功课我的情绪就受了影响！如果咱们老在这儿露营，没有考试，没有提问题，没有及格和不及格，那多好啊。"

李春又坐起来，手里抓着几根稻草，她微偏着大脑袋，跳动着剑似的有力的眉毛，眼睛斜视，显出思索和不以为然的神气，她瞅着吴长福，眨一眨眼："你说得不对，老在这儿露营是没意思的。生活经常是一种匆忙的追求，恬静和安逸是暂时的，是对匆忙追求的一种报答。因为短暂，所以美好，所以值得……"

"大学问家！"吴长福小声嘟噜，看一看别人，做了个鬼脸。

"我们出去玩吧,不在这里'坐而论道'了。"袁新枝伸一个懒腰,表示她已经疲于闷热的帐篷中的谈话。

女孩子们依次探着身子,从帐篷里出来。身边的"幸福泉"水缓缓地喷涌,树上的"知了"急急地噪聒。由于在帐篷里坐久了,那毫不吝惜地照亮了没有边际的世界的阳光,刺痛了她们的眼睛。

正午,地里的水汽蒸发,帐篷里热得像笼屉似的,但是,玩累了的孩子们仍然熟睡着。周小玲做了个梦,梦见自己热得受不住,特别想吃冰棍,走了几个冷食店,赶巧都刚卖完,最后好容易拿到一根冰棍,放到嘴里,正要吃……一群男学生的叫嚷声:

"开门!"

"还不起来?都要热化了!"

张世群和他的伙伴前来邀请她们去颐和园。周小玲讲述自己的梦,埋怨着。男学生们赔不是说,到了颐和园,他们准备每人买一根冰棍送给周小玲。

杨蔷云轻慢地说:"倒像你们怪大方的,可是,梦里的冰棍,难道能用钱买得到?"

张世群紧接上去:"如果你请我吃一根冰棍,我甘愿把所有做梦吃冰棍的权力让给你!"

大家都笑,显然,张世群胜了。

张世群是六十五中的团总支委员,今年刚好毕业。他已经参加过升学考试,这是第一次也是最末一次过中学时代的露营生活。他和杨蔷云是"老朋友"了:在一年前的暑假中,团市委组织了一次文艺书籍的座谈,就是在这个会上,杨蔷云初次见到了他。他穿着破衣服,用洪亮的声音发言,激昂地诉说自己的感想,并且拿自己思想上的缺点和书中的人物对照;女孩子们欣赏他的质朴和豪迈,又觉得他认真得未免过分,暗暗发笑。然后,他又激烈地抨击书的缺点,扣了些大帽子,如说:"作品还是不成熟的……"

会议休息时,他与蔷云无拘束地交谈起来,说:"最后的批评有点过火吗?没办法,说着说着走了嘴。"蔷云笑个不住,笑这个人简直跟自己一样。

那天散会以后,下了阵大雨。蔷云坐在电车上,到了第一站停车的时候,探头往外一看,张世群远远的骑车飞奔而来。他不避雨,也没有任何雨具,兴奋地一手扶着把,一手搔一搔头发,衣服都湿透了。他驶近电车站,看见了她,大叫了一声:"杨蔷云!"活像熟朋友。杨蔷云笑他:"真是艰苦奋斗啊!"这时,自行车已经越到前面去,他回头挥手答道:"那就向我学习吧。"

露营的第一天,蔷云就看见他。他光着脊梁,领着同学运稻草,搬木板,钉营钉,竖营杆,出了不少汗。杨蔷云招呼他:"劳动模范,还认得我么?"

他说:"您的模样,我一辈子也忘不了!"

他们到了颐和园,商量了一下,决定先到后山去玩,于是连跑带跳地拥过去,袁新枝教训大家说:

"你们怎么了?谁在喊跑步走啊?就不会散散步,慢着点,欣赏欣赏风景?"

一个男学生偷偷把脚横在她腿前,绊了她一跤,大家拍手称快,张世群说:"我作了一首诗:

姑娘摔了个漂亮跤,
小伙子一旁哈哈笑,
欣赏风景没啥劲,
不如看看您摔跤。"

他们又跑着走了。既然飞翔都不能满足青年的心,更何必谈散步呢?让青松的阴影交错,让金色的亭台旋转,让姑娘们的裙子掀起来吧。

归途上,蔷云和张世群走在一块儿,他们唱了许多曲子。互相炫耀又互相佩服。他们互相赠送了牵牛花。张世群问:"今儿晚上你表演节目吗?"蔷云眯着眼笑了。

孩子们坐在地上,围成半圆形,等着营火会开始。木柴堆得很高,这表明火将要烧得很大、很旺。服务员们往木柴上洒了煤油,又忙着检查备用的沙土和水。四个少先队员(两个男孩子,穿着干净的白衬衫和蓝短裤,两个女孩子,穿着更干净的白衬衫和玫瑰色的裙子),一人拿着一个火把,在击鼓声中一同引燃了木柴,营地黑沉沉的空间,霎时间出现了鲜红的光明;凝神的关心,也变成骤雨般的掌声和呼叫。虽然嗓子响亮并不能得奖,但大家都像是比赛似的,大声叫着好;他们知道,自己不叫,就减弱了这雄壮的营火会的前奏曲的热烈气氛。

木柴堆受了人们热情的感染,骄傲地吐出了火焰,扩散着光和热,烟和水汽,映得周围一片通红;许多火星,争先恐后地向上跳跃飞舞,散落开,隐去了,代替它们的是更着急地跑出来的无数小火星。

苏宁坐在杨蔷云身旁。她生着一副清瘦的脸,眼睛、鼻子、耳朵、嘴,都特别小,眼光温和而不安,头发发黄,而且天生地弯弯曲曲。她对蔷云,总显得比旁人更信任和顺从。她们没住在一个帐篷里,头两天各玩各的去了。直到今天晚上,蔷云才想起苏宁,心里觉得有点抱歉——她想起自己的朋友来时,就感到没有自己,那朋友一定会寂寞的——于是,她特意来找苏宁。

苏宁拉着蔷云的手说:"快瞧这些火星呀,飞得那么高,又美,又多,又富于变化,可惜不能长久存留,要不然……"蔷云靠在她的身上,回答:"不,我喜欢火。火星,不过是火的孩子。"说完,她直直腰,四处张望,她在寻找郑波,当然郑波不会在,但她仍然愿意找找,而且设想,如果郑波来了有多么好。也许,她还想找寻旁的什么人。

文艺节目开始了,第一炮是五校联合的腰鼓,虽然有点乱哄哄,但是穿得漂亮,人多,劲足,鼓声震着耳朵。最后,全体又诚恳地向观众鞠了个大躬,这诚恳感动了大家,于是掌声四起,而且有人喊:"再来一个!"

接着是众多的唱歌,合唱,独唱和二重唱,俄文的《红莓花开》和朝鲜文的《桔梗谣》,男生的卖力气的高音和女生的细声细气的抒情曲。舞蹈里最受欢迎的是早已熟悉了的"迎春舞":

> 我们狂欢地跳跃在五星红旗下面,
> 我们快乐地迎接着美丽的春天,
> …………

大家和着一起唱。当初中的小女孩和高中的男学生蹲下来,张开两臂,左右平行地移动着自己的脑袋的时候,营火,人,天地,都随着舞蹈快活地摇荡了。

左角上出了点声音,转移了大家的视线,互相询问着是怎么回事。马上弄明白了,青年艺术剧院来了几个作家,"体验生活"。

杨蔷云点点头,她同意这生活是值得体验,值得记忆的。但谁又全了解呢?譬如自己吧,营火把心都烧热了,心里盛满了欢乐,快要溢出来了。可又怎么样呢?待会儿要念诗,那是小事情。要对得起这一切啊,生活的恩情,朋友的爱,难忘的夜……

司仪宣布杨蔷云的诗朗诵开始,蔷云最初好像没听见,仍然坐在地上默想。苏宁推了推她,才猛然醒悟,慌乱地跑到圈子当中去。

旁边是熊熊的营火,服务员不时添加着木柴;前边是一排排的同学,那里有熟识的和生疏的脸;头上是被惊动,被照亮了的夜空。渐渐的,渐渐的,蔷云的眼睛离开了火焰和人群,望向无边的远处。微带颤抖的,甘美的声音轻轻吐了出来:

> 费尽千言万语,
> 说不清一瞬间的欢乐。
> 当营火腾起的时候,
> 当伙伴们在一起,

当歌声穿过,
夜的烟雾,

稍微停了停,接着较快地念下去:

我爱营火,
爱夜晚,
爱学校,
爱生活。

蔷云兴奋得红了脸,心跳得愈来愈急,眼睛湿润了。她扬起了头。

…………
…………

蔷云弄不清自己在说什么,只觉得从火焰里,从同伴中,从周围,有无数的激情注入自己的心头,于是,学生们自己作的拙劣的诗句,发出了异样的光彩,她与周围的一切齐声歌唱:

咦!怎么木柴渐渐稀疏?
怎么火焰渐渐微小?
火星飞落,不知道去处,
歌舞匆匆,也有个完了,
而我的诗篇不会结束,
它永生赞颂,一直到老。
我们的青春常在,
我们的青春燃烧,
我们的青春常在,
我们的青春燃烧。

掌声轰鸣,蔷云回到原地坐下,她看不清朋友的笑脸,听不清朋友的声音,全部身心,都和集体,和欢乐的海洋,溶化在一起了。

晚会散了,孩子们走向自己的帐篷。一边走,一边依依不舍地回头看看火焰的余烬和忙碌的服务员。苏宁忧伤地说:"开营火会是快活的,散会就不了。"蔷云说:"它不会散的。"她们道了"明天见",各自去睡。夜已经深了,但是谁都不想睡,蔷云更是睡不着。从小,她就不爱睡觉,觉得睡觉像掉在一个大黑洞中。今天,尤其不想睡。于是,披上衣服,溜出去了。

月亮升得很高,把一个个帐篷的阴影铺在地上。方才还在热闹地举行营火会的空地,已经看不出丝毫痕迹。有的帐篷,传来窃窃的私语,有的帐篷,已经鼾声大作了。

蔷云向"营门"走去。一个幼小的孩子,扶着军棍在那里站岗,腼腆地问:"口令?"

蔷云回答了口令,走出去了,她后悔自己不如回答"不知道",看那小孩怎么办。她来到水田边,心疼地望着一大片荷叶;荷花多半都谢了,莲蓬还没有熟。她向前走了几步,坐在一块石头上。

"杨蔷云!"有人叫她。转过头,原来张世群也溜出来了。他又叫:"杨蔷云,看得清我吗?"

"这么好的月亮,看得见。你干什么呢?"

"我想看看天。你呢?"

"我?我想看看地。"蔷云小声笑了,月光透过树叶,落在她洁白的牙齿上。

他们没有说话,张世群用右手的中指打了个响。

"诗,念得好极了……"

蔷云摇了摇头。

张世群畅快地说:"'三反'时候,我看守'老虎',一天晚上,我值完班回宿舍,一抬头,月亮是那么神秘而且清凉。我就想,一定得找一个时间,好好地看月亮。"

"看了么?"

"可是,今天一看,全都变了。这天空,这月亮,还有树,都是从来没有见过的。新鲜,就是多么大的愉快呀!"

"嗯。"

"真的,一切都显得特别和谐……"

"一切都不可思议,"蔷云感动地拿起张世群堆满厚茧的手:"张世群,你懂吗?当我看着睡下了的帐篷,还有这清明的天空和满池的荷叶,我想起我们的暑假,想起你的已经过去了的,和我的正在其中的中学时代,幸福就好像从四面八方飞来,而我禁不住流泪……"

二

　　开始出现在读者面前的,是女七中高二甲班的学生,这在前面已经说过了。

　　一九四七年下半年,她们升入中学。她们的中学时期,开始于解放前最黑暗的年代,也是人民的斗争最英勇,最伟大,和终于获得胜利的年代。那时,她们虽然幼小无知,但是,残酷的生活和激烈的斗争,整个旧社会崩溃前夕的动荡与革命风暴的雄威,远远胜过童年的欢乐和漫不经心,在她们的心上刻下了严峻的痕迹。她们记得:物价如何一天三涨,饥饿的梦魇在家家户户出现。她们看见过搂着姨太太的大腹官僚,光天化日之下的盗匪和当众卧轨自杀的教师。她们知道装在大卡车里、代表"军""警""宪"、背着大刀的"执法队"满街巡回,抓住可疑的人有权就地砍头。她们不费力地明白了报上所登的"国军主动转移阵地""警察与学生互殴""某某人失踪"的真正含义。她们也有的站在路旁,怀着尊敬的心情,远远望着那些冒险游行示威,和用油漆到处写上反对国民党统治的口号的大学生们。

　　那时,这个学校的校长是某位立法委员的夫人,她除了在委任令下达的时候到校"视察"过一次外,从来没露过面。那一次视察以后,全校师生员工的闲谈几乎都以她身上的脂肪作中心。老教员袁闻道先生——袁新枝的父亲,偷偷向同学透露:这校长比文盲强不了多少,校长视察时,问语文教员"曹大家"坐落在什么地方,问体育教员女学生能不能跳"掌杆跳"。在学校掌握实权的是男训育主任,外号叫黄大嘴,他高兴时爱向学生说"我和蒋中正总统握过手",生气时爱说"别以为你们是女生,犯了规照样打你们个四脚朝天"。常和黄大嘴一起喝白干酒的是体育教员牛麻子,国民党刚来时,他做过三青团的分队长,但是不久三青团在学生中臭不可闻,也就没听说他再领导三青团了。

当时的学生大致可以分四类。一大部分是努力读书、不管其他的"老实人",她们家庭贫苦,时时受着失学的威胁,初中学生更怕功课差了考不上市立高中,如果上私立学校可缴不起学费。一部分是小姐,讨厌数学,害怕上体育,不敢解剖青蛙,受不了氯气和二氧化硫。她们喜欢看《红杏出墙记》和《薄命鸳鸯》,喜欢唱"我说你别走得那么快",喜欢模仿各种"美式""港式"服装,冬天穿西服裤小棉袄名曰"原子服"。她们最喜欢的还是生病,躺在床上呻吟和嚼泡泡糖。个别的忽然中途退学,去嫁人,做填房或是"吉普女郎"。再有极少数的渣滓,包括"难区(解放区)同学会"负责人——逃亡地主的女儿,流氓组织"十三妹"中的"姊妹",和中统特务。教员对她们也是低声下气,敬而远之的。

最后是我们的人,共产党员,民主青年联盟①盟员。她们在党的地下组织的领导之下,进行团结群众和发展组织的工作。四七年,她们搞起了合法组织——学生自治会,组织同学参加进步大学生办的寒假补习班,组织同学参加平津学生大联欢,也搞了小小的图书馆。但是不幸过分地暴露了自己的力量,在一九四八年四月,国民党先从师范大学动手,旁及了一些中学,逮捕了这个学校自治会的活动分子十七人,最小的才十四岁,摧毁了我们的合法工作。高中的一些地下党员被迫撤退到解放区,其他进步同学也处在严密的监视之下。有一个短时期,能和北平地下党取得联系的只剩下了初一的盟员郑波,

---

① 民主青年联盟:解放战争期间北平的地下党组织所领导的革命学生组织,解放后,盟员一律称为青年团员。

直到一九四八年九月,从其他学校又考进一批盟员为止。

郑波的家庭十分简单。她爸爸做了一辈子小职员,抄抄写写,哼哼哈哈,谁都不敢得罪,又是谁都看不上眼。一九四五年十二月,郑波十一岁的时候,她爸爸被"盟军"的吉普车撞死在雪地里,喝醉了酒驾车逆行的美国司机,转了个弯,喊了声"OK"跑掉了。她妈妈在家务事中消磨了一切,为老鼠啃了剩包子而气恨,为一发薪没等涨价就买进了玉米面而欢喜。爸爸死后,她们寄居在舅舅家里,受着寄人篱下的各种闲气,卖破烂、洗衣、缝补、哀告借贷,在半饥饿状态中维持娘儿俩的生活。

在舅舅家,她结识了街坊的孩子——女七中高中学生黄丽程,黄丽程带着郑波去沙滩北大看过控诉国民党发动内战罪行的活报剧《凯旋》,演完戏,演员和观众一齐痛哭。还在上小学的时候,她已经会唱《跌倒算什么,我们骨头硬》。后来她也升入了女七中,和黄丽程在一起。一次,她发现黄丽程有些事回避着她,她恍然大悟自己还不是战士中的一个。有人在监狱里受苦,有人紧张地从事秘密活动,而她,唱唱进步歌曲而已。这简直可耻!她找黄丽程,说:"我要行动,我要工作。"黄丽程惊讶而且感动,说了声:"你不太小吗?"就握住了她的手。一九四八年二月,她参加了民主青年联盟,那时是十四岁。

北平解放,生活沸腾了。郑波狂热地激动地工作着,上课时还常常去接学联的电话,担任合唱团的副团长,学习组的组长和重点试建的少先队队部主席。一边忙碌,一边还幻想自己被派到台湾做地下工作,年龄小好掩护。当然,这没实现。

一九五〇年,学校生活刚刚开始正常,人们瞻望和平幸福的明天,喘出了一口气。这时,朝鲜战争的炮火又惊动了她们,又是沉痛的控诉,风沙下面的街头宣传,激烈的辩论,欢送参加军事干部学校同学的大会。接着是"三反"运动,在学校里搞出了贪污分子,许多同学参加了保卫、查账、统计工作,通宵不眠。"三反"以后,郑波参加了党。

在接连紧张的运动里,郑波和其他学生中的优秀分子习惯了一种非同寻常的生活:晚上不上自习而去听大报告,课外活动时间召开各种会议,上课的时候一边听讲一边注意着教员有什么"糊涂观念"……并且,似乎没想到自己要按部就班地读下书去,而是"时刻准备着"听候组织的调动,当干部,参军,下江南或者去朝鲜。

她们肩上承担起来的是数倍于一个普通年轻孩子能够挑起的分量的担子,她们有一种少年布尔什维克的英勇的浪漫主义气质:整宿整宿地开夜车,三个月不回一次家,把好衣服扔在一边,把饭钱借给生活困难的同学,经常检查思想,每天记日记。翻开她们日记本的红漆皮,翻过毛主席像,她们往往用一种成人的行书体写着最喜爱的书上的话:

> 人最宝贵的是生命……当他回首往事时,不因虚度年华而悔恨,也不因碌碌无为而羞耻,他可以骄傲地说:"我已经把我的一切献给人类最壮丽的事业——为全人类的解放所做的斗争。"

也许,题上的是她爱唱的歌儿的歌词:

> 我们的青春像火焰般的鲜红,
> 　燃烧在充满荆棘的原野,
> 我们的青春像海燕般的英勇,
> 　飞翔在暴风雨的天空……

至少,即使不题任何字,也要画上一把镰刀和一把斧头,用浓重的红颜色。

可是,现在呢?

愈是美妙的向往,愈使人觉得遥远;而当生活飞跃,向往变成现实的时候,人们却又发现自己还缺少准备了。

不到两年前,麦克阿瑟将军正在筹划他的"圣诞节攻势",那时,在一个众所周知的报告里边,提到"三年准备、十年建设",提到将要实行五年计划。这似乎是一个美丽的梦,人们的心仍然专注在冰雪中的最可爱的人身上。现在,社会民主改革运动已经基本上完成,朝鲜战场上也取得了伟大的胜利,建设的任务日益提在首位,在各种文件、报告、谈论里,大家普遍提到即将开始的"大规模的、有计划的、全面的经济建设与文化建设高潮"。可是,人们来不及去欢迎、吟味和欣赏生活的变化,就被卷到生活的变化中去了。

早在"三反"运动最紧张的时候,《人民日报》上的一篇通讯——《一个集体农庄的成长》已经在中学生中轰动,他们笑着想:"我的家乡也将变成这样……"自然,治理淮河和荆江分洪的工程也是他们谈论的题目。这一年,高等学校进行了院系调整,中学生们幻想着未来的新的高等学校生活。这一年,团中央在纪念五四的指示中号召中学毕业生积极准备考入高等学校,也吸引了中学生的注意,他们随着谈论国家建设、谈论起上大学的志愿来,过去,曾经有一段时间,团支部是把谈论"上大学"的人当做"落后分子"的。这一年的五一节,北京的女学生第一次普遍穿上花衣服、花裙子,打扮得漂漂亮亮;还有呢,"少年布尔什维克"们也开始对自己的学生时代做长远的打算了;他们在高唱"兄弟们,向太阳,向自由!"的同时,也入迷地唱:"生活是多么幸福,生活是多么美好……让蓝色的星儿照耀着我……"他们感觉到了:我们的生活不仅有严峻的战斗,而且也有了从来没有过的规模壮阔的社会主义建设。

我们的中学生,站在新的历史时期的门槛上。

三

九月一日。街上走过背着书包的中学生,无线电播送着教育部长的祝词,校门口悬挂着欢迎新同学的大标语。北京,全国,世界上许多地方,新学年开始了。

"我已经是中学生了","我已经是高中的学生","我已经上三年级,再一年,就毕业了"。新学年把升级的喜悦带给孩子们,她们高兴;仿佛不是由于长大而升了级,倒是由于升级而突然长大了,同时聪明和有力得多了。除了学生,谁能这样稳如泰山地意识到自己的上升,意识到自己正在逐年逐日地接近那光明闪耀的未来呢?

开学这一天,郑波的心情却不是这样,布告牌上的一纸布告使她不安了。

为鼓励广大同学努力学习,校务委员会特决定:

一、颁发学习优良奖章。

二、获得上述奖章之条件如下:

  甲……

  乙……

三、本星期六下午二时于礼堂召开全校师生大会,颁发第一批学习优良奖章,希届时出席。

下边是校长、副校长的签名章。

她把获得奖章的条件看了几遍,条件不能说太高,但是她没有达到。上学期开学以后,一个多月没有好好上过课——"三反"运动还没结束,她帮助节约检查委员会做统计工作——头几次考试成绩很糟,后来追了追,但是平均起来有两门功课仍然达不到甲等。看布告的多了,同学们用对任何"新闻"都一样的顽皮声调议论起来:

"看这有什么用,反正没咱的份。"

"你说咱们班谁能得奖章?准有××……"

"奖章什么样子?漂亮不?"

"这回那些功课差劲的'先进同学'可惨了。"

最后一句话是如此刺耳,郑波不由回过头去。这话是李春说的。郑波看见了李春的矮矮的身躯,她穿着浅褐色的外衣,手插在口袋里,微偏着大脑袋,显示出一种满不在乎的神情。李春一看是郑波,挤了一下眼睛,高声问道:

"嘿,刚来吗?暑假过得好?"

郑波走到她身边,回答了她,又随便聊了几句。李春说:"啊,我得到图书馆还书去。"跑掉了。

她的话刺痛了郑波。得不到奖章,其实没什么。但是,解放以来的各种事件和在各种场合里,郑波总是走在前面,总是带头做好该做的一切,总是无愧地号召和督促别人前进。这次,在平凡的和主要的学习任务面前,没有保持住光荣,没有尽到责任。作为一个团分支书记、共产党员,往后,她怎么"动员"别人努力学习呢?会不会被看做说空话的"先进分子"呢?

又有同班的同学招呼她,她掸了一下衣襟上的土,摆脱开心思,向她们迎去。

发奖章大会开得简短而热烈。校长讲完了意义,发奖仪式就开始。掌声和乐声中,校长笑着和每一个得奖章者握手,把奖章放在她们的另一只手里。得奖章的同学从左边走上主席台,接到奖章,立刻别在胸前,转过身,让大家看见,然后从台的右方走下。奖章是圆的,银白色,蓝纹,刻着一本打开了的书和一支笔。书的一角和笔的上端都伸在圆形的外面。同学们伸着脖子,目不转睛地盯着奖章,看清了一个,再看另一个。

全校得奖章的有四十多人,她们大多数涨红着脸,低着头,受奖的时候比受罚还不好意思。姑娘们都是如此。只有李春态度从容,她没和校长握手,却先鞠了个躬,然后用一只手接过奖章,往胸上一放就别住了,双手照旧插在口袋里,头微偏着,跑下台,眼睛里,闪着激动的、开心的火花。

高三班得奖的还有袁新枝。她不掩盖自己的快乐,但也不过分。她从台上一跳一跳地下来,回到自己的座位,真诚地为别人鼓掌。

发完奖章,是自由讲话。受奖的同学上台表示:"我其实不配得奖章,不过我感谢学校对我们的鼓励,同时我决心不辜负大家的期望。"她们说一句话用一个连接词,一边说一边忸怩,大家一边听一边哄笑,笑得喜气洋洋。没得奖的同学也上台讲话,表示有努力赶上去的决心,但没好意思说争取得奖章。最后是团总支书记吕晨发言,她做着手势,激昂地讲道:

"亲爱的青年团员同志们,亲爱的同学们!今天的会给了我们很大教育,大家都有许多收获……党号召我们学好功课,攻克科学堡垒,我们要保证出色地完成这一任务……"

礼堂的四个门打开了,同学们互相叫着,拉着,拥了出去。

郭校长——同时是党支部书记,把学生中的党员找到校长室。

校长室是两大间北房,中间用帐子隔开。里间是校长自己办公和休息用的,外间摆着沙发、藤椅,是接待师生、开小会用的。学生党员一共有七个人,她们都挤在一个大沙发上——其中三个人,只是靠着沙发的扶手罢了。

校长站着,一只手扶着椅子,像母亲看着自己的孩子,又像军官看着自己的士兵似的看着她们,随意地说:

"怎么样?咱们党员当中只有一个,"她指了指高二那个党员,

"得到了奖章。大家是不是有点受刺激啊?"

七个人互相看了看,微笑,不言语。郑波平静地说:

"是的,校长,有那么一点。"

"有那么一点?那么……哈哈……"校长学着郑波的话,像男人似的大笑。她和别人谈话的时候,总喜欢用笑来作序曲。笑着,她走到一旁,从小桌上取下暖壶给自己倒了一杯水。

"刺激着点好!心情一紧张,进步就快了。"她凑近大家,像是传授某种心得,"我们的党员功课不算太好,这不怨你们,大家不要委屈。北京解放刚刚三年多,解放以来,我们的主要工作还是放在发动群众,清除敌人的残余势力方面。学校也是一样,它没有专心读书的条件;你们过去积极参加了各项运动和各项社会工作,学生的天经地义的任务——念书、上课,倒像是第二位的事。今后的要求不同了,不学好功课,那么一切都谈不到。学习是一个经常的、细致的、实实在在的劳动,光靠热情、口号,像斯大林所说的'骑兵式冲锋'是不行的。问题就是这样尖锐地摆着:或者大家赶上去,把政治工作和精通科学结合起来,或者落在后边,变成空头政治家,丧失你们在群众中已有的威信和作用。"

校长热烈地说完以上的话,目光炯炯地扫视了她们一遍,似乎在等待回答。

高二的那个党员说:"我担心有些死抠功课不问政治的同学得意起来,她们以为过去对政治活动采取消极态度是做对了。她们会说:'瞧,你们说我落后,可是得奖章的是我。'"

别人点头,应和着:

"不是担心不担心,已经有这样的情形了。"

"以后工作不好做了。"

校长说:"那么该怎么办呢?因而就不强调学习了么?"

另一个党员说:"咱们跟她们赛吧,咬咬牙,非比她们强不可。"

校长又笑,她说:"这种精神是不错,可单单比赛是不行的。得帮助她们。你们得用实际行动证明,先进思想的武装,不仅对于政治活动,而且对于学代数语文,都是必需的。"

七个人又聊了聊今后在班上应该注意些什么。得不到奖章的羞耻心情渐渐被决心赶上去的昂奋心情所代替,谁也不怀疑,自己一下决心准能搞好。解放以来各种繁重工作的锻炼,培养了她们的这种自信。

郑波回到教室,正碰见杨蔷云与李春争吵。在教室的一角,周小玲坐在桌子上,杨蔷云和李春各在桌子的一边,李春并不望着蔷云,杨蔷云说:

"早知道你会这样讲的。'杨蔷云没得到奖章,所以对发奖章有意见……'这和我个人有什么关系?我不怕,有意见照样要发表:这个奖章的发法不公平,大家没有思想准备。有些该得奖章的没得到,有些得到奖章的同学根本不配。"

李春稍歪着头,左脚尖一跷一跷地打着地,冷冷地说:"谁该得奖章没得到呢?"

杨蔷云不假思索地指着正走近的郑波:"譬如她。"

郑波脸红了:"你胡说什么呀?"

杨蔷云就是这样,她不管别人的面子,招得自己的好朋友反对自己,也不在乎。李春又说:"那么不配得奖章的就是我了?"

"你自己会判断!"

李春把奖章拿下,不等别人弄清怎么回事,她已经把奖章放到蔷云手里,自己却退到一边,勉强笑着说:"那么就请配得奖章的人自己戴上吧。"

杨蔷云涨红了脸。

她们两个常常争吵,但往往总是杨蔷云占点上风,不像这次,李春以她巧妙的"反攻"结束了"战役"。从前,李春还是杨蔷云的好朋友呢。一九五〇年秋天,她们升入高一,李春是天津的一个初中毕业生,考到北京来了。她的"帅"劲使杨蔷云欢喜,而且她大方地把带来的杨村糕干、天津包子分给同学吃,和另一个从外校考来的新生吴长福——她口袋里装满花生米,先是一颗颗地在口袋里捻去皮,然后掏出手来迅速地放在自己口中,生怕别人看见抢她的似的——成为对比。新生联欢会上,李春唱了一个维吾尔文歌、一段京韵大鼓、一首民谣,这一切使同学们——特别是杨蔷云欣赏得要命。很快,大家还知道了李春功课棒,一九四九年就入了团,当过团总支委员,在《天津日报》上发表过文章(虽然只是一百字的报道摘要,但也不简单)。轮到选举学生会执委,高一新生毫不犹豫地推荐了李春。李春在学生会做群众文化工作,组织社团,主持晚会,在全校也出了名。

杨蔷云爱找李春聊天。她们不聊考试难,不聊先生的外号,不聊辫子的梳法……她们都看不起这些。她们聊的主要内容是书,特别是翻译小说。

她们上高中不久,抗美援朝运动开展起来,大部分学生都参加了街头和下乡的宣传工作,学校也停了课。李春废寝忘食,编快板,借场地,督促油印的《吼声》快报及时出版。团总支表扬抗美援朝运动中的积极分子,就有李春的名字。可是,就在这时候,李春摔了大跟头,来了个一百八十度的大转弯。

一九五〇年十二月,军事干部学校招生,这大出李春意料之外,当兵竟然当到学生头上来了!不是兵已经很够,而且有的在复员吗?自己上高一,转眼就是大学生,大学毕了业就是工程师……现在中断了学业,将来怎么办?抗美援朝恐怕是暂时的,到军队去根本没前途,又是个女的,顶多当护士,上了大学却可以当医生、科学家,再有,将来战争没有了,所有军人都复员,自己也老了,干什么去呢?……不,决不报名。

报名本来自愿,也确有相当多的同学没报名。但是李春不报名是太扎眼了,嚷嚷的时候比谁都积极,干真事就缩回去了,简直会引起公愤。李春翻来覆去,浑身发烧,偏赶上杨蔷云找她:

"李春,明天开始报名了,咱俩一块去吧!"

"噢,唔……"

李春病了,请了两个星期假,回来时,欢送参军同学的会都开过了。

李春的行为引起全班同学的诧异、气愤,以至轻视。有人干脆地说:"哼,装起病来了!"有人去她家看望,她不见。来到学校以后,她整天围着围巾,戴着口罩,说话带鼻音,和过去那洒脱的、得意的姑娘,判若两人。她最初还是被羞耻心折磨,及至觉到别人的冷淡(有的是冷淡,有的是想去与她接近,也觉得十分不自然),就转成了一种怒意:哼,你们瞧不起我了,哼!第二学期,她以身体不好,功课落下了为理由,要求不做学生会工作,学生会只好同意。这又使李春生气——果然,不要我了,连挽留都不挽留。

李春鼓起劲,埋头读书,她想,咱们赛吧,现在叽叽喳喳你们棒,总有一天,你们会羡慕我的!

李春和全班日渐疏远,最厉害的是杨蔷云。杨蔷云把李春的行为记在日记上:"……我算认识李春的'真面目'了,她骗取了我的友谊!"杨蔷云经常正面攻击李春,譬如在一九五一年春天班上订爱国公约的时候。

爱国公约有一条:每天读报半小时。李春不同意,她说:"这一条倒漂亮,做不到不如不订,说实话,我做不到。"

杨蔷云说:"我做得到。同学们呢?"

大家都说做得到。

杨蔷云说:"我建议,通过这一条,后面注上:'李春除外'。"

"你什么意思?"

"实事求是嘛。"

"你打击别人!"

"不能因为你降低了对全班的要求。"

爱国公约通过了,有三条注着"李春除外"。

往后,杨蔷云的态度也受了些批评,团小组会谈过几次,有些同学也努力去接近李春。情况稍好了点,李春在班上"奉公守法",有会就参加,分配了什么社会工作就干,不过免不了讽刺人,说风凉话。她暗地里劲愈憋愈足,非赛过别人,挽回自己失掉的一切不可。

现在,这样的一天好像到来了。李春得了奖章,而,郑波、杨蔷云没得着。你说妙不妙!

四

后来杨蔷云问郑波:"没得到奖章,你难受么?"郑波说:"不知道。我有一种感觉,我这个中学生应该重新做起。我觉得有许多事情要做,就像在我参加'民联'以前,我为自己没参加实际的革命行动也这样羞耻过。说来奇怪,当我命令自己赶快做那些过去没做到的事的时候,我就特别特别的高兴……"蔷云想了半天,然后用眼睛看向远方,这时她的瞳仁里似乎不仅反映了眼前看到的东西,而且带着一种朦胧而美丽的神色,她说:"你对!是高兴,早在露营的时候我就觉出来了,发奖章可以帮助形成一种新的生活气氛,郑波,咱们一定要用功!"

……现在,当郑波在教室里坐到第六个钟头的时候,她又回忆起这次谈话。

新的生活气氛,果然,就说这间门窗向南开的,全校最好的教室吧,北墙上,贴着红纸剪的五个大字:"向科学进军",下附一个大惊叹号。西墙上,新换了黑绿色玻璃黑板。第三团小组发起帮助先生进行课程,每堂课前拿好教具,挂好挂图,把黑板擦得像春夜一样滋润纯净。后墙上是班报《学习》,报头是把《学习杂志》封面上的"学习"二字剪下贴上的。这期班报以迎接阶段考试为中心内容。最近考试真多,教师讲完课,看看还有十分钟,叫每个同学拿出一张三十二开的片艳纸,出两道昨天才讲过的问题……班报旁边,贴着一幅宣传画,画着两个女勘探队员,题目是"把青春献给祖国"。

只要走进教室,就会觉到热烈、忙碌,想偷懒都不成。再看看星期六晚上还在这里用功的同学:有的握拳凝思,有的在凿自己的脑袋(千万别太用力),有的"刷、刷、刷"笔不停挥地写下去,于是郑波给自己打气:"不达目的,决不休止!"

郑波用一下午的时间解一道题,没弄出来。吃完晚饭,接着干,草稿纸一用就是厚厚一沓,上面用硬铅笔、软铅笔、红蓝铅笔涂抹了各样算式、得数和图解。橡皮也不知消耗了多少立方厘米。郑波几次劝自己:"先做容易的吧。"可是刚一拿起别的题目,这道难题就往回扯她。忽然,她好像会了。于是匆匆地把教科书推到一边,手颤抖着拿起草稿纸,飞快地列上式子,一层层地解下去。得!就差一个未知数,还是解不开。

大概题出错了吧?

题不会错,郑波不能骗自己。她闭一闭眼睛,稍微休息休息,然后边削铅笔边继续想。木屑落在郑波的衣襟上、腿上,铅笔芯孤零零露出的愈来愈长,终于又被小刀碰折,郑波仍然坚持地削、削、削着。

"郑波!"吴长福悄悄地凑了过来。

郑波转过身,看见吴长福胖胖的脸,脸上的肉向外凸起。这时,灯亮了,黄色的灯光照亮她圆而大的鼻子,拖出一块阴影投在嘴唇与右颧骨之间。

她弯下腰,小心地从背后拿出一册课本,指着一道题问郑波:"劳驾,唉,我笨死了,当然应该自己想。可是我不行,要让我想三天也想不出,你给我讲一讲,啊,提示一下就成了。"

郑波看一看吴长福指的题目,也把自己的课本拉过来:

"你看!我不也发愁吗?我也不会呢。"

"真的,劳驾,我实在……"

郑波笑了:"瞧你,我会的话,还能装不会吗?来,咱们一块儿想吧……"

郑波对她讲了自己想的三种可能的解法,每一种都使吴长福点头。吴长福说:"对了,大概是这样。"又大概是那样,又是这样。郑波倒没觉得吴长福不好,只是因为自己不能给吴长福有力的帮助,而抱歉地望着她。

一阵轻巧的脚步声,袁新枝笑着跑进教室,走到郑波座位旁边,抓住郑波的手,一把把郑波拉了起来,使劲和郑波握手。

"怎么了你?这样'发狂般地'?"她们最近的一课语文中有这个"发狂般地"形容词,所以郑波引用上了。

袁新枝不笑了。她说起话来从来不笑,而把笑包含在每一句话、每一个字里。她说:"我想出来了!我费了半天劲才想出来。特意骑车又跑了来。我回到家,饭都没吃好,对谁都不答理,就想那道题。我妈吓了一跳,当是我生了病呢。咱们今儿下午真是费了多大劲呀!"袁新枝这一段话全是"倒叙",然后开始"正叙":

"你知道是怎么回事吗?唉,其实说难也不算难……"

郑波止住了她:"算了吧。"

"算了?"

"你想出来了,我还在憋得费劲呢,让我自己想吧,你别讲。"

"劳驾,让我讲了吧,我真高兴,真想告诉你……"袁新枝恳求着。

"劳驾,你千万别讲。要不,我堵上耳朵了!"郑波也恳求着。

袁新枝吐吐舌头,退到一边。

这时吴长福及时地凑过来:"劳驾,要不你给我讲一讲?"袁新枝看一看郑波,郑波走到教室外面去了。于是她有条有理地给吴长福讲起来,她正盼望有一个人听听她如何解决这道难题呢。她连想的过程,带方法、体会,对题目本身的分析,对出这道题目的聪明的评价,都一股脑儿讲出来,讲得有声有色,像讲孙悟空大闹天宫一样有趣味。这是袁新枝做少先队中队辅导员学来的本领,能把一切讲解和教训"故事化"。当然吴长福感激得很,从口袋(她有一个多么神奇的口袋!)里抓出一把葵花子,放在袁新枝手心上。

郑波回到教室,袁新枝的成功使她焦躁。"我落在后边了。"她走到操场呼吸了一下新鲜空气,考虑考虑,她认定自己找到的扣儿还是正确的。于是振作一下,坚决而自信地回到书桌前。

已经九点多了,袁新枝给吴长福讲完题打算回去,周小玲和几个华侨学生唱着歌走进教室。周小玲一进门,看到那些念书的同学,"哟"了一声,脚跟靠拢、立正、行举手礼,她嚷:"你们在这样的大好时光能闷在屋子里读书,真不简单!请允许我代表好玩好乐的二流子向各位学究表示衷心的钦佩!"

大家笑,做功课的同学回敬她:"一边去吧,别找挨骂了!"

"今儿晚上太好了,"周小玲仍然兴冲冲地说:"我走在大街上简直是,简直是幸福!国庆节快来了,八月十五中秋节也快来了,你们知道不知道?大街上卖槟子、卖葡萄、香蕉、大鸭梨、红瓤德州大西瓜、枣泥馅翻毛月饼,还有兔儿爷……"

同学们又笑作一团,大家抢着问:"你吃什么了?"

周小玲摸摸后脑袋,"我看了看,光解了眼馋。"她看见了袁新枝,大叫:"袁新枝!你……"

郑波放下课本,取笑周小玲:"叫袁新枝干吗?她又不是红瓤大西瓜。"

周小玲不理郑波,走到袁新枝身旁,翻一翻眼:"你是怎么回事?我以为你病了呢。"

袁新枝说:"我想一道题没想出来,就没去。"

周小玲问:"电影票呢?"

"废了。"

"真糟糕!你用功的精神是伟大的,不过,你知道多少人排队买票买不上呀?你倒好……"由于痛惜,周小玲不再嚷了,坐下来。

袁新枝似笑非笑地做了检讨。她又说她已经该回家了。周小玲起来送她,两个人一起走了。

大家也不打算再在教室里待下去,纷纷收拾书、练习本、文具,走读的准备回家,住宿的准备睡觉。

教室里只剩下郑波一个。哄笑过去了,教室里显得格外安静。有音乐声传来,今天是星期六,袁新枝牺牲了看电影,到底把题做出来了。郑波抬起头,她看见那个庄严和刺目的惊叹号,女勘探队员戴着红帽子,向她微笑;"德州红瓤大西瓜",耳边又响起了周小玲的欢呼,所有这一切都混合起来,使郑波有一种责任的感觉,同时觉得愉快。她动了动,模糊地想起了一种新的解法。

突然,周小玲和袁新枝拉着手急急地跑回来了,大叫:"快出去看呀,坦克,坦克!"

果然,远处微微传来轰轰声,愈来愈大。郑波茫然地说:"等一等……"

周小玲和袁新枝又忙不迭地跑出去了。

教室里重新剩下郑波一个人。轰轰声已经很近,地面随着震动,好像坦克就在学校里行走。郑波心跳得快了,她也想赶快去看一看。但是,一个更巨大的复杂的事情吸引着她,她要再次地去试着用新方法来解那一道题。轰轰声催促着她,她一遍又一遍地算,强迫自己"慢一点呀","别着急啊",瞧,算出来了!

"我算出来了!"郑波几乎叫出了声。她沉静地再呼吸一下,重新核对一遍。没有错!

算出来了,算出来了,九个钟头,终于把堡垒攻下来了!郑波高兴地扶着椅子打了一个转,几乎把课桌撞倒。雷一样的轰轰声好像是为祝贺她而敲起的鼓,电灯快乐地摇晃着。灯光照长了她的影子,她显得十分高大。她亲切地向女勘探队员招手:"瞧,我算出来了。"

在教室里憋了那么久,郑波似乎凝结在那灼人的空气中。现在,她飞一样地跑出,重新觉到初秋夜风的清凉,郑波畅快地呼吸,小声嘟哝着:"算出来了……"而且,孩子似的美得摇摇脑袋。

胡同口附近站满了人,大家让给郑波一个地方,有人告诉她:"今天夜里,天安门前练习阅兵。"她点点头,紧张地随大家的视线看拖拉机牵引着重炮过去。粗大的炮口,挑战似的挺向天空,炮身在月下闪着青光。炮队过了,坦克车轧轧地到来,履带威严而缓慢地转动,在马路面上无情地刻下纹道,发出刺鼻的烟气。路旁观看的群众高兴地把烟气吸进去,觉得分外舒服。他们贪婪地注视这浩荡的铁流的每一细节,生怕放过了任何印象。有的屏住气,一辆、两辆、十辆地数着。有的笑着搂紧了身边的同学。有的只是喃喃地说着:"多好!多棒!"他们的紧张,超过了那些镇静而骄傲地坐在坦克上,望着前方的士兵们。校长也在看。她说:"都是我们的。"这句简单的话,使我们受尽苦难的贫弱的国家的新一代,想起自己祖国正渐渐富强起来,因而十分感动。郑波默默地对着行进的坦克表示:

"我要勇猛顽强地学习,像大炮、像坦克一样。"

五

十一前夕,她们并排在街道上走。

刚刚看过了电影《一定要把淮河修好》,还没有从幸福的陶醉中回到现实来,她们走得很慢很轻。

苏宁的嘴唇动了,上唇的黑痣隐隐现现:"我看完了电影,心里说不出的留恋,而且有些慌……看电影的时候,我生活在电影里,有快乐也有悲哀,其他一切完完全全地忘了。但是,银幕上出现了'完'字,窗户打开,光线照进来,喇叭里放出和电影内容毫不相干的广东音乐,于是我惋惜地离开……"她掏出一块小丝手绢,用无名指按着擦一擦额角。

"我离开影院的时候半点都不惋惜,"周小玲摇摇头,她的步子迈得很大,一步顶苏宁两步,"我想,我要给那些没看电影的同学讲讲片子的内容,馋馋她们,让她们为没有看这个电影后悔得睡不着觉,我可高兴啦!"

"生活比电影还美,"袁新枝也不同意苏宁的话,她轻巧地走在前面,不时转回头,"譬如这十一前夕的街道,难道比电影不更吸引人?"她用手左右一指。

于是大家都欣赏起街来。街是美。许多机关团体的门前都扎着彩牌坊,挂出古色古香的红灯笼,光明彻夜不灭。路旁,供应节日消费的摊商,忙碌地把快要卖光的水果和糕点拿给"抢购"的顾客。管理游行的服务人员,用白灰把队伍停留、行动的标志画在马路牙子上和路面上。迎面,走过许多和她们一样的穿上节日盛装的女学生。她们吃着西瓜或是玩着苹果,挽着手唱歌。

"北京的街好,但是,什么时候我们的农村也能像城市一样繁荣呢?不知道多么遥远。"苏宁又说,而且叹息。

"为什么说远?"蔷云走在苏宁旁边,把手搭在苏宁肩上,"最近,我觉得一切都近极了,生活就像缚在喷气式飞机上,一日万里。回想我们梳着小辫,扭着秧歌去东交民巷欢迎解放军入城,好像就是昨天的事。那时候,这条街上还停着一个大垃圾堆呢。明年就实行五年计划,说不定,不久,一觉醒来,周围已经是社会主义——乡村里的发电站也建立起来了。"说完,她首先为自己的幻想笑起来。

"说起来我们真幸福,"郑波也参加谈话:"中学时代什么都经历了,国民党的末日,新中国的成立,还有抗美援朝,而在毕业的时候,恰恰赶上大建设开始!"

"我看也有点倒霉,"周小玲逗笑说:"先生们拿国家建设的要求作理由,净出那么难的考试题!"

大家笑了以后,李春提了一个问题,她的爽利的低音在她们的谈笑里显得有些老大,她说:

"说起幸运和倒霉,我倒有一个问题:有一种英雄,譬如电影里的劳动模范吧,好像很幸运;也有一种英雄,像我们熟悉的刘胡兰、董存瑞,就连命都丢了,是么?"

周小玲摇摇头:"我听不懂你的意思。"

李春先不言语,暗笑着,等着走过了一个路口,转过头又问周小玲:"你愿意做哪样的英雄?"然后她挑衅地看看杨蔷云,果然碰到了蔷云怀疑和不满的目光。

周小玲反问李春:"你呢?"

李春说:"我没想。"

蔷云忍不住,琢磨了半天,一字一句地吐出:"也许英雄们有不同的命运,可是那个算计和挑选自己的命运的人,他一辈子也当不了英雄。"

李春并不生气,仍然干脆利落地说话:"欧琴哈勒绍①,说得像格言,而且有哲学味儿。能说出这种格言,大概不乏某种英雄气。我爱说实话,不免违反格言,自然常有错误。"

她们不聚在一起谈了。周小玲拉着郑波,聊淮河两岸的那些小孩子,她记住了每个孩子的表情,一边模仿,一边问:"像不像?"杨蔷云不理别人,自己走得一会儿快,一会儿慢。袁新枝和苏宁回忆着电影插曲《淮河两岸鲜花开》,两人都记住开头,忘记结尾,很懊丧,商量好以后看电影听到好插曲就赶快分工,一个记头,一个记尾。

一声叫喊:"同志,没点灯就下来!"她们看见了交通民警,还看见一个伏着身子的中年人,骑自行车飕飕而过。交通警又大声叫,袁新枝拔腿要去追。周小玲拨开她说:"我去!"一弯腰,做好百米赛跑起跑姿势,箭一样地射出去了。

听到交通民警的吆喝,那中年人想混过去,却也有些迟疑。周小玲趁机追上抓住了他,厉声说:"下来!"

那人见是个女孩子,向周小玲瞪眼:"你管得着么?"

这时候,她的同伴们已经来到,听到这人无理,七嘴八舌来了个围攻:"送走送走!""违反交通规则送公安局去!"李春说得最狠:"违反交通规则就是犯法,犯法你还不接受教育?"没受过女学生围攻的人,是不知道她们的厉害的。"犯法者"完全缴械,嘟囔着说不出话。这时交通警走过来要和他"谈话",姑娘们才离开。

回到人行道上,她们发现,为追那个"犯法者",追到一个新建成的百货公司门市部前了。这门市部因为刚开始营业,又因为明天是十一,延长了营业时间。到现在,霓虹灯仍然辉煌,顾客仍然拥挤。

周小玲提议:"咱们逛逛百货公司吧。"

李春说:"对,去体验一下生活!"

---

① 俄语,很好。

大家就去了。只有杨蔷云兴趣不太高,她希望早些回去。想一想明天——国庆节的过法,想着国庆节,有时候比真正过国庆节还让人喜欢。

进了百货公司,一阵热气烘上脸来。初秋的夜晚,本来有点凉,由于这里人多,仍然热得很。屋顶上装着两个大电扇,正在旋转着。一行一行的玻璃柜台和货架子,都堆满了精美的货物,在灯光下像盛开的百花一样。

她们靠右走。先看到了化妆品和服饰。各种香皂、香粉、雪花膏、润面油、别针、发夹……也有不少的香水精、扑粉和胭脂。这些商品,每一件都装潢得很美观,发夹别在一张硬纸上,成扇面形,硬纸上画着长着秀美长发的妇女。香水精瓶系着红丝带子。粉盒儿垒成塔形,有的瓶子分成一圈一圈。还有按大小号排成队的匣子,组合成鲜丽的图案。

对于这,苏宁懂得多。她不太好意思地回答别人的问题,评论这种牌子和那种牌子的货品的优劣,解释贵重物品的用法。杨蔷云不屑地用目光扫了扫,总结说:"净是资产阶级的玩意儿。"她的话引得别人侧目。袁新枝推她一下:"你呀,别污蔑我们国营商业!"

再往前走是鞋帽部,颜色自然多半较暗,不那么花花绿绿了,有些过冬用的毛靴,也摆出来了,微微发出一种臭气。蔷云拉着大家:"快走,快走,没什么好看的。"

遇见有趣的东西了——儿童玩具。一位母亲领着孩子,正要店员给她试试跳蛙。跳蛙是铁制的,一松弹簧,就一跳一跳地行走。她们看见,哄然大笑。杨蔷云也拉长脖子,东找西寻,看看有什么稀奇东西。

袁新枝想买一个玩具,不是给弟弟妹妹,是给自己。于是她细心寻找了一番,最后买了一个粉色的化学的小不倒翁。那不倒翁非常之小,可以把它立在手指尖上。于是女学生轮流在自己指尖上立了一回不倒翁,一致表示满意。

真正好玩的,诱人的,激发兴趣的在下面呢。读者当然知道是什么了。这里堆积着上海梅林公司、青岛水产公司、北京义利公司和天津稻香村的全部产物。这里的商品,不仅要看,还要嗅,而且要咂着嘴体会。女学生们围着欣赏,留恋不舍。周小玲努力回忆哪种点心自己吃过,它给自己留下了什么印象。最后集体决定,必须买一点"高级糖"吃吃。

周小玲被推为代表,指着相中了的糖匣问:"劳驾,这糖多少钱一块?"

店员笑了笑:"我们按斤卖,不论块。"

"一斤多少钱?每斤能称多少块?"

根据"经济状况",一人只可以买一块。但究竟是买了,送到口里了。于是大家情绪高涨,好像所有的货物,都被她们享用过。

她们轻松地巡视一周。苏宁又买了块小手绢,李春买了日记本,大家都有收获。杨蔷云也不指手画脚地抨击了。自由的劳动者所创造的财富,她们也得到了一小部分。她们满心骄傲,像成了真正的富翁一样。

郑波和蔷云说着话,正要跨出门去,听有人叫她。

一个二十四五岁的女干部,抱着新买的暖水瓶跑来。她穿着干净的蓝华达呢制服,梳着火剪烫过的鬈发。她的眼睛大,精明,镇定,而且美。她拉住郑波的手说:"小鬼,在这儿见着了!"郑波也欢喜得要跳。那是黄丽程。

郑波连珠炮似的说:"你这家伙,怎么老也不找我?给你写过信,你也不回。那天我在报上还看见你写的一篇经验介绍呢。噢,不是经验,是总结……"

黄丽程说:"你还说我呢,我给你打过两次电话,没找着。让传达室告诉你,你也不回电话。"

"哪里有人告诉我呀?我们学校传达室的工友,顶不负责任啦。"

两个人不再互相埋怨,一齐埋怨起那个工友来。

同学们还在等着郑波,郑波叫她们先走,她知道自己有许多话愿意和黄丽程聊聊。

解放后,黄丽程一直在商业局工作。刚解放的时候,她和郑波还常见面,郑波也像过去一样地提出各种问题向她请教,和她讨论。她们一见面,就回想起共同度过的解放前的艰苦而英勇的岁月,想起她们几乎是童年时期的地下斗争。有时,她们也唱起那时的学生运动歌曲:

跌倒,算什么,
我们骨头硬!

然后互相砥砺着:"解放以后可更要好好地干!"后来忙起来,见面就少了。"三反"结束,郑波被吸收入党以后,给她写过一封很长的信。黄丽程跑到郑波家里去祝贺郑波,但是郑波正在学校开会。等郑波回来,黄丽程又该赶回去开会了,她只来得及紧紧握一握郑波的手。

生活道路的第一个引路人,革命火焰的最初的点燃者,总会在人的一生中留下深刻的甚至是神圣的印象。黄丽程对于郑波就是这样。黄丽程虽然也是年轻人,但是她总是把郑波叫做"小鬼"、"小家伙"。郑波也习惯和喜欢听这个称呼,习惯把黄丽程看做最可信赖的年长者。

她俩走出百货公司,向郑波回学校的方向走。黄丽程扶着郑波的肩膀说:

"你,大了。"

"你也大了。你好吗?"

"好。"

"咦?买这么个大暖壶做什么?"

黄丽程脸红了一下,她说:"装水呀。"

黄丽程问候郑波妈妈的病。郑波忧郁地告诉她,妈妈的病一直不好,现在在舅舅家养着,多少也做点挑补花的活儿。郑波事多,老没有时间侍奉妈妈,郑波为这个发愁。

黄丽程不时回头看,郑波问她是不是有事,她支吾着。后来有一个三十来岁的高高的男同志追上来问:

"丽程,怎么回事?你上哪儿呀?我还等着你呢。"

黄丽程把他介绍给郑波:"这是我们那里的顾明同志。"

郑波报了自己的姓名。顾明说:"你是郑波呀,我听丽程提到过。"他提着一个鼓鼓的大书包。

郑波这才想起,黄丽程回市政府是要走另一个方向的。于是坚决劝她不要送自己了。丽程说:"有工夫看你妈妈去。"郑波点点头,丽程又从顾明的书包里拿出一大块蛋糕,强塞给郑波。然后,分开了。

顾明是干什么的?当然一看便知。凭他对丽程的亲昵称呼,以及丽程还向他提过自己,而且一块来买东西,郑波就知道丽程有了爱人,并且看得出来他们很像是来筹办结婚的用品。这念头使郑波烦乱:丽程是不应该有这种平凡的、俗气的事儿的。郑波不同意,这想法也许可笑,但是她不同意……

探照灯光织满了天空,有一架装着小红灯的飞机在缓缓飞行。洒水车洒了最后一遍水,把路面上写的游行队伍编号数字冲淡了。想到第二天的游行、狂欢,郑波加快了步子。她跑起来,追赶她的女伴。一边跑,一边把黄丽程给她的蛋糕分成了六份。

六

国庆节刚过不久,第一次考试就把大家"烤"焦了。各门课程,出的题目都很多,很难。每一位先生,在发试题以前,都先强调一下这次考试的意义。强调自己教的这门功课绝对不能考坏,强调学习是学生的首要的、主要的、非常重要的……特别突出的任务。

这种讲话不啻火上加油,班上空气更加紧张。等拿到试题,就听见有人倒吸一口气。也有人轻声叹息:"完蛋了!"苏宁在考头三门功课时都考坏了,考到第四门——物理时,头疼起来,只答了四分之一。

郑波对这次考试憋的劲也是太大了。她给自己提的要求是每门功课都要在九十分以上。她想通过这次考试向自己,也向大家宣布:"我已经赶上了!"她想让李春看看(何必隐瞒呢?)自己并不是什么说空话的先进分子。她在考试前努力弄熟每道难题,恨不得连题目都背下。结果头一堂考数学,她就被数量多、面广、但不是很难的题目绕住了。她答得不好,锐气受了挫折。考物理时,看到苏宁的情况,她又为苏宁着急,结果自己慌乱之中折错了单位。一小时等于六十分钟,这是七八岁的孩子也知道的,但是再有半年多就上高等学校的郑波,却把一小时折成了一百分钟。荒唐透了!

考完物理,苏宁抹着一脑门子万金油从医务室回到教室,一进屋就哭了。抽泣着告诉别人,自己各门功课最多得零分。吴长福考得也不好,不过她本来不太伤心——反正也没考好过——及至看到苏宁哭,和苏宁说了几句,自己也哭起来。并且向苏宁保证自己考得要比苏宁坏十倍。苏宁更不高兴,躲到讲台桌的空膛里,吴长福也跟了进去,两人缩在讲台桌里闷声哭。郑波见了茫然发愣,杨蔷云见了哭笑不得。第二天,苏宁就请了病假。

过了一星期,袁先生来主持开班会,报告考试成绩。

袁闻道今年五十一岁,是全校工龄最长的教师。他才二十二岁(那时正上大学)就在中学代课,后来上不起大学了,伪造了个毕业文凭,正式做了数学教员。他也教过别的科目——包括语文、图画、音乐。他浑身——头发上、鼻梁上、耳朵上、眼镜上、衣服上——都沾满了粉笔灰,他也不掸掸。他曾经对别人说笑话:"等我死了,解剖开,把粉笔灰抖出来,足可以再制造三打粉笔。"由于他教书年头多,许多题能背过。当学生问问题时,他往往不等学生说完题目就连答数都写在黑板上了。他显得很衰弱,脸上布满纹道。用他自己的话,布满"山脉河流"。但由于做教师,他腰板一直挺得很直,而且嗓门洪亮,说话拉长声,抑扬顿挫,从第一排到最后排都能听清楚。

袁先生不愿当班主任,他认为高三的同学"不好对付"。但是教导处一定要他担任,他也就担任了。

现在袁先生来到班上,劈头一句话:"同学们,情况令人不满!"接着告诉大家:"这次阶段测验,不及格者,达全班的三分之一。其中两门不及格者五人,三门不及格者三人。各门课都在九十分以上者一个也没有,八十五分以上者也只有七人。"

袁先生说:"咱们班考试成绩之坏,确实是前所未有。我们高三同学,为全校之首,即使不能出人头地,也不该如此落后。当然,同学们会说:'先生分数判得太严了吧?'不错,这次考试,先生们判分很严。例如,这从对文字的要求上可以证明。过去,除了语文,写错别字是不扣分的。这次不然,哪一门功课也不许写错别字。先生这样严是不是应该呢?我想,咱们同学已经上高三了,自然明白,这是对祖国,对同学负责任。大家可以讨论一下,谈谈对这次考试成绩不良的看法,并提出今后的努力方向和改进意见。"

同学们都低着头,没人说话,各自往坏里估计着自己的考试成绩。

袁先生又启发说:"大家可以谈谈,为什么这次考试成绩不佳?其原因是什么?"教书教久了的人,在和学生谈话时,总是常常夹用"可以证明""进一步探讨""反之亦然"以及"其原因"这些词儿。

"题太难了,"周小玲低着头说。

"题也太多,答不过来。"又有人说。别的同学点头。

"这么说,考不好,要赖先生出题不恰当了?"袁先生不满地说。

"主要还是因为慌。"袁新枝向她父亲说。

"为什么慌呢?"

"因为题目难。"周小玲小声重复。

"又是题目难!"

杨蔷云举手站起来,她说:"甭怨题目了,最难的题目也是你学过的啊。我们没考好,是因为学得不好,难道这么简单的道理还不明白吗?"

袁新枝说:"我们为什么慌呢?就是因为没把握。为什么没把握呢?因为不熟,不烂。为什么念得不熟呢?还不是努力不够!"

教室角落里一个人咕哝:"努力不够?都快累死了!"

郑波惭愧地说:"开学以来,特别最近几星期,大家确实是用功了,但不能说这就算努力够了。譬如我吧,过去一贯学得不扎实,现在猛开上一阵,所有的功课都在脑子里浮着,不连贯,不系统,不透彻。生怕摔个跤,就把功课忘了。这再加上一慌,怎么会考好?"

李春说:"我赞成郑波的意见,咱们班学习不好,不是一天两天的事了。"

"对,对!"袁先生点头。"那么今后怎么办?"

又没人言语了。

袁先生希望大家"探讨"完了"其原因",能再"进一步研究"今后任务，并且表示态度。前两天初中有几个考得不好的班，在班主任领导下通过了决议，提出了保证。教导处很满意。袁先生希望高三也能这么来一下。

但是，大家不了解袁先生的计划，没有人帮忙。

袁先生只好自己提："咱们同学，是不是给学校写一封信，表示一下态度？就说咱们可以保证：今后一定要努力学习，减少以至消灭不及格的现象。"

没有人响应，学习上这么多麻烦问题，先忙着写信干什么呢？

袁先生提了意见没有反应，他尴尬地再问大家："怎么样？大家赞成不？"

杨蔷云直率地说："写信啊，没用。"

"怎么没用？"

"好些问题还没解决，写信不是瞎掰嘛。"

袁先生紧皱着眉头："你说怎么办？"

"我也不知道。"

别的同学也表示赞成蔷云的意见。没人赞成写信表示态度。袁先生很生气，和大家扯了一会儿，他说："班主席主持着再讨论一下吧，我有事要开工会小组会，我先走了。"然后也没做什么总结，不满地离开了教室。

班主席是周小玲，她莫名其妙地走到讲台前，问大家还有意见没有。

杨蔷云说："我觉得咱们该认真谈谈了，别又表面检讨一番，迷迷糊糊地就过去了。"班主任走了以后，她感觉说话倒痛快了些，她又说：

"刚才提到慌，说是因为学得不扎实。我看还有另一个原因，就是学习目的不明确。有人学习就是为考试，为得分，害怕困难，一点也不顽强。一道题考坏了，就泄了气。这样愈考得坏愈慌，愈慌愈考得坏。"

过了一会儿,李春站起来发言。她嘲笑地说:"本来我不想多说,学习好坏,大家心里明白。可杨蔷云说考不好是因为学习目的不明确,这又是漂亮话。请问你考试发慌的时候嘴里念一句'我为了祖国而学习',就能驱散邪魔,不慌不乱吗?(这时吴长福小声问别人:什么叫驱散邪魔呀?她的词儿真妙!)咱们考得坏,考得很坏,先生已经说了。大家都痛心,可是杨蔷云又说这漂亮话!譬如郑波,我有什么说什么,郑波你也别生气,我想杨蔷云绝不怀疑郑波的学习目的,可是郑波告诉我说,她慌得最厉害,一小时都折成一百分钟了。哼,原因其实很简单,咱们该算算账了,弄得考试成绩这样见不得人,为什么?

"咱们班过去不是净受表扬吗?在咱们团分支领导之下,会开会,会喊口号,会表演节目,可谁注意过念书?我记得通过周小玲入团的时候,杨蔷云说,周小玲很好,也不是有什么忘我精神呀或是别的,因为呢,因为周小玲做起社会工作不怕耽误功课!郑波说得对,过去学得不扎实,底子不好,全班底子都不好。

"我真心劝郑波,当然听不听在你,别开那些个会去了,也用不着找人个别谈话,先自己念好书吧。我也劝杨蔷云,我知道杨蔷云恨我。你呀,也别净讲政治名词了,有工夫多制几个图好不好?还有咱们全班,大伙好好地念书吧,什么你选我我选你呀,谈谈思想情况呀,你批评我我批评你呀,申请入党呀——还远着呢——往后搁一搁,不碍事。

"我的话完了,当然,是错误的。不过请大家考虑。"李春说完,就气呼呼地坐下。

谁都没料到李春说了这么一大套,这话马上引起了大骚动,议论纷纷。李春说话的那股劲儿,就像积怨已久,不吐不快似的。说起话来也就不管三七二十一,单刀直入。有些同学一下摸不清李春的意见的主旨,在那儿谈论:"咱们班是像她说的那么坏吗?""学习目的这玩意儿确实太抽象。""李春不赞成别人申请入党么?"

周小玲不知怎么办,只在那里嚷:"谁要发言呀? 快举手。"
袁新枝说:"我希望李春再解释一下她的意见到底是什么。"
"我的意见就是咱们要好好念书。"
"不做社会工作么?"
"我没说不做。"
"不管思想品质么?"
"我没说不管。"

杨蔷云只是看着郑波,她期待郑波能"澄清"一下局面,但郑波默然无语。后来,郑波起立了,但她的话却使蔷云失望。

郑波说:"我觉得咱们开班会也没有很多准备。先生也不在。李春的意见一下子大家不见得能考虑好。不如先散会,大家再想一想。"

周小玲宣布了散会。

杨蔷云去问郑波:"你为什么不说话?"
"说什么?"
"说什么? 当然是反对李春的那一番话。"
"李春的话里也有对的一面。"
"当然了,中国人说中国话,至少文法是对的。我认为,你不该退让!"
"那么,凭什么进攻?"
"这么说,你也要接受李春的劝告了?"
"小杨,你想呀! 你难道不知道,我自己学不好功课,有多沉重! 如果你不能以实际的成绩,只是用两片嘴来证明自己是对的,那有什么用? 即使没有李春,我也极其害怕同学们的责备:'分支书记,您不知道一小时等于六十分钟吗?'"

"别光想到自己! 苏宁一个多星期没来上学了,说不定她是由于功课不好闹情绪。还有吴长福,她跟我说因为小时候她妈妈奶不够,净吃面糊,所以她特别笨,功课没法学好了。这次考试前后,发生了好些问题,不是分数的问题,是活人的问题。可你光在那里惭愧,你有什么权力老在那儿惭愧呀?"

郑波看着蔷云,她觉得蔷云的话是对的。蔷云有时会说出意想不到的聪明而尖锐的话,她自己都不觉得,郑波却觉得讲得么好。郑波感谢蔷云,她勇敢,所以容易正确,当然也容易错,但错了也容易改。虽然如此,郑波的惭愧自责心情仍然扭不过来。所以她望着蔷云,说不出话。

教员预备室的工友老侯叫郑波,说是袁先生找郑波有事。杨蔷云回到自己座位,想了想,到团总支办公室去了。

七

袁先生离开高三班,向教员预备室走去。这当儿,郭校长在校长室门前招呼他,于是他走进校长室。

校长请他坐下,问:"班会开得好吗?"

"不好,不好。我早说过,班主任的工作我做不了。又都是高三的学生了,净是党员团员,政治水平很高,更不好办。"

"怎么党员团员倒不好办?"校长有兴趣地问。

于是袁先生把杨蔷云如何不礼貌地"破坏"他的写信计划告诉校长。说完,袁先生问:"校长找我什么事?"

郭校长要谈的是这样一件事。高三班本学期新转来一个学生——呼玛丽。呼玛丽是天主教徒,经历不明,现住在天主教某个"苦修会"里。她的监护人是一个姓李的神甫。这次历史考试中,她有一个奇怪的答案,被历史教员送到校长手里。历史考试有一道题:"试述义和团斗争的始末"。呼玛丽答道:

"义和团是中国最大的一次教难,魔鬼们焚烧教堂,杀戮主的信徒。许多教徒因而致命。圣母派遣了自己的孩子惩治魔鬼,叫他们下地狱。"

在这一段下边,又按照教科书答了一段。最后在括弧中注明:"这是按先生讲的回答的。请先生按这一段给分数。"

校长拿出呼玛丽的卷子,给袁先生看。袁先生目瞪口呆,念叨着:"这样的孩子,从来没见过!"

郭校长凑近袁先生，严肃地说："不是个小事呀！瞧这个孩子中了多深的毒，这当然是教会中的帝国主义分子灌输给她的。这是教会当中的帝国主义分子向我们挑战，和我们争夺青年。我们能允许一个孩子，把自己祖国的爱国者看做魔鬼，而把侵略者八国联军看做圣母的使者吗？"

袁先生说："我要找她谈一谈。"

校长摇摇头："还是先了解了解吧。找找团分支，班会。看哪个同学接近她，通过她们去做。先生一找她，她会害怕的。"

他们商量完了这件事，校长又回过头来问：

"杨蔷云对老师不礼貌么？"

袁先生点起一支烟，用力吸了几口，说："实在话，杨蔷云并没做什么。不过，这个班主任确实是难当，学生们参加各种运动，知道的比先生还多。团的组织系统抓得很紧，很多事我们还不知道，学生们早知道了。学生们走得很快，班主任跟不上。教导处说，班主任的主要任务是向同学进行思想教育，可是实在话，我们的思想包袱，比学生多！当个班主任，管吧，管不了。不管吧，又不合适。咱们学校好些班主任都有这种苦恼。"

郭校长连连点着头，同情而且忧虑地说："是啊，咱们这一代人是有点倒霉，做学生的时候没入过队，没入过团，没受过党的教育。可是咱们不能气馁，要赶上去。学生的进步，应该给我们更大的鼓励和鞭策。无论如何，我们有知识，有经验，老师对于学生，永远是最有用的。如果我们的学生大大超过了我们，那是我们的希望，也是我们的幸福。如果我们尽力提携了他们，帮助了他们，就更幸福……"

从郭校长的话里，甚至从她的音调、表情里，袁先生感觉到有一种深深的对于青年人，对他们的学生的爱。这种爱也感染了他。他们好久不说话，想着自己，想着学生，想着这一代和下一代。袁先生不停地吸着烟，郭校长轻轻地用手指敲着桌子。

袁先生回到教员预备室，就找郑波商量呼玛丽的事。

郑波沉思着回到教室。一会儿,工友老侯又来叫她,是电话。

电话怎么打到教员预备室去了?郑波急急去接电话,是舅母的声音。郑波一听,心就突突地跳起来。

"小波儿吗?快回来,你妈病……不好,马上来,什么?要上自习?你呀……"砰,电话挂上了。

郑波脸色白了,请了假,准备回去。

杨蔷云来到团总支,总支书记吕晨没在。找了一圈才把她找回来。杨蔷云对她汇报考试后的情况,然后提了一大堆意见,对李春、对袁先生、对郑波……

吕晨支持杨蔷云的意见,她说:"对!我在团区委刚研究了结合学习加强思想教育的问题。李春的言论是不对的!她这是一种脱离政治的倾向。对苏宁和吴长福,要好好帮助她们,只要努力,她们也是能够学得好,得一百分的。郑波也应该坚持自己正确的意见。不过你们确实应该注意本身的学习,自己学好了才能更好地发挥作用。这当然有困难,不过,我们青年团员什么时候怕过困难呢!"

郑波从图书馆借了记载义和团运动的一些书。她走出校门,看见呼玛丽提着书包靠墙走。她叫:"呼玛丽!"呼玛丽回过头来,郑波首先看见的是她的一双悲哀的眼睛。那长着双眼皮的眼睛,在她瘦弱的黄脸上显得过大。它经常是冷淡的,但也有时狂热;它经常是疑惧的,但有时也虔诚。她左眉心和下巴上,都有小疤痕。她的细小的胳臂,让人担心是否提得动那大书包。她的整个身躯,像一株受过摧残的、缺少生机的小树。

她向郑波点头。

郑波问她:"回家吗?"

她点头。

郑波说:"我也回家,我妈病了。"

她望望郑波,同情地点点头。

郑波问:"你住在哪儿呀?"

她用手指一指,说:"那边。"

两个人一同走到大街上,呼玛丽要拐弯了,郑波还要照直走。郑波说:"再见。"呼玛丽像刚想起来,说:"你妈病了?那就去一趟医院吧。"然后她拐进小胡同。

郑波站了一会儿,呆望着瘦弱的呼玛丽,提着装满东西的大书包,一颠一颠地消失了身影。一种说不出的苦味,钻到郑波心里。

郑波回到家,妈妈已经去医院。郑波又赶到医院。医生说不要紧,只是一般的重感冒,不过发烧太厉害,最高到四十一度。病人太虚弱,又有长期的严重的心脏病,所以最初搞得昏迷不醒。打了一针以后,已经好些了。郑波拿了药,陪妈妈回到家里。

妈妈住一间小东屋,夕阳照在堆积着的破条包、旧包袱上。妈妈躺下,郑波按医生的嘱咐,浸了一条凉毛巾,放在妈妈头上。妈睁开凹下去的眼睛问:

"你没课呀?"

"下课了。"

"不开会吗?"

"不开。"

郑波问妈妈的病情,妈妈勉强笑说:"没什么,我一年,还不是得生二百天病?"舅母唠叨地告诉郑波,妈妈太不爱惜自己的身体。病才好就忙这忙那,直到忙得躺下为止。现在才秋天,可妈妈就为郑波张罗棉衣服了。大前天夜里做活的时候,赶上下小雨,舅母说:"现在是一场秋雨一场寒,凉气吹到肌骨里,怎么能不生病?"

郑波煮了挂面,妈妈吃了点就睡着了。郑波扫干净地,把窗户纸卷起一点,又给妈换掉了凉毛巾。这时天已黑了,郑波坐下,想起自己还没吃晚饭,找了两个馒头,一口一口地啃着,同时望着自己在这儿度过了寒苦的童年的小屋。忽然传来一阵"吧、吧"的声音,是打鼓儿的①。这声音使郑波流出泪来……

记得是郑波五六岁的时候,还没上学。她最苦的是不知道自己的日子应该怎么过。大热天,中午,燥热,大人都在睡晌觉。孩子干什么呢?小郑波没有同伴,没有玩具,没有保姆,她的天地只是一个窄小的院落。小郑波不知道从哪儿捡了一根小劈柴棍,自己一上一下地扔着小木棍玩。玩得正高兴,使劲一扔,小木棍不知落到哪里去了——院子里堆的破东西和屋里一样多。郑波找遍了台阶缝里,门框后头,煤球堆中,哪儿都没有。郑波哭了,哭成了个小花脸,可是没人管她。这时忽然听见那轻轻的、单调的"吧、吧"声,郑波走到门口,瞧见打鼓儿的小贩,她呆呆地立在那里,感到一阵窒息。贫困、卑微、空洞的人生,从那么幼小就压迫着她的心。

童年,童年,黄金般的童年,花朵般的童年,就在这单调的"吧、吧"声中,就在这木然的呆立中度过了呀。

"小波儿,"妈妈叫郑波:"你还没走?"

"等您好了我再走。"

"不用,别耽误你功课。"

"没关系。"

妈妈放下心了,又睡下去。

一块石头投到水里,水四散了。和妈妈一说话,郑波的回忆也就破碎了,离去了。妈妈睡得很熟,呼吸是均匀的。看来,这次病又是虚惊一场了。妈妈很快会健康起来,郑波以后要多回家看望妈妈。那多么好啊!她觉得好像对妈妈不起。从书包里拿出《中国近代史》,郑波就想起呼玛丽,她有一双悲哀的眼睛,好像郑波对她也欠着债。还有杨蔷云、苏宁、李春,还有袁先生,郑波也对不起她们,大家期待着郑波做许多事,郑波哪一件都没做好。但是,想到这,就像

---

① 打鼓儿的:在贫民中收买旧货的流动小贩,他们打着一个小鼓,作为标志。

从前体验到类似的心情的时候一样,她不忧愁,倒大大地振作起来:"生活要求我做很多努力,我不含糊,那么,就干吧!"她又想起童年。接下去想到的就是黄丽程了,革命的火,终于照亮了孩子心里的凄冷的角落,然后郑波一直在战斗,从来没有示弱或者退缩。郑波捏紧拳头,深深地吸气。然后她打开灯,罩上纸(怕亮光照醒了母亲),翻到讲义和团的那一章,一页一页地读下去。

杨蔷云从团总支回来,看到郑波留的条子:"我妈又病了,我得回去看看。"她把纸条放进口袋,计划着:第一,今天晚自习要把历史温好。第二,明天星期六,下午去看苏宁。第三,如何还击李春……

蔷云来到苏宁家的门口。漆黑的小门,门上写着对联:"物华天宝,人杰地灵"。字迹已经模糊。门环衔在浮雕的兽头的嘴里。苏宁的爸爸是建新营造厂的资本家,"五反"时候因为抗拒检查组的工作和严重的五毒行为,被抓起来,新近才释放。蔷云来到她家,心情有些紧张。

杨蔷云轻轻敲门,门吱地响了,一个老太太探出头来,她个子矮得好笑,头上挽着油光光的小纂儿,腰上系着白里透灰的围裙。

"您找姓什么的呀?"她问。

"我来看苏宁。"

那个小老太太眼珠乱转,把蔷云上下打量了一番,然后满脸堆笑,用一种标准的京油子的麻利劲儿说:"噢,您找怹①呀,怹这两天不舒坦,寻思许歇着哪吧。"

"我是苏宁的同学,来看望她的病。如果她在睡觉,就等她一会儿也行。"

"那您就请吧。"小老太太领着蔷云穿过门洞,走进一个宽敞的四合院。她指着西北角的一个小过道告诉蔷云:"顺过道过去是个

---

① 读 tān,北京土话对第三人称的尊称。

小后院,二小姐就住在北屋东套间。"

蔷云听不懂"二小姐"是指什么,后来才弄明白,简直哭笑不得。

蔷云来到后院,登上北屋的台阶,叫了声:"苏宁!"

东屋玻璃窗上的白绸子窗帘拉开了,露出苏宁的脸。蔷云不等苏宁招呼,风一样地跑进屋去。

蔷云握住苏宁的手,坐在苏宁的床头。床靠南,挨着窗子,苏宁半坐在床上,把被褥腻磨得乱七八糟。蔷云把拖到地上的被角拉起来,看看屋子,东北角上放着一个荒芜的书架。许多书报零乱地堆在上面,书架旁有个小藤桌,桌上有竹笔筒和瓷花瓶,但是既没有笔,也没有花。书架的对面是漱洗用具。墙上挂着郑板桥画的竹子和一张比月份牌高明不了多少的粗俗的画——画一个女人荡秋千。还有一张彩色照片,照的是西湖的三潭印月。苏宁床边摆着一张小桌,搁些药瓶子、暖壶和水碗。蔷云以她特有的灵敏嗅出一种奇怪的、不协调的气味。有药味,有香皂味,也有旧纸旧画和苏宁的被褥的味。蔷云嗅了嗅,说:"开开上边的窗子吧,空气不好。"

苏宁犹豫地说:"我的上呼吸道……"

蔷云看了看外边,说:"今天没风,有太阳,开窗户对你准有好处。"

当蔷云登上窗台,去开上面的小窗户时,看见窗台上的一本书,是徐訏写的《鬼恋》。

蔷云下来,拿起这本书,怀疑地翻着看,苏宁像做了错事似的低下头。

"老天,你这是看什么书呀?"

"我,病了,看别的书太累得慌。"苏宁理亏地解释着。

蔷云气愤地说:"《鬼恋》,瞧这个名儿就是一本浑书。又鬼又恋,你瞧别的书累得慌,瞧这本书难道不气得慌么?"

苏宁没有话回答,用手揉着被角,样儿很可怜。蔷云问她的病情,她说:

"没什么,我爱头疼。这也不是一天两天的事了,一不高兴头就疼得要死。我的脑子坏了!"

"脑子坏了?"

"我愈来愈笨,记忆力和理解力都差得不行。我躺在床上,有时候觉着脑子里嗡的一响,一阵疼,像针扎一样,我害怕……"苏宁拿起自己的枕头,放在膝头,怜爱地抚摸它。

"别自己吓自己。"蔷云关心而又着急,"我并不是头一次和你见面。我知道,你不笨,脑子更没坏。你只是爱给自己涂上一层灰色,也许是因为在屋里憋得难受,才这样想。"

苏宁温顺地看着蔷云,靠近她,摇摇头:"我有点怕,怕功课赶不上,考试不及格,补考不及格就得降班。"

"你可真是!"蔷云不满地说:"一个人本来身体很好,他想:'我受了凉就可能生病,病了治不好就可能残废,残废了治不好就可能死掉……'这不是捣乱吗?咱们班同学都在努力把功课学好,谁也没气馁,班上跟开了锅似的,你为什么想得这样没有出息?"

脚步声打断了蔷云热烈的话语,一个瘦长的微驼着背的男人斯文地走进屋子,看见蔷云,想退走,又浅浅点头。

"我哥哥。"苏宁介绍说。

蔷云站起,他忙说:"请坐。"然后用被烟卷熏黄了的指头与蔷云轻轻握手。蔷云看见他的微遮着眼睛的鬈曲的长发和宽大的多皱纹的前额,有一种衰弱的美丽。他报名:"苏君。"蔷云也说了自己的名字。他看着蔷云想要说点什么,沉默了一会儿,却转身走向书架子。

突然,他剧烈地咳嗽,弯下腰。蔷云回忆起苏宁谈过的这个哥哥。他是苏宁父亲的第一个妻子生的,比苏宁大七八岁。苏宁爱他又怕他。他小时候在乡下跟随外祖父学古文和国画,他外祖父是前清的秀才。后来他在大学读中文系,因为失恋差点自杀,接着染上严重的肺病,从一九四八年一直在家里休养。

苏君把翻着的书放下,走过来,掏出几个苹果,大的给蔷云,中的给苏宁,小的给自己。蔷云没用他的小刀,拿手绢擦了擦,高兴地咬一口。

"你是杨蔷云?"

"对的,没有错。"蔷云笑,她见了生人,往往用一种大胆和天真的态度迅速打破隔阂。

苏君微微一笑,他说:"很好,常听小妹讲到,你帮助她很多,是她好朋友,是吧?谢谢你。"

"干吗要谢?"蔷云惶惑地说。

苏君微眯着眼,用一种研究的神态打量着蔷云。由于礼貌,他的注视被遮掩得不易觉察。然后他问:

"现在的中学生生活得怎样?"他说话的口气像老人问下一代的事情。

"您指什么呢?一切都好。"

"嗯,你们对小妹有什么意见么?"

"哥哥,你干什么……"苏宁慌乱地插嘴,苏君摆摆手。

"苏宁挺好,可是她不活泼,也不太好动。"蔷云直爽地回答。

"是的,"苏君弯下腰,用脚尖轻轻打着地。"我羡慕现在的中学生,你们比我做学生的时候强。不过我也可惜,可惜你们的沉重的负担,无谓的忙碌和虚妄的热情。你帮助小妹,我感谢。但是不希望你把她拖进旋涡。"

"哥哥……"苏宁无可奈何地叫。

"请您解释您所说的。"蔷云尖利地问。她活跃起来,预感到一场争论的临近。

苏君掏出一条女人用的丝质手绢,用女性的动作擦擦自己的额角。收起来,慢慢地说:"还用解释么?你们的功课很忙,我不反对学生应该上课,但我也不赞成让学生中邪一样地读书。你大概是青年团员,我不反对学生可以集会结社。但也不赞成那么小就那么严肃。在你们的生活里,口号和号召非常之多,固然生活可以热烈一点,但是任意激发青年人的廉价的热情却是一种罪过……"

"那么,你以为生活应该怎么样呢?"

"这样问便错了。生活是怎么样就是怎么样,而不是'应该'怎么样。人,生为万物之灵,生活于天地之间,栖息于日月之下,固然免不了外部与内部的种种困扰。但是也必须有闲暇恬淡,自在逍遥的快乐。譬如,"苏君随手拿起藤桌上的笔筒,指着笔筒上的字、画给蔷云看。上面画着古装的一男一女举杯饮酒。题字:"花中真富贵,无事小神仙"。字纹中长着绿霉,"这样一种自然的、无忧无虑的生活情趣,难道不是一种理想么?"

蔷云低下头,沉思。苏宁给她倒水,她根本不接,然后严肃而自信地向着苏君摇头:"您说得一点都不对,也许我还听不懂,那些名词对我还有些陌生。不过我觉着,您一点也不了解我们的、我的和苏宁的生活。您的话和这个笔筒一样,过时了,陈旧了,黯淡无光了。说什么沉重的负担,我们过着有目的的积极的生活,我们担起的不是沉重的负担,是做人的光荣责任。我们的忙碌也不无谓,就说学俄文,原来不会,忙了一阵,会拼音也会造句,这怎么是无谓? 相反,那些无所事事地浪费生命的人,他们的清闲,倒真无谓得可怕。还有热情,一个人像一把火,火烧完了就只剩下灰。火能发光发热,它不是虚妄的。灰尘呢,风一吹就没了。至于您那个'无事小神仙',说起他们就像说起男人的辫子和女人的小脚,不但虚妄,简直是可笑!"于是蔷云轻蔑地、胜利地大笑,公然地嘲笑苏君的议论。

"你很厉害!"苏君搓一搓手。

不管苏君在与蔷云初次邂逅时谈的话多么荒谬和不可思议,蔷云仍然在他的神态里发现了一种善良和诚挚。也许是共同的对于苏宁的关切把他们联系起来,蔷云觉得和他说话是亲切的、无拘束的。她大胆地继续说下去,她的激情常在话语中涌出,使她不能不在讲话中常常停顿。

"把苏宁拖进旋涡,如果您以为生活就是旋涡,那么您也应该赞成。不到旋涡里,难道停在死角里?而且您,您本人,也不应该把自己的青春虚度……"

阴云渐渐遮盖了苏君衰弱的脸,他把长头发撩下去,带几分凄凉地说:"幸运者,我羡慕你……"大声咳嗽,憋红了脸,转身缓缓走掉。他的苹果削了一半皮,丢在椅子上。

"你们家气味不好!"蔷云拉着苏宁的手说:"你哥哥肺里有细菌,话里也有,千万可别传染上你!还有你们的那个老妈子,她油极了。她给我开的门,她管你叫'二小姐'!还有这本《鬼恋》……"

苏宁眼圈红了:"原谅我哥哥吧,他偶然发一回神经病。除了我以外,他和家里谁都不合。我爸爸、妈、表舅,还有你说的那个赵妈,他都不理……"

"是这样?确实,在你家里生活是不愉快的。"

"是不愉快的。"苏宁流下泪来。"最不愉快的你还不知道。我爸爸刚放出来,嚷嚷着买卖不做了,大伙挨饿。我妈最疼我,她凶起来可以掐死我爸爸,软起来可以哭晕过去。我还有个大姐,她跟着我那个坏蛋姐夫到台湾去了。还有赵妈,她最会挑拨是非,偷一把摸一把的……我想不要这个家了,那我哥哥就会闷死……"

蔷云给苏宁哭乱了手脚,她觉出自己的不对来了:看病却给人添了病。她慌乱地想把局面扭转,"不,别哭,干吗哭呢?我说得太冒失了,我是个冒失鬼。对你哥哥我说得也太伤人了,你替我道歉吧。当然啦,你这个家不太好,不过,你爸爸和你妈妈也要被改造的。你哥哥更能进步。肺病并不像一般人想得那么可怕。你更不用说了,你是新的人了,你有那么多同学,那么好的学校。病好了快来学校吧,来到学校就什么都好了。"

"星期一我就去。"苏宁呜咽地说。

又是赵妈送蔷云走到门口。脚快要跨出大门了,蔷云忽然灵机一动,说了声:"啊,还有点事。"撇下赵妈,向苏宁屋子跑去了。

"苏宁,"蔷云兴奋地叫着:"我们帮你布置一下你的环境吧,使它活跃一些,明天就来,好不好?"

　　第二天星期日,蔷云动员了周小玲和另一个同学,来到苏宁家。她们和苏宁一同商量了,然后挽起袖子干起来。清扫了所有角落的尘垢,摆上了毛主席的石膏胸像。贴上一张《列宁和孩子在一起》的铅笔画和一张卓娅的画像。她们送给苏宁几本书:《普通一兵》《刘胡兰小传》《青年团基本知识讲话》,苏宁把它们放在书架上最显著的地方。根据周小玲的提议,差点儿要在墙上贴上标语:"迎接祖国的建设高潮!""学习,学习,再学习!"干完了,她们像征服者一样地笑。苏宁也笑了。那个巨大的光明的世界,就在姑娘们的笑声中,胜利地冲击到这里。

八

过了一个星期,一天下课以后,班上同学都去看赛球,只有呼玛丽一个人留在教室里。郑波和团总支书记谈完事回来,走近呼玛丽身边。

呼玛丽回过头,用眼睛询问着:"有什么事么?"

郑波坐在一旁,问她:"怎么不去看赛球?"

"功课没做完。"

"你喜欢玩球吗?"

"不会。"

呼玛丽缄默得令人发窘,郑波又问:

"你有病吗?面色好像不太好。"

"没有什么。"

"你现在生活怎么样?"

"就那样。"

没有话说。呼玛丽回过身又去看笔记。郑波仍然坐在一边。呼玛丽大概觉得不太合适,于是再转过身来,探询地望着郑波。

郑波低着头。然后迅速地抬起头来,急促地说:"呼玛丽,告诉我,你为什么不愿意和别人谈点什么呢?你转到咱们班,已经快两个月了,可是,一切都还像你刚来的时候一样,你和咱们同学陌生得很。中学时代这最后半年,我们要在一块度过,如果我们所有的同学,都像亲密的姐妹,如果我们班,真像一个温暖的家,那多好!"

呼玛丽脸红了一下,又变得苍白了。她抬起她的眼皮,疑惑地瞅着郑波。她说:"以后,以后我努力和大家接近好了。"

郑波摇头:"不,说得别这样简单,这样公事公办。告诉我,你喜欢咱们班吗?喜欢咱们同学吗?你想不想,把自己的心和咱们班的五十一颗心连在一块儿呢?"

呼玛丽战栗了。还没有人这样问过她,而这些,不也常常重重地压着她吗?

她说:"我……不知道。我一个人……生活惯了……我没有亲人,没有……朋友,我和你们是不一样的。"

然后她小声说:"不用隐瞒了,我有信仰。全班五十二个人,只有我一个……啊,你们,你们为什么不信主呢?"

呼玛丽十九岁,她过了整整十九年的孤苦岁月。从记事的时候起,她已经是天主教会"仁慈堂"的孤儿了。不知道是因为穷困,还是因为自己是私生子,或是父母双亡了,她从小就被送到那里。没有爸爸,没有妈妈,没有那对于孩子是万分温暖和珍贵的"家"。

"仁慈堂"在北京西什库天主教北堂的旁边。名义上这是慈善事业——"仁慈"的孤儿院,实际上却是吸血的童工工场,贩卖人口的营业所和骇人听闻的儿童地狱。教会中的帝国主义分子,在这里对我们欠下了无数血债。

"仁慈堂"的孩子们每天清晨四点钟起床,望弥撒,然后干一天活,念两个钟头的书。晚上再做降福。每天三顿饭以前和睡觉以前,都要念经。他们从四五岁就开始做活,给大一点的孩子当下手。慢慢也学着做针线、剪花样子、织绦子和绣手绢,把绸子、细布绷起来,她和同伴们在绷子边累上一天。最初人矮绷子高,她们站一天,脚、脖子伸得生疼,转都转不动。后来渐渐长大,人高绷子矮,弯一天腰,腰酸得直不起来。然后市场上出现了这些精美的手工艺品,高价卖给穿着翻毛皮衣的太太小姐们。

她们的主人——姑奶奶们(这是对修女的通俗称呼),浑身上下穿戴着黑色的衣服、鞋帽,只露出脸和两只手,胸前垂着银色的十字架,用铜链拴着挂在脖子上。姑奶奶们面目可憎,性情乖戾,常常在她们喜欢或者不喜欢的时候打骂孩子。

在鬼嚎般的念经声中,在磨人的绷子旁,在外国姑奶奶的残暴的目光下,呼玛丽开始了她的人生。

呼玛丽十二岁的时候,新来了一个七岁的男孩子。人家不知道他正式的名字,只管他叫"毛毛乖"。据大孩子传说,他的父母是最近被捕的犯人。他长着稀疏的发黄的头发,大"背儿头",眼睛稍微凹一些,鼻子挺高。人家说他像"洋娃娃"。他的小嘴的下唇总是凸出来,像假装赌气似的。他用清脆的声音说北京话,却又夹点南方口音。

大概他前七年生活得不坏,来到"仁慈堂"的孩子中间,他显得特别健康、活泼、淘气。阴暗的教堂和姑奶奶们的长面孔,似乎也难以一下子把他的快活和天真扼杀。从父母身边来到"仁慈堂",他哭了两天就安静下来了。他从不忘记讨人喜欢,逗人怜爱。姑奶奶让他做什么,他总很听话。姑奶奶一走,他就向周围的伙伴做鬼脸。"仁慈堂"的根本没有童年的孤儿,看到了"毛毛乖",自己的童年仿佛复活了。大家都愿意接近"毛毛乖",拉拉他的手,或是把做活剩下的彩色线头送给他。尤其呼玛丽,她一有空就去找"毛毛乖",听"毛毛乖"念歌谣,给"毛毛乖"缝扣子,他们像姐姐和弟弟一样。

到第二年秋天,"毛毛乖"已经瘦多了。一天,修女会的副会长雷姑奶奶丢了两块蛋糕,那天赶上"毛毛乖"去过她屋子扫地。她断定是"毛毛乖"偷去吃了,她把"毛毛乖"叫来审问,拧"毛毛乖"的嘴巴。"毛毛乖"哭了,雷姑奶奶认为哭正是有罪的证据。于是处罚"毛毛乖"当天晚上在院子里忏悔,不许进屋睡觉。那时是深秋,下过"一场秋雨一场寒"的秋雨,夜里凉风飕飕,所有孩子都为"毛毛乖"担心,迟迟睡不着。

第二天,"毛毛乖"不见了。

雷姑奶奶骂着说:"他是贼,他跑了。"但是大家不信,"仁慈堂"有那么高的墙,八岁的孩子跑得了吗?

这天轮着呼玛丽去打水,她走到井边,看到井里有"毛毛乖"的尸体。她吓得发了傻,扔下水桶跑回去,怔了老半天才哭出了眼泪……

"毛毛乖"死了,尸体捞出来放在井边。他的脸抽缩着,像老人一样地出现了皱纹。他的脸上有呛出来的血。呼玛丽来到他身边,呆呆地盯住他。呼玛丽口袋里有一个新用纸叠好的小燕子,她本来要送给"毛毛乖"的。但是"毛毛乖"不要小燕子了,他什么都不要……

雷姑奶奶责骂孩子们,说"毛毛乖"进了天国,为了他灵魂的得救,孩子们不该哭。雷姑奶奶给孩子们讲述天国的美妙,呼玛丽不哭了。她相信"毛毛乖"这样的孩子是能够得到天国的幸福的,但是她仍然十分十分的难受。

办神功的时候,呼玛丽向一个年老的中国人——黄神甫忏悔说:"'毛毛乖'死了,雷姑奶奶说这是进天国,我不该哭。可是我哭了,我的眼泪是有罪的。神甫,既然人死了能进天国,那么就让我早点死了吧。"

黄神甫一句话也没说,他哆嗦着把"圣体"交给呼玛丽。呼玛丽吃惊地发现,在黄神甫的干涩的眼眶里,滚出了一滴眼泪。不久,黄神甫就走了。

一九四八年,解放战争激烈地进行着。"仁慈堂"的孩子,却一点也不知道树荫和高墙外面的事。由于营养不足和过早的劳动,呼玛丽长得又瘦又小。但是她的两只眼睛明显地变了,大了,睫毛也长了,不再娃娃似的东张西望。从那时候,她开始注意地、悲哀地、顺从地看着周围的人和东西了。

呼玛丽进入了在别人是最美妙,在她是最痛苦的少女时期。她的心灵宽阔和敏锐些了,混沌的起居作息,开始给她以新的体验。春天,柳絮飘飞,她温存地随风抓住一把柳絮,用嘴一吹,望着它们在晶莹的蓝空下无言而去。夏季,她喜欢毒热后的骤雨,那时就像重新开始一遍生活。她望着洗过的洁净的树枝和石阶,感到重压下的欢欣。晚秋,蟋蟀断断续续地啼叫,凉意满怀。呼玛丽睡觉的时候愿意和别的孩子靠在一块,这样暖和点。而大雪纷飞下的圣诞节,就使她自以为是享受着"天堂"的幸福了。

像所有刚刚觉察到自己的呼吸和存在的少女一样,呼玛丽期待温柔与爱抚。这当然不能从姑奶奶那里得到;别的被"仁慈堂"的生活所摧毁了的、残废和鲁钝的孩子,也不能满足她心灵的饥渴——"毛毛乖"的面孔,已经在记忆中模糊。在哪里还有美好的事情?在累死人的活计里,还是在一日三餐的糠窝头和发苦的、生蛆的咸菜里?

呼玛丽已经认识许多字,并且知道它们的含义。她开始感到圣经、祷文的力量。这个苦命的孩子,只有在祈祷的时候,才找到了在"仁慈堂"从未相遇的"仁慈"。她念道:

吁,天主圣父的爱女,请俯听我们热诚的祈祷。

怜惜我们的痛苦,感化恶人的铁心,擦干被难者的眼泪,扶助贫弱,消灭仇敌……

用您至甘至饴,洋溢天上的圣名,使万国万民相亲如兄弟,相亲如一家……

于是,眼泪溢流,她觉得圣灵已经降临在自己的心中。所有的悲苦疑惧,都被刹那间的虔诚代替。宗教的力量,就像圣经上譬喻的尼罗河一样,清澈久远地灌溉着她的心田。

每当四大瞻礼——耶稣诞生、耶稣复活、圣母降临、圣母升天——的节日,孩子们停止了活计,到北堂去。特别是圣诞节,圣诞树上灯火辉煌,四方的信徒蜂拥而来。一向面目可憎的姑奶奶也露出笑脸,发给孩子们几块糖和几张画片。然后响起庄严的钟声,红衣主教或者副主教合着几百个中外神甫,在教堂内站好诵祷。呼玛丽觉得真神仿佛就在身边。只有手里拿着的小画片中的场面还很残酷:拙劣的色彩勾画了耶稣被钉在十字架上,垂着头,淌着血……

一天,呼玛丽被叫到雷姑奶奶房间里。里面还坐着一个三十多岁的跛子,右额角有一块大疤,胳臂上青筋凸露,满嘴酒气。

雷姑奶奶通知她,这人将是她的丈夫,再过三天她就该跟他走了。雷姑奶奶说:

"天主把你们结合在一起,我祈祷……"

而那跛子却撇了撇嘴,咕哝道:"这么小,五块大头……"

"仁慈堂"的女孩子都是这样,十五岁左右,小的甚至十二岁,就由姑奶奶做主嫁出去。而这些到"仁慈堂"捡"洋落"①的丈夫,则用几块银元表示对于圣母的侍者——修女们的敬意。

呼玛丽大哭,到处央求:"我不愿意离开教堂,我不愿意离开修女和神甫,我情愿发大愿、保守②,我也不走。"

这时候,呼玛丽的老师,李若瑟神甫救了她。他对雷姑奶奶说:"要不换个别人吧,这孩子很机灵,留下也许有用……"

雷姑奶奶不以为然地说:"哪一个临嫁人的时候不是这样?去了就好了,亚孟③。"

于是,李若瑟成了呼玛丽有生以来唯一的大恩人。没有一个人,像李若瑟那样察知到她的苦痛,看重过她的请求,解脱了她的厄运。呼玛丽永志不忘,像对待父亲一样地对待他。把所有圣经、祷文所启示的善良德行,一齐献给他。她暗自发誓,永世做若瑟神甫的奴仆。神甫到哪里她就跟到哪里,为了神甫她愿意抛弃自己的一切。深夜祈祷中,她问圣母,这样做对不对?圣母没有回答。但是,呼玛丽觉

---

① 捡"洋落":北京土话,指用不正当的方法取得便宜、好处。
② 发大愿为起誓,保守是做"候补修女"。皆为教会用语。
③ 亚孟:即俗说"阿门"。

得心里宁静平安,于是她认为这样就是肯定答复的象征,为若瑟神甫效劳就是神的意旨。

北京一解放,李若瑟带上呼玛丽,动身去山西潞安教区,参加那里外国主教康先知(他的中国名字)主持的苦修会传教事务。

呼玛丽在潞安府(现名长治)上了初中。李若瑟天天对她讲:"共产党是魔鬼,共产党一来教难就快到了,不信主的人都要下地狱。你要听了他们的也要下地狱。"呼玛丽一方面很希望好好上学,好好听课,另一方面恨不得把耳朵堵上,生怕"魔鬼的异端邪说"侵入自己的头脑。

学校里讲历史讲到八国联军的侵略和义和团的英勇抗争,这和李若瑟过去讲过的不一样。她迷惑了,回去问李若瑟,神甫瞪起眼来了:

"什么?你不相信我了吗?你听了那妄言谬说,你忘了我的话,天主的话。(他气愤地画了个十字)听到这种话,你应该想都不想地诅咒他们,画十字和默诵玫瑰经,祈祷圣母惩罚他们。不要怕他们,难道你怕了吗?"

呼玛丽吓得倒退。她深深忏悔。她给自己下令,以后除了神甫的话,谁的话也不要听。这就是她日后关于义和团问题,公开而坚决地表示自己态度的原因。

可是,相信"学校就是魔鬼的巢穴"毕竟是不容易的。因为教师和气而负责,同学们都亲切地帮助她赶功课。无论如何躲避,学校生活的友爱欢乐的气氛,总是比"仁慈堂"的阴暗与苦修会的闭塞更吸引人。她开始有了一点正常的生活——好好念书,和同学聊天,以至于参加联欢会。但是沉重的宗教课程和深深的顽固疑虑,仍然压得她喘不过气,使她整日价陷在一种疲倦和麻木中。

潞安教区的生活比过去困苦些,李若瑟仍然保持着二十年来做神甫的生活习惯——早起、早睡、饭后散步念经,但他也愈来愈焦躁了。

有一次,他发现康先知偷着拿苦修会的钱买了肉吃,于是勃然大怒,与康主教翻了脸。康先知也气红了脖子,他吃力地讲着中国话:"你是……什么……神……职人员!"

李若瑟回到自己屋里,不顾呼玛丽的惊奇注视,大骂:"什么他妈的主教,简直是出卖耶稣的茹达斯①!"

还有一回,李若瑟吸烟,呼玛丽给他点烟斗,不小心烧了他的手,他撂下烟斗伸手就打了呼玛丽……

和李若瑟相处久了,呼玛丽对他的那种幻想出来的圣徒的圆光,就渐渐在脑中消失。呼玛丽日益明白,他既没有耶稣的博爱,也没有伯多禄②的忠诚,相反却显出很多的卑俗和丑陋。

但是,当呼玛丽有原因或是无缘故地感伤、恐惧起来的时候,她就跪在李若瑟的面前。李若瑟庄严地神秘地听着她的激动的忏悔。于是李若瑟重又成为她心目中神的化身。而她为自己曾有的对李若瑟的些微不敬——这种不敬是亵渎神长的极大罪过——而悔恨万分。

一九五一年,康先知因为私藏无线电发报机和散布反动言论被驱逐。李若瑟带着呼玛丽在苦修会念完了最后一遍抵制魔鬼的玫瑰经,重新回到北京。那时"仁慈堂"已被政府接管,李若瑟找到一所房子,修起小教堂,安下身来。呼玛丽插班考到郊外一个新成立的高中去,一九五二年,转到离住的地方比较近的女七中来。

呼玛丽说:"你们为什么不信主呢?"这话是用一种怨恨、叹息的调子说出来的。来到女七中高三班,她并不觉得同学们多么坏。相反,她觉得自己处处不如人,功课没有别人棒,胆子没有别人大,为大家服务没有别人多。为大家服务,不正是天主所教导的么?她觉得

---

① 即犹大。
② 伯多禄:耶稣大弟子。

自己的许多同学,除了不够谦卑是缺点,都可以做一个比她更好、更能显示圣母的光辉的教徒。如果郑波是教徒,如果袁新枝是教徒,如果杨蔷云火热地宣传天主的福音,如果全班都被神圣的信德凝聚在一起……可是,偏偏圣母在班里只有她一个女儿,偏偏这么多同学受到了魔鬼的诱惑,成为圣教会的敌人!

听了呼玛丽的话,郑波恨不得掏出心来大叫一声:"呼玛丽,来吧,到我们的队伍里来吧!"然后和呼玛丽一起做功课,和呼玛丽一起到北海划小船,和呼玛丽一起唱歌,唱完了笑,笑完了唱,唱完了再笑……郑波知道这是不可能的,于是她的左眼皮慢慢皱缩,右眼却特别紧张地注视起呼玛丽来,这是她十分忧烦时的神色。

她说:"难道,因为我们不信教,你就远远地离开我们,不答理我们的招呼,不相信我们的心,就这样一个人,永远一个人吗?"

似乎呼玛丽也可以伸出手来,回答久久地等待着她的郑波的手了。可就在这一瞬间,李若瑟的话已经在耳边重重地响起:"党员是魔鬼!魔鬼的话是甜的!"郑波的话是魔鬼的诱惑啊!但是,又怎么能把同学们尊敬的、老师们喜爱的,真诚、质朴、爱别人的郑波看做魔鬼呢?呼玛丽只好无声地哭泣了。

九

第一次阶段考之后,李春特别快活。她每天比别人早起半小时到操场练嗓子:"——道米骚道,啊——啊——啊——啊,"然后洒脱地进行一天的活动。听讲时她笔记记得特别多,而且不断地变换着使用钢笔、红铅笔和蓝铅笔。甚至听到"妙处"的时候拍一下自己的腿——谁能在课堂上这样"洒脱"呢?下午一下课,她就背起满满一书包的书、本子、文具,跑到图书馆,抢一个离门远、离窗户近的座位,把所有书包里的东西拿出来,在自己的桌面上堆成个小山。然后干将起来。即使只用其中的一个小本子,她也爱把更多的东西拿出来。不这样,就不能激发"脑力劳动"的情绪。她在同学面前也活泼了,像从前一样,买了花生米请别人吃,给别人讲故事。围在她身旁吃东西和听故事的同学渐渐多起来。对杨蔷云,她像是意识到自己的优势,特别大方,主动招呼蔷云,找蔷云借书看。如果不发生下面的事情,她就会这样快乐地生活下去,充满信心地迎接杨蔷云的任何进攻的。

十月革命节期间,学生会组织大家看了许多苏联电影,第二天星期日,李春和别的同学在教室里"分析"起苏联的舞蹈来。一个南洋归来的华侨学生说,苏联舞蹈的特点是脚特别累,南洋舞蹈的动作却主要靠两只手。一个好问的同学问是为什么,有人说可能和气候地理条件有关。俄罗斯太冷,跳起舞来像冷极了跺脚。南洋又是怎么回事呢?待考。

李春批驳这种说法,她说:"别侮辱人家苏联的舞蹈吧,哪是冷极了跺脚呢?俄罗斯舞,乌克兰舞,同一个特点就是热情。忽上忽下,忽左忽右,一连转上十八个圈,好像有一种不可抑制的力量……"

吴长福摇一摇自己滚圆的手:"错了,错了。譬如芭蕾舞,乌兰诺娃(吴长福伸一伸胳臂跷一跷腿,想表示出奥杰塔①的舞姿)是那样跳吗?"

吴长福的话,也许主要是语气,也许更主要是姿势,引起大家哄笑。吴长福觉出自己是被哄笑的主角、谈话的中心,就兴奋起来了,连忙大发议论,因为她个儿矮,说话时不断伸脖子:

"舞蹈是各式各样的,哪样跟哪样都不一样。芭蕾舞和红军舞,'男舞'和'女舞',都有区别……"

周小玲笑喊:"废话!"

吴长福止住她:"听我说,你们猜,我最欣赏的,是什么舞?(她神秘地巡视一周)不知道吧,我瞅着最棒的是电影《幸福生活》里的那两只'小鸟'。不明白?就是那两个胖老太太呀,看,一说你们就笑了。她们那么胖,(她比画着)裙子那么宽,(她比画着)屁股那么大,(她比画着)右手扯着裙子,舞起来,一边唱,一边嚷,一边跳。嘿,这才叫艺术呢。谁看了这舞蹈,就像,就像夏天洗了冷水澡,冬天吃了水萝卜,嗓子哑的时候用通条通了通,简直是消食化气,益寿延年,唉!"

同学们拍着吴长福的肩膀,都快笑化了。李春忍住笑,提议道:"静一静,同学们,我建议请咱们的功勋演员、天才的芭蕾舞大师、迷人的舞蹈家——吴——长——福,为咱们表演一段:'小鸟'舞,好之不好?"

"好!"

---

① 奥杰塔:芭蕾舞剧《天鹅湖》中的公主。

同学们连推带挤,把吴长福弄到座位前。周小玲回宿舍拿床单,李春根据大家的建议给吴长福化妆。先掏出一段红毛线,给吴长福梳起一条冲天杵式的辫子……

吴长福心里明白别人在拿自己寻开心,她挣扎着拒绝,不过也不坚决。因为正闹得欢,她也跃跃欲试地想凑趣。

床单拿来,围在长福腰上当裙子。李春放开她,喊:"一、二、三!"长福往回跑。李春拦她,别人也一齐打起拍子,长福最初还脸红,后来慢慢移动自己的步子,最后跟着拍子乱动起来。教室里哈哈笑成一片,同学们你扶着我我扶着你,笑得站不住。

李春大声吆喝:"没事的快来呀,快看肥猪舞,不要票,不要钱哪!"

教室的玻璃窗旁已经围上了人,互相打听着:"那个耍活宝的是谁?"

就在李春吆喝的时候,袁先生走进了教室,他以为本班出了什么怪事。吕晨从这儿过,也跑过来了。

李春喊的"肥猪舞"三个字,使同学们(包括吴长福)一愣,使袁先生和吕晨一惊。这时大家看见先生,热闹场面突然冻结。

袁先生和吕晨的眼光越过同学看见了吴长福的尊容,一刹那间,吕晨以为她可能是神经出了轨;袁先生莫名其妙地问:"你……怎么了?"

吴长福低下头,满脸通红。她忘了摘小辫,正好把冲天杵正对着袁先生。

"怎么回事?"袁先生问同学。别人已经不知不觉地退去了(学生见了先生,都有这种本领)。只剩下可怜的吴长福、慌张的李春、迷惑的袁先生和吕晨站在讲台前。

吕晨一直盯着李春,她已经找到主要负责人了,她问:"你干什么?"

"玩玩。"李春傲气地说。

"你刚才在喊什么?"

"让大家来看。"刚才,李春在喊出口以后,已经觉出不对碴儿。吕晨一问,她马上计划着怎么办。抵赖呢? 解释呢……

"你还喊什么?"吕晨又问。

"不知道。"

"你在喊'肥猪舞',大家都听见了!"

袁先生摇头说:"太不像话了!"

吕晨问李春:"你谈谈,什么叫'肥猪舞'?"

李春向袁先生服从地说:"下回,不这样闹了。"又走到吴长福身边给长福"卸妆"。长福把她推开,自己揪下红毛线,解开"裙子",摔到地下。周小玲心疼地看着自己的床单,也不敢去捡。别的同学已经拿起了书。窗外的观众,也退去了。

袁先生向着大家说:"这样玩也不像话呀,拿着一个人耍,(吕晨在旁补充道:简直是侮辱人家人格!)哪里是对同学应有的态度? 你们是高三的同学了,全校最高班,初中小同学围着窗户看你们,这算什么表率呀?"

李春说:"下回不了。"

吕晨又对吴长福说:"你也太,缺乏自尊心了!"

经过袁先生和吕晨一说,吴长福完全明白自己的丢人。听吕晨说了这一句话,她"哇"地像小孩似的哭出了声,然后捂着脸跑出教室,奔回宿舍。

吴长福进了宿舍,隔老远就向自己的床铺一扑,趴在床上,左腿还耷拉在床下,一边呜呜地哭,一边回忆着数落自己:

"吴长福,你是个大傻瓜,大笨蛋。你丢人现眼,成了笑料啦。李春说你是肥猪,团总支书记说你没有自尊心,你成了什么了……

"人家瞧不起你,你还不明白吗? 人家耍着你玩,你还不提防着点吗?

"吴长福啊,她们就这样看你! 你虽然功课不太好,也不是团员,分支开会也没叫你参加。可是你也在学好,今年一开学,你就找郑波帮着订过学习计划,团小组订了《中国青年》,你也常借着看。上次大扫除,你也吭哧吭哧干了老半天,比李春杨蔷云都卖力气,痰桶还是你倒的呢。

"下决心吧,下次再也不跟人开玩笑了,说话要严严肃肃地,省得人家瞧不起,可是……"

快吃午饭了,吴长福渐渐平静,打了一盆水擦脸。这时,周小玲找她道歉来,起初她红着脸不言语,后来道得她怪不好意思,只好和周小玲说笑一番。等到了饭厅抢着盛汤(菜是每人一份,不用抢。汤是早来的有,晚来的没有,必须要抢)的时候,这一阵阴雨就完全过去了。

教室后墙的班报上出现了一篇新文章,以"这是同学对同学的态度吗?"为题,严厉批评了那个"吴长福事件",特别指责了李春。这篇文章署的是本班一同学。李春看了气呼呼地去找班主席周小玲:"周小玲,那篇文章是谁写的?"

"你问这个干吗?"

"那是小题大做,趁机会打击人!"

"你有不同意见也可以发表。"

"到底是谁写的?是不是杨蔷云?"

"你管不着。"

"管不着?"李春气了,然后命令地说,"我要求把这稿子撤下来。"

"你没这个权力。"周小玲说完就转回身干别的去了。

李春一看,好啊,周小玲这小丫头这样"不接受群众意见",自己跑到班报旁,把那稿子扯下来,撕成了碎片。

隔了一天,团分支召集了团员大会,讨论李春的行为,非团员除了呼玛丽也都参加了。

虽然大家都知道是怎么回事,仍由周小玲把始末说了一遍。说

到李春撕壁报的蛮横态度,周小玲气得哆嗦。她说:

"那天大家和吴长福闹,我也是主谋人之一,但是我们大家,当时确实想得不多,反正咱们班同学爱起哄,当然哄得太过分了。李春可不完全是这样,她,她真是——我不会说——有点拿人家不当人!她那个撕壁报的样儿更是霸道,打排球扣球,也没有像她那么凶的!"

主持会议的郑波让李春发言,李春歪着头看看别人,叹一口气:

"我错了,应该改。对不起,吴长福,下次我不和你开玩笑了。对不起,周小玲,下次我不再给班报提意见了。这个,嗯,倒霉的事应该一个人负责,这对别人有好处,我愿意负责……"

群众哗然:

"什么叫不开玩笑呀!"

"谁不许你给班报提意见啦?"

"你负什么责任哪,你?"

李春举手,向郑波提:"主席,这么多人一起发言,我接受不过来。"

袁新枝说了,她说:"那天我没在,听了这事儿,我都有点不信。对于自己的同学,亲密的伙伴,难道能那样……"

杨蔷云不喜欢袁新枝发言这股轻巧的劲儿,不等新枝说完就抢上来:

"我觉得这个事不能孤立地看,这是李春近来一连串言论和行为里的一小件。李春同学是这样盛气凌人,自以为是……"

李春说:"等哪一天我的学习优良奖章没有了,杨蔷云戴起它来,她对我的态度可能就好转了……"

"你……"蔷云站起来。

"请坐。"李春说。

"你卑鄙!"

李春站起来,扭头就走。

"李春！"郑波叫她。李春停住脚，仍然面向外。郑波说："回来吧，下面有更重要的事要讨论。""什么更重要的？"她仍然不看郑波。郑波皱了一下眉头，声音有一点发抖，所以她说得特别慢："譬如，讨论你像不像一个青年团员的样子？"

"什么？"李春回过身来。

教室里静无一声。李春呆立着。这话连杨蔷云都没想到，她注意着郑波，比对李春还注意了。

郑波仍然坐着，仰头看着李春，那神色与其说是气愤不如说是忧愁，她的两只手捏着一块橡皮，弯转过来，掰折了。

她说："李春，你不能这样下去！"然后她不看李春，对大家说，"咱们看着李春的行为，又听了她的话，都觉得那么生疏，因为那离一个团员的思想和行为是太远了。什么倒霉事要由一个人负责，这样对别人有好处，这是什么规律呀？是哪个国家，什么社会的规律？我们是一伙什么人呢？什么杨蔷云和奖章，不要拿你那个心灵的框框去套别人吧。李春以为她功课好就是做到了一切，不错，你功课好，我们都应该向你学习，希望你帮助我们。可是，一个没有道德，没有崇高的思想，没有对集体的新的态度的同学，哪怕每门功课考二百分，你的分数又有什么用呢？你以为你功课好别人就不敢碰你了？你错了。我们不能允许你坚持错误，我们不能看着你离开一个团员的道路……"

李春仍然站在那里，她的嘴动了动，没有说出声来。

夜里，李春仔细地回想了一切，她想弄清自己到底有什么错误，有错，她绝不怕改正。没有错，她也绝不妥协。

李春从小生活在伯父家。她父亲原来是河南的一个小地主，很早就死了。他的妻子带着才过两生日的小李春，投奔到在天津银行里工作的李春的伯父。李春的伯父李季湘，四十多岁了，没有孩子，他对李春她娘两个还不讨厌，可李春的伯母就很不欢迎这两个吃闲饭的。于是她努力使用她的"弟妹"，使李春的母亲成为全家的仆人。同时经常拉脸子,甩闲话,嫌李春的母亲吃窝头吃得太多。李春的母亲性格很懦弱,丈夫的死已经夺去了她的一半魂,嫂嫂的折磨又去掉她的另一半,过了两年,她得气喘病死了。

她临死的时候,给四岁的李春只留下一句话:"别像我这么窝囊。"母亲死了以后,小李春同时受着伯父的怜爱与伯母的虐待的双重待遇。李春慢慢懂得,要活下去就只有讨好伯父和尽量躲开伯母。伯父在家的时候,她乖乖地待在一旁。伯母让她做什么,她就做什么,非常听话。伯父不在的时候,她跑出去很远,找都找不着。伯父给她买了玩具、糖果,她不告诉伯母。伯母打了她,她总想法让伯父知道。李春的这一套办法果然有效,伯父愈来愈喜欢她,而且为庇护她与伯母吵过几次架。小李春就这样靠自己的聪明,在无父无母的困难情况下站住了脚。

所以,李春从小就富有自动性和自信心。她在学校很用功,她模糊地觉得,别人不好好念书也可以在家庭的照管下生活得很好,而她,只能靠自己。她瞧不起那些每天上学有人送,下学有人接的孩子。那些人没出息,而她李春,什么都不怕,一切靠自己闯。过去,在学生当中似乎很容易得到荣誉,一个学生功课好,穿得整齐,有口才,不出一星期就会受到全班同学的推崇,不出一个月就会在全校出名。李春的小学阶段就是这样顺利,小学毕业的时候,她找老师给她题"纪念册",大多都给她写了些"出类拔萃,前途无限"之类的话。

上了中学,李春渐渐懂得了,无论自己多么"出类拔萃",由于国民党的黑暗统治,"前途"却不是"无限"的。她恨国民党,恨旧社会,因为那时即使一个青年有天才,肯努力,也不见得能达到自己的目的。解放了她特别高兴,她毫不犹豫地从解放头一天起就积极参加各种进步活动,很快就入了团,她相信像她这样聪明、积极,过去又是"受压迫者",现在前途真的"无限"了。

若不是赶上了号召参加军事干部学校的时候……

想到这里,李春愈想愈觉得自己能成为今天这个样子实在是不容易。换任何一个人,譬如苏宁,处在她那个家,早就会被伯母折磨死的。譬如吴长福是她的话,至多上上两年学,不求上进,到十七八岁嫁个人完事。而她李春,在冷酷的命运面前,自小东冲西闯,一日不敢稍懈,受过别人没受过的苦,用过别人没用过的心机,居然,自己成了个"出类拔萃"的学生。五年上学免费,三次得奖。……唉,有谁了解她呢?

她后悔参加军干校的时候没报名,像她功课这样好,将来可以培养做科学家,怎么会批准她去参军呢?杨蔷云、郑波,报了名不也没去参军么?这一步路算是走错了。

这学期好容易抬起了点头,为什么最近又碰上那么个倒霉事!李春躺在床上,翻来覆去,总好像听见郑波的声音:"讨论你像不像一个青年团员的样子!"郑波在团分支会怎么会说出这样的话?她又想起从前通过爱国公约时的"李春除外"来,自尊心伤得发疼。对吴长福,她是有点瞧不起,但难道郑波、杨蔷云就一定瞧得起吴长福吗?李春比吴长福强,就像郑波、杨蔷云比吴长福强一样是客观事实,装得谦虚也好,表现得不够尊重她也好,其实还不是一样。那为什么她们和自己这样过不去?

李春没有仔细想一想关于撕壁报,团分支会上的发言和态度这些事,因为她当时已经觉出自己的错来,后来更觉出来了,既然是自己错了,也就不需要多想了。

李春得出结论,自己并没有大过失。郑波的话要么是吓唬人,要么是没通过大脑。但郑波说话不通过大脑的事不多,那一定是吓唬,是威胁。李春愈想愈气,自己从在天津做团的总支委员,一落千丈落到被分支书记指斥为不像团员的样子。这样下去,李春就算白活了。李春烦躁得睡不着觉,她把被子全蹬开,又觉着褥子没铺平,就起来扯一扯褥子。褥子愈扯愈起褶子,她气呼呼地坐在床上。忽然,她想起一个主意,她连忙披上她那件褐色的外衣,趿拉着两只鞋,摸黑跑到自己的教室里,拿出纸和笔,再跑到南院楼道的灯底下坐定,拿硬纸夹子垫着纸,给校长和袁先生写信。昏黄的灯光照出了她的一团黑影,深秋的夜半凉风吹冷了她赤着的脚,她一边写着愤怒的言语,一边慨叹着自己的身世,回味着自己的"斗争历史"。报复的愿望,汹涌到她的心里。

袁闻道是喜欢李春这个学生的,因为她功课好,特别是数学好。而且,用袁先生自己的话,他有个"私心"。二十几年前,袁闻道开始做教师的时候,一个他最佩服的老教员告诉他:"干教员这一行,一辈子教出来的学生能有万数来个,如果这万数来个都平平常常,你这个教员也就没人理睬。如果你的学生堆里能有那么十个、五个、哪怕是一个,干出了点玩意儿,那才是咱们的功劳。"说到这儿,这位老教员拍拍袁闻道的肩膀:"要留心呀,发现了有出息的要多多栽培,将来人家也就不至于忘了咱啦!"袁先生根据这个原则,总在自己的学生里找寻"有出息者"。解放以前,他也认定了十几个,可惜毕业以后这十几个的有的音信全无,有的生病夭亡,有的结婚后做了家庭妇女(袁先生惋惜自己教的是女校)。这使袁先生很伤心。解放以后,这两年,他选定了李春,盼望李春真正成为自己的"高足",这种心思,连他的女儿也不知道。

袁先生看到了李春的信,他首先不高兴的是团分支开会事先他连知道都不知道。他想:到底这个班是归班主任管还是归团分支管呢? 其次李春的那些危言耸听的词句(她写道:"团分支开会斗争了我,郑波要处分我……")也引起了他的同情。他觉得郑波她们未免太不能容人了。不过,他又觉得这是团内的事,自己不好插手管,于是犹犹豫豫。回到家向袁新枝发牢骚:"女儿呀,告诉我实话,你们班是不是觉得我这个班主任没什么大用处呀?"

袁新枝闹清了是怎么回事以后,直向她父亲解释:"那天开会没跟您商量是我们分支错了,一时的疏忽,绝不是瞧不起班主任。"袁先生更有气,嘿,袁新枝自动代表起"我们分支",向她爸爸办上"外交"了!

郭校长看到李春的信,就去问袁先生,袁先生把自己收到的信也给了校长。他说:"我这个班主任官僚主义,别的情况再也不知道了。"郭校长知道他的意思,对他说:"你去批评团分支好了,为什么她们开会不和班主任商量呢?"袁先生笑了笑,郭校长把两封信都交给袁先生,她说:"你找团分支研究研究吧,我考虑是不是有些人和李春之间互相有些成见?都是十几岁的娃娃,当然应该有批评,不过要像李春信里描写的那样剑拔弩张还了得!还是要想法在团结中求进步。"

袁先生原来想把信交给校长,请校长去管,而且是爱怎么管就怎么管,但结果校长的意思却是由他自己来办。这其实是理所当然,那么多的事,要是校长全一个人包了,哪管得过来?但是他怎么管呢?过去可从来没给团分支提过意见。想着想着,郭校长已经走了。

那边袁新枝已经早把她父亲对团分支的意见告诉郑波,杨蔷云也在旁边听着。郑波说:"对了,咱们最近跟班主任实在配合得太少。"杨蔷云说:"可是袁先生从来也没找过咱们呀!"袁新枝说:"我爸爸本来就不乐意当班主任。"郑波说:"所以咱们更应该多找他呀。"后来她们商量了一下,郑波和杨蔷云就主动到数学教研组办公室去找袁先生。

数学教研室是一间小屋,只有四个数学教员在那里工作。在郑波她们去的时候,正好别的先生都没在,袁先生坐在窗户旁看新到的《数学通报》。

郑波敲门,袁先生不回答。隔着玻璃窗只见他翻开《数学通报》的一页左看右看,再紧张地拿近玻璃窗看,又听见他自言自语:"是他?不是他?"郑波、杨蔷云很纳闷,等了一会儿,再敲门,袁先生惊了一下,回过头,看见她们。

袁先生叫她们进来坐下,把那杂志合上,刚合上又翻开,在那页折了一角做记号。郑波不等问就说起了那次团分支会,并且检讨自己事先忘了和班主任商量。

袁先生点点头,把李春的信拿给她们。杨蔷云一看信就火了,说:"她歪曲……"郑波拉了一下她的衣角。

郑波把那次分支会的经过,原原本本地说了一遍。

袁先生问:"你们认为李春这个人到底怎么样?"

杨蔷云把头一昂,说:"她自私……"

"自私?"袁先生好像没有料到。

"您不知道,"杨蔷云做着手势,"她并不是那种自私,而是那种,她生活上并不小气,可是她总是为个人打算……"

郑波说:"她太骄傲。"

袁先生问:"你们……讨厌她吗?"

杨蔷云说:"不,她不惹人讨厌,她是叫人生气……"

郑波说:"也叫人着急。"

袁先生说:"都哪些地方叫人生气呢?"

于是杨蔷云历数李春的毛病:自高自大,脱离集体,不做社会工作,不肯为群众服务,好说怪话……

袁先生琢磨了一下,他说:"我说一句,听了不要不高兴。对李春这个同学,依我看来,和从你们看来,印象并不全同。李春同学,求学认真,热爱科学,学起来举一反三,这是难能可贵的。当然她有许多缺陷,需要你们多多帮助……"

郑波她们没言语,考虑着袁先生的话。袁先生又拿起那本《数学通报》,突然苦笑了一下,向郑波她们说:"我给你们讲个故事吧?"

郑波注视着袁先生,杨蔷云不解地眨一眨眼。

袁先生说:"这是三十年前的事了,那时候我在朝阳大学上学,同时在一个男校里代课,教初三平面几何。我们班有一个孩子——我不说他的名字了——很聪明,他长得又瘦又小,穿得破破烂烂,眼睛有点毛病,眼皮老是一跳一跳的。他除了数学什么也不喜欢。他爱数学爱入了迷——比我还迷——听说,因为他一天价总抱着数学书,挨过爸爸的揍。第一堂课下课以后,他就来找我,拿着他的一个证明题让我批判。你们猜他证的是什么?他证明点不能移动!道理是任意一点移动的时候,都要经过离它最近的一点,而离它最近的一点是找不出来的。我一看,这不是胡闹吗!十几岁的孩子哪有这么学几何的,简直是难为我这个年轻的代课先生。后来上课更麻烦了,我讲着讲着他常常搭下碴,没等说完他就明白了,或者起来纠正我。惹得同学嘘他,损他,骂他。有时候他上着课出神,他那有毛病的一跳一跳的眼皮也不动了,我一看,只当是他一口痰堵住了呢。又有时候不知从哪儿找来一堆难题问我,我心里想,不会走就想跑,好高骛远,真啰嗦。听见别的先生也在议论,他上别的课的时候也看数学书。有一次我讲课的时候,他借了一本高中的《大代数》正在看,我见了很生气,就劝他把《大代数》收起来。谁知过了一会儿,他又翻起《大代数》来。我当时年轻火气旺,上去打了他一个嘴巴。那时打学生是一件很平常的事。下了课我又训了他三个钟头……"袁先生的脸阴暗起来,然后说:"以后他干脆不上我的课了,我去找校长坚持提意见,就把他开除了……不久我也不在那个学校了……"

袁先生沉重地叹气,他把眼镜取下来用衣襟擦一擦,他的手微微发抖。

杨蔷云睁大了眼睛问:"后来呢?"

"后来?"袁先生沙哑地说,他咳了咳,到痰盂边吐了痰,走回来,把《数学通报》拿给郑波和杨蔷云,颤抖地说:"这篇论文是他写的,就是他。"

袁先生拿出一支烟。一般说,老师当着学生是不抽烟的,但是他忍不住点着烟,猛吸了几口。

郑波和杨蔷云凑过去看那杂志,怀着敬意,看着那论文的古怪艰深的题目,不由得同时长出了一口气。

袁先生把烟弄灭,收起来。他说:"还说咱们的事吧,我教了三十年书,功课愈好的学生,往往毛病愈大。当教员要是不谨慎,那就欠人一辈子债。"他又补了一句："你们对李春也得在意呀……"

"谢谢先生提醒了我们,我们过去想得太少了,我们什么都不懂。"郑波说,然后她惶惑地看着袁先生,"可是,您说功课愈好的学生毛病愈大,非……非这样不可么？也许解放前事情是这样的,现在,为什么不能使一个人发展得挺完满呢？"

杨蔷云听袁先生的话的时候,怀着一种听故事的心情。她的敏锐的想象,已经把那个瘦小的、眼皮跳动的数学迷显现出来,她内心充满着同情。她茫然地听着郑波和袁先生的谈话。

袁先生点点头："是呀,我谈的是过去的事,现在也许不同。我教了许多年书,接触了各式各样的学生,我记得许多人,许多事,犯过许多错误……回过头,还是谈李春,李春是个有个性的,肯努力的学生。一方面她要强,自信,爱科学,好动脑筋,这种个性是好的,可爱的。另一方面,她骄傲、任性,有时候只想到发展自己,却全不关心旁人。依我的见解,如果对她的性格加以引导,那她是个有作为的青年。至于思想作风、群众关系种种,一方面应该严格教育,另一方面也不能要求每个同学都像团分支书记一样。对于新的教育理论我还了解很少,这样说不知对不对。"袁先生十分客气地结束了他的话。

她们一同出神地想了一会儿,郑波点头说："过去,我们和李春太对立了,这种对立可以说是'历史'遗留下来的。团分支的工作一直是放在发动大家参加政治运动方面,谁在这方面不积极我们就整谁。对于李春,我们了解得也有不全面的地方,杨蔷云,你说是吗？"

杨蔷云转一转眼珠说："嗯,该想想。从前我认为对就赞成,认为不对就争吵,别的也没想,以后该想想了。"

袁先生的话是有效力的,她们走出来的时候,已经开始议论怎么和李春团结得更好。

李春夜半在楼道写信的时候受了凉,又加上睡得不好,第二天一起来就觉得头沉得很,眼睛也睁不开。于是她用冷水洗脸,想把自己刺激得"清醒"一些。这样勉强上了一堂课,头部太阳穴一跳一跳地疼起来。接着两肩发酸,好像扛过几百斤的东西。她实在支持不住,请了假,然后回到宿舍里躺下。

她们的宿舍是一间很大的,相当老的南房。屋里有些潮味和胰子味的混合气味,一共住着十二个同学。李春的铺位在最靠里的一角,那个角很暗。李春躺在床上,盖上被,呆呆地瞅着挂在绳上的十二条毛巾和一条新洗的裙子。李春没注意过哪个人用哪条毛巾。那条雪白的"祝君早安"大概是小张的。那条破旧的,带许多小孔的红格子的,大概是吴长福的。还有那条漂亮的、浅蓝花的新毛巾是谁的呢?她记不得了。这时一阵风吹过来,门吱扭扭地响了一下。又传来了电铃声和同学们下课后的闹嚷嚷的叫喊。她恍惚听见一个人叫李春。她寂寞地吸了一口气,结果满鼻腔都是胰子味和潮味。于是她重新一条条地看那些毛巾。忽然,她发现,自己的毛巾没和大家的毛巾放在一起,却远远地卷在这一边。一种病人所特有的孤独、软弱的感觉,就在这时袭来。

"难道我真像这条毛巾一样的失群吗?"李春问自己。

第二次电铃声传来,喧闹声平息,又上课了。这一堂课该是语文,由烫着长头发的四川人刘先生教,刘先生的口音真有趣……学校生活,那个被电铃支配的有规律的集体生活是多么好啊,可是她李春病了。不病又怎么样呢?有人批评她,有人疏远她,有人和她作对。她没有好朋友,不,她连一个朋友也没有。那些常和她接近的同学,她并不喜欢。她李春在天津上初中的时候是活跃的,是出头露面的。哪儿人最多,哪儿就有她的声音。那时她做团总支委员,忙忙碌碌,净和高中的同学在一起,还常常有外校的男学生、学联的干部、青年报的记者和她接洽事情。现在呢,这些事情她都"让"给别人了。她念自己的书,她不稀罕这个。不,不要骗自己了吧,她稀罕这个,她像饥渴一样地需要朋友,需要集体的温暖,需要为大家办事的光荣。可是怎么办呢?去找郑波要求一件社会工作么?社会工作是她自己决定"辞"去的,何必再去低头反悔呢?那么,到底做点什么事情才能显出自己真正的天才,才能压住那些对自己不好的人的嘴,才能打开自己生活的小圈子,而与更多的尊敬自己的伙伴连上线呢?

后来她迷迷糊糊地睡去了。

中午,有几个同学来看她,给她送来了病号饭,还拿来了一张当天的《青年日报》。她吃了几口挂面,把碗筷放在一边,用肘支着脸,斜着身子看报。《青年日报》副刊上登着一篇写学生生活的散文。她看了,不很喜欢;现在写学生的东西只会写些软绵绵的小事,什么下了大雨把伞借给人,生了病送去一个苹果……去吧,她李春病得再厉害也不需要苹果。如果李春写学生们的话,她就不写这个。她要讽刺,讽刺说空话的团支书,讽刺学不好功课的笨蛋。对了,她为什么不写呢?她不是能写得比《青年日报》上这篇文章更好吗?她写得好,一定写得好。她过去就投过稿,作文也常得九十多分。如果她的文章登出来,初一的小孩就会跑到高三班,拿着报问她的同学:"这个李春就是你们那个李春吗?"如果,那小同学碰上的正好是杨蔷云,那才妙呢。也许,海南岛的一个队员会写来信,以为她李春是个老教师,信上管她叫"李春姨姨"……于是李春心跳得更快了,她把《青年日报》上那篇文章看了七遍,每遍都发现了缺点,如果她写一篇文章,是不会有那么多的缺点的。于是信心更加增大,她的病弱的身体,几乎都容不下那强烈的写作的冲动了。

下午五点钟,郑波来到宿舍。那时李春已觉得好些,坐在床上看书。郑波问了她的病,同时把今天上课的情形告诉了她。郑波说,上俄文的时候,先生提问,周小玲回答的时候音念错了。先生纠正她,她老是学不准,站在位子那儿愈念愈念不好,惹得同学笑。后来先生让她坐下,她顺嘴溜了一句口头语:"妈妈的",被先生听见以为她是骂先生,大为生气。幸亏袁新枝代为作证这确是周小玲无意中常说的口头语,才算圆了场。李春听了笑得憋住了气。

说完这个,郑波问:"开过那次会,你对我有些意见,是吗?"

李春紧张起来,看来,写信的事她知道了。

"对了,有意见。"李春阴沉地说。

"告诉我,好吗?"

李春脸红了,她不愿意拉开一种"谈心"、"批评与自我批评"的架子和别人聊天。她觉得这样一谈似乎就中了郑波的计。"我对你有意见,是什么,你找校长去好了。"她心里说,嘴里却不言语。

看她这样,郑波简短地说:"那天我说到像不像团员的样子,态度不好,我不应该这样轻率地刺激别人,你原谅吧。可是,大家的意见……当然,这些病好了以后再说。"

郑波走了,李春感到一阵空虚。她气冲冲地写了一封很"精彩"的信,现在郑波来"承认错误"了,好像,她的这封信收到了效果,胜利了。但她又得到了什么呢?她紧张了半天,像发了一阵疟疾病,而郑波却很自然。她宁可希望郑波不"承认错误",生起气来才好呢。可是郑波却挺平和。她还能怎么样?

十

郑波的母亲生病的时候,郑波曾经彻底地检查了一下自己的学习。在第一次阶段考后的班会上,她说到自己学得不扎实。大家都是上一样的课,用一样多的时间,而且有时郑波因为社会工作多,比别人的自习时间还要少一些,那么,她怎样才能快快地追上,怎么才能学得扎实呢?

郑波明白,这只有从提高学习效率做起。别人上课的时候听不懂,记不住,而自己必须在课堂上就听明白,记牢。别人两个钟头做完的功课,自己要争取在一个钟头做完。为了提高效率,就必须集中精力。在为了李春的事情而伤脑筋的同时,郑波在学习上也展开了进攻。

她拿了一张卡片,工整地写了几个字:"让每分每秒都发挥最大的作用!"她把卡片用图钉按在桌子的左上角。每当上课的时候,一看卡片,就产生了一种力量。于是她身子挺直,眼睛睁大,拳头握紧,仔细地听着教师讲的每一字、每一句。

郑波高兴地想:"有这个卡片,就可以督促我用心听讲了。"

可是到了第二天,头一堂课,就出了岔子。那一堂是俄文,先生讲文法,郑波听着觉得有些还不太明白。这时,有一个什么东西隔着窗户在她的眼梢一闪,掠过去了。她斜眼一看,是一只麻雀,飞落到教室旁的砖地上。麻雀后脚上拴着一小块红绸子。郑波想,这个小生物准已经成了某个孩子的俘虏,现在居然带着镣铐挣扎出来了。

那个弱小的麻雀一跋一跋地跳着,郑波仿佛看见了它的不安的眼珠。一个身影伸过来了,在院里正扫地的工友老侯慢慢走近那麻雀,阴谋地伸出手来……

"别动!"郑波差点叫出了声,身子一动胳膊肘碰响了书桌。她吓了一下,定了定神,两分钟过去了,先生讲的东西没听见。郑波心扑通扑通地跳了起来,就像自己犯了罪一样。看看别人,并没有人注意她。

于是她又给自己订了一个规矩,上课的时候一定要看先生的脸,目光只许随着教师转。不管外边飞没飞来麻雀,就算飞来了猫头鹰,她也决不瞧一眼。

果然有了效果。教师的每一个举动,每一个手势,她都没放过,她专心地听了一堂课。只是这样做累得很,眼睛发酸,同时提心吊胆,老怕忽然有个什么东西破坏了自己的专心。上到第四堂,累得都有点心慌了,于是她使劲眨了眨眼,再把眼一睁,只看见教师的稀疏的头发,深深的皱纹,和一张开开又闭上的嘴。至于正在讲什么,约摸有半分钟的时间,她忘了去听,没有听见。又坏了!郑波气愤地拧了自己一下。

晚上,郑波平心静气地算计,这哪里是上课,简直是自己和自己打架。

在饭厅吃晚饭的时候,郑波就问自己同桌的同学:"嗳,你们上课的时候,是怎么集中自己的注意力的?我怎么老是弄不好呀!"

好几个人都说:"没法说,反正努力听讲就成呗。"到底怎么集中注意力,她们也不知道。

吴长福一边飞快地"运动"着自己的筷子于饭碗和菜碟之间,一边笑着说:"要集中注意力,必须得发生兴趣。我吃肉的时候就很集中,吃白菜的时候就差点。因为我对吃肉比吃白菜更有兴趣。"

杨蔷云一笑,差点把喝到口里的汤喷出来,她问:"那你对上课和吃饭哪样更有兴趣呢?"

吴长福不理蔷云,接着说:"还有,饿的时候,注意力就集中。不饿的时候,有时候思想开小差。"

周小玲把饭碗放下,想了想,说:"我打球的时候精力最集中,那时候天塌下来都碍不着我。"

于是同学们起了哄了,大家忘了郑波提的问题是如何注意听讲,而谈起自己干什么事儿精神最集中。有的说自己看话剧——但必须是悲剧——的时候精神最集中。有的说自己挨先生训的时候精神最集中。有的说还是睡觉的时候精神集中——什么也不想了。

杨蔷云说:"我看你们呀,干什么都不如说废话的时候精神集中!"于是大家一起骂起杨蔷云。

郑波回到教室里,闷闷地想,到底怎样集中注意力呢?刚才开了一顿玩笑,不过玩笑中好像也有一些道理。吴长福说,感兴趣的时候精神集中,饿的时候精神集中,那么郑波上课的时候,是不是感兴趣呢?是不是饿呢?

郑波开始预习功课。明天第一二节是物理,她打开物理书。教科书是翻译、改编过来的,下一段不但内容比较复杂,词句也很绕嘴。郑波看了一遍,甚至读出声来。不懂,掩上书默想一番,嗯,稍微明白点了。可是,仍然没弄清楚。于是她用红笔标上记号,只好等明天听先生讲……

第二天,上课了,郑波有些焦急地等待先生快快讲她最感困难的问题。但是教师一上来没有讲这个问题,却从已经讲过的一些基本定律、公式讲起。郑波不明白为什么又要重复地讲这些,她只担心时间一秒一秒地过去,先生还来得及把下一段新内容讲清楚么?先生继续讲下去,她蓦地想到,也许这些定律、公式,正是解决下面的问题的根据吧?于是她紧张起来,努力寻找一个把先生正讲的早已知道的定律与她预习中感到困难的问题联结起来的线索。线索隐隐约约地浮动着,她离近了些,线索却不见了。

终于,教师讲到那个问题了。

郑波松了一口气,这回就能明白了吧。她把身子向前移了一下,用手把头发向后撩了撩,眨了眨眼,快乐地听下去。

但是教师没有很快地解决这个问题,却提出几种不同的可能的理解来。郑波的思路一下子又乱了,分成好几个岔,向左好呢?还是向右呢?郑波脑袋发涨,她用力搔了搔头。

应该这样!郑波明白了。就在郑波想通的同时,教师也在做着同样的结论。郑波高兴得几乎大叫:"我就是这样想的,和我想的一样!"意识到自己在课堂上不是个无用的"受话器",而是和教师一起揭开知识秘密的战士,郑波觉得带劲极了。

不但做了结论,而且教师把结论用图表表示出来。教师打开了事先准备好了的教学挂图。一切都十分明白,毫无疑义。不但讲了图表,教师还批判了其他几种解决方法的错误。郑波心悦诚服地点头。

眼看乱糟糟的念头,变成了逻辑严密的条理,是多么快乐啊。摸索和犹疑变成坚定的自信,是多么快乐啊。郑波呼吸均匀,周身舒畅,这一堂课给了人多少东西!郑波感激地看着先生,下课了,值日生喊:"起立,敬礼。"她特别端正地给教师鞠了躬。

这样上课,每个四十五分钟就像一个世代一样的漫长而丰富。一会儿是刘邦的足智多谋与樊哙的豪侠勇武,一会儿是伏尔加—顿运河的建设和南美洲人民的英勇抗争,一会儿是放射线的医疗应用和原子核破裂的无穷威力,一会儿是在我国建设社会主义共产主义的美丽远景。课一堂一堂地上着,每上一堂,就充实一点,前进一步。无数个神妙的四十五分钟过去,年轻的孩子就逐渐变成知识丰富的巨人!

上自习的时候也不能错过,郑波努力抓紧每一分钟。她总是事先把教科书、笔记本、活页纸……放得整整齐齐,按照自己的复习次序摆好。铃声一响,进到教室。当别人打开书桌乱翻的时候,她早已取出用具,干起活来了。

做了半天功课,需要稍稍休息一下。郑波利用这个时间起劲地削铅笔,削完一支再削一支。然后继续做功课,中间,如果铅笔不尖了或是折了,就可以马上拿起另一支使,而用不着费许多时间来现修"武器"……

　　郑波做功课的时候,她不理会外界,只是自己隐约地笑。忽然面孔严肃起来,脸绷得紧紧的,好像有什么痛苦,又像在愤怒、发狠……有时仰着头,用手指不住地在桌上画圆圈,有时托着腮,低头沉默……一会儿张大了眼直视前方,一会儿又眯着眼,皱着眉而鼻孔一张一缩地颤动……

　　就是这样,郑波以顽强、有节奏、效率惊人的劳动争取每一分钟,一步一步地追赶全班功课最优秀的同学。同时,也是对第一次阶段考试的遭遇的响亮回答。

十一

如果说李春做功课的时候像写学术论文一样的"气魄宏大";如果说袁新枝做功课的时候像给自己讲故事一样的轻巧灵活;如果说郑波做功课的时候像耕牛拉犁一样的埋头苦干;那么,杨蔷云做功课的时候,忽而像唱歌一样的自在,忽而像打架一样的凶猛。

譬如清晨起来,她背俄文单字——谁能看得出她是在背单字啊?她靠着图书馆前的一棵大槐树,两腿交叉,嘴里哼哼着奇奇怪怪的调子,眼睛一闭一开,一开一闭,最后伸出脚踢飞了脚边的一块瓦片,喊一声"乌啦",怎么啦?单字记住了。

这是音乐!杨蔷云在各种课程里发现了音乐。譬如俄文,多么悦耳的语言呀,许多人讨厌俄文中性、数、格的变化,但杨蔷云觉得,这样一变,念起来特别舒服。还有那使初学俄文的人感到麻烦的卷舌音:"勒……儿……"和什么母音拼在一起,最好听。就说数学吧,数学也是音乐,也是歌。已知的条件,好比是确定了的调子、拍子、速度,并且开始了第一小节,下边的,你自己唱去吧。题解开了,就好比歌儿唱到最后一段最后一个音符,提高八度,延长共鸣,然后在听众的掌声中结束了。

遇到太难的题就像打架了,杨蔷云生气地看着一个题,嘴里嘟囔着:"好小子,你想难住我吗?哼,哼,哼!"如果她想出的一个做法不对,她就说:"好,这回算你有理了,我可不认输。你等着,马上再想办法收拾你……"一直到把那个"好小子"打垮了为止。

有人问杨蔷云:"我看你做功课怎么不费劲呀?"杨蔷云有时也笑着说:"我跳着哈萨克舞也能想物理题。"真的是这样吗?她同座的人都听见过杨蔷云在"轻松"地上了自习之后,夜里睡觉还不住说着梦话:"对了,对了,缺一个软音符号,不,不是三四七……"

但是,有一门功课大大挫伤了杨蔷云的锐气,那是制图。首先,她不喜欢制图先生。那人岁数已经很大,他在七八个学校有课,有时候衣服上别着一大串校徽。他一上课,打开书就念,念完了拿起粉笔就在黑板上画,一边画一边背诵似的念念有词。同学问他什么问题,他都含含糊糊地回答:"对,对。"甚至于一次一个同学问他:"今天是不是做习题五呀?"他回答:"对。"又一个同学问:"是不是连习题六一齐做?"他也回答:"对,对。"大家哄堂而笑,他却若无其事。

杨蔷云也不喜欢制图课的"机械劲儿"。她觉得,制图不许你创造,只许你服从;不需要智慧,只需要小心。麻麻烦烦,蘑蘑菇菇,而且都得画成一个样。画来画去也长不了多少知识。

有一个最复杂的工程图,早该画完,可是蔷云拖了好几天,直等到星期六下午,吃完午饭,她硬着头皮才把橡皮、纸、鸭嘴笔拿出来。

大部分同学都已经把这个图做好了。教室里有人轻轻唱歌,有人看小说,有人大声朗诵语文课文。蔷云非常羡慕人家,没法子,她生气地拿硬铅笔戳了桌子一下。

那个大声朗诵语文的同学是山西人,她努力学着北京话,但是山西腔仍然不时露出来,于是成了一种奇腔怪调。蔷云正在用硬铅笔画草底,被那人扰乱得不耐烦,就扔下笔,走到山西同学旁边说:"你把那'饿、饿'声放小点好不好?"那同学笑了笑,拉着蔷云请她纠正自己的土腔。蔷云叹了一口气,坐在她旁边,教上她说话了,一边教一边嘲笑,"不行,不论怎么学,你说话还是带醋味的。"

蔷云回来接着弄工程图。好容易把草图弄出来了,这时苏宁来找她,问她一道题,她看了看题,告诉苏宁说:"这题容易极了!你瞅着题目挺长,好像是难题,其实才不呢!你可千万别让题目唬住。题目再难,也出不去咱们学过的圈……"接着她断定,只要苏宁不被题目"唬住",那就"一想便会",于是她动员苏宁自己想。苏宁一边想,她一边在旁启发。苏宁想出了点头绪,她就把脑袋点得像敲鼓似的:"对,对,就是……"本来,讲这一道题有五分钟就可以完,结果她和苏宁一直干了一个多钟头。

给苏宁讲完题,已经快吃晚饭了。于是杨蔷云只好把纸、笔收起来,等到晚上再做。

晚上,教室里剩的人不多了。星期六嘛,有的回家,有的看电影,有的遛大街去了。

这回杨蔷云可专心啦,她骂自己:"你也太差劲了,你难道被这个什么'破图'给征服了么?""不,"她自己又回答,"我要战胜它!"于是她小心翼翼地开始上墨。

谁知道鸭嘴笔中途出了毛病,手一颤,出了个小岔。其实,不注意也看不出来。不过杨蔷云既然下了决心,就非弄得挑不出毛病来不可。于是她拿起橡皮就擦,糟糕!橡皮不干净,放在洁白的纸上一擦,小岔倒没了,但是脏了更大的一片。

杨蔷云气坏了,怎么办呢?又得重画,又得死死板板地耗上几个钟头。几个钟头,多么宝贵的时间,全被这讨厌的制图占去了!蔷云一阵火涌上来,她转了转脖子,拿起制图纸看了看,"咔嚓!"撕了。

撕了制图纸,蔷云哽咽着一股气跑出教室,跑过了院落,又跑出了校门。然后,靠在校门旁的墙上,嗓子里自然地发出一声呻吟,蔷云想:"我真要哭了。"

但是她没有哭,一阵凉飕飕的风吹来,蔷云打了个冷战。随着风,她听到一声遥远的梦幻一般轻微的调子:

  青线线,蓝线线,
  蓝格英英的彩,
  …………

只仿佛听见这么两句,就没声了。

不正是她吗?不正是那个纯洁的"蓝花花"吗?这个歌是杨蔷云发现的,一九五一年,广播电台已经开始播送这个歌儿了,杨蔷云一下子听出了它的美,听出了它的纯朴和动人。杨蔷云想法学会了这歌,拉着同学要教给人家。同学说:"哟,就这么个破调呀,来回瞎唱什么?"蔷云生气。后来苏军红旗歌舞团来了,功勋演员尼基丁喜欢这个歌,而且用中文演唱了它,蔷云高兴了:"瞧,我的鉴赏力和苏联朋友一样!"

哪儿传来的歌声呢,在它的知音者正倒霉得狼狈不堪的时候?

于是杨蔷云向大街走去。

她失望了,她没有找到哪一个商店的收音机在放送这个歌。她根本没找到歌声。几家百货店的收音机,正放送着夜场的京剧呢。

她痴立着。有一对情人在她身边走过。那还看不出来么?男的大概是个机关干部——蔷云判断,他披了件呢子大衣,不住地说着笑着问着。那个辫子上扎白绸子花的女青年呢?蔷云觉得她一定是个护士,要不怎么能那么干净呢?这个护士默默地微笑着,男的大笑一下,她就微笑一下。"他们真好笑,"杨蔷云顽皮地想,"可他们真幸福!"杨蔷云同时也感动了。

于是,杨蔷云仰望天空,她看见稀疏的小星星,那星星是渺小的,寂寞的,因为它没有生命,因为它离蔷云那么远。蔷云想起露营时候看星星来了,那时在一起的伙伴们可好?张世群可好?又一阵凉风吹来,蔷云打了个寒噤,四面一看,路旁的槐树已经落尽了叶子。一个卖橘子的老人推着小车慢慢走来……莫非冬天已经到了么?也没有人告诉我们杨蔷云一声。在杨蔷云忙着给李春提意见的时候,在她不耐烦地制图的时候,那个一刻也不停留的时间,已经把一九五二年推上边缘了。

十二

落下了第一场雪。

下午,天上布满灰白色的云,接着下了蒙蒙小雨。到处都有人议论:"真邪性啊,阴历都十一月了还下雨!"过了一会儿,雨变成了霰——北京管这个叫"翻不辣子",也有的干脆把这叫做下"小米"。白色的米粒一样的小冰珠密密地下着,落到地上就不见了。一般人都讨厌霰,因为它太容易化,落到身上不等你抖掉就化了;因为它灰不溜丢的不干净,更主要的,因为它非雨非雪的不像个玩意儿。那天下了好久的霰,后来天黑了,什么都不下了。

第一个发现下雪的是杨蔷云。她拿着水碗从锅炉房喝水出来,走过礼堂的时候,透过屋檐下的灯光,看见几片雪花。在那灯光照亮的狭小的空间,雪不是向下落,而是神秘地横着飘过去。蔷云愣了,看看周围,没有雪,再瞅瞅灯底下,嗷,又发现了。蔷云跑到灯底下,似乎雪专门在那儿落似的。在灯光下,从那高高的黝黑的天空上,落下了稀疏的雪花。雪下得太稀了,好像它害羞自己来得太早,又像是先悄悄地探询一下人间的消息。杨蔷云伸出自己的手,张开手指,接待雪花。雪偏不往手上落,鼻尖上,倒凉了一下。好容易手心上落了雪,灯光下一看,六角形跌坏了两个角。这个可怜的残废了的小雪花乖乖地在灯下闪着光。蔷云伸着手飞快地跑向教室,她大声喊:"下雪了,下雪了。"伸着手给别人看。可手上有什么呢?连一点显明的痕迹都没有。早来的,孤单的雪花就是这样软弱,她经不起一个姑娘的温暖啊!

虽然手上的雪没了,但是大家并不怀疑杨蔷云报告的"重大"事件的真实性。教室里的几个同学全部走出门口,用手心,用面孔,甚至有人伸出了舌头,去迎接那清凉的、新鲜的、今年第一次下的雪花。当她们身体的一部分和雪花接触,受到冬天的温柔而冰冷的爱抚的时候,全都欢欣地、兴奋地、甜蜜地微笑起来。

在这个第一次落雪的晚上,郑波去参加黄丽程的婚礼。

郑波来到市商业局。她在传达室填了会客单,就向会议室走去,黄丽程的婚礼是在那里举行的。

一推门,一片嘈杂的声浪和热烘烘的空气向她扑来。会议室是个长方形的屋子,中间摆着长桌,桌上铺着各色毯子凑成的桌布,桌布上摆着茶水和零食。会议室的两端都生着大火炉。墙上大大小小地挂着红色的对联和喜字。门口有一个人告诉郑波:"在那儿签名。"她走到小桌前,拿起不常用的羊毫小楷,在粉色的缎子上写下自己的名字。

她找寻坐的地方。她看见很多人,靠近桌子的地方已经挤满了。除了在一头留着新婚人的座位,四周有许多小孩子。不等婚礼开始,孩子已经蹲在妈妈的腿上,去取食物。在外圈,看样子是和黄丽程一起工作的同志,大家都穿得很干净,男同志在吸烟,女同志打毛衣,互相交头接耳,笑声从各个人堆里传来。

郑波找到了黄丽程,黄丽程穿着一身新的蓝制服。但是,穿的衣服再简陋,也隐藏不了新娘子的神气。她拉郑波的手,问郑波好,谢郑波,"你来了,你真好,我怕你不来……"语调特别温柔而活泼,她不住地微笑,不住地点头,不住地眨着眼睛。郑波特别关切地瞅着黄丽程。黄丽程既然那么高兴,郑波当然也跟着高兴,于是郑波也就祝贺,打趣,和黄丽程一块笑。黄丽程眉毛一动,拉着郑波就跑,郑波问:"干什么?"黄丽程说:"去找一个人。""谁?""你猜。"

她们跑到一边,黄丽程张望了一下,又拉着郑波跑向另一边。和郑波坐的那个角落正好相对的地方,有一个人坐着低头看书。在这么个地方还看书,真是太不合适了。她们走到那人旁边,黄丽程去叫:"嘿,看我把谁带来了?"

那人抬起头,站起来,看着郑波,然后扔下书,大笑,伸出手,他说:"你是……小不点儿!"

"你是田林!"

"对啦。"田林点头。

田林是黄丽程的表弟,解放前在六十五中上学,曾经与郑波编在一个民联小组。那时郑波个子最矮,田林把她叫做"小不点儿"。

郑波奇怪地问:"你不是在……怎么跑到这儿来了?"

田林说:"为了给我表姐办喜事,我坐飞机赶来的。"

黄丽程挥一下手:"去吧。"她告诉郑波:"两个星期以前,他调到《青年日报》来了。"

田林问郑波:"你呢?你在哪儿?"

郑波有点不好意思地说:"还在那儿。"解放前在一起的同志,数她的年级低,别人大都参加了工作,或者上了大学,只有她,还是中学生。

黄丽程走开,然后端来了一盘子花生、脆枣和橘子,拉过一个小凳,把盘子摆上,招待郑波和田林。她还要去倒茶水,田林阻住她:"不用了,我知道,郑波不喝水。从前,她就不喝水。最好,你拿一支烟来吧。""什么?"郑波奇怪地说:"你这么小就抽上烟了?"田林吐了吐舌头,告诉黄丽程:"那就不抽了,你忙你的去吧,我们聊我们的,"然后抱歉地向郑波说:"都是开夜车开的。不过平常我并不吸烟。"然后他站起来,伸展一下身体,再坐下剥橘子。

"你多高啊!"郑波说。

"是啊,"田林随意地说:"长高了,长大了,长瘦了。"他说话的时候不看别人,一只腿神经质地颤动着。

郑波笑了:"你可真……"

他们没能畅谈下去。一个三十多岁的胖胖的同志已经用洪亮的嗓音,宣布婚礼的开始。田林把剥开的橘子分了一半给郑波,然后转过身子,端正地、默默地望着那个司仪。

在这短短的接触中,郑波觉察出田林的一种特有的风格。田林的一切举动,都是按照他自己的意思,有时很随便,有时很严肃,有时很诙谐,有时很沉静,甚至呆板。他的动作、神情,常常与周围环境不相符。郑波那时还弄不清田林有什么特别引人注意的地方,她只感觉这个人很有意思,很天真。她看见田林一动不动地正襟危坐的样子,心里直想笑。

婚礼开始了,由于人太多,而且靠近新郎新娘坐着的人也都伸着脖子看,所以郑波就看不见黄丽程和她的爱人。后来,司仪宣布二人起立互相鞠躬行礼,郑波才看见他们。整个婚礼都响着零落的掌声和哄堂的笑声。行礼的时候顾明碰响了椅子,引得大家笑;黄丽程鞠躬鞠得太浅,而顾明鞠躬鞠得太深,于是又引起了笑。行完礼请首长讲话,讲话的口音又引得大家笑。解放后的婚礼是简单多了,没有乐队,没有鲜花,没有宴会,于是大家用笑声弥补了这一切的不足。

笑声洋溢,婚礼愉快地进行着。下面是请新郎新娘报告恋爱经过了,黄丽程毫不推辞地站起来,她狡猾地说:"也许你们想看看新娘子的忸怩劲儿。可是我呀,比谁都大方。有什么问题,提吧,递条子也行……"

就这样,黄丽程把婚礼上最不容易过的一关过去了。

然后是自由讲话。人人都呈献着自己的无限好意。郑波因为害怕宿舍关门,就写了个条子给黄丽程,提前悄悄地离开了。

外边,雪已经下大了,道路铺上了一层白。清凉的雪花,驱散了郑波的疲倦。郑波站在路旁,犹豫了一下,好像还有点事没办完,然后她转身向电车站走去。

"小不点儿!"郑波没回答。"小不点儿!"又有人叫,郑波才意识到这是叫她。一回头,田林急忙地跑来了。

"为什么也不告别就溜了?"

"你呢?"郑波反问。

"我来送送你。"

田林又说:"你不好,我们好久没见面了,我常想着你,好容易今天碰见了,你却不辞而别……"

"对不起。"

他们说着话,走过了电车站,郑波想:要不,等下一站再坐车吧,于是继续在路边走。

"黄丽程为什么要结婚呢?"郑波没有看田林,问。

田林笑了:"这是傻话。"

郑波看着田林瘦瘦的脸,他说话的时候额上显出了与他年纪不相称的皱纹。郑波说:"你记得吗?一九四八年,也许是一九四七年,那天也下小雪。我们去和黄丽程聊天,她把学联秘密印的《闻一多纪念集》送给我们,那时候我还不知道闻一多,我还小,黄丽程给我们讲闻一多如何在抗日胜利后剃去了胡子,讲闻一多如何爱青年,如何在'一二一'四烈士的灵前题字,如何被特务暗杀……她讲得那么深沉,那么严肃,那么有力量……"郑波兴奋起来:"黄丽程多么好,解放前,她说的每一句话,都抓住你的心……"

"你记得吗?"田林也兴奋地说:"在黄丽程撤退到解放区以前,她怎样嘱咐我们?那时她也只是高中的学生!可那时我们听她讲话,比听教员讲课还用心……"

"你也记得那么清楚?"

"当然了。解放前的每一个同志,每一件工作,每一个接头的地点,我都记得清清楚楚……那时我们都是小不点……我见着你特别高兴,因为,在我们心里,在我们做过地下斗争的同志中间,好像有一种特殊东西……"

又到了一个电车站,郑波匆匆地一瞥,她想:"等到下一站再坐车吧。"

"可是黄丽程干吗结婚呢?"郑波又问。

田林若有所思地摇头:"不,这是自然而然的事。难道你不信,黄丽程有一颗不老的心?难道发展和成熟不是一件好事?"

郑波高兴了。她几乎要赞美田林这两句聪明的美好的话。她没有说这个,却说:

"瞧,你身上落了这么多雪。"于是帮他打落肩上、背上的雪。

后来,他们又各自谈了自己的生活。田林是在一九四九年参加南下工作团的,他在部队里做了一段时间的文化教员,后来又做团的工作。"三反"以后,调到《青年日报》编文艺副刊。

"做编辑呀,真不简单。"郑波轻快地说。

"我哪儿配当编辑?"田林把手一摆:"只有一条,不论多忙,我每天看小说常常看到十二点。"

"看小说?你真用功……"

"用功也赶不上你们。你就快毕业了,大学生有很好的学习条件……"

电车站一个接一个地过去了。他们已经走近了女七中所在的那个胡同口。郑波这才发现,慌乱地说:"嗳呀,快到我们学校了,就在那,还在那儿。可你……"

"我们机关就在那儿。"田林用手一指:"离你们学校很近……这么说,我该拐弯了。"

"好,再见吧。"他们俩紧紧地握手。田林借着雪光仔细看了一下郑波。圆圆的脸,淡而长的眉毛,柔顺的眼睛,坚强有力的下巴。他觉出了这张平凡谦和的面孔后边的力量。

临走的时候,田林说:"我要去看你。"郑波点点头。

田林走了,郑波却站在那里不动。她看见田林摇摇摆摆地走在雪地里,留下了清晰的脚印。田林没有再回头,飞快地钻进一个胡同去了。

郑波从心眼里笑出来。

她笑了半天,自己也不知道笑什么。真好,在这个初雪的夜里,大街上静悄悄,没有人听见她的笑,小雪花也不打扰她。但是,雪花当真不知道她的快乐吗?不,它知道。要不,为什么它们这样起劲地满空飞舞?为什么它们特别地绕着郑波旋转?它们落在郑波的头发上、眉毛上、耳朵上,马上又化去。它们微微地挑动郑波的心。郑波在那儿站着不动,雪花引起了她无限的柔情。当下起暴雨的时候,当打起霹雷的时候,大概人们都会感到自然的威力。但是,有谁像现在的郑波,为这纯洁、庄严、永生的初雪,而感到自然的蕴藏的伟大,感到生存在这样天空下的幸福?

啊!郑波的两只手紧握在一起,想了想,她跑起来,嘴里还唱起一首歌儿,那是她四岁的时候妈妈教给她的:

> 不要灯笼,不要火把,
> 只要一朵小雪花,
> 雪花雪花照亮我的路,
> 带我走到我的家……

雪在她的脚底下,沙沙沙地响。

十三

制图课上,先生把作业发还给大家。他走到杨蔷云跟前,告诉蔷云:

"你交的那张图,我找不见了,很抱歉。不过我还记得,你这次做得不错,我给你九十五分。"

蔷云脸红着站起来,结巴地说:"先生……"

制图先生的眼镜似乎要从鼻子上滑下来,他从镜片的上方,看着蔷云,又说了一句:"很抱歉。"

蔷云说:"这回的作业,我根本没交。"

这话被旁边的同学听见,她们小声笑起来。

先生和学生两个人都非常尴尬。先生有点恼羞成怒,责问蔷云:"什么?你没交作业?"

蔷云说:"我画坏了。"

"画坏了就可以不交作业了么?你都高三了!"

这一堂课,先生没有讲得像过去那样平稳。蔷云坐在位子上,也觉得特别不舒服。

又到了星期六晚上,蔷云吃完晚饭,重新硬着头皮去搞那张倒霉的工程图。班上有六七个同学准备去滑冰。周小玲在蔷云旁边,一面换衣服,一面做动员:

"你怎么能不去呢?今天冰场开幕。一年统共能滑几次冰啊?

错过了一次就少一次。今年冰场扩大了二分之一,新添了两个小卖处,重修了三个存衣室。说不定,今天还有什么华北代表队或者国家选手去表演,头一次嘛。"

"去你的吧。"蔷云不耐烦地撵她,"我得画图。"

"画图画图,不参加冰场开幕式在这儿画图!这图早过了时了,你给先生先生也不要啊。你想想,你够朋友么?夏天咱们一块游泳的时候,你就答应过和我一起去滑冰。今天,同学们都去,你却背叛了集体!"

"你给我走吧。"蔷云用铅笔敲着桌子。

周小玲已经换好了绒衣,她不但不走,反倒去拉蔷云。蔷云不动,周小玲拿出自己的冰鞋在蔷云面前炫耀地一晃,两只鞋的冰刀敲打了一下,"当"地一响。周小玲说:"你想想,你要不去,冰场还能开幕吗?所有的人都去了,嗞溜嗞溜地在冰上滑,可是没有滑冰健将杨——蔷——云!"周小玲遗憾地拍一拍自己的大腿:"多好啊,冰场上又清凉,又热闹,聚光灯像天上的十五的月亮,在冰上洒满了银光……"周小玲眯起眼,想说一些抒情诗式的话,这时,她痛感到自己词汇的贫乏。最后,她指着蔷云:"你要不去,就什么都享受不到了。"

蔷云站起来,问她:"你到底走不走?要再废话我可揍你了!"

周小玲这才恨恨地跺了一下脚,唉了一声,背起冰鞋,找她的伙伴去了。

周小玲走了,杨蔷云却再也坐不住。她从小学会了滑冰,一直是愈滑愈上瘾,又经过周小玲天花乱坠地一阵宣传,心早飞到什刹海滑冰场去了。她拿起制图纸,无论如何也想不起该画些什么,最后她终于噘着嘴做了决定:"与其在这儿受罪,弄得两头耽误,还不如今儿晚上先去滑冰,明天再做制图呢。"

于是杨蔷云匆忙地找出冰鞋,追周小玲去了。

换鞋的席棚里挤满了人,有的提着冰鞋找不到坐的地方,有的换好了鞋走在木板上一歪一扭地赶着往存衣处跑。地上丢着糖纸,半截的鞋带,和擦冰刀的破布、烂纸。人们兴高采烈地谈论:"鞋多少钱一双?""刀磨了没有?""文化宫的冰场有没有这儿好?"还有一些殷勤的小伙子,他们弯着腰,帮自己的女伴把鞋带系紧。

　　看到这熟悉的一切,这一年一度的风光,蔷云轻轻拍手:"对了,就是这样。"然后她熟练地挤到一个地方,坐下,脱鞋,穿鞋,存衣,领铜牌,把铜牌放进小口袋,同时拿拴铜牌的绳往扣子上一绕。她吹着口哨,大大咧咧,满不在乎地跑到冰上去了。

　　蔷云先走了一圈,暖暖身体。冰场上灯光辉煌,照耀得如同白昼。黑咕隆咚的天上,新月和疏星黯然失色。女孩子穿着红毛衣,飘扬着花围巾,潇洒地走着曲线,冰上出现了浓淡长短交错的许多印子。有几个男运动员,戴着小红帽,穿着灰线衣,弯着腰,噌,噌,噌,像燕子一样地飞过。还有戴着缀着大球的毛线帽的小娃娃突然出现在你的身旁,又一钻,不见了,以及披着厚厚的棉袄的初学者,战战兢兢地挪动步子。

　　蔷云看了看脚下的冰,今天的冰真好,不软,不硬,连一道小裂纹都没有。蔷云抬起右脚,冰刀在灯下闪闪发亮,她蹬了几下冰,只听得"嚓嚓"作响,铲下了几许冰屑。她弯下身子,伸手去摸一摸冰,隔着手套觉不出什么。她又挺起身,用手套接触自己的脸蛋儿,有一点冰屑落在脖子上,真好,是那么清凉。如果没有人在场,蔷云真打算吻一吻这可爱的冰。多么好的冰场,多么好的冬天,多么好的生活啊!

　　"如果没有制图,就更好了。"蔷云叹了一口气,笑了。

　　蔷云紧了紧腰带,把手插在裤袋里,自言自语说:"瞧咱的吧,一点也不含糊!"然后凶猛地冲到跑道上,一圈一圈地奔跑。

　　跑完几圈,腿发酸,她扶着扶手走到席棚里,嗓子干热热的。她挤到挂着红绿纸条的小卖处前,指着玻璃罐里鲜红的、浓艳的、泛着泡沫的红果汤,招呼售货员:"劳驾,来一杯!"

这时,一只宽厚的手拍在她肩上,还听见那个低低的男音:"请客吧。"

蔷云回头。久违了的张世群,敢情是你!张世群穿着黑绒衣,好像又长高了,大了。他脱下一只手套,和蔷云握手。

"来了?"蔷云眉毛一挑。

"早来了。你呢?"

"我刚来。真想不到,我还以为再也见不着你了呢。"

他们要了两杯红果汤,付了钱,两个人各自一饮而尽。冰凉的,又酸又甜的红果汤,提起了他们的精神,蔷云左手抓住空杯子,右手的食指和中指敲打得它叮当响。她问张世群,"还喝吗?"张世群摇摇头。

他们找了一条长凳子,坐下来。时间已晚,换鞋的人不多了。

冰场上,传来了柴可夫斯基的迷人的《花之圆舞曲》。

"我们在一块的时候是夏天,现在,已经是冬天了。"蔷云说。

"那没关系。"张世群活泼地说:"我有好几次想找你,但是不敢。又想写信,也不敢。"

"我可怕么?"蔷云轻轻地笑。又问他:"你在哪儿啦?"

"我在地质学院。那是个了不起的学校,等春天,我们就要搬到城外新校舍去了。我已经决心做土地爷,在荒野里过日子……"

蔷云听着他讲自己的学校,点头,然后问他:"你喜欢滑冰吗?"

"喜欢。你呢?"

"喜欢极了。我觉得滑冰又是体育,又是舞蹈艺术。"

"对!滑冰的快乐是一个整体……"

"整体?又要发表论文吗?"蔷云取笑他。

张世群继续认真地说下去:"譬如说,刚到这里,先去修理部磨冰刀,排着队买牌子,着急地等着。好容易,工人拿起你的冰鞋了,电滚子一转,火星四溅,那时候你多高兴!接着你换鞋,在黑压压的人堆里头挤一个地方,穿好了冰鞋,于是你觉得,这回可有了把握了,准能滑上冰了,你又是多么高兴!还比方你在小卖处买点吃的,或者听一听广播器放送的音乐——这华尔兹真好听。再有,冰场上常常能遇见熟人,想见面又好久没见面的老朋友,这也是冰场上的快乐。所有的这些快乐加上滑冰本身的快乐,构成滑冰快乐的整体。"

"你分析滑冰,就像分析地质成分一样。"

张世群天真地笑了。他兴致勃勃,因为找到了一个恰当的机会,在一个恰当的人面前发表自己独到的心得。

待了一会儿,张世群随口说:"给我讲个故事吧。"

蕾云瞥了他一眼:"哼,讲故事?你又不是三岁的孩子。而且我看你呀,根本没有诚意要听。"

张世群竟认真地恳求起来,像小娃娃恳求自己的祖母似的。

于是蕾云开始讲。

"冬天,我给你讲雪花。

"从前,有一个孤苦伶仃的老太太,勤劳诚实,心地善良,家里什么人都没有,非常寂寞。一年冬天,她堆了个雪人,堆得特别美特别美。她成天价向雪人说:'做我的孩子吧,我太闷得慌。'后来雪人忽然活了——我说得可简单啊——是个穿白衣裳的姑娘。她唱起歌来连山里的狼都停止了嗥叫。她跳起舞来只见白花花的一片。她帮着老太太挑水、洗衣、烧饭、绣花,整天劳累个不停。自从有了她,这个可怜的老太太的生活,一下子就变了样,可是天渐渐暖了,雪姑娘悲愁起来,常常偷着把眼泪洒在衣襟上,老太太问她有什么心事,她也不说。老太太村里有一个风俗,等天暖了开迎春会,在山脚下点起火来,年轻人围成圈拉着手跳舞、唱歌,然后一个个地从火上跳过去,就算告别了冬天。开迎春会的时候,最后轮到雪姑娘向冬天告别。她唱了一个悲哀的歌,使在场的年轻人全掉了泪。然后,一跳,就不见了。

"老太太哭了个死去活来,温暖突然被夺走了,这比原来的严寒更冷酷。她活着已经没有一点意思,就到山谷里去寻死,走到山里,

她听见一阵歌声:

> 亲爱的妈妈别难过,
> 　雪花飘飞的日子过去了,过去了。
> 我来到大地,重又四散,
> 　让金色的阳光照化了冰河。
> 再等十二个月吧,一年四季,
> 　我还会回到人间……
> 　……………"

张世群陷入了沉思。音乐已经不放,传来女广播员的广播:"……今天散场的时间是九点三十分,现在还有十五分钟了……"开始有一批一批的人走进席棚。

杨蔷云念头一转,推了张世群一下,猛地站起来,向冰场走去。她抬着手,没有顾忌地大声叫喊:

"嘿,张世群,追我来吧!"

张世群还没弄清怎么回事,已经下意识地赶去,伸手就要揪住她。蔷云一闪,使劲一跳,跳到冰上去了。

向前跳的劲太大,到了冰上力量还没有消失,蔷云顺势把腰一弯,腿一曲,急骤地冲出好远。

蔷云摇晃着身子满意地大笑,回头看,张世群恰好被一群拉着手的小孩挡住,干着急过不来。蔷云又顽皮地向他招手,挑战说:

"来吧,咱们比赛!"

蔷云在跑道上飞奔,她骄傲地解开制服,露出毛衣,甩开两只手。愈快,就愈觉得轻松。愈快,风就愈大,嗡嗡地迎面吹来,吹乱她的头发,吹起她的衣服,吹动她的头纱。低下头,但见白茫茫的冰在脚下退去。抬起头,颤抖的灯光渐渐向她靠拢,离近了,电灯飕地从头上滑过,两只腿前后交替,重心左右转移,随着这节奏,蔷云想大声歌唱。

花样场里大概有一对男女熟练地跳着冰上的三步舞,还有三位小姑娘拉着手灵活地玩着花样,那边有个小伙子猛劲旋转,像一个陀螺。这些,蔷云都看不清,她只仿佛看见,有的人直立着,有的人歪歪斜斜,有的人的身体甚至于和冰面平行。他们都和她一样的美丽,一样的健壮。众多的,五彩缤纷的印象纷纷掠过杨蔷云的心头,虽然朦胧,却十分可爱。"我喜欢的是这样的生活!"她最喜欢的生活不正是这样的吗?杨蔷云飞速地行进,赶过了所有的人,而周围的世界,以其惊人的丰富和魅力充实她,吸引她,激荡她。

平常,她对周围的感受是那么多,那么奇妙,那么动人心弦,就像今夜飞跑时闪过的诸种景象,拂过的甜蜜的晚风,和不知从哪儿来的友情,像海水击打岩石一样,轻轻敲打着她的心房。但是,蔷云不知道这究竟是些什么,一切都难以述说和难以形容,当蔷云去努力捕捉那些曾经万分实在地激动了她的秘密的时候,一切却又像雾一样地温柔地飘走了。

于是她就觉得自己那小小的身躯,装不下那颗不安分的心、那股烧不完的火。于是她往往激动、焦灼,永远不满足。而现在的这种超乎寻常的拼命飞跑,却使她得到片刻的适意和平静了。

"杨蔷云,杨蔷云!"有人大声叫她,是周小玲的声音。她不是来找周小玲吗?怎么忘记了呢?快快停住吧。蔷云正要站住,忽然一个小孩子横穿过来,蔷云一迟疑,两人就快要撞上,她拼命向前一闪,身子失去了平衡,摔倒了。

由于人在前进,倒在冰上还往前出溜了一大截。蔷云爬起来,半个身子沾满了冰屑,好像刚刚下过一阵大雪。她摘下手套,起劲地掸打得冰屑乱舞。蔷云忽然想起:"张世群还说丢了一条快乐啊,滑冰的快乐的整体,必须得包括摔一个大跟头!"

蔷云痛快地笑了。四下一看,周小玲关心地跑来,张世群连影子都没有了。

十四

新年前一星期,全校师生员工忙碌起来。每天下午四点钟以后,到处有人准备节目,有的练红绸舞,有的排小歌剧。还有几位教师准备表演京戏,他们"龙格龙,龙格龙格……""框气呆气","设坛台,借东风,相助周郎……"的声音,传到学校的每一个角落。

学生会筹办了一个名为"一切为了伟大祖国"的展览。主要有三部分,一部分叫做"祖国大规模建设的先声",内容是鞍山钢铁公司的建设。一部分是"支援最可爱的人",内容是朝鲜前线的胜利战果与英雄事迹。最后一部分是"攻克科学堡垒",内容多半是本校同学的学习成绩——作业、课外制作的工艺品……杨蔷云负责组织第一部分的材料。她当然十分乐于接受这个任务。除了李春,全班同学都帮助她。(她也去找李春了,但李春正在忙于写自己的一鸣惊人的剧本,拒绝了)大家从各种报纸杂志上找出了有关鞍钢建设的一切消息、通讯、图片。她们给鞍山的工人写信,袁新枝辅导的少先队中队,还把孩子们细心采撷的花籽寄给他们,请求来信说说鞍钢的情况。回信一封一封很快地收到,工人们还答应在年前寄一截无缝钢管的模型给她们,作为贺年礼物。这消息轰动了全校,人人都谈论这件喜事。

人们不仅谈论礼物,还谈论鞍钢的一切。每天早晨,当北京人民广播电台女广播员用她亲切动人的声音,向学生们讲述鞍山发生的事情以后,全体同学自动地站起来热烈鼓掌。然后,在课堂里、走廊里、饭厅里到处有人谈论：

"记住了吗？建设鞍钢的设计图纸有多少吨重？"

"对了，光是那一个螺丝钉就好几吨。"

"去吧，那不叫螺丝钉，那叫地脚螺丝！"

"来，咱俩对一对，那是'〇一九二工程'，十一号基地，挖掘土方七千几百立方米？需要的零件是二百几十吨？"

说这段话的是一位数学很不好的同学，但她用自己的全部脑力，努力记住了这一连串数字。

"瞧！"她们指着图片说，"这两个女电焊工，半年前还在乡下喂猪，现在……"

一九五二年冬天，谁的心不向着鞍山，不向着我们多难的祖国破天荒第一遭的现代化工业建设！我们伟大的祖国，像一个巨人，一只手在烽烟中坚守住上甘岭的阵地，一只手在怒吼声中洗涤旧时代遗留的污毒（"三反""五反"），还有一条强壮的胳膊，已经为繁荣幸福的社会主义打基础了。大家都知道，"建设"快来了。但没想到来得这样快！规模这样大！技术设备这样新！这些日子，不论是为新中国卧薪尝胆、流血流汗的老红军，还是仰望光辉夺目的未来的年轻孩子，谁想起来能不热泪盈眶，抖擞精神？

这些天，李春为她那个独幕剧，也是绞尽了脑汁。最初，在病中，她不过是想稍做尝试，试一试自己的能耐，也让别人看一看颜色。可是主意刚一萌芽，一切就不由自己了。"假如我写出了一个剧本……"这个思想一直盘旋在脑子里，最初使她快乐，使她兴奋，因为她所追求的"一鸣惊人"，现在有了实际的目标。后来，这思想却像鬼魂一样地缠绕她。她吃饭的时候想，看书的时候想，睡梦中一翻身，她微笑又觉得惶恐。和杨蔷云在一块，她想："你们等着瞧吧。"从北京剧场走过，她想："如果我的剧在这儿上演……"《天津日报》上登了一篇中学生写的小说，她慌张地拿来看，一边看一边心跳："他也是中学生，我也是中学生，难道，我……不如他？"又羡慕又嫉妒,一晚上都觉得憋气得慌。

最初,写什么好像很清楚,她想写一个聪明、正确、有头脑的学生如何受同学们的误解,受他们的打击。这个剧结束时候的台词她都想好了,是这样的:

> 团支部书记(向那个同学说):我们再也不理你了,你落后,你不符合马克思列宁主义的要求……(下)
> 那个受打击的同学:让你们笑你们的去吧,让你们骂你们的去吧,我是我!时间像流水一样地逝去,光阴永不停留,可是我的心,我的心啊!

这段结尾的台词,总在李春耳边回响。它到底说的什么,她自己也弄不清,但她仿佛传达了某种感情,仿佛有些个"深刻"。

李春开始写了,却发现自己什么都写不出来。星期日,她不看电影也不遛大街,一个人远远跑到北京图书馆,硬挤,硬憋,熬得难受。于是她找了一些剧本看,果然受到了一些启发,写出了好几行,于是十分欣喜。

写作是她的秘密,她把草稿夹在夹子里藏好。把夹子放进书包。当她背起书包的时候,她觉得书包中好像有什么神奇的宝贝,书包变得又轻又软又结实。

大家开始觉出李春的异样了,李春病后变得沉默,她不和人争论,但眼睛里常常流露出得意和轻视别人的神色。她每星期日都出去一天,别人问她做什么?她支支吾吾不说。她有时候伏在桌上写东西,别人一过就赶快用纸夹子盖上。这是怎么回事呢?大家莫名其妙。郑波试着去和她聊了聊,都没有聊出什么来。

一九五二年的最后一天。各个教室,都打扫干净。同学们换上了新衣裳,翻出了花领子。同学见了面,显得特别亲热,你搂着我,我拉着你。一切都有点不平常的劲儿。

先生讲课的时候,也是笑眯眯的。最后一堂课是钟先生的化学。钟先生很严厉。她四十多岁了,没有结过婚。但今天她穿了一双很摩登的皮鞋,说话也和气,甚至对同学有点放纵。同学上课心不踏实,她也原谅了。讲了一段,离下课还有十分钟,她干脆把书合起来,向同学们聊自己过新年的感想:

"明年——从明天起,就实行五年计划了,真是!我是学化学工程的,在旧社会没有地方去建设工业。我迎接过多少新年了,哪一年也没让我看见国家有富强的希望。可是一九五三年,真是!同学们,你们福气呀!"

她眼圈红了红,接着谈起对同学的希望:

"……怎么能不好好学化学呢?罗蒙诺索夫说过:化学已经伸到生活的各个领域来了……你们没有受过罪,不知道珍惜今天的幸福的学习条件,青年时代是最宝贵的,也是最短促的。成天无所用心,一晃,也就过去啦。你们得抓住每一分,每一秒,使劲学,使劲干!"

钟声当当,一九五二年的最后一堂课结束了。同学们深深地给先生鞠躬,欢呼着冲向院子……

袁新枝是布置教室的"主任设计师"。她的一队人马抱着红绿纸,拿着一筐箩针、线、糨糊、剪刀,跟随着她。

袁新枝怀着对自己的设计的欣赏和"动工"前的憧憬,向大家讲述自己的"施工计划":

"过去呀,咱们布置的都是平面的,用花纸编成长条交叉起来,中间挂上一个龙睛鱼式的大灯笼,那玩意儿太俗气……"

"怎么样才是立体的呢?"苏宁问。她参加了布置教室的工作。

"咱们仍然在顶上横挂起花纸条来,"袁新枝指着上方,"然后再用浅绿色的纸剪成小细条,竖着粘在横纸条上,绿条下垂,像杨柳似的。再剪一些白色的、粉色的小花朵,黄色的小燕子,贴到柳条上。"

"这和新年有什么关系呢?"一个同学问。

"新年来了,我们把春天先迎进我们的教室。"新枝得意地说。

于是大家动手。

除了这些装饰,她们还在教室前面的黑板上用彩色粉笔画了一个戴着大红帽子的小男孩,和一个梳着两条翘起来的辫子的小女孩。小男孩高举着书包,小女孩手托着有自己一半大的鸡毛毽儿,两人拉着手向前跑。在另一角,就是他们跑的目的地,画着露出半个脸的红太阳。中间是艺术体字1952—1953。教室背后,更好看了,她们用天蓝色布折皱起来做背景,左下角是几棵枝叶繁茂的老松树,那是画在毛边纸上的水墨画,整个剪下来,别在蓝布上。整块蓝布上,布满了白纸剪成的一片片、一点点的雪花。雪花中,是竖写的两行字:"祝你们新年快乐,万岁常青!"女孩子的手的神话般的力量,使这破陋的教室变得栩栩如生,像仙境一样。

在图书馆(现在是"一切为了祖国"展览会会场),杨蔷云忙得不亦乐乎。她一会儿跑到外边,照管排队参观的同学,接待来宾——有"友校"的同学,附近工厂的工人等。一会儿跑到"建设鞍钢"那一部分,听解说员的解说。一会儿又跑到出口,慌忙地看意见簿。上面的意见多半是歌颂一番,蔷云很高兴。只有一个人歪歪斜斜地写了五个字:"内容欠充实"。蔷云很不满意,是谁,瞎提这种抽象的意见?准是六十五中来的那些男学生,他们瞧不起女生,哼!

说实在话,内容不多。不过有两件最引人注目的东西。一个是志愿军缴获的完整无缺的降落伞,那是和初二队员常通信的一位志愿军战士从朝鲜寄来的。再有就是那截无缝钢管(今儿早晨才收到,大伙急坏了),崭新的、黑亮的钢管,放在木匣里,下面垫着缎子。同学参观的时候,有人议论:"这,就是鞍山的?真的吗?"蔷云正好听见,气冲冲地说:"人家鞍钢的工人,特意给寄来的,你们怎么说是假的!"

李春今天早晨写完了独幕剧的初稿,她长出了一口气,在末尾署上:"一九五二年除夕",然后一只脚立在地上转了三圈。一九五二年过去了,她不惋惜;一九五三年来了,她充满希望;因为她做了一件大事。于是她主动要求为除夕晚会做点事。后来和吴长福一起被任命为采买,拿着大家凑的钱,去合作社买糖果、零食。吴长福买东西的时候挑挑拣拣,蘑蘑菇菇,李春却希望愈快愈好,两人一边买东西一边吵嘴。

在教员预备室,校长和钟先生坐在一个沙发上发愁,她们怕参加晚会的时候被学生啦啦表演节目,可她们连一个歌也不会唱。后来叫来音乐先生,打算临时学一个简单的歌。音乐先生抓了一个"我们是春天的鲜花",于是校长和钟先生变着调唱起:"……活泼勇敢向前进……"

六点半,各班分别或联合开始活动。

全校张灯结彩,锣鼓喧天。传达室的工友老侯用积攒的钱买了大量"二踢脚"①,在校园里"砰——叭"乱放。

校门口,站满了各班同学,她们迎接参加晚会的客人。各班邀请的客人有劳动英雄、志愿军战士、解放军战士、演员、作家、团市委和区委的干部……客人们不断地到了,在鼓掌声中,被引到班上去。

高三班请来了一个志愿军的战斗英雄,开晚会的时候请他先讲话,他一开口,说:"小朋友们……"全班大笑。志愿军同志大概是和少先队员通信、做"叔叔"做惯了,所以管高三的学生还叫做"小朋友"。

同学们都化了妆。有的同学把她妈妈三十年前结婚时穿的衣服找出来穿在身上。有的从越剧团借来了戏装,打扮得像梁山伯、祝英台一样漂亮。还有的化妆成藏族男女,甩着长袖子;有的化妆成印度妇女,前额上涂着红点……

校长和袁闻道先生参加了高三的活动,和同学们坐在一块儿。

---

① 二踢脚:鞭炮名。

袁先生非常欣赏教室的布置,他不住地向校长夸奖,旁边同学告诉他:"那是您女儿搞的。"他更高兴。

志愿军同志讲完话,进来了一位新年老人,宽大的衣服,长长的白胡子。大家愣了,这是谁?新年老人说话了:"孩子们,我是从火星上来的,特别赶来参加你们的晚会……"大家听出来,是周小玲。周小玲使劲憋住自己的嗓子,企图使它发出一种苍老的男音,但是,办不到,结果弄得不伦不类,又像老生又像花旦。倒霉的新年老人走了,同学们表演节目,大家都使出了吃奶的本事,什么跟自己姥姥学的河北梆子,跟街坊的小孩的舅舅学的魔术,全端了上来。节目表演中间,忽然有人使劲敲门,并且大喊:"信!"

三个穿绿衣服的小邮递员走进来,她们背着许多口袋。其中一个向四周行举手礼,说道:

"我代表少先队新年邮局①,祝贺大家新年快乐,身体健康!"然后宣布,"这里是各地送来的贺年片,贺信和礼物。其中,有袁先生送给你们班的二十斤苹果。"

于是,苹果摆在桌上。礼物分发给大家。邮递员走了。同学们吃苹果、看信件和观赏礼物。晚会前全校师生互相赠送礼物,由少先队新年邮局统一办理。有的接到了笔记本,有的接到一张画,还有玩具、书、铅笔。吴长福得到的是一个封面烫着金字的日记本,她很满意;但她翻开第一页,却哭丧起脸来,她告诉苏宁,"你瞧……"

原来第一页上写着:"新年后第一件大事就是期终考试,祝您门门得一百分,获得巨大成就!"

杨蔷云收到一个厚厚的报纸包,面上写着:"内有宝物,一月之后始得启封。"蔷云不管,几下就撕开,什么宝物也没有,只有一个比手指甲还小的瓷制的小母鸡。蔷云马上把小母鸡转送给同学了。

同学们到礼堂去,她们和另一班高三学生联合在那儿跳舞。礼

---

① 新年邮局是学校少先队员模仿邮局组织的运递贺年信和礼物的游戏性机构。

堂里有一棵大枞树,是用从野外采来的大量的松柏树枝扎成的。枞树枝上贴着金星、花纸,还挂着花生壳、鸡蛋壳、废纸做的小人、草编的小动物、各种乐器和文具的模型。枞树里藏着小红绿灯,同学们一进去,红绿灯同时亮起来。

开始放唱片了,没有几个人跳,中学生不习惯跳交谊舞。于是周小玲走到枞树下,大声疾呼:"同学们,咱们是过中学最后一个新年了,明年开始实行五年计划了,咱们国家获得很大成绩……所以,咱们得跳舞!"反正不论什么理由吧,就是得跳舞!

跳了几张片子,同学们就出了汗,纷纷脱下了外罩、棉袄,露出各色毛衣、线衣。脸红晕着,越发显得美丽。这时,有三个男学生走进礼堂。

带他们进来的是学生会主席,她介绍道:"这是六十五中学生会的代表,来咱们学校祝贺新年,咱们感谢吧。"

鼓掌声中,其中一个围着绿围脖的同学,向大家说:"我们带来了同学们写的两封信,是给你们两个班的。大家在跳舞,我们就不念了。我代表我们学校的全体兄弟祝各位姊妹新年快乐!"

大家笑。周小玲吐舌头,"真肉麻,坏小子一个。"

舞会继续进行下去,三个男同学在唱机旁寂寞地坐着。过了一会儿,有两个男同学自己跳去了,那个围绿围脖的同学一个人待在一边。蔷云有点可怜他,就走到他跟前,勇敢地伸出胳臂,"一起跳吧,好吗?"那人孩子似的脸,一下子就红了。他羞怯而惊喜,笨拙地站起来,小心地搂住蔷云的腰,但又不敢挨上她。

他们跳了几步,蔷云发现她的对手跳得蛮熟。但他只敢从蔷云右肩上望过去,连正面看蔷云一眼都不敢。

蔷云觉得好笑。这个家伙哪里像张世群的同学呢?但那人说话了,"您贵姓啊?"

"你姓什么呢?"蔷云反问,她说"你"。

"我叫赵尘,六十五中,高中二年级甲班。"

"谁问你那么多了？我只告诉你,我姓杨。"

音乐轻快起来,大家迅速地旋转。枞树上的金星闪烁,姑娘们的辫子甩开,礼堂四角生着大火炉,隔着炉门可以看见通红的火焰活泼地跳动。脚尖分开,又合上。眼睛闭上,又睁开。五光十色的一切,都随着孩子们的脚尖跳舞。蔷云嫌赵尘跳得太慢,于是干脆加一把劲,被动变为主动,带着赵尘跳得满场飞。赵尘鼻子上沁出了汗。

袁先生也跳。先和他女儿跳,袁新枝边跳边加以指点。袁先生掌握了一些步伐之后,就找校长一起跳。跳了一场,他和校长喘吁吁地坐下休息。他说:"我们的学生,多好！她们幸福。她们想出一切办法让自己高兴……"

在圆舞曲中,蔷云听到一个温柔的、嘹亮的男中音。蔷云猛然觉得,这不知名的调子,是那么熟悉,那么亲切,"似曾相识燕归来",像在哪儿听过一遍似的,她推开赵尘,说:"等我一下。"跑到唱盘旁,问广播组的同学:

"这是什么歌？"

"《大学生之歌》。"

蔷云走开,她笑了,怪不得啊,叫我听出来了。一段歌词唱完了,伴奏响着,蔷云稍一闭目,就想起学生的生活:硫酸烧破了衣服,百米赛跑正在开始,从一个年级升到另一个年级,从一个教室搬到另一个教室……蔷云高兴,《大学生之歌》,多么好的《大学生之歌》,张世群已经是大学生了,明年,杨蔷云也要做大学生。为什么没有"中学生之歌"呢？中学生自己的歌？

蔷云走回来,赵尘呆站在一边,蔷云叫他,"别发愣了,跳吧,赵尘！"

"好,杨……"他"杨"了半天,叫不出蔷云的名字。

亲爱的读者,你们都怎样度过这一年之始的时辰？可知道学生们这样热烈,这样多彩？他们郑重而愉快地送别旧岁,迎接新的亮晶晶的日子。他们珍重每一个节日,每一个节日都留下美妙的记忆。在风雪交加的边防前线,在机声震耳的矿井底层,年长的读者,是你们,正用你们的双手保卫着、铸造着年轻孩子们的幸福。敬礼!谢谢你们。

不过,也有这样的读者,他对于时间的感觉渐渐迟钝,渐渐感受不到飞速行进的光阴的鼓舞和鞭策。为什么他的新年过得这样平淡,不去尽情地欢笑,尽情地感受生活的饱满的幸福?

啊,读者:工人、农民、士兵、干部……过新年的时候到学校来吧,不要拒绝孩子们的邀请吧。在十二月三十一日的夜晚,不论走过哪个学校,门口都挤满了同学,他们向你招手,他们欢迎你们。

十五

十一点多钟,舞会停止。各班同学,聚到礼堂里来,全校师生员工要来一个"大团圆"。首先,由学生会的代表、工会的代表,宣读贺信。先是教育工会给同学们的新年贺词。然后由学生代表,初中一个小同学,用儿童的甜蜜的声音,朗读给老师的感谢信:

  亲爱的老师们,在迎接一九五三年的时候,我们用最感激的心情,来回想一年来老师们对我们的辛勤栽培……

再有给职员的,给传达室工友的信。最后,是一封写给大厨房厨工的信:

亲爱的大师傅同志,请接受我们最崇高的敬意……

  你们炒的菜喷喷香,你们煮的饭不软不硬正合适,你们蒸的馒头又圆又暄……

在这个时候,应该感谢的人,真是数也数不过来的呀!

念完这些信,时钟的两个针已经快要并在一起。喇叭里传来了电台的广播。放过了最后一段音乐,广播员报告:"现在是二十三点五十九分。"礼堂里的人群,屏住气,静听时间答答地走过,差十秒、差五秒……

"当!"一九五三年来了,大家欢呼。有两个少先队员议论,"哟,这么快!当,一九五二年就过去了,一九五三年就来了。"电台放送国歌,全体庄严地起立。

校长上台讲话:"老师们,同学们,一九五三年好!"

"校长好!"台下齐声回答。

郭校长把一只拳头放在桌子上,她说:"这样一个时候,我们聚在一起,大家都有一种温暖的感觉。我们觉得,一个繁荣昌盛的新中国,就要在我们的参与下,由我们眼瞧着建设起来。大家都知道鞍钢的伟大建设了吧?我的爱人——也许现在不该谈我的'家务事'(她笑了)——他最近从部队上转到包头,他告诉我,在包头将要建立一个新的钢铁中心!同学们,我们的工业基地,我们的钢铁中心,不能只搞一两个,要建设上十个、二十个、五十个、一百个!"

礼堂里震响着欢呼的声浪,同学们你看我,我看你,互相重复着校长的话。她们笑,但她们觉得笑还不能尽情表达自己的感情,就拉着别人的手使劲摇晃。

校长接着说:"同学们,我羡慕你们。你们将来,都将参加第二个、第三个五年计划的建设,工厂、矿山、田野,到处都有位子等着你们!在伟大的建设面前,我特别觉得自己知识的贫乏,甚至是可怜。我真希望重新做中学生,学代数,学物理,学语文,学工程,学开拖拉机,使自己在祖国的新的历史时期,变得更有用。可是,如果我去考学校,人家究竟不让我报名了。(她转过头问教导员:"我还能当中学生吗?"教导员微笑摇头,说:"您岁数过了。"全礼堂大笑)没办法,我不可能获得像你们一样念书的好条件了。可是,我不气馁,同学们,我要向你们挑战!各种科学知识,在战争环境中,我早就扔下了,忘光了,现在要从头温习,重新学起。同学们,咱们赛一赛,看谁学得更多,对国家更有用!"

校长在大笑和大鼓掌中结束了讲话。她走下台的时候,也激动得涨红了脸。

全体举行团拜,团拜以后,到大饭厅里吃夜宵。每个桌上放着一盆红米枣粥和一碟蜂糕。呼玛丽慢腾腾地走进饭厅,本班同学已经一桌一桌地组合好了,她就跑到一角,和几个初中小同学凑了一桌。

同学们端起碗正要盛粥,学生会福利部长敲着菜盆大声喊:"同学们安静一下!今天,为了使厨房的炊事员同志休息一下,这顿点心,是由学生会福利部特别从同学中聘请了烹调大师,制作而成,希望大家认真地吃,吃完了还要提出批评意见。"

大家用筷子敲着盆,七嘴八舌地回答:"谢谢!"

大家踊跃地吃起来,但是呼玛丽先不吃,她低下头,默诵饭前的祷文,手还在画十字。

和她同桌的少先队员都愣了,她们也都顾不得吃饭,好奇地注意着她的奇怪的举动,后来一个小孩弄明白了,咬住另一个队员的耳朵说:"上帝,这是上帝!"所有的孩子交头接耳地议论。呼玛丽仍然在那里神乎其神地念经,小孩们忍不住,"噗哧"笑了。一个淘气的孩子,压低着声音说:"上帝说,你们是我的儿子。"另一个淘气的孩子,在呼玛丽祈祷的时候,把呼玛丽的碗和筷子,偷偷挪到了一边。呼玛丽瞅见和听见了这一切。祈祷完了,筷子、碗也没了。她生气地看了她的同桌的小淘气们一眼,一句话不说,含着泪恨恨地一挥手,跑出饭厅去。

少先队员们原来只是有些好奇,想开开玩笑,没想到把呼玛丽气走了,呼玛丽临走时瞧了她们一眼,那一眼有一千斤的分量。她们面面相觑,觉得是闯了祸。那个藏呼玛丽的碗筷的孩子,吓得捂住脸,哭出声来。

她们当中比较大的一个,拉着这个哭着的小孩,去找辅导员袁新枝。她们走到袁新枝身边,"辅导员,不好了!"

袁新枝看到她们这个神气,也吓了一跳,连忙问她们是怎么回事。

那个哭着的小孩说:"我把一个上帝⋯⋯不是,是一个念经的同学给气走了!"

"念经的同学?谁?"

"我们⋯⋯不⋯⋯认识,个儿⋯⋯不小啦,没准就是⋯⋯你⋯⋯

们班的。"

"是呼玛丽!"郑波在旁边脑子一动。于是她四处张望,果然呼玛丽没和高三的同学在一起,别处,也没有。她听完事情的经过,告诉袁新枝说:"是呼玛丽!我追她去。"然后扔下筷子,不管袁新枝叫她,也跑出去。

郑波先看了一下自己的教室,所有教室都黑着,礼堂也黑着,大家都到饭厅来了。她断定,呼玛丽大概是回家去了。她跑到学校的大门口。

站在门口,也看不见什么人。她想了想那次看见的呼玛丽的回家的路,就沿着那条路去追。外面刮着西北风,很冷,而她从饭厅出来,只穿了一件毛衣,刺骨的冷气侵袭着皮肤,她把两条胳膊抱起来,拼命快跑。跑到大街上,她看见一个远远的人影,她大喊:"呼玛丽!"那个人影似乎稍微停了一下,又急急地向前走。

郑波气喘吁吁地追上去,终于追到呼玛丽的身边。她又叫:"呼玛丽!"呼玛丽停住了。

"你怎么走哇?"郑波拉住呼玛丽冰凉的手。

"我累。"呼玛丽说。

"我知道,有几个小同学对你不太礼貌。可她们还小,并没有恶意。你真的生气了吗?"

郑波又说:"现在是一九五三年最初的一小时,你干吗生气呢?干吗离开大伙儿呢?待会还要全校大联欢。多好的新年……"郑波打了一个喷嚏。

呼玛丽摸了摸她穿的衣服,看了看她冻僵的脸上的友善的眼睛。她觉得郑波是个好人。她感觉到一种从来还没体验过的、朋友间的无代价的同情和关心。她想向郑波表示一点好意。但是她什么也没有说出来,转过身,默默地向学校走去,把郑波丢在后边。郑波看着她终于回去,高兴得忘记了寒冷。

郑波拉呼玛丽和她挤在一桌吃饭。那几个小队员按袁新枝说的,跑过来给呼玛丽道歉,呼玛丽也向她们轻声说了一声"对不起"。同桌的同学纷纷给呼玛丽和郑波盛粥。袁新枝脱下自己的棉袄给郑波披上。

郑波刚静下来,喝了几口粥,忽然又听见有人喊:

"郑波在不在?外面有人找!"

郑波纳闷地走出去。谁在这时候来找她呢?难道她的妈妈又病了?她的心怦怦地跳。

她走到门口,在黑影里,一个高个子男人扶着自行车站在那儿。那人好像不好意思接受校门上悬挂的大红灯笼的照耀,故意躲在暗处。

"田林!"郑波惊喜地呼唤,她认出来了。

田林羞怯地推着车走过来。他的眼镜片,闪闪反射着大灯笼的红光。

"新年好!"

"你好!"

"你,这个时候来了,真有意思。"郑波天真地说。这话,像含有某些疑问,又含着发自内心的深深的感谢。

"我来找你了,不知怎么,我总怕找不着你。我怕你们也许已休息,也许传达室不许这么晚找人……"

"怕什么,你不是找着我了么?就是我呀。"

"我带来了一点贺年的礼物。"田林解下了车把上挂着的书包,从里面掏出四个大西红柿。

"西红柿?冬天的西红柿?"郑波笑。

"记得一九四八年咱们一块吃西红柿的情形吗?咱们民联小组讨论土地法大纲,你吃了好些个西红柿,你说:'我最爱吃西红柿,我愿意一天吃一斤。可惜,冬天吃不到。'所以,在五三年开始的时候,我把西红柿送来了。"

"冬天,哪儿来的西红柿?"

"冬天,有温暖的地方,也就有西红柿。"

"你真有意思。"郑波快乐地又说。

田林还送给郑波一枚少先队的徽章。那是他在中南地区当"兵"时和孩子们联欢得来的礼物。他把小徽章别在郑波胸前。郑波低头看着它,又看看田林。然后,拿起西红柿咬了一口。

郑波问他,"你们怎么过的年?你在哪儿迎接的一九五三年?"

"在路上,"田林露出一丝狡猾的微笑,"零点钟的时候,我正骑着车在大街上跑。我飞快地骑车,从一九五二年骑到一九五三年,从我们那里,骑到你们这里。"

"你真有意思。"郑波感动地第三次说。

这时,饭厅里,大家闹翻了天。粥快要吃完的时候,教育工会主席宣布,老师们预先买了几千个元宵,现在正在煮,请大家别走,等着吃元宵。对这意外的礼物,同学们报以长时间的暴风雨般的掌声。等元宵的时候,各个桌互相啦啦唱歌。这个班要求那个班,同学要求老师。还有指名要求某个人出来独唱或独舞的。在喊着、唱着的同时,同学们又纷纷地互相祝贺。

周小玲握住苏宁的手,"祝你长大了一岁!"

苏宁说:"也祝你长大了一岁!"

后来苏宁一琢磨,说:"不对,按新算法,得等过生日才长一岁呢。"

周小玲慷慨地说:"没关系,咱们预祝。"

袁新枝向李春祝贺:"祝你一切如意。"

李春马上思想一闪,"那个独幕剧也如意么?"

杨蔷云跑来跑去,到处祝贺。她祝贺吴长福,"祝你的头发愈长愈密。"(吴长福老抱怨一洗头就脱头发)祝贺袁新枝,"祝你愈长愈漂亮。"祝贺苏宁,"祝你的哥哥身体健康!"见了老教师,她大胆地去祝贺说:"先生,祝您永远年轻!"……

"祝贺你!""祝贺你!!""祝贺你!!!"

十六

元旦那天,杨蔷云收到一个邮包和一封信。邮包里装着才出版的新书——描写抗美援朝的《三千里江山》,信是张世群写来的:

小杨蔷云:

送去书,作为祝贺新年,和奖励你滑冰速度的礼品。你以为那天我会狠命追你吗?才不!我知道,如果一个人不想叫别人追上,那么谁也赶不上他。

我的大学生活很好。只是有两点不满意:第一,功课还不够难。上中学时,老听见人家宣传"大学念书之难,简直难于上青天";我做好了思想准备,想上了大学之后来个强攻或是肉搏战。结果,不过是平平,使不上吃奶的力气。二是睡眠时间太长,从熄灯到起床,规定了八小时半,晚睡不行,早起也不行。其实,按我的体质,有五六小时足够。(据说彼得大帝每天只睡四小时,仍然长寿)晚上睡不着,只好躺在被窝里算算题,背诵诗歌等等。

新年来到,国家大发展,你有啥计划?我建议你学文学——你讲的故事很动人。我建议在新的一年里,除了学好功课外,还应该学会一种乐器,学会写生画,同时一年至少要读五十部小说。体育方面,也可以学学燕式跳水和花样滑冰——不要只是丧家犬式的傻跑。

当然,你可以根本不考虑我的建议。但请不要认为这种建议办不到！生活里,要进攻！

这些,看看书你就会同意了。

张世群

蔷云欣喜地看了这封信,读了好几遍,她还摘要把信读给几个同学听。袁新枝说:"真是个拼命主义者!"不知怎的,杨蔷云很满意这个称呼。想一想张世群的那股蛮劲,再想想本班的同学,蔷云觉得,男孩子确实是有许多优点为女孩子所不及。她给张世群写了回信,开头称他"可敬的拼命主义者……"

信还没写完,她读起《钢铁是怎样炼成的》。一读,就入了迷。蔷云看书、办事,本来就容易入迷,何况那样的好小说!元旦下午,她回到家里,不和家里人聊天,只顾看书。晚上又看了半宿,当天就看了一大半。

《钢铁是怎样炼成的》,看来十分亲切。人们那样紧张,那样严厉,又是那样的火热、单纯、无私。这些正是蔷云的理想。元旦夜里看完书,她一直想了很久。她产生了一种愿望,想离开窄窄的宿舍和教室,到烈火般的斗争中去过一种和一般学生很不相同的伟大生活。

温课期间,她还没看完,就在自习的时候看。袁先生来查自习的时候,说她:"人家(指郑波)克服一切困难,集中精力温书,你怎么自由自在地看小说?"蔷云没言语,悻悻地把书收起来,心里说:"难道我是自由自在地看闲书?"

蔷云钻到书里去,却忘了把给张世群的回信写完。后来温书一忙,她想,别再"自由自在"地写信了,就一直没给张世群写回信。

郑波的妈妈死了。

新年后第三天,夜里,妈妈忽然觉得心跳,气喘,半边身子发麻,她想下地叫人,走下来就摔倒了。郑波的舅母闻声赶来,看见妈妈已经晕厥,吓得慌作一团。后来派出所帮着送到医院,住了院。大夫说是心脏出了毛病,很危险,要找她的亲属来。郑波赶到,妈妈已经不行了,只有出的气,没有进的气,妈妈翻起眼睛,紧张地望着郑波,不说话,舅母教给郑波,"快说,让你妈放心,让她闭上眼……"郑波忍住泪,呜咽地说:"妈,我是小波,您放心吧。"妈妈喘得更厉害,然后断续地说:"做……妈的,不……能……照管你了……有毛主席……照管你。"平静了一会儿,她又痛苦地说:"咽一口气……也……不容……易。"这才闭上了眼睛,眼角上沁出一颗泪珠。

妈妈、好妈妈,这一天怎么来得这么早……

妈妈,您爱女儿,女儿也最爱您。我有生以来的第一次记忆,就是一天夜里,我梦见两只大黑猫,黑猫吓我,我醒了。当时,我看见您的温暖的胳膊,伸在我的头上。我攀住您的胳膊,我就什么都不怕了,有妈妈在旁边,女儿就什么都不怕。

我还记得爸爸死的时候的事。爸爸的同事跑来,说爸爸让美国吉普车轧死了。您发愣,不信,非让那个同事再讲一遍……后来您就倒下了。爸爸的同事赶忙叫我唤您,我伏在您的耳边,喊:"妈,我是小波!"就像这次舅母叫我唤您一样。那次是把您唤醒了,但是这一次……

后来您就瘦了,眼睛陷下去了,您的手粗了,肿了。您每天洗几十件衣服,上百件衣服,手指头泡得像胡萝卜一样粗,手背深深地裂了许多纹。我说:"妈,您买点油擦一擦。"您强笑着说:"不,省下钱,给咱娘俩做面条吃。"

还说吃面条呢,我常常那么不听话。有一回,我和您一起吃面条,您给小波拌面,不小心把醋搁多了一点,我一尝,嫌酸,哭了。您赶紧哄我,把所有的芝麻酱都倒到我的碗里,想遮一点酸味。然后您尝一尝,使劲笑着说:"不酸,挺香。"我仍然不吃,而且哭……可这面条是怎么来的呀?就在头一天,一个凶神模样的人跑来,说爸爸生前欠了他的账……可我就那么不听话。

解放了,我变了,我看清了自己的道路,我有自己的同志,自己的生活。我拒绝您的一切爱抚,怪您拿我当孩子看,可女儿怎么会不是妈妈的孩子呢?

妈,请原谅女儿,女儿是爱您的。女儿忙,可我时时想着您。当我看见您额上的皱纹一天天增多的时候,我恨不得把那皱纹挪到自己的额上。我想着将来怎么样好好地养您,可是,女儿没有养您。这些年,我亲近了一切人,却没有好好地亲近自己的妈妈。我和您在一起的时间是那样少。我许多话还没有对您说。我怎么上课,怎么玩,我有哪些朋友,学校伙食办得怎么样,我都没告诉您。而妈妈怎么能不关心女儿的这一切呢?就在您去世的时候,我和您也都没有来得及说出自己满腔的话……

阴沉沉的天气,郑波掩埋了自己的母亲。派出所所长、区妇联副主席都去了。郑波的母亲,在身体还不太坏的时候,帮着派出所和妇联做了不少事。杨蔷云,还有几个同学,请了假,也去了。郑波还告诉了黄丽程,黄丽程也去了。但她太忙,没等完就忙着往回赶。

这天下午,由郑波所属的团小组倡议,同学们自动开了一个小追悼会。全班同学都戴上了白花。苏宁一直不住地流泪,她的泪比郑波还多。呼玛丽坐在郑波身旁发呆,她拉着郑波的手。杨蔷云紧皱起眉毛。吴长福东看看,西看看,脸发白。

袁新枝主持这个会。默哀以后,她说:

"我们生活在一个大家庭,我们愿意分享朋友的快乐,也愿意分担她们的悲哀。郑波的母亲死了,郑波当然很难过,我们也很难过。我们好些人到郑波家里去过,和她的和气的勤劳的妈妈见过面……"

说到这里,袁新枝讲不下去,教室里一片安静,只听得见几个同学的手表的秒针"答答"地响。过了好一会儿,袁新枝才说:

"希望郑波别太难过,别影响了身体的健康。郑波是咱们班的好同学,她在各方面都帮助过咱们,同学们都喜欢她,期待她。"

袁新枝坐下。苏宁哭出了声。

郑波说:"别哭啦,苏宁。"她的喉咙动了一下,像把什么东西咽进去。然后小声说:"大家来开这个会,我谢谢你们。我妈不在了,我没有什么亲人了,可大家都是我的亲人。我妈不是什么革命者,她只是个普通的家庭妇女。但是她心很好,善良,而且忠厚,从来不做对不起别人的事。她一辈子受了许多罪,等到解放了,她的身体也垮了,来不及过一过新社会的生活。所以我老为她感到冤枉,她一生为了吃穿,为了孩子,奔啊,忙啊,受累啊,就过去了。她一辈子没有出过河北省。她上过小学,可是也很少看书。过去,她哪有工夫,哪有那个心情去看书!当我和咱们同学在一块,过得很快乐,很有意义的时候,我就特别为我妈抱屈。她不也是挺好的人吗?可是她这一辈子……现在,更没法说了,她再也不能过那种真正的生活了。"说到这儿,郑波的失眠的双眼,突然射出一种坚决的像复仇一样的狠狠的光,她说:"后来我想,怎么办呢?为了纪念我的妈妈,纪念她的冤枉的一生,我真想好好地活着!我希望一个人做几个人的事业,一个人过几个人的生活!这样我妈如果知道,她也许会安心地说一句:'我这辈子有点冤枉,可下一辈人活得都很有价值!'"

苏宁停住了哭。大家肃静地看着郑波。郑波头发很乱,眼圈发青,但是她的头勇敢地抬起来。从郑波的话里,大家感到有一种战胜一切不幸,跨过一切痛苦的力量。大家从"死"想到"活",从上一代的遗憾想到自己这一代的使命,每个人都觉得自己的火热的心,在猛烈地跳动。苏宁掏出了手绢,她使劲把脸上的泪水擦干。

同学们刚要散去,袁先生来了,他问郑波家里的事和身体情况,郑波说家里的事已经办完,身体还好,没什么。袁先生告诉她,已经和教导处联系好,她可以暂缓参加期终考试,等到寒假再补考。郑波连忙说:"不用,先生,我可以照常参加考试。"袁先生摇摇头,"你很要强,我知道,可是也别赶坏了,还是休息休息吧。"郑波坚决要求和大家一起考。别的同学也劝她:"你耽误了这些天,对成绩会有影响的。"她咬着下唇表白说:"你们不知道,我愈难受,就愈有狠劲。如果不让我开一开功课,我就平静不下来。"后来,袁先生同意了,他告诉郑波："温书当中要有什么困难,可以多找我几趟。"郑波点头,袁先生走了。

同学们抢着来给郑波补笔记。每个人似乎都以帮助郑波做一点事情为愉快。郑波感激地打开自己的书桌,打算把笔记本拿出来,同学一起动手,一会儿就可以补完。可是所有的笔记本都不见了。郑波吃了一惊,难道是丢在什么地方了?不会呀,这次半夜里跑到医院,也没带笔记本呀。这时呼玛丽走过来。悄悄地把一叠笔记本交给郑波,她说:"我功课不好,帮不了你什么。前几天,没经过你同意,我私自把你的本子拿过来,把这几天的笔记替你抄上了。对不起。"郑波激动极了,是呼玛丽替她抄的笔记!这比别人更使她欢喜。旁的同学也说:"呼玛丽真好。"呼玛丽笑了笑,仍然默默地走到一边。

第二天,郑波去找呼玛丽,"咱们一块儿温书好吗?"呼玛丽点点头,她忽然问郑波:"你是不是觉得我很冷酷?"郑波说:"你有热情,但是好像被大石头压着似的。"呼玛丽嘴动了动,她说:"我愿意和你一块儿温书。我愿意和你在一块儿。"

温书期间,常有同学劝郑波:"歇歇吧,可别累着。"郑波谢谢她们的好意,继续干。别人愈这样说,她愈干得起劲。功课温得相当顺利,专心听讲的好处现在显出来了,许多东西不用特别复习就已经相当熟,她对考试充满信心。和她一起温书的呼玛丽很惊讶,她问郑波:"你是怎么回事,这样一个时候,还能这么专心地用功?"郑波说:"记得咱们新年晚会上校长讲的话吗?国家发展得那么快,快得让你振奋,也让你惶恐,我怎么能再放松自己呢?"

十七

郑波坚持温书的行动教育了大家，谁都特别卖劲。蔷云收起小说之后，很快地又迷到功课里去了。这次考试，普遍比阶段考有了进步。

这一学期就这么过去了。寒假就这么来了。

寒假第一天，杨蔷云把《远离莫斯科的地方》看完。她很兴奋，与书中的人物告别，又有些舍不得。她把书推荐给苏宁，苏宁说："哟，三本这么厚！"蔷云半恳求半强迫地跟她讲："劳驾，你把这本书看了吧，你知道它多么好啊！这么好的书你怎么能不看？你非看不可！"

过了一个星期，午后，蔷云去找苏宁，"检查"阅读情况去了。

还是那个赵妈开的门，但是这次她没有说"二小姐"，却问蔷云："您是来找——苏宁的吧？"

蔷云走进苏宁的屋子。摆设和上次她们来布置环境的时候差不多。书架上的那些旧书不见了，新书多起来。墙壁上添了一幅新画——《毛主席领导我们建设伟大的祖国》，内容是毛主席拿着红笔，在看标着各个工业基地的地图。茶几上还放着一盆腊梅。

苏宁把蔷云的大衣挂在一边。蔷云伸出冻僵了的手，在炉边烘烤，她说："这间小屋子好暖和！比西伯利亚建筑输油管的地方强多了！"又问："咦，那个赵妈，怎么不管你叫二小姐了？"

苏宁厌恶地摆一摆手，"上次你来我家以后，我就告诉她，再也不许管我叫二小姐了。"

正说着,赵妈提着一大铁壶水走进来,搋了搋火,把铁壶放在炉子上。转过身对苏宁说:"二……啊,苏——同志,您有要洗的衣服没有?"苏宁说:"我自己洗过了。"赵妈走了以后,蔷云趴在苏宁的床上笑得出不来气,一边笑,一边学着:"苏——同志,苏同志,真逗!"

苏宁坐在椅子上,右手托着腮,告诉蔷云:"最近,我的生活稍微有了些改变:不许她们叫我二小姐了;衣服全都由自己洗了;我母亲给我零钱,我也尽量少要。"

蔷云坐起来,理一理头发,赞成地点点头。

"《远离莫斯科的地方》,我已经看完了。"苏宁接着说。

"怎么样?"蔷云关心地问。

"真好啊。"

"对!"蔷云不由拍了一下掌。

"看完这本书,我有点难受,又有点怀疑……"苏宁站起来,走在茶几旁边,用手摸着花盆,眼睛不看蔷云,说:

"我难受,人家的生活那么伟大,那么壮丽,但是我的生活狭小得可怜。我觉得我和他们不一样,没有那种勇气、毅力和热情。如果把我放到那个环境里,我也许会害怕。我怀疑,我能不能成为那样的人呢?"

"当然能啦。"蔷云不假思索地说。

苏宁摇头。自言自语:"我……什么都不行。"

杨蔷云从床上下来,走到茶几的另一面,急切地盯住苏宁。苏宁不接受她的正面的注视,转过身,走到书架子旁边,坐到一只破椅子上,弯下腰,用手绢擦掌心的汗。

"我真不明白,"蔷云有些恼怒,"这学期你后来不是挺好了么?怎么还是这种思想?没有来由,莫名其妙!"

苏宁不言语,她的肩膀一颤一颤,孩子似的委屈地吸一吸鼻子,沙哑地、断续地说:"这学期挺好了?没有——来由?我这个'家'

呀！唉！"

苏宁说自己"挺好了"的时候，声调充满了凄凉，说到"家"这个字，却又吐露了重重的仇恨。蔷云真的不理解这些了，一向认为可以看透别人的蔷云，在她的朋友旁边惑然不解了。她们静下来。

好半天，这一股别扭劲才消除掉。苏宁走过来，勉强愉快地说："算了吧，干吗你一来就要批判我呀！我预备了吃的，准备招待你呢。"

她从墙上拿下一只书包，把书包往桌上一倒，滚出了许多栗子。

"你爱吃栗子吗？可惜这些不太热了，否则又甜又面，我顶喜欢吃。"苏宁说。

蔷云点点头，她拿起一颗栗子来。她想再说点什么，但是找不出恰当的话。苏宁细声地和她找一些话闲聊，她也没注意听。火好像更加旺了。冬天，来到这样暖的屋子，就会发困。蔷云剥的那颗栗子的皮和肉连在一块儿，怎么剥也剥不下来。蔷云干脆囫囵着放到嘴里，嚼了嚼，尝到一点甜味，就把它吐到痰盂里。

苏宁哼起一支最近学会的俄罗斯民歌——《雪橇》：

冰雪遮盖着伏尔加河，
冰河上跑着三套车……

蔷云接着她哼第二段：

小伙子你为什么忧愁？
为什么低着你的头？
是谁叫你这样伤心……

苏宁没有再哼第三段。她没有回答第二段提出的问题。赵妈放到炉上的水壶，像贵妇人呻吟似的唱着一支寂寞的歌。

蔷云从苏宁家里走出来，夹着苏宁还她的书，觉得自己很不好，竟那样简单地以为苏宁已经"没有问题"了。可她，仍那么忧郁。这一切究竟为什么呀?

刮起西北风来,蔷云把脖子缩到大衣领子里去。她听见一阵急促的脚步声跟上来,接着有人叫她。

"你好!还认得我吗?"

"苏君么?当然认得了。"

苏君穿着一件银灰色的皮大衣,竖着高贵的水獭领子。他竖起领子还不算,还围着一条蔷云从没有见过的那样长而且宽的围巾,围巾在脖子上绕了好几周,像缠绷带似的。再加上戴着的皮帽子和宽口罩,露出来的只剩下两只眼睛。凭他那神经质的眼神,蔷云一眼就认出了是苏君。她疑惑地看着他。

"我有一件事,想和你谈谈。我们找一个地方吧,好不好?"苏君低声说。

"什么事?"

"找个地方谈吧。"他不回答。

蔷云同意了。他们走进一个茶食铺。

"要两碗油茶,一碟萨其马。"苏君脱大衣的时候熟练地说。

"请。"等点心端上来,他让一让蔷云,解释说:"据说,这家铺子,做油茶已经有几百年的历史了,他们是用真正的牛骨髓油做原料的。"

"你有什么事?"蔷云用小铜勺搅拌油茶。

"这家铺子的青丝、红丝、桂花……也做得特别好。"苏君离开了她的问话,拖延着说。然后他告诉蔷云,"再过半个月,我要到广州去。我有一个朋友在那里。他们找我去做一些文物整理的工作。我要当'干部'了。"

"那好。祝贺你。"

"谢谢,这要谢谢你。"

"谢我?"

苏君接着引到下一个话题,"我走了,希望你多照管小妹。"又重复一句,"希望你,帮助她,别嫌她落后。"

"那是当然的。"

"我要告诉你一件事。"苏君深深皱起眉,抬起头,苍白的脸上,在颧骨的地方,出现了两点樱桃般的病态的红色。"请你坐得近一点。我的肺病已经不传染了。"说完这,他竟又把口罩戴上。

蔷云赶紧凑过去。

"你知道,小妹为什么不能够像你们别人一样?"

"嗯?"

苏君长出了一口气。他一个一个地捏着手指,使骨节发出刺耳的咯吱声。他严厉地说:"这件事,谁也不知道,我们的爸爸妈妈也不知道。我告诉你,希望你……"

"谢谢你的信任。"

"那就好。"苏君似乎轻松了一些。他把油茶点心推到一边,看看周围没什么人,痛苦地、颤抖地说:"在小妹十一岁那一年,她被她的姐夫……"

蔷云觉得耳朵旁边嗡了一声,她几乎闭住了气。

苏君继续说下去:"她的姐夫,我的妹夫,是国民党军队的一个师长。他比我大妹大很多岁。那一年,他们刚结婚不久。有一天晚上,他带小妹去逛公园,很晚才回来。我看见小妹头发也乱了,眼睛也耷拉了,像害了热病。因为全家她只跟我一个人好,我就等别人睡了以后去问她,她说她姐夫在公园把她拖到山洞里……那时候她还不太懂事呢,她只说:'我疼……'我听说了以后,当时就想拿菜刀砍死他……"

"你为什么没砍?"蔷云红着脸,责问他。

"他有两个勤务兵,带着盒子枪给他站岗。第二天我冲到他屋里打了他嘴巴……"

"打死他没有?"

"他打了我个半死!然后带着我大妹妹搬走了。家里人都说我疯了,请医生来给我看病……"

"你为什么不告诉家里人?"

"哼!家里人恨不得管他叫祖宗!"然后他微带感慨地说:"所以,别随便说人落后吧,你知道他们受的是什么罪!"

一瞬间,蔷云闪过了无数个为苏宁报仇的念头,又都作罢了。

"我请求你照顾小妹……"

"我能,我能!我一定要让苏宁好起来,一定,那没什么。要让她的创伤痊愈,让她的心暖和。没什么。她能快乐。没关系。"蔷云悲愤地扭着手指。

"我再谢谢你。"苏君和蔷云握手。叫来服务员,付了钱。

他们临分手的时候,苏君忽然羞怯地说:"我个人,还想……"

"什么?"蔷云戴好手套。

"我要到广州去了。您,有没有一张照片?很小的?"苏君唯一称呼了她一回"您"。

蔷云脸红了。她说:"没有。"

"那,就算了。原谅我!"苏君苦笑着。

蔷云回学校走的时候,天已经黑了——冬天给予我们的白昼,本来就很短,很短。风,大声呼啸起来,小沙砾打在蔷云脸上。一种蔷云从未体验过的愁苦,咬啮着她的心。世界上有那么多的事,她还不了解。生活里,有许多残酷。而做一个女孩子,是多么倒霉呀。在那梦魇一样的日子里,简直没有比做女孩子更倒霉的了。

十八

期终考试以前,李春把《独幕剧》寄了出去——给《青年日报》。从邮局回来,她像一个炮兵头一次发射炮弹似的快乐。往后几天,她仍然常常温习那把厚厚的信袋塞到鲜绿色的邮箱里去的印象。有时甚至迷信似的想,如果今天午饭吃大米而不吃馒头,稿子大概就有发表的希望。否则,就悬了。结果,午饭吃的是馒头,她很懊丧。又想,假如明天一天不刮风,大概稿子就可以发表。果然,第二天日暖风晴,她挺高兴。懊丧完毕,高兴完毕,她也嘲笑起自己来:"去你的吧……"

放寒假了,稿子没有一点音讯。李春每天都抢着看《青年日报》,比一九五一年订爱国公约时对时事学习重视得多了。看来看去,哪一期报纸的哪一行哪一字,都没有透露要发表李春的稿子的意思。李春很担心,别是邮局把稿子丢了?还是编辑同志官僚主义,把无名小卒的稿子扔到字纸篓里去了?她愈来愈放心不下,吃、睡都不香,好像人在学校,心却和稿子一起丢在绿色的邮箱里。

一天早晨,她正在吃粥,工友告诉她,有电话。她接电话,对方告诉她,"我是《青年日报》编辑部文艺组。"她的心马上跳到了嗓子眼上,结结巴巴地说:"怎——么——样?"对方说:"你的稿子,我们已经看到了……"李春说:"对、对。"对方说:"我们想请你来一趟,共同商量研究一下。""什么?喂,你说什么?"对方又把话重复了一遍,问她,"你什么时候有时间?""啊,时间?喂,有时间,现在就有时间。"

后来李春与那人说定,马上到《青年日报》编辑部去。

李春回到饭厅,剩下的半碗粥再也喝不下去。到底发表不发表呢?对方没告诉她。但那口气好像很客气……李春端着半碗粥发愁。

到了《青年日报》。那座平平常常的小楼这时却显得威严。门口停着一辆汽车,也增加了她的不同寻常的感觉。

她被让到会客室,坐在沙发上,守着火炉,听着自己的心跳,恭候编辑同志的到来。

一个戴眼镜的,高而瘦的男同志迈着沉重的步子走进来。随着他,进来一个勤务员,给他们倒水。

那人问:"李春同学么?"

"对了,我就是李春,我就是。"

"请坐请坐。我姓田,我叫田林。"

田林问李春:"你们放假了?"

他们闲聊了几句,李春急不可耐地等待着判决。

田林从口袋里掏出了李春的稿子。稿子经过几个人的手,边儿已经被磨损了。田林翻着稿子,微笑着,右手拿起一支烟,含在嘴里。忽然,他把烟拿下来,放在桌子上。

"李春同学,我能不能问你一句,你为什么要写这篇稿子?"

李春愣住。她什么问题都想过,就是没想过这个。她说:"我,我为了,我写这个剧本……"

田林随便地说:"咱们随便聊吧。对于剧本,我也不大懂。我们看了你的剧本,觉得内容好像不太明确。你的意思是什么呢?肯定这个主人公,又肯定他哪一点呢?批判那个团支部书记,又批判他哪一点呢?"

李春不连贯地解释了几句。田林认真地听着,点着头,又提出问题问她。她大胆些了,说:

"我想批判一种瞎嚷嚷空理论的人,还有一种人自己学习不好,还妒忌别人……"

于是田林和她研究这几种人到底是怎么回事,研究了半天也没弄清。田林说:

"你用心考虑问题,这很好。可是你并没想清楚,也没有表达清楚……相反,却给人一种错觉,好像你是主张各人按各人的意思办事,不要集体,也不要组织。你是写学生,但是有点不像现在的学生,倒像好些缺点的堆积……"

完了,全完了!

当李春从田林手里接过那份稿子的时候,差点流出了眼泪。稿子往外送好受,往回拿可真不好受。田林似乎看出来了,他露出一种儿童般的真诚的笑容。

"希望你以后给我们写些小东西。希望你别灰心。许多大作家一生中不知写了多少废品……"

这些话,李春已经顾不得听。从报社走出来,她使劲把稿子往兜里塞,生怕露出个边,人家看见就会知道:"瞧,她写的稿子被退回来了。"李春毕竟并不愚笨,她写作的时候,虽然痰迷心窍般地沉在自我陶醉中,等田林一分析,也就恍然大悟自己写得实在不像话。她不想反驳田林的意见,也无法反驳。她只觉得羞愧难当,费了那么多时间也太冤枉。感情上,一时很难接受,"我李春,从上小学以来,从来没有出过这种丑……"走在大街上,好像自己忽然矮了半截。

回到学校,教导处前的院子里挤满了人。李春往那儿看了一眼,正好看见周小玲,周小玲向她招手,"快来快来,发分数单啦。"

李春脸上红一块白一块地走过去。周小玲像一只小鸟似的在她耳边叫:"还不领去?咱们班差不多都领完了。你呀,各门功课至少也得得一百分,没错,快拿来给我看。"周小玲很高兴,因为她最怕的俄文课,大考成绩还不坏。

分数单按班分放在几个桌子上,由教导处分发。院落里一圈一圈的人纷纷议论。谁都想看看别人的分数单,和别人比一比,但又都不愿意把自己的分数单给别人看,吵吵嚷嚷,乱成一团。

"怎么样?你考得棒着哪吧?"

"去吧,我好几门不及格。"

"哼!"另一个人皱起鼻子,"上学期你就告诉我好几门不及格,结果,哪一门你说不及格哪一门你就得一百。"

"啧,谁要说瞎话……"

"给我看分数单呀。"

"你先给我……"

到处都有这种对话。李春在吵闹声中领了分数单,她粗粗地看了一下,成绩还不差。大考时因为她写剧本分了心,成绩不如平时。周小玲过来,要看她的分数单。她没说什么就给了周小玲。她着急地想赶快回到宿舍休息一下,静一静心,周小玲却神聊上了:

"嘻,真棒。你数学考得怎么那么好?还有化学。你说这回化学难不难?钟先生真德性,净出难题!我以为,准得考有机化学,结果一道题也没出……"

李春哼哼哈哈地答着,伸手去要回分数单,忽然听见周小玲说:

"哟,你物理大考才得九十分呀,还没有郑波好呢。"然后她突然放低了声音,伸出一个手指头,耳语说:"你知道,这回大考,郑波可真干哪,她简直玩儿命啦!你还记得那一次考物理,她把一小时折合成一百分钟吗?这回人家得了一百!"

这个消息对于李春又是严重的一击,郑波的物理赶过她了!她李春,社会工作,失败;群众关系,失败;写稿,失败;物理,又失败!为什么她要写那本该死的稿子呢?结果"赔了夫人又折兵"!她怕周小玲看出她的不自然的神色,勉强说了几句笑话,走了。

回到宿舍,往被窝卷上一靠,就像全身力气都使尽了似的。一会儿想起病中写稿的决心,一会儿想起团分支大会对自己的批评,一会儿想起怎样用发抖的手从田林那里接回自己的剧本,一会儿想起九十——一百,一百——九十。郑波是有办法的,郑波比李春强!李春痛苦地承认了。她从来也不骗自己。人家郑波,那么多的社会工作,母亲又新近故世,原来功课底子也不强,可是人家高高兴兴地往前撵。而自己……难道我错了?难道我错了?"是的,你错了!"李春把头偎在棉被上。

吴长福进屋换衣裳,看见李春一个人心灰意懒的样儿,很觉奇怪。从那次吴长福让李春耍了一回,吴长福就很少和李春说话。这回,她以为李春病了,就好心肠地走到李春床铺旁,伸手去摸李春的脑门子,口里问:"哪儿不得劲儿了吗?"

李春正闭着眼,陷入一种半睡眠状态,忽然脑门子上来了一只大手,她一睁眼,看见吴长福,也没答话,猛地跳起来,跑出去了。

吴长福吓了一跳,呆坐在李春床上,闹不清怎么回事。

吃午饭的时候,没见李春。有人问:"李春呢?"吴长福说:"我告诉你们一件事,你们可别不信,我看李春好像是中了邪了。今儿上午我进宿舍换衣服,只见李春一个人在屋,你们猜怎么着?她把半个脑袋钻到棉被里,身子来回拧着,那个样儿别提多新鲜。后来我一走过去,突,她就跟个'二踢脚'似的往起一蹦,跑啦!"

"胡说!现在是哪一世纪呀,还有中邪这迷信事儿!"

"信不信由你。中邪也是符合巴甫洛夫学说的,这是一种条件反射。"

吴长福坚持她说的可靠性。大家关心起来。找了半天李春,也没找到。午后四点钟,李春从校门外回来。同学问她哪儿去了,她说是走走;问她吃饭了没有,她说吃了。问她许多话,她只回答一点点。

李春是怎么了?

十九

春节期间,杨蔷云没回家,她怕郑波一个人在学校寂寞,非陪着她过年不可。初二,杨蔷云和郑波到袁新枝家给袁先生拜年。放假的时候,袁先生就邀她们去过。

她们走进大门口,叫了一声袁新枝。应声而出的是一个比地皮高不了多少的小女孩,梳着个小发髻,戴着白白的围嘴,嚷着向她们跑来。快到她们跟前时,绊了一跤。蔷云连忙去扶,却听见袁新枝奔出来说:"不要扶她,让她自己起来。"又向那女孩说:"小妹小妹,自己起一回。"小女孩在地上趴了一会儿,积蓄足了力量,一下就爬起来了。一点没哭,同时用脚跺着那块地,嘴里嘟囔着:"这破地,你摔我!"蔷云和郑波在一旁哈哈大笑。

袁新枝和她的妹妹接待客人走向正房。她们四个走着,袁先生已经打起帘子迎接。杨蔷云对袁新枝的妹妹夸个不停:第一不认生,第二摔倒了自己爬起来,第三不哭——冲这三条就是具备"社会主义水平"的孩子。直夸得袁新枝说她:"算了,别助长小孩的骄傲情绪。"杨蔷云才在这位"教育家"的制止下住了嘴。

正房是两明两暗——东西各是套间,中间两间通着。他们进了屋,袁先生让杨蔷云和郑波坐在一套不大新的沙发上。袁先生问她们的寒假生活。郑波回答着。杨蔷云四下打量这两间屋子。屋子小,陈设的东西有些拥挤。那些东西风味各不相同,代表着几代人的生活。正墙上挂着古色古香的字画,而在字画两边,贴着一幅董存瑞像和一面写着:"奖给先进工作者"的锦旗。那字画,大概是新枝的爷爷的,董存瑞像一定是袁新枝的喽,锦旗当然是袁新枝的哥哥的。另一间屋子,放着书架、书桌、台灯,这是袁先生的。皮箱、条包、包袱,这是袁新枝母亲的。窗台上放着布娃娃、小汽船,是小妹妹的。蔷云把自己的"分析"说出来,袁先生夸她的眼力。袁新枝说:"你什么都看见了,可忘了一样。""什么?""瞧那边!"那边空中悬挂着一只小花篮。蔷云走过去,不禁叫好。那不是花篮,而是一个挖空了心的萝卜,倒挂起来,装上水,在萝卜肚子里放上白菜头,于是白菜向上生长,开了黄花;萝卜缨向下生长,生出绿叶;紫红色的萝卜皮上,还雕出花纹。杨蔷云把郑波也叫过来,称赞袁新枝的"杰作"。这时,新枝的母亲出来了,她像一盆火似的招待这两位客人,请她们吃茶,还拿出了冻柿子、脆枣和杂拌。袁新枝说:"你们在这儿聊吧,我给你们做饭去。"蔷云说:"你还会做饭?"袁新枝的母亲在一旁说:"我们新枝呀,手可巧呢。"新枝连忙拉着她的母亲走了。

她们回到沙发上坐下。郑波没怎么说话。她想起自己的家来了,她已经没有家了。袁先生好像看出来,他说:"你要没事,就常来玩吧。新枝的家,也就是你的家。"

聊着聊着,袁先生说:"你们给我这个班主任提提意见吧。"

蔷云说:"哎哟,那怎么提?"

郑波笑着说:"我们来给您拜年,是希望您把这学期我们的毛病给提出来。学生哪能给老师提意见呀。"

袁先生摘下眼镜,哈着气,掏出手绢擦一擦镜片。他说:"没有关系,先生错了,一样要提——吾爱吾师,吾更爱真理嘛。说实在的,虽然我教了你们好几年,虽然我还是班主任,但是,我和你们,老师和同学之间,相互了解得仍然很少……"

杨蔷云探过身子,她问:"先生,您是不是不太喜欢我?"

"不,我只是对你们了解得太少。也许,我曾经一度有些个怕你们。"

"怕?"郑波和蕾云同时不解地问。

"是的。谁都知道学生怕先生,但不是每个人都知道先生同样地怕学生。甚至更厉害。举例说,一九五〇年十月,全国工农兵学,开展抗美援朝运动。咱们学校工会做了一项决议:教师一律参加辅导学生的活动。那时候我去高三——那时你们才高一喽——可辅导什么?同学们讨论得慷慨激昂,分支书记讲得头头是道。同学们要我讲,我说:'我们要抗美援朝,保家卫国……保家卫国,抗美援朝……'讲了半天也讲不出什么名堂,只好红着脸下来。当然喽,都是大同学啦,当面还没好意思开我的玩笑。从此我越发尊敬学生,尊敬学生中的党员、团员。同时也就有些怕。"袁先生咳了几下,感慨地说:"你们是在毛主席关怀下边长大成人的,比我们不知幸运多少,超过多少。我觉得这个先生很难做。"

郑波说:"好久以来好像都是这个样子,上课的时候我们听先生的,下了课,我们有自己的生活,听报告、看小说、讨论团课、通过新团员……"

"可也亏了你们。"袁先生拿起一杯茶,一饮而尽,"这些年,青年团在学生工作上,做了许多事,我们当先生的应该自愧弗如。咱们还说这个先生与学生的互不了解。寒假以来,我几乎天天想这件事情:我究竟怎样做老师?怎样出现在学生面前?想来想去,我追到根子上——你们知道黄丽程吗?"

郑波说:"当然知道。"蕾云指着郑波告诉袁先生,"她们俩是好朋友。"

"噢,这我还不知道。黄丽程原来是我最得意的学生,但是从四七年下半年,她忙着搞学生自治会,就不好好念书了。我当时看出来了,她和共产党有了关系……"

"您看出来了?"郑波奇怪地问。她一直以为黄丽程这一批人隐蔽得很好呢。

"那还看不出来?当时黄丽程常找我参加学生们的晚会。头一次我去了,只有我和钟先生两个教员。以后我就借故推托,不再去了。一九四八年四月,国民党逮捕了我们一批同学,我很难过,很惭愧。那时候我已经觉到,在咱们国家的大变动中,年轻人勇敢地选定了自己的道路,而我们在一边犹豫。从那时候起,我们和学生的距离就愈来愈远了。"

蔷云托着腮静静地听着。过了一会儿,她放下手,急急地说:"先生,是这样!过去,我们也觉得先生不太了解我们,我们也不太了解先生。我记得我们高二下半年,教历史的刘先生有一次给我们讲话,说:'你们得给我好好学习!'后来班上就当笑话传开了,同学一来就说:'你们得给我好好学习!'……我们有时候就忽略了先生,似乎除了正课,也得不到先生的更多的帮助。"

"你说呢?"袁先生转问郑波。

"我觉得我们有好些不对的地方。譬如那次开会批评李春,就没有事先和您商量。可是后来您对我们讲的,对我们的帮助大极了。您说距离愈来愈远,那是过去,可是现在……"

"现在又慢慢近了。我要向你们,向我的学生说,我虽然落后了,但是有信心拼命地赶上去。这需要你们的帮助。"

"可是您还是给我们提意见吧。您说得那么……客气,我不知道怎么办好。"蔷云一边说一边转动身子,好像真的很难受。微笑不由得浮在袁先生的多皱纹的脸上。

……饭做熟了,袁新枝快活地张罗着,像一个小主妇。她摆好了饭桌,端上了四只碟子。馒头上点着吉祥的红点。大家坐好,正要吃饭,一个矮胖的小伙子回来了,他是袁新枝的哥哥。

"新友,快来吃吧。"他妈妈说。

"我吃过了。"

"新友可真是,过年也不在家里待着。"

"哥哥,你又找小刘去了吧?"新枝顽皮地说。

"去去……"袁新友红着脸,跑到里屋去了。逗得吃饭的人大笑。

袁先生一边吃一边说:"这个酱瓜鸡丁不错,你们多来一点……刚才你们说李春是那么个情形,或者,我找她谈谈好不好?"

郑波说:"这样好,她对先生,还是挺尊敬的……不用,我们自己会吃……袁新枝,你说呢?"

"吃饭的时候别谈这些,要不可影响消化。"袁新枝不参加他们的谈论。

杨蔷云又问:"袁先生,您觉得苏宁怎么样?"

"苏宁是不是和你挺好的?"

"还好。"

"她多大了?"

"不满十八足岁。"

"噢?才十七。看上去好像更大一些。"

"怎么?"

"她不太像个孩子。"袁先生皱起眉,"她缺少年轻人的那股年轻劲。当然这只是一时的印象。怎么样?她最近怎么了?"

"没……没有什么。"蔷云低头吃菜。

吃完饭,大家来到放着袁先生的书桌的那间屋子。袁新枝的妹妹给客人表演节目,唱了两支歌。袁新枝的妈妈不厌其详地询问客人的一切,"十几啦?""哪儿的人?""家里有什么人?"当她知道郑波已经没有父母的时候,突然若有所感地停住了。

杨蔷云走到书桌旁,看到玻璃板底下压着的许多照片,大部分是袁先生历届的学生。桌子角上放着一摞书,最上面的是一部《把一切献给党》。蔷云不由拿起来翻,书里面画着许多红线。再看看其余的书,是《普通一兵》《刘胡兰小传》……蔷云疑惑地问袁先生,"是您看的吗?"袁先生走过来,他点点头,"凡是学生们爱看的书,我都想在寒假中把它读完。"蔷云从内心产生了一种尊敬和感激的心情,她默默地说:"多好啊。"

"多么好的家呀。"回学校的路上,蔷云对郑波说:"我真喜欢袁新枝的小妹妹。那小家伙太棒了。"

"你的家呢?"郑波问。

"我对我的家不感兴趣。我爸爸整天地写文章,我回到家,咳嗽都受管制。我不需要什么家不家的。可苏宁的家,你没去过,真是坏透了。"

"坏得都透了?"郑波怀疑地问。

杨蔷云想了想,把苏君说的事,告诉给郑波。

"真的吗?真的?"郑波吃了一惊。

"你说说,郑波。"蔷云拉着郑波的手,"苏宁才十七岁,和我一般大……咱们班都是十七八岁的同学,可是,好像社会里的一切都反映到咱们班里,我怎么不懂呢?我太简单……郑波,这怎么办呢?"

郑波低着头,一边走路,一边踢着脚下的小砖头,说:"我常想,我只是个中学生,只是个普通的孩子。但是,当我了解到每个同学的复杂遭遇的时候,一个党员的、阶级战士的感情就觉醒了,我愈来愈尖锐地体会到,那个已经死了的旧世界,仍然留下许多尘屑,蒙蔽在我们这些孩子心上。譬如呼玛丽——我又扯到她了,她最近和我不错。可是,前几天我和她聊起义和团的事,聊起她那次答的卷子,她马上变了神色,对我说:'郑波,我愿意和你好,但是,永远不要和我谈这些,这些,我只能听我的神甫的话。'怎么办呢?我真怕下次她会躲避我。这不好办!袁先生说我们幸福,但我们的日子过得也挺难的,我们得把我们身上那些旧的残余、疤痕,统统去掉,我们得斗争,从小斗到大!这样,我们才会成为真正的、新的人,真正的、毛主席的孩子。"

回到学校,工友告诉杨蔷云,"刚才,有一个地质学院的大个子来找你,在会客室等了足有一个半钟头。啧,你们来晚了一步,他走了不过十分钟。"

"他没给我留个条儿吗?"蔷云问。

"我看见他写了一大篇,后来,又都撕了。他什么话也没留下,就走了。"

"这个家伙!"蔷云笑了一下,和郑波走了进去。

第二天晚上,在袁先生看书的那间屋子里,袁先生和李春谈话谈到了深夜。台灯的绿色灯罩,把阴影伸张到四壁上。袁先生斜靠着一只躺椅,他的头沉在昏暗里,腿上盖着毡子。他抚摸着一只小猫,那小东西蜷曲在毡子上,呼噜呼噜地睡着了。李春原来坐在一只旋转椅上,谈着谈着,拉过一只小板凳,矮矮地坐到袁先生身旁。她披着外衣,斜仰起脑袋和先生说话,灯光照亮了下半部脸。透过窗户缝,风轻轻吹动了窗帘,送来一阵阵的爆竹声。从春节开始,到元宵节,爆竹声向来延续不断。屋子里有一种淡淡的饺子汤的气味。

"就为了这事,你最近心情不好吗?"袁先生问。

"是的。"李春说。

李春把写稿的事告诉给袁先生。李春对待袁先生,有一种对待父亲的感情。一九五〇年,李春来学校不久,有一次考数学,为一个小小的错误,袁先生给她减了许多分数。她不服,气势汹汹地去找袁先生。袁先生并不动怒,却问她:"你知道,为什么我对你很严格呢?"袁先生告诉她说:"你的入学考试,是我监场的。你大概只顾看试卷了,却没注意发试卷的人。你接过了卷子,不假思索地提笔就答,交卷又很快,引起了我注意。我记住了你的名字。现在,正是我教你的课,我愿意对你严格一点,愿意你学得好一点,你为什么反倒不满意?"一席话说得李春化怒为喜,她高兴地告诉自己,"瞧,袁先生已经赏识我了!"于是,她对袁先生也就特别感激和信任。

袁先生摇着头说:"不必嘛,这是小事情。写个稿,没成功,这算得了什么?"

"小事情?"李春爆炸般地说:"先生,您想,我上中学这三年,有多倒霉！号召参军的时候我没报名,于是在班上就抬不起头来。上学期得了一个奖章,人家看着也不顺眼。和吴长福开了一个小玩笑,分支会就把我足整一气。谁也瞧不起我,我没有一个好朋友。我写稿子……完了。郑波她们的功课马上就会赶过我。难道我真的不行了吗？"

袁先生挺起身子,习惯地扶一扶眼镜,把猫推到地上。猫翘起尾巴,抗议地"喵"了一声,溜掉了。

"昨天,杨蔷云和郑波来看我,她们情绪非常好,心胸开阔,谈学习,谈班上的工作……"

"当然喽。"李春插嘴。

"为什么当然？"

"人家棒嘛。"

"什么人家人家的？大家都是同学,她们很关心你。"

"怎么关心？在分支大会上批判我吗？她们就爱讲什么为祖国为社会主义这些空话,谁不会讲这个呢？我只是觉得光讲那个没用,她们就认为我落后。好,你们进步,进步去好了。"

"我不知道从哪里说你好,李春,你不对！"袁先生把眼镜摘下来,放在盖着腿的毡子上,"过去,我也不太赞成郑波这样的学生,她们忙来忙去,我甚至于觉得可惜。可是事实告诉我……这用什么词儿好呢？她们有一种……高尚的灵魂和强大的力量。她们用抗美援朝,参加军事干部学校的精神努力学习,从来不叫苦。她们很有坚韧性,无论什么事,甚至母亲去世这样的事都不能影响她们。这难道是空话？她们热心地为大家服务,处处从全班着想,自然同学也拥护她们,她们朋友也最多。这难道是空话？她们并不想在班上给自己争一个特殊位置,只许别人说好,不许别人说坏,她们和全班团结得很好。难道这是空话？"

袁先生话说得太急了,他咳嗽起来。

李春连忙给袁先生倒了一杯水。

袁先生把茶杯放到一边。他慢慢地说："你大概还记得，从你入学考试的时候，我已经认识你了。你是个用功的学生，天分也好，可是你有一个危险——记得我上学的时候，先生常常讲到读书和做人的问题——你会读书，可是不会做人。你说人家瞧不起你，其实是你瞧不起别人！你说你没有朋友，因为你不肯帮助人！你说人家讲的是空话，其实是你的眼光不远大！"

李春站起来，她使劲用手在裤缝上擦，"先生，也许我全错了，但是你说我眼光不远大，什么叫远大呢？还在我上高小的时候，我看见过一本《居里夫人传》，那本书也许现在的高中学生都看不下去，但是我看了。那时候我十一岁，我半夜里起来宣誓，如果我对人类不能有居里夫人那样的贡献，就算白活了。从很小，我就故意少玩，不玩，牺牲了娱乐，我看书，看书……"

袁先生拿起眼镜，慢慢站起来，毡子落到地上。他走到书桌旁，打开下边的柜子，翻了半天，拿出一本年久褪色的笔记本，他用眼镜腿向李春招呼，李春走过去。

袁先生说："你看，这是我上学时候的日记本，离现在三十来年了。你看。"

翻开第一页，用毛笔工整地写着：

"生斯天地间，为学为业，若不斩荆披棘，成前人之所未就，岂不痛哉？生而不为牛顿、爱迪森①，岂不痛哉？"

李春反复看了好几遍。

袁先生把本子合起来，嘲笑着自己，"瞧我从前，也是个有大志的人，可是我现在既未'成前人之未就'，又不能与牛顿、爱迪森媲美，剩下的就只有'痛哉'了。"

袁先生来回踱着步子，说："那时候我年轻力壮，目空一切，似乎太阳月亮都将要听我的指挥。后来由于家境不好，没上完大学就做

---

① 现一般译作爱迪生。

了中学教员。白天上课,晚上一读书就至少读到两点。为了买书,我曾经好几个月光吃干粮不吃菜,好省下钱来。我想,不管怎样,我得做牛顿!终于,把身体搞垮了,得了一回伤寒。所有的同学都劝我,'算了吧,老袁,我们都是过来人,谁都经过这一段,吃一肚子粉笔面,养活了老婆孩子,这就行了。研究什么数学呀?'病好了,学校也把我裁了。我生活无着,书也卖掉了,于是,一辈子的宏大志愿被这四十天伤寒打得一败涂地!"

袁先生回到躺椅上,捡起毡子把腿盖好,他痛苦地喘着气,久已遗忘的创痛又揭开了……他半闭上眼睛,努力平稳地说下去,"我的志愿固然宏大可爱,实际上我这个人却最软弱可怜!我对于我们的祖国,我们的未来,缺少一个清楚坚实的认识,没有什么伟大的目标足以唤起我排除万难的毅力。而且我孤独,没有组织帮助,没有朋友支援,一个人狂热地幻想功业,却没有力量实现幻想,完成功业,那是如何的痛苦呀!"

袁先生说着说着激动起来,指着李春说:"你现在的条件是太好了,我相信,你——我的学生,一定能实现自己的理想,并且,把你的老师的理想也就同时实现了。但是,你决不能只关心分数,不关心灵魂;只关心自己,不关心大家。这样的人必然会碰钉子,而且他经不起钉子的一碰。单纯的个人要强心是没有多少力量的。李春,你要警惕!"

好久,他们没说话,夜寒重了,袁先生把毡子裹紧。李春拉一拉外衣,她微微地发抖。

"也许,我的话过分了一点,可是,你记得那一次我给你判卷子吗?"

李春点头,她走到窗户边,掀起窗帘,外面一片漆黑,遥遥地已经传来鸡叫"喔——喔——"漫长的冬夜,在他们热烈的谈论中,快要过去了。

二十

"……同学们,这学期我们的第三项工作,也是最重要的工作,就是迎接校庆,迎接五一,迎接五四。我们知道,四月二十九日是我们的校庆——一九四八年的这一天,国民党特务袭击了我们的学校,这是一个战斗的日子。我们知道,校庆再过两天就是五一,伟大的国际劳动节,而五一以后三天呢?就是五四青年节,也是青年团成立四周年。

"同学们,校务委员会决定,把这几个节日合并起来庆祝。我们要用新的成绩,新的胜利,新的面貌来迎接节日。我们要检阅我们的学校、我们的同学,在提高教学、加强思想教育、培养全面发展的人方面的成就……同学们,团总支和学生会联合决定,在五四以前,举办征文比赛,出版庆祝五一、五四、校庆的特刊,举行大扫除、清洁卫生比赛……五四那一天,定为返校日,各个战线上的校友,都要重返母校,与我们同聚一堂,那一天,将要举行全校性的文艺会演、讲演比赛、体操表演和篮排球对抗赛。当然,还有纪念大会,还有其他,许多,许多……

"同学们,为了迎接伟大的节日,让我们全体动员起来!我代表团总支和学生会号召:每一个班,都应该争取在全部比赛中获得所有的第一,这才是你们的荣誉!但是,最重要的,还是学习!这些活动,不但不应该妨碍我们的学习,而且要设法,不,必须鼓舞和促进我们的正课学习!这样,通过这些活动才可以把团的工作提高一步,把同学们的觉悟提高一大步!"

最后,吕晨宣布,各班要讨论一下,"以什么姿态迎接我们的节日?"

吕晨结束了她在积极分子大会上的动员,周小玲和她的同伴从礼堂走出来,她一边走一边学着吕晨,"同学们……我号召……"她转头问袁新枝和杨蔷云:"她出的题目也真神,哈哈哈,用什么'姿态'迎接节日,也许是这种姿态?"于是周小玲弯下腰,做出一个跑百米前"各就各位"的"姿态"。

没等周小玲直起腰,她的肩膀已经被人拍了一下,吕晨的声音,"怎么样?你们对今天的布置有什么意见?"周小玲吓得差点没再弯下腰去。

袁新枝说:"没有什么。我们在考虑,本班应该怎么办。"于是吕晨转问袁新枝,"袁新枝,是你呀?你这学期新当选了班主席是不是?你们高三可得好好干哪!你们应该样样得第一,每个人上高三可只有一回呀!"

袁新枝答应了。

高三的班会。"姿态"问题讨论完了,正讨论参加哪些表演和比赛。

"不,我不赞成表演舞蹈,咱那西藏舞都老掉了牙啦。"

"什么?不参加赛球?你懂得体育锻炼的重要性吗?"

"干脆谁爱参加什么就参加什么。"

"你也得有点集体观念!咱们班也得有班级的项目。"

"咱们一定要组织一个合唱团。就说小王的嗓子吧,她绝对比郭兰英强。"

然后,大家决定各种人选。下午四点钟,教室里亮堂堂。值日生扫过地还不久,虽然洒过一遍水,尘土已经慢慢落下来,但是现在又被同学们的闹腾给扬起来了。阳光射过,可以清楚地看见无数尘屑在浮动。

杨蕾云起立发言,"同学们,我的提名是这样的:体育比赛的负责人,当然应该选周小玲了……"她身后的吴长福拉了她一下。蕾云小声问:"怎么?"吴长福关心地说:"把你的脑袋从太阳光里挪开,那里头尘土太多。"

杨蕾云继续吸着尘土说:"咱们班级合唱团,我提议由苏宁负责。苏宁的乐理很好,而且还会弹钢琴。至于演讲比赛,我赞成推选袁新枝……"

没等蕾云说完,好几个人就提了抗议,"慢一点!怎么你一气都说了?还让别人提不?"

袁新枝主持表决。周小玲顺利地被通过;对于苏宁搞合唱团,有人提出异议,但是蕾云用最大的诚恳把她们给说服了;轮到推选讲演比赛的参加者,袁新枝说:"同学们,我发表点个人意见。"她抱歉地向蕾云一笑,"我提议,咱们选李春,我相信,李春一定能代表咱们班,取得优胜。"

李春赶快把头低下去,她的心扑扑地直跳。又觉得低头太不自然,于是抬起了头,右手托着腮,看着墙上被阳光照亮了的卓娅像,好像现在讨论的事情与她无关似的。

班上静了会儿,大家在比较这两个人,袁新枝恳求地看着大家,企图用目光证明自己的提议的纯正性。这时,吴长福没举手就站了起来,她碰响了桌子椅子,而且把一管蘸水钢笔碰到地上。

她一边蹲下拾钢笔一边说:"真糟糕,尖都碰折了,这可怎么办呀?刚买的一个新尖……(她噘起了嘴,又笑了)同学们,选人去讲演呀,我也赞成李春。我这个人就是这样,我对谁都特别好,大家伙儿知道,上学期,上学期我们俩还闹过点事,可是我对人绝没有私人成见。何况,那一天李春还给我道了歉,我们俩手也握了,意见也提了……别忙,我这就说到正题。李春功课很好,脑袋瓜好使,而且会说话。讲演不就是说话吗?不信你们试试去,你们和李春辩论辩论去,看谁说得过谁?哼!有人说,嘴有两个用途,一个是吃饭,一个是说话,也许我的嘴生出来是为了吃饭——这个以后再谈,可是我保证,李春的嘴生出来,绝对是为了说话!"

全场大笑,吴长福扬起拳头,"我们一定要选李春!"然后满意地坐下了,她坐下的姿势,从来没有那样威风过。就这样,在吴长福的雄辩的影响下,一致推选李春参加讲演比赛。

李春在什么时候,为什么向吴长福道了歉呢?那是在李春与袁新枝、郑波、杨蔷云三个人谈话以后的事。

寒假当中,李春和袁先生谈完了那一宿话,她平静了些,但也像是更烦闷了。第二天,她在盥洗室洗了一天衣裳,把积存的衣服、袜子、床单都洗了。她借了一个大绿盆,装满温水,泡上要洗的衣服,在绿盆前,搬个小板凳坐下。左边放着肥皂盒和碱,右边放着小脸盆。她用肚子顶住搓板,起劲地搓呀,搓,胰子水溅出来,落在她的脚背上,蒸发出一种腥味。一边洗,她一边默默地想心事,有时候自言自语地讲出声来。

"得,大概是我错了,袁先生也说我不对,谁都说我不对。可我到底哪儿错了?袁先生说到他的青年时代,这和我有什么关系?我也没做什么不对的事呀!我怎么不明白?袁先生是说,他年轻时缺少的那些东西,大概是生活目的、集体主义之类,我现在也缺少!我与郑波、杨蔷云她们不太一样,我没有人家往前走得快,这难道不是事实?我应该怎么办?我应该检讨错误⋯⋯什么?我和她们赛了半天,最后我去低头认错?我的心都发凉!我为什么不能检讨?我有什么了不起⋯⋯"

洗完了一件,放到脸盆里用清水摆一摆,李春歪着头转了一圈,解解乏,然后再拿起一件旧衬衣,铺在搓板上,抹胰子。

"有什么了不起?算了!平凡的衬衫,平凡的肥皂——一千五①

---

① 旧币,每一万元折合人民币新币一元。

一块,上哪儿都买得到。平凡的水,氢二氧一。平凡的绿盆,平凡,平凡……"

又过了一天,她在寝室补袜子。找不着针了,就向人借了一根纳鞋底子的大针。她做活的神气是吊儿郎当,无可奈何的。她自嘲地想:"除了补袜子和洗衣服,我现在干什么呢?"于是,她发泄般地飞快地缝补,大针一上一下地运动着。一使劲,手一滑,针扎到拿着袜板的左手大拇指上了。针又大、劲又猛,手指头疼了一下,突地涌出了鲜红的血珠。李春的袜板、袜子、针都落到了地上。袜板落到针上,把针磕折了,地上正好不干净,袜子也弄脏了。旁边的同学看见了,连忙给她找来红药水,关心地问她,"疼不疼?"

李春摇摇头。她抹上药水,拿一条白布裹上,然后把落在地上的东西捡起来。往床上一靠,把两只手盘在脑袋后头,轻轻地叹一口气。忽然,她觉得开心多了。每次不愉快,往往造成一个偶然的不幸事件:上小学时,有一次和同学打了架,一直不痛快,后来走在街上被自行车撞了。更小的时候,有一次和伯母怄气,最后把她最喜爱的新买的瓷娃娃摔破了。当这种偶然的不幸落在一个人头上的时候,她的不愉快达到了极点,但往往这样一吓,她就醒过来了——何必自己跟自己过不去?于是,连日的不愉快,或者结束,或者就进入了新阶段。

李春靠在床上的时候,又重新体验了一回这种心情。

"难道我就老这样闹情绪吗?"她问自己,"我有什么丢人的?没有。我很好吗?不错。有些个不愉快的事,难道我就不能来个一百八十度的大转变?难道我没有承认错误的勇气?不,我的勇气要使大家吃惊。从下学期起,我就要变得很积极,很谦虚,很肯为群众服务。我要主动地进步,主动!"

后来,她就去找杨蔷云,她认真地说:"明天下午你有时间么?我想找你谈一谈。我的毛病太多了,希望你帮助我。"杨蔷云高兴地答应了。

杨蔷云告诉郑波,"知道么?李春主动地征求我的意见来了。"郑波说:"明天下午吗?她也找了我。"后来又知道,她还找了袁新枝。杨蔷云吐了吐舌头,"老天,她要召开大会呀!"

第二天下午,她们四个人聚在一起,李春嫌教室里还有别人,就建议去宿舍,宿舍也有人。最后,她们向教导处要了钥匙,跑到生物实验室里谈心去了。她们坐下来,背后是一架人体骨骼的模型。身旁是装着各种寄生虫标本的玻璃橱。墙上是各种可怕的挂图。屋里有强烈的酒精气味。李春很满意这个安静的地方,她开始说话。屋子很空旷,略略有回音。

"是这样的,上学期我说了许多错话,做了许多错事,许多地方实在不像一个青年团员的样子。新学期就要开始了,我愿意以新的面目出现。所以,我请你们三位——杨蔷云、袁新枝和郑波,给我提提意见。希望你们把我的错误和缺点全部、尖锐、毫不客气地给提出来。"

没等李春说完,袁新枝就大笑起来,笑得李春愣住了。袁新枝摆一摆手说:

"老天爷,咱们这是做什么呀?是开四国外长会议吗?李春对'我们三位'还直'请'呀'请'的。跑到这样一个鬼地方,跟骷髅做着伴,再板起脸一批评,我受不了!咱们还是随便聊吧,我们给你提意见,你也给我们提,提意见提累了,就聊别的。好不好?"

别人也受到感染,笑了,同意了。袁新枝像戳破一个肥皂泡似的,轻轻一点,就把那像煞有介事的严肃气氛打破了。

"李春!"蔷云叫了一声,睁大了眼睛看着她说:"昨天你找了我,我高兴极了,我也早就想和你聊聊了。昨天一夜,我都没睡好觉,我在想,李春到底是怎么回事?为什么后来弄得挺不团结的?现在是该好好谈谈了。李春,我先问你,你最近是不是心情不好?"

李春摇摇头。

"不,我不信。你是心情不好,何必隐瞒呢?虽然你没告诉过我原因,但是我猜得着。"

"你猜得着?"

"瞧,你也承认了吧!"蔷云敏锐地抓住她这个无意中的流露,不由自主地站起来,走近李春,拉了另一只椅子坐下。袁新枝抱起膝头,等待着蔷云说话。郑波好像对一切全无了解,她疑惑地看着脸红了一下的李春。

"我猜得着。你心情不好并不是偶然一次,你不如我们快活。你有许多优点,你聪明,你功课好,可是你不快活!这是因为你,我说实话,你自私!"杨蔷云停了一下,她看看这两个字对李春有什么影响。李春苦笑着。袁新枝却在这个时候把自己的辫子放在胸前,解下橡皮筋,轻松地重新编起辫子来。

蔷云把两手合在自己的胸口,她很有感情地说:"我有什么说什么,你千万别生气。你的心灵并不是那么高尚的。你生活在集体里边,可是经常盘算的是你自己。有时候,一件事顺利了,你想:'哈,我真棒,我比你们谁都强。'于是你出现在我们班上,真像仙鹤出现在鸡群里。可是,一个人要老为个人,她就一定到处碰钉子,哪能什么事都合你的口味?于是你就常常觉得和大家不协调,不快活!"

"对,对!"李春点头。

郑波问她:"你觉得团分支对你有帮助么?"

"有,有。"

"真的吗?咱们可都说实话呀。"

"是的。它指出了我的许多缺点。"

"这就是一个问题!"郑波笑了,"团分支净'指出'你的缺点,却没有帮助你发扬优点。你在学习上的钻研精神是特别好的,但是团分支的工作仍然偏重在开展批评、社会工作……方面,在这方面,你的表现并不太好,于是,就顶起牛来了。"

"我已经决心改正,"李春紧接下去,"这不难,我以后要多开会,多看报,多做工作。"

"不对,你这样说是一种误解。"蔷云站起来,又走回她原来的位子上,正面对着李春,说:"这个,这个……"下面的道理却没有立刻说出来。

郑波说:"我同意杨蔷云说的,那不光是个开会之类的问题,更不必多开会。分支对你的意见,那是牵扯到你对别人、对自己的许多根本问题的态度的。有一件事给我印象很深。记得去年咱们一起去看电影——《一定要把淮河修好》,在回学校的路上,你说,有的英雄命运好,有的英雄命运不好。我当时很奇怪,你怎么这样善于算计他们个人的得失呢?正是因为他们不顾一切个人得失,才成为英雄的呀。你当时还说,你不爱说格言。如果格言是正确的,那就不会骗咱们,为什么不按照格言办事呢?我觉得我们还小,大家一起念书,有时候也看不出什么来。但是,年龄一天一天地加大,思想一天一天地成熟,将来你做更大的事情,和更多的人接触,就可能表现出更大的毛病来。就说这学期一开始你表现的那股骄傲劲儿吧,已经够厉害的了。你对吴长福不尊重,正是这种骄傲劲儿的表现。那不是开玩笑。"

"对!"杨蔷云说。

李春有些困惑,大冷的天,她觉得很热。她本来准备好让杨蔷云她们骂自己一顿的。她天真地以为,"让她们出一出气吧,下学期搞好团结!"但是郑波说得却很全面、公道而且深入。但同时,她觉得自己还很难勇敢地承认和透彻地了解这一切。而且,许多话她听着很不舒服,比挨一顿骂要不舒服得多。她狠狠地捏着自己的大腿。

"嗯,对。可是,杨蔷云说我自私,我不自私!我觉得,我很大方。"

"自私有各式各样……"杨蔷云反驳说。

袁新枝已经把两条小辫都理好了,她甩一甩头,活泼地说:"该我说话了吧,我以为生活是很全面的、多样的,可是李春,我觉得她的生活愈来愈单调了。公共汽车开了什么新路线,哪一条街上新盖了大楼房,最近什么电影插曲大家最爱唱,你知道吗?我看你不知道。为什么要钻在壳里做书呆子呢?如果一个人注意一切,就可以从一切方面吸收营养。我们北京大大小小的新事物,都能鼓舞我们爱我们的国家,爱我们的建设,爱我们的城市。总起来说,这样,一个人就像泉水似的,他很清凉,很灵活,有什么思想问题,好像也容易解决。年轻轻的就老那么紧张,恐怕到三十岁咱们的头发就白了。在这方面,杨蔷云一点也不比李春强,你们俩倒真像亲姐妹,放到一块,朗诵朗诵诗,或者开展一番思想斗争,倒怪合适的。"

李春微笑着不说话。

以后,李春又去征求过吴长福的意见。当然,对于上学期的事,她也检讨了一番,但并没有进行什么道歉。

当李春被推选参加讲演比赛的时候,她努力抑制着内心的快乐。她跃跃欲试,而且幻想着自己的成功。"我好久没有代表过什么群众做这些出头露面的事了。"她的心由苦变得发甜。但是上次写稿的失败,已经大大地挫伤了她的锐气,她已经不把一切想得一帆风顺了。当大家表决通过以后,她仍然警告自己,"没有什么可高兴的!第一,可能大家的意见又变了,中途又用别人来换自己。第二,可能全校活动的计划变了,临时又把这个比赛取消。第三,就算我讲得特别好,又怎么样呢?"

没有容她继续想下去,班会已经结束了,几个同学凑近她,和她聊起来。吴长福像一个功臣似的说:

"我早就说了,你们选李春吧,没错!她一定……"

"如果让我去讲演,还不如罚我做三十道代数难题。我一看见台底下那么多的脑袋,魂就没了。"一个口吃的同学说。

"那有什么?"吴长福内行地说:"我听人讲过,有一个大演说家,他向来是冲着萝卜地练习演说的。要想演说讲得好,你不能把你的听众当做人,你得把他们全当做萝卜。"

李春故意不太热情地说:"吴长福,我太恨你了,你干吗帮着袁新枝嫁祸于人呀!这学期,学生会找我搞物理小组,已经够受的了,又来了这么一个让人害怕的任务,我怎么办呢?"

"没关系,我们能帮助你。"杨蔷云说:"你想法讲得棒棒的吧。你需要找什么材料,大伙都可以帮忙。你也可以先给咱们班的同学试着讲几次,大伙研究研究。"

李春支支吾吾。她不太愿意接受后一个办法,因为她觉得过早地公开自己的讲稿,就会使别人感到不新鲜。她很注意杨蔷云的表情,"杨蔷云会不会不高兴呢?她最初可没提名推选我。而且说不定,她自己也想参加讲演比赛的吧?"她警惕地看着蔷云。

二十一

已经三月底了,忽然刮起了狂风,西北风吹了整整三天三夜,气温又降到摄氏零度。同学们有的已经脱掉了棉衣,现在只好把全部冬装又翻出来穿上。大家恶毒地咒骂老天爷的反复无常,纷纷议论今年"时令不正"。刚开始学自然地理的初一同学,甚至在课堂上提出了问题:"先生,今年是不是暖和不了了?这是不是因为太阳能有了变化?"

四月一日,风在不知不觉中停止了,太阳马上施展了自己的威力,高三同学在上体育的时候,已经热得受不了了。最初大家好像还不明白是怎么回事,有一个同学想了想,问别人:"是不是春天真的来了,冬天真的走了?咱们干什么还穿着大棉袄呢?"

她第一个脱下了棉衣,接着全班也恍然大悟似的纷纷把棉衣脱掉。当天晚上,全校就没有穿棉衣的了。大家都觉得心情愉快,行走轻便,动作灵活。

四月,阳光灿烂的四月,迎接着振动人心的五月的四月。

一个星期天的早晨,田林来找郑波。

他来得非常之早,同学们起床还不久。蔷云等着开早饭,等得不耐烦,她弯着腰乱翻放在床上的《新观察》,一边还哼着新学会的歌。周小玲正在练一项技术——她把鸡毛掸子竖放在自己的鼻尖上,企图把它顶住不掉落。吴长福把晾干了的上衣放在床上,含了一口水,"噗"的一下喷到衣服上,然后用力把衣服展开,摊平,再整齐地叠起来,放在被褥底下压着。只有李春不在,一早,她就夹着一叠书,到教室去准备讲演稿去了。

田林来到她们的寝室,惊动了大家。大家好奇地看着郑波和她带进来的陌生人。周小玲赶快把掸子收起。蔷云把自己的凳子让过来。吴长福正端正地坐着压衣服,她一动也不动地睁圆了眼睛。郑波高兴地又有点慌乱地介绍着,"这是田林同志,这都是我们屋的同学……"

周小玲愣头愣脑地给田林鞠了一个大躬,窘得田林脸都红了。杨蔷云满面春风地说:"欢迎您来参观我们的宿舍。"

随便扯了几句,田林马上成了同学们的熟朋友。虽然田林是来找郑波的,但是别人也都凑上来与他交谈。

杨蔷云问他:"你对我们宿舍的卫生和陈设有什么意见?"

田林笑着摇头。

周小玲又问他:"你猜,哪个是郑波的床铺?"

郑波连忙说:"算了。"

但田林还是试图去猜。"是这个?"他指着一个铺着黄毛毯,斜放着被褥卷的床铺问。

"错了!"大家齐声说。

"那么,是这个?"他又指着一个铺着白床单,堆着许多衣物的床铺问。

"更错了!"同学们叽叽地笑起来。

端详着女学生们朴素干净的床铺,和铺头小木板上放着的一排排书,田林微微有些心痛。许是因为回忆起自己再也不会有的中学时代?也许是因为,那么多同学能够和郑波亲密地、如同家人地度过每一天和每一夜,而自己却那么不了解她的生活——不知道她睡在哪个床上。

田林小声问郑波,"咱们出去走走好吗?"郑波迟疑地说:"今天上午,班上要大扫除。"田林低下头,显得很难受。别的同学听到了他们的谈话,一致对郑波说:"唉,今天你不参加扫除有什么要紧?""你走吧,玩去吧。""没关系,你该做的那份,由我替你做好了。"

同学们一致帮助田林,郑波答应了。

临走的时候,蔷云非要田林唱个歌,田林很怕第一次来就在女孩子们面前卖弄,就推说不会。蔷云的反驳很简单,"我不信!"然后她带动大家一起鼓掌。

田林只好唱了,他没好好唱,也没放开嗓子,他唱:

太阳落山明朝依旧爬上来,
花儿谢了明年还是一样地开……

唱了几句,他一跳就跑到宿舍门口外了,同时挥手,"饶了我吧,再见!"他发觉,和学生的短短接触,已经使自己变得活泼了。

田林和郑波在街上漫步,今天是薄薄的阴天,太阳不时露一露脸。老式的商店的布幌子一个个地过去。买好了东西,提着红红绿绿的纸包的顾客,从商店的高台阶上走下来。一个小男孩拿着碗在前边跑,他姐姐在后面追,嚷着,"要买大个儿的,大个儿……"他满不在乎地说:"知道了,我全知道。"在酒馆门前,铁丝架上悬挂着各样的酒瓶,黄褐色的飞马啤酒瓶,长颈的紫色的张裕葡萄酒瓶,和常见的扁扁的二锅头小酒瓶。

"当我走在街道上的时候,我就出自肺腑地感觉到春天。"田林托一托眼镜说:"这不用去看花草树木,就是这商店,这招牌,这买东西的男男女女和奔跑着的小孩子,他们都使我感觉到四周充满了生气……"

郑波默默地点头,她问:"你怎么刚来?"

田林笑了,"我一直还没告诉你,我出差去了一趟上海,才回来不久。"于是他讲了一番繁华的上海风光。

忽然郑波说:"我们老这样在街上走,走到哪里去呢?"郑波埋怨般地望着田林。

"或者……我们去公园吧?"田林小心地说。

于是,他们登上了女司机开动着的拥挤的电车。

中山公园里游人如蚁,田林玩笑地说:"呵,跟赶庙会一样。"郑波别扭起来,她像是生了谁的气似的一句话也不说。田林觉察了,不知怎么好,也不大说话。

跨过幽美的画廊,绕过象牙雕刻展览的广告牌,他们到花屋里去看花。

花屋是个宽敞的明亮的地下室,墙壁都是玻璃制的。阳光透过特制的玻璃照射进来,植物的生命就得以在花匠的辛勤抚育下生长。

一进花屋,他们嗅到了浓重的湿润的香气。四处一看,千红万紫已令人应接不暇。郑波看着这么多没有见过的花草,似乎愉快了些。她向田林询问花草的名目。于是田林滔滔不绝地介绍着:

"瞧,那个开着小红花的叫做'樱芊',好听的名字!这种'虎刺梅'的枝干才好玩呢,你看它又粗又带棱,好像一连串菱角。你嗅一嗅,它多香啊,这就是'郁金香',俄罗斯的贵妇人喜欢带着它去参加晚会。我最喜欢的是这种'钟花',你看,它的花活像一个纸卷,它的花朵从边上起是深紫,往里慢慢变成浅蓝,到花托附近就成为白色的了……"

郑波不住地点头,她喜欢田林的知识是这样丰富,又怕他的解释招惹更多的人注意他们。于是,郑波迅速地向前移动。

花屋正中有覆满绿苔的假山石。中间高高地倾泻着白花花的喷泉,假山石边的池子里有许多金鱼游来游去,清亮的池底,堆积着玲珑的小石子。

田林蹲下来看石子和小鱼,半天,他忽然大叫:"小王八,有一个小王八!"周围的人转过头看他,郑波小声说:"别嚷呀。"郑波顺着他指的方向看去,果然看见那长着椭圆的暗绿色盖子的小动物。"它挺好玩呢。"郑波想,"为什么人们拿它当骂人的话?"

从花屋里走出来,田林希望把空气弄活跃些。他提议说:"咱们赛跑吧,看谁先跑到那个土坡那儿。"郑波摇头说:"别捣乱了。"田林却已经跑向前去。田林歪歪扭扭地跑着,他的新买的高贵的皮鞋还不甚合脚,他的乱草一样的头发一颠一扬。他的右腿的裤脚,被自行车链子给咬坏了。他的与新皮鞋极不相称的袜子,露出了破孔。他跑得这样笨拙,他长得这样不美,他这样的不会穿衣服,这一切都唤起郑波一种情不自禁的爱怜感觉,使她几乎落下了泪。

忽然,田林绊了一下,他几乎摔了个大跤。郑波跑过来,说:"你看你,真是的。"

"他还是个孩子呢。"郑波想,"他对我这样好,想着法子让我快活,我为什么那样冷淡呢?"她初来的别扭一点一点没有了。

于是,他们找了一个小土坡,在一棵大树下坐下来。

在他们眼前,是盛开的春花。黄色的和粉红色的榆叶梅,连成一大片。穿着小海军服的男孩子,在花下摆好姿势,等着父母给自己照相。在另一边,有龙爪槐搭好的天然凉棚,凉棚下面有一圈学生玩扑克。

郑波和田林暂时没有说话,他们凝视着这美丽的春光和幸福的游客。他们都想到生活是那样美好,那样清新,那样暖和。田林望着郑波,这是他今天第一回正面注视着她,他看见郑波的纯朴的好心的略带惧怕的眼光。郑波穿着的浅蓝色的布褂,不知洗过多少次,领子和袖口已经发白了。微风吹动她的衣衫,露出土黄色的毛衣,毛衣有一个破口,补上了,肿起一个小包。郑波的脸微微发红,显出抑制着的兴奋。她的两眉中间,时而微蹙,似乎有点烦乱。她看到田林目不转睛地傻气地看着自己,笑容在脸上迅速地掠过。她的柔软的凸起的嘴唇,加重了一种纯洁的毫无保留的神情。

田林站起来,用一只手扶着大树,看着郑波的纤细的头发,说:

"你知道吗?这些日子,我好像变了。我容易快乐,也容易忧愁。从上海到北京,我坐在火车上,思想是千头万绪……我们的土地是多么辽阔呀!到处都是春天了。有花,有草,有大树,有云彩。我不愿意在办公室,和剪刀糨糊打交道。我特别想游玩。你们春假刚放完是不是?真好!……有时候我痛痛快快地玩了一阵,心里却又发慌。我想,还是用一切力量去工作吧,星期日也不要休息。我的工作还没有成绩,没有功勋,没有真正燃起青春的火。我没有权力娱乐——我已经二十二岁了……前些日子我处理了一篇稿子,一个孩子写春天,写得十分精彩……上星期接到一个老朋友的信,他在边疆工作,他说他挨了特务的一下黑枪,但他没受伤。斗争是严峻的,不需要瞎想……但我还是禁不住想这想那,虽然我知道那样不太好。我爱看书,我开了一个夜车看完了《不死的王孝和》,我入了迷。书里边的那些人物,都那么好,想想自己实在差得太远。我想,我再也没空看书了,我得工作,工作……"

过了一会儿,他又问:"郑波,你为什么不理我呢?"

郑波赶忙转过身,仰视着田林瘦长的脸,说:"你说吧,田林,你说吧。你说得好。"她低低地深情地说:"有你说就够了。我听着,什么都听见了,我爱听,可是,我不会说,真的,我不会说,还是你说吧,原谅我!"

田林又坐下来,他安心了。他拾起一根小树枝,在土地上画着。

"五一节快要到了,我第一次在北京过五一。当我在人山人海中走过天安门的时候,我能向毛主席说什么呢?五一节是美丽的,而你是不是像五一节一样美?我想,如果一个人的心里,没有某种东西燃烧着,翻滚着,熬煎着,他能咬着牙不断地前进吗?……最近我订了一个学文化的计划,我的自然科学知识太贫乏……国家有五年计划,我觉得自己也应该有……"

"田林!"郑波说话了,"听了你的话,我觉得我自己生活得似乎很糊涂。我还努力,也没有白吃饭,但这就够了么?要加倍,再加倍……但是,我要说一句话,一句傻话,我觉得,你是挺棒的,和你在一起,我觉得我只是孩子。你为什么过分地鞭挞自己呢?严格要求自己并不排斥乐观、信心和自豪……"

然后他们久久地相互望着,从对方的坚强的目光里,各自都获得了无限的力量。

忽然落下了几滴雨。他们急忙跑到廊子下避起来。小雨"扑嗒扑嗒"地下着,榆叶梅的枝叶微微颤动。那边桥底下,一圈圈的水纹迷迷蒙蒙。另一边鲜绿的草坪上,小珍珠般的雨滴滚动着。一个小孩子故意跑到雨脚中去,他跳着,笑着,叫着:

  下雨啦,
  冒泡儿啦,
  王八戴上了草帽儿啦。

一阵东风,细雨斜潲过来,夹杂着可亲的潮土的气味,打在田林的脸上。田林说:"好舒服啊!"他伸了一个懒腰。手臂一抬,郑波看见他腕子上的表,都一点半了,他们什么东西还没吃过。但是,没关系,谁也不饿。

吃完早饭,高三班的大扫除就开始了。扫除前先由袁新枝做动员,她豪壮地说:"留得一粒尘土在,决不收兵!"然后大家把全部桌椅抬到院里,把墙上的全部东西——包括黑板、挂图、表格……也都摘下来拿开。一部分人在院子里刷洗桌椅,一部分人在屋子里清除尘垢。她们不仅打扫了房顶、墙角,而且把窗棂上的土也一一剔除干净。她们一遍又一遍地擦玻璃——用湿布擦,用干布擦,再用大白粉擦,再用湿布擦……她们一边干活一边唱着集体改编的扫除歌:

  亲爱的朋友快快动手,
  我们要清除所有的污垢,
  不仅要一个清洁美丽的教室,
  我们要的是——一个清洁美丽的地球。

杨蔷云和吴长福合作"刮地皮"(她们教室是砖地,泥土在地上结成了一个个坚硬的小圆疙瘩,过去北京有一个可笑的说法,说这些土疙瘩是元宝,动不得,除去了就要受穷。确实日常扫地的时候也扫不掉它),蔷云拿着一把铁锹使劲地把这些"元宝"铲下来,吴长福拿着扫帚和簸箕,把"元宝"收起。吴长福用手巾包着头,戴着变成灰色的口罩,卖力气地工作着。忽然,吴长福想起一件事,她的小眼睛在沾满了尘土的眼皮中一眨,她问蔷云:

"你说,那个田林……就是那个男的,他是郑波的什么人?"

"不知道。"

"你还不知道?"

"去,去!咱们教室地上的这些泥疙瘩,大概从盖房起就没动过,真比铁的还硬。"

"你看他像干什么的?"

"我不会看。你快点扫!"

"落不下。我告诉你,你可别跟旁人说,我看见他们出校门的时候好像拉着手……"

"见鬼!他们出校门的时候,你还在咱们宿舍用屁股压衣服呢!你要胡说我可用铁锹揍你!"

"我说的是好话。信不信由你。田林绝对和郑波……"

"你还说不说?"蔷云把铁锹举起来了,几个土块落在吴长福头上,吴长福吓得抱住了脑袋。

尽管杨蔷云认为吴长福讲的全是胡说八道,尽管她十分讨厌吴长福的背后饶舌,但是她不由得一再地复习起对于田林的记忆来。当她吃完了午饭,疲劳地靠在床上的时候,她发现郑波还没有回来,她的思想全部集中到田林身上。她想起他的微笑的深思的面孔。想起他颇为老练又有些害羞的神情。想起他的破裤子与新皮鞋。想起他说话时那种意味深长的样子。短短的见面却给蔷云留下很深的印象。田林是谁?怎么从来也没听郑波说过?但他和郑波那样亲热……难道……郑波呀,你可真……于是蔷云忽然自己也不知缘故地咯咯笑起来,她埋下头,偷偷地笑着,笑完了,她敲敲自己的前额,说自己,"你这个小毛丫头呀!"于是她倒下来,慢慢地睡着了。

郑波在下午三点钟回到学校。她走进焕然一新的教室,像走进一个堂皇的大厅。阳光照在洗过了的桌椅上,闪闪发亮。玻璃透明得像是不存在一般。郑波走进来,不由小心翼翼地,生怕自己身上的尘土弄脏了这洁净的教室。左前方布置了一个"绿角"——放着一盆小鱼、蝌蚪、贝壳和一碟蒜苗。右后方布置了一个"红角"——放着朝鲜和越南战争形势图、同学个人或者集体得到的奖章、奖状、奖旗……同学们夸耀地告诉郑波扫除的经过,郑波抱歉地点一点头,她想说:"请原谅我!"

郑波拿出书本念书,但是她无论如何看不下去。她想做点什么事情,东张张,西望望,"一尘不染"的教室再也没有什么可修理的了。于是她走出去,给本班的小花圃浇水。浇了几喷壶水,她到宿舍想找蔷云聊聊。但蔷云还在熟睡着,嘴角上挂着一抹微笑,一动也不动。郑波坐在她的身边等着她,但是她似乎愈睡愈香。郑波是那样兴奋,那样不安,心里有许多的话要说。"我干点什么好呢?"郑波问自己。于是她跑出宿舍,跑出学校,走向袁新枝的家。在那里,在另一种气氛里,郑波也许能够安宁地度过晚自习前这三个钟头的短短时光。

二十二

杨蔷云一直睡到四点半才醒。一看表,坏了,怎么睡了这么长?蔷云骂自己太没出息,把大好的星期天下午浪费掉。起身以后,觉得头晕得很。宿舍里空无一人,只听见窗外小麻雀吱吱喳喳,和从操场上传来的篮球砰砰声。

蔷云拿起白脸盆,去盥洗室擦脸。一进门就听见吴长福在那里又说又笑,十分热闹。吴长福正在洗头,露着胖胖的光光的白胳臂,使劲在头上搔,头发竖得很高,沾满了胰子泡沫。周小玲蹲在一旁,费力地洗衣服。

吴长福说:"唉哟,你看怎么办呀?我的头发愈洗愈少!洗一回就掉了足有二斤!再洗上几回头,我就只有当尼姑去了。"

周小玲端起盆去换水,和吴长福打趣说:

"你买点生发油抹抹吧。"只顾了说话,不小心往吴长福身上溅了一星半点的水花。

"你真缺德!新做的衣服就让你弄脏了。"吴长福大叫。

蔷云走过来问她们:"咱们班那些人呢?"

周小玲说:"大概除了咱们三个,都不在。上午扫除,下午大家还不出去玩玩?"

吴长福富有含意地说:"郑波到现在还没回来。"

周小玲却纠正了她的话,"不对吧?刚才我好像瞅见过她。"

蔷云用鼻子嗤了吴长福一下,走到一边洗脸。只听见吴长福继续对周小玲说：

"生发油那玩意儿可不是好人抹的。你看过漫画《毛三爷》吗？毛三爷买了生发油，抹在手指上，于是手指上长出了毛，刷牙就不用牙刷了。"

周小玲笑得趴在自己的搓板上。杨蔷云却很讨厌她们的闲扯，她赶忙洗完脸，走出来了。心里想，"真无聊，真没劲……"

在盥洗室隔壁，是学生会的一间小办公室。蔷云从那儿走过，看见里边有个人影。她推门进去，原来是苏宁。

"苏宁，你呀？你怎么没回家？刚刚她们还说谁都没在呢。"

苏宁指一指手底下的器具，告诉蔷云，"我借学生会的油印机，给咱们班印歌篇儿呢。"

"那好极了。"蔷云把脸盆放在地上，走到苏宁旁边。苏宁的手、脸、衣服，都沾上了油墨。苏宁不太熟练地掌着滚子蘸一蘸油墨，然后费力地在蜡纸上推着。由于力量使得不匀，印出来的歌篇儿，左边色淡，右边又过浓。

"我帮你弄吧。"蔷云自告奋勇说。她看见苏宁推辞，就解释道："说真的，刷油墨我是个老手，刚解放的时候，我隔几天就跑到这儿推一回滚子。"

于是，蔷云把苏宁手里的滚子接过来，承担起主要任务。苏宁站在一旁帮她翻纸。

"苏宁，你太好了。"蔷云推滚子的时候，连看都不看。她注视着苏宁的脸说："看看你脸上的这些油墨，这简直比任何胭脂和香粉都漂亮。再拿你身子后面的那面红锦旗作背景，你简直美极了。"

"别开玩笑了。"苏宁摆一摆手，"都得赖你，让我搞合唱团。我哪儿会呢？乱七八糟……"

"得了，你已经领导我们练过两次歌了，团长同志。"然后蔷云唱了几句她们最近正在练习的歌。蔷云说："当你领着大家唱歌的时候，你不觉得高兴，痛快，甚至于觉得精神升高了吗？大家都唱一个调子,都沉醉在一个歌曲里,那时候,你觉得……"

"我喜欢唱歌,唱的时候的感觉,就像你说的那样;可有时候,我更爱一个人小声地唱。"

蔷云皱起眉来,她不再向苏宁倾吐自己唱歌时候的感受。她飞快地上墨和推动滚子,使苏宁的手指的简单动作都赶不上她。苏宁看着蔷云,她的嘴唇动了好几次,好像要说些什么。但是蔷云没有察觉。

苏宁轻轻地哼起一个奇异的调子。蔷云蓦地一惊,那调子是久已遗忘的,却也是一呼即出的,蔷云已经感觉到了苏宁所没唱出的词句:

　　柳叶青又青,
　　妹坐马上哥步行,
　　长途跋涉劳哥力……

"你唱什么哪?"蔷云不禁叫道。

"啊?"苏宁红了脸,嗫嚅地说:"我……无心……"

"你还没忘记这破流行歌曲呀!"蔷云停止了印刷,问。

"接着印吧,就快完了。我……真的是无意之中……"

"如果你在无意之中多唱唱志愿军战歌,那好不好?"蔷云小声地埋怨。

苏宁不言语。

她们印完了歌篇。蔷云把歌篇往一块叠好。苏宁说:

"刚才我去找过你,你睡了。"

"你有事么?"

"也……没什么。"

"你说吧,难道有什么不愿意对我讲的么? 我真糟糕,大白天价,睡了那么久……"蔷云关切地问苏宁,刚才唱"破流行歌曲"所引起的不满,被她忘在一边了。

苏宁靠在放油印机的破桌子上,手指玩弄着自己的衣角。杨蔷云把她的手拿开,因为她的手太脏了,于是她抬起头看窗外。吴长福和周小玲正端着洗脸盆和洗衣盆打窗外走过。

"看啊,吴长福把袖子都挽起来了,她不怕冷吗?"

"告诉我,你找我有什么事吗?"蔷云等得着急了,她用右脚的脚尖轻踢着桌子腿。

"杨蔷云,我怕,我怕你生我的气。但你对我是最好不过了,我做什么事都要和你商量。"苏宁仍然看着窗外。透过发乌的窗玻璃,她看见过队日回来的少先队小队,打着旗子过去。

"我怎么会生气呢?"蔷云笑了,她笑得使自己都相信,她从来没生过气。"你说吧。"她拉起苏宁的手。

苏宁把手缩了回去,用右手的小指剔一剔左手的指甲,她说:"最近,我常和呼玛丽在一块儿。"她停下,看蔷云的反应。

蔷云点点头。

"我过去不了解她。有一次大家都去上体育,我们俩没去。我告诉她,'今天是我的生日。'她不明白地问:'谁说的?'我笑了,'我妈给我记住的呀。'过了一会儿,她忽然哭了,她说:'我连自己的生日都不知道。'后来,我们俩就熟悉了。"说到这里,她又停住了。

"怎么?"蔷云显得非常耐心。

"就在上星期,咱们大家都脱掉了棉袄,可是呼玛丽仍然披着棉衣。我问她,她说她只有棉衣裳和单衣裳,没有别的衣服。我想把我的一件毛衣送给她,她无论如何也不要。我劝她不要使自己受苦。可她,你知道她说什么?……她说:'我觉得我最幸福,因为我有信仰。'她说:'当我想起圣母,想起她的千万倍于我们的痛苦——她为了人类,眼看着自己的儿子被钉在十字架上——的时候,我自己受的一点罪,又算得了什么?'我听了她的话,眼睛都直了,我从来没听过这样的话……而且,你不知道,她说话时候的两只眼睛,好像射出了能穿透一切的光芒,她的每一个字有一千斤的分量……"苏宁怀着崇敬的心情，喘了一口气。

蔷云的脸色黯淡了。这时，天色也已渐渐暗了，苏宁没有看出来。

苏宁略带兴奋地接着说下去，"我问她，'你为什么相信神呢？'她说：'因为我是弱者，我自己是软弱的，但是，当圣母降临到我的心里的时候，让我上刀山我都不怕。'我又问她，'你凭什么证明神的存在呢？'因为，你知道，我是不信神的，咱们学过社会发展史，学过自然知识。她当时笑了，有把握地告诉我，'我和你，我们本身，这就是证据，证据到处都有。'她指着我，'为什么你有生命？为什么你不是一块石头？为什么你恰恰在三月二日生出来，不早也不晚？'她又指着自己，'为什么我也有生命？而且你和我是两个人？'她说：'为什么天上有月亮？为什么海里有水？为什么花开了还谢，人活了还死？这都是因为神！'她说得我迷迷糊糊，跟驾了云似的。她又问我，'你是不是也有时候觉得自己软弱？觉得很多东西都不明了，不如意？觉得空虚，觉得像走在岔路口上似的不知道该怎么办？那就是因为你没有信仰！'"

"胡说，我们有……"蔷云真想马上把呼玛丽揪过来辩论一番。

苏宁这次改变了别人一插嘴她就停止说话的习惯，抢着说下去，"后来，她给我讲了一个牧羊人的故事：一个牧羊人把丢了的一只羊找回来，这一只羊，比拥有更多的羊都使他高兴。她的意思是说，神，总在等待不信他的人皈依他。这几天我常常想她的话。说实在的，我对宗教总是疑疑惑惑，但是，我确实像是被打动了。不是因为她说的那几句话，而是因为她的精神。我想，要不然我试一试，既然我不能那样，就这样好了。我想跟着她进几次教堂……"

"你疯了吗？"蔷云用自己的拳头打自己的拳头。苏宁的话就像晴天霹雳一般。"你可真行呀……"

"你别生气，我说过了，你别……"苏宁低下头来。

蔷云紧咬着下唇走到一边，但她实在忍不住了，颤抖地说：

"我没有生气。我有什么权力生气呢?宗教信仰自由,你……给圣母磕头去吧,我要干涉你,就犯法了。那是你自己的自由……"

苏宁走过来,她委屈地说:"杨蔷云,你怎么了?你今天脾气是怎么了?我只是商量商量啊。"

蔷云推开她,伤心地摇头。

"我真没想到,万万没想到,我以为你做了合唱团长就能够大踏步地前进了。我甚至于——我多傻,我想在这学期介绍你入团。算了!我知道你受家庭的影响,有时候不太健康,但我以为那也只不过是头疼、咳嗽、上呼吸道感染之类,吃几片 A. P. C. 就好了。结果你吃起鸦片——天主教来了!我希望你过一种充实的、伟大的生活,为了你生活得好,我愿意做一切事情。有时候我看见你很快乐,很用功,也肯为大家服务,那真比我自己做了好事还让我高兴。我想:'苏宁多么好啊,我们拉着手度过了中学时代。'有时候你难受,那比我自己难受还让我难受!啊,我不该说这些。"于是她的声调非常平静,"你愿意进教堂,那倒也挺好,你——去吧!"

"你怎么?你不是我的朋友?我哥哥临走的时候,让我什么话都听你的。可你忽然对我这么坏!"苏宁抹了一下前额的汗,把一手的油墨抹在脑门子上。

"当,当,当……"晚饭钟响了。

"住宿生吃饭了,你去吧。"

"我不吃了。"蔷云头也不回地跑出去。一闪就不见了。

"你的脸盆还在这儿!把它拿走!"苏宁追上去,没有回答。成群的同学从窗前走过,走向饭厅。屋子里顿时静下来。但是,苏宁仿佛仍然可以听见蔷云的激怒的声音的回响。

苏宁狠狠地跺了一下脚,含着泪端起蔷云的脸盆。她拿起蔷云的手巾想擦一下脸,又放下了。她离开学生会的小房间,把脸盆送到杨蔷云的宿舍去。

蔷云走出校门,漫无目的地钻着胡同。太阳已经落下,天还没有完全黑下来,一切沉在一种安静的半明半暗中。在一个漆皮脱落了的小门旁,有个焊洋铁壶的工匠正着急地赶他最后的活儿,他戴着特制的黑眼镜,敏捷地拨着小煤火。蔷云走到他的身边,看着他如何用自己的双手医治铁壶的创伤。那焊洋铁壶的见她老在旁边站着,就抬头告诉她:

"您有铁壶等明天再拿来吧,今儿看不见了,不做活了。"蔷云笑着走开。她继续往前走,一抬头,迎面的电线上,模模糊糊地挂着一个黑东西。她走近了一看,是一只蝙蝠式风筝。风筝已经撕去了半个翅膀,尾巴上的纸飘带无可奈何地飘动着,像是向蔷云诉说自己的不幸。

"这个风筝有没有哨呢?"蔷云想,"我爱听风筝的哨音,还有类似的空竹的哨音。为什么我爱听它们呢?"她费力地思索,"噢,是这样。这种声音每每响在春节之后,它是过春节的一个终曲。听着这嗡嗡的声音,再想买大糖葫芦,放二踢脚,就得等来年了。"

当焊洋铁壶的告诉蔷云明天再来焊壶的时候,当挂在电线上的风筝的飘带好像向蔷云诉说不幸的时候,当她想起风筝和空竹的哨音的时候,忽然不知从哪儿来的一种寂寞的感觉压在蔷云的心上。她觉得今天下午过得很不好,很没意思。她一睡就睡了三个钟头,睡得头晕脑涨。吴长福和周小玲净穷聊一气,吴长福还在给郑波造谣。她那么高兴地去帮着苏宁印歌篇儿,又那么气恼地走出来。她大声吵了一顿,可吵也没有什么用处。最后还是得检讨自己的态度不好。她的难过,她的快活,她的热情比谁都高,但是她做出来的,她得到的却很少。她有时候觉得自己对别人的爱简直多得容不下。她总是瞎操心,穷受累。她整天帮助这个,帮助那个。她没送过破铁壶去焊,也没有时间去放风筝,她根本无所谓私事,但是,她告诉自己说:"我也需要抚爱,需要关切,我也是软弱的啊。"

杨蔷云是热烈而合群的么? 当然。但她的热烈,不正包含着对一个虚妄的姑娘易有的冷淡之感的惧怕？她的合群,不正表现着对一小点孤独的敏感和难以忍受？

走到胡同拐角的地方,传来嘹亮的吆喝：

"卖……大金鱼,卖小……金鱼哎……唉。"

声音一波三折,从胡同的这边传到那边,划破了沉静的空气。一个年轻力壮的小伙子,一颠一颠地挑着鱼缸和金鱼、水草、田螺,左手捂住耳朵,歪着脖子怡然自得地吆喝着,走过来了。

甜甜的腔调,夹杂着春天的乡土气息,在温煦的芳香的东风里散去。

再往前几步,不知不觉走到北海后门。蕾云高兴了,今天晚上逛一逛北海,有多么惬意啊！春天早就到了,她可一直没想到要来北海玩呢。

高大的白杨树,伫立在道路的两旁,它们才长出来的富有光泽的叶子,互相轻轻地撞击,发出愉快的喧响,像是向游客低语它们的欢迎词。蕾云边跑边跳地从白杨中穿过,她招手回答它们：

"殷勤的杨树,又开始你们不疲倦的问候了么？我没有时间常来拜访,但是,我想你们！"

蕾云走到湖边,她一个一个地数着冰凉的栏杆,慢慢移动自己的脚步。白塔和五龙亭的轮廓,已经渐渐模糊,只有在水里,还可以看见它们晃动着的影子。橙黄色的上弦月,远远地挂在西天上。湖面上罩着一层淡淡的青光,安宁而且甜蜜。游人并不少,但他们都隐没在昏暗里边,说笑的声音,在这空旷的天地中也显得十分遥远。经常待在教室四壁中的小小的天地之间,偶一离开,就觉得十分舒畅。垂柳已经十分浓密,花香已经不断袭来,绿草已经处处如茵。春天在人间已经做了不少的工作,带来了不少的东西,蕾云一直还未曾知晓,未曾承受,于是,蕾云深深地吸气,对这勤劳的春天,发出衷心的谢意。

一刹那间,蕾云被湖面上传来的歌声攫住了。

正当梨花开遍了天涯,

河上飘着柔曼的轻纱……

是《喀秋莎》！有几只小船划过,一个人拉着手风琴,众人和着他唱。大家唱得那么轻,那样小心翼翼,好像当真怕把轻纱震破了似的。

喀秋莎站在峻峭的岸上,

歌声好像明媚的春光……

一段唱完了,但那调子却不像结束,于是再重新反复地唱。蔷云不由得也跟着唱起来。这是她学会的第一首苏联歌儿,她喜欢它,因为它把跳动的匆忙的节奏与深沉的温柔的爱恋统一起来,像士兵走过可爱的村庄,像女孩子在草地上追逐……

蔷云唱的声音非常之大,那只有人拉着手风琴的小船向这边划来。双桨一起一落,水面分开,啪啪地响。一个广东口音胖胖的男孩子站起来向蔷云招手:

"喂,请到我们船上来玩吧。"

蔷云笑了,她把手放在唇边,做成一个喇叭形:

"谢谢。我不!"

船忽然一晃,那个站着的男孩子跟着一晃,吓得抓住了旁人的肩膀,船上传来爽朗的哄笑声。

蔷云站累了,便寻到一个土山上坐了下来。旁边是一簇簇的丁香,开满了白色和紫色的小花,发出醉人的香气。蔷云用手指尖摘下一小朵花,嗅一嗅,放在手心里,慢慢地把它揉皱,小花落在蔷云的衣角上。

有十几个男学生吵闹着从山坡下走过,杂乱的身影遮住了水面上摇曳的灯光,扬起了一片尘土。

有一个小孩匍匐着爬上了山坡,直到离得很近,蔷云才发现了他。他手里拿着一个小木头手枪,警觉地四外看了看,看到蔷云并不是"敌人",他猛地一蹿,冲过去了。

一片薄云遮住了月亮。远远传来汽车的笛声:"哞——哞",和电车的轰轰声。

蔷云两手相握,看看只有自己一个人。一个人倒也好,任凭感情的奔驰和幻影的重叠,可以想也可以不想,可以说话也可以不说话,可以唱也可以不唱。

她想起在鲁迅的一篇文章里,说到北京没有春天。本来嘛,往往是刮上几天粗暴的风,天就猛地热起来了。可是,就在现时,在蔷云独坐在夜的太液池边的时候,风如酥,花似火,这不就是不折不扣的春天吗?不就是那扰乱人的、挑动人的、引起了青春的无限焦渴的大自然的微妙的变化中最可珍贵的一刻吗?努力体会吧,尽情吸吮吧,莫负春光!这样,无论是难熬的严寒和酷热的盛暑,都不会把生气洋溢的春之形冲去。

蔷云想起了滑冰的时候。坚硬的冰早已化做一池春水,张世群呢?他可好?

于是,背着大跑刀的张世群似乎来了,还那么谈笑风生,怡然得意。

> 雪花飘飞的日子过去了,
> 　过去了……

蔷云轻轻哼着,垂下头,她的心纷乱了,溶化了……一绺头发落下来,把丁香的花瓣拂到泥土上。

月亮早就沉下去了。蔷云蓦地觉醒,难道,自己又在这里睡着了?

蔷云急急忙忙地跑出北海后门,什么也顾不得看,忘了向白杨招手,忘了向春水告别,她挤到了电车上,一颠一颠地跑到学校。糟了!熄灯时间已经过了十五分钟,大门紧紧地关闭着。

先是畏怯地小声叫门,没有人应。没办法,蔷云只好放大了声音,并且把门推得咯吱咯吱地响。

"谁叫门?"是工友老侯的声音。

老侯这个工友,山东人,一脸麻子,絮絮叨叨,素日惹蔷云讨厌,可今天偏偏遇见他了。

开开门之后,老侯唠叨开了:"嘻,高三的学生了,也不知道个制度,真让人不好侍候!"

蔷云咬着嘴唇踏进了校门,道了声"劳驾",头也不抬就往宿舍跑。

"小姐,动动手把门关上好不好?"

蔷云像犯了罪似的低着头回去关上门。她小声对老侯说:"劳驾,请您别叫我小姐行吗?"

老侯又嚷嚷开了:"你来晚了折腾人不要紧,可我说句话你就挑眼?你这同学是怎么回事?"直到宿舍管理员走出来,老侯才发着牢骚回传达室。

进到屋里,同学们还没睡着,大家关心地问蔷云:"出了什么事了?怎么这么晚才回来?"蔷云回答不出,她躺在床上,连衣服都懒得脱,只是呆呆地望着屋顶。

二十三

因为那天晚上的事,杨蔷云受到严厉的批评。星期一的全校周会上,张教导主任报告纪律问题,他指出高三的同学纪律不好,例如上完早操不踏步就解散,吃饭时进饭厅不排队,等等。他特别举出了杨蔷云的例子,他说:

"昨天晚上,我们住校的同学是应该上自习的,但是高三班的杨蔷云同学无故不上自习,也没有请假,就逛公园去了。因为逛公园而不上自习,这在过去是从来没有的事。而且,她在熄灯之后才回来,按照规定,本来不应该给她开门的。再者,她回来后不但不虚心检讨,反倒和工友吵架……"

张主任正为做纪律问题的报告缺少生动的例子而发愁,有了杨蔷云这个"典型事件",他的困难便解决了。

所有的同学都用目光找杨蔷云。有些认识蔷云的人偷偷指着蔷云告诉那些不认识蔷云的人,"就是她!"在蔷云的脸上,迷惑的神色要胜过羞愧或者苦恼,她好像不理解张主任讲的话的意思,凝神地向台上望着。

后来,在吕晨的参加下,团分支开了批评会。

这次批评会和往常有些不同。蔷云的错误似乎是简单明了的,但她在会上的解释却使一部分人茫然不解,一部分人十分不满。

她解释说:"我有过失,希望大家批评我,责备我。那天……我也不知道怎么回事。我因为贪玩不想念书了吗?不是那样。到底什么原因,我想了好久也认识不深刻。我现在能谈出来的,那就是我太浮,我受了春天的诱惑,春天诱惑了我……"

那些不满意这个解释的同学马上指出,这是"掩饰错误"。

使会议开乱了的主要人物是苏宁。在许多人结合张主任的报告展开了对蔷云的批评之后,从来没在团的会议上发过言的苏宁,忽然站起来说:

"团员同学们,杨蔷云的错误,主要是因为我……"

蔷云当时就起来极力否认。大家让苏宁接着讲,苏宁也不讲了。最后,大家就纪律的重要性和违犯纪律的不能容忍谈了谈,会议结束了。

对于加在她身上的指责,蔷云是心安理得地承受的。她最近甚至于愉快地想:"早就该狠狠地批评批评我了。我过去不是常常受批评吗?最近,我老是搞坏了事情,就因为对我批评得太少了。"

但是,批评会以后几天,她也有变化。大家看到,她一个人出神的时间多了,说说笑笑少了。当她碰到那些曾经猛烈地批评她的同学的时候,她故意表示十分亲热而且随便。她最大的变化是她的嘴唇,最近她觉得嘴唇干得要命。她用手摸一摸下嘴唇,简直像摸一块烤糊了的丝糕。嘴唇上起了许多白皮,蔷云一摸到这些白皮,就无情地把它们撕掉。撕掉了干皮,嘴唇显得湿润而且柔软了。第二天,又起了一层干皮。蔷云再撕掉。结果,她的嘴唇肿起来了,说话都带一种"呜呜"的声音。周小玲告诉蔷云,"快照照镜子吧,看你的嘴唇怎么了?再这样下去,可就像另一种动物了。"说完了她笑着跑,其实蔷云并没有想打她。

这天下午,苏宁提着书包准备回家的时候,杨蔷云塞给苏宁一个纸条:

苏宁,好朋友,原谅我吧!那天我干了许多蠢事,不可饶恕的蠢事。但你是知道我的,不计较吧?苏宁,你最近生活得很好,确实不错,为什么有时候还……为什么?告诉我吧,如果你相信我的话。

在现在,还有痊愈不了的伤痕么?

蔷云把纸条塞到苏宁手里,不好意思地走了。

小小的纸条,在苏宁瘦长的手里发抖。

蔷云回到教室,继续完成她的制图。从批评会以后,她就做起这件工作。最初,她抱着一种处罚自己,管制自己的心情,每当她量了又量,比了又比,死死地画一道直线,或是轻轻地转动圆规的时候,她的两只脚总是并在一起磨一磨鞋子。她不断地在心里给自己喊口号,"要征服自己,才能前进!"她像仇人似的对待这张制图,挑剔每一个毛病,一会儿想改正这,一会儿想改正那,一会儿又想重做。在这种精密、麻烦的劳动中,她和自己的脾气作战,她的惭愧的心稍微平安了一点。

现在,制图就要完成了,她紧紧皱着眉看着每个点,每条线,每个圆和半圆。这每一条线都代表着她的多少烦恼、焦躁和耐性啊。慢慢地,她的眉头放开了,她的心也轻松了,这张图做得很不错,甚至于,挑不出什么毛病来!色泽鲜明,浓淡合度,简直比一幅风景画还漂亮!她眯着眼看那半圆,想象着另一半没有画上去的圆,心里说:"多么圆,多么圆……"

于是她忍不住去找班上的"制图大师"——袁新枝。袁新枝正在一笔一画地抄作文。蔷云不愿打扰她,就站在旁边。新枝已经注意到了,把作文本一合,问:

"你找我么?"

杨蔷云点点头。

蔷云把新枝拉到教室外边,蹲在廊子上。蔷云把自己做的图给新枝看。

"挺棒!"新枝歪着头审查了一下,终于称赞说。

蔷云红着脸笑,像小学生第一次默写受到老师的夸奖一样快活。

"这一条线临末了的时候,稍微粗了些。就这么一点。"袁新枝用小指指着那儿。蔷云关切地跟着她的手指看,蔷云几乎要辩护一下,说那根本不容易看得出来,但是在袁新枝面前,她的话又咽进去了。

"可是,你是怎么了?"袁新枝想起来,奇怪地捻着蔷云的头发,"这是上学期的作业呀!咱们早就做过。你怎么又心血来潮弄上它了?"

杨蔷云严肃地说:"这张图,我一直没交。我费了吃奶的力气,老没画好。后来,时间也过了,我就没有弄下去。最近我又想起它来,它是我负了半年的债,今天刚偿还。"

"可现在画也没用了。先生不会要了。"

"那也有用,有用!"

"嗯。"新枝了解地点点头,"你的嘴唇怎么了?肿得这么高?你该去校医室看看。"她一边说话,一边把蔷云的头发理了理,把蔷云的松了的发卡卡紧。

"先别说嘴唇,活该,肿它的去吧。袁新枝,你告诉我!"蔷云抬起头,用一双明亮的眸子恳切地看着新枝,"为什么你制图制得那么好?为什么这一类的事做得都那么妥帖?我愈来愈体会到,你实在是一个天才的实践家,你有两只神妙的手!"袁新枝伸手打了蔷云一下,站了起来。蔷云连忙握住新枝的两只手,随着也站了起来,"我真佩服你的两只手,它们能做功课,画图,做饭,做活,大概还能够刺绣,雕刻,种花……"

"算了吧,我的手还能捏面人儿,还能造飞机,哪有那事呀!别胡说了……"

"但是你有一种特别的才能,而这种才能我一点也没有!"蔷云恨恨地说。

最初袁新枝觉得蔷云恭维她只不过是开玩笑,但蔷云确实是诚心诚意地求教,于是新枝想了想,告诉蔷云:

"不,我没有才能,我是个最平凡的人,想想咱们班上,简直没有比我更平凡的了。如果有些事情能够做好,那也绝对不是才能,而只是天性,我从小有这么一种天性,我的两只手不能闲着。如果我走在街上,看见哪个商店的玻璃窗上有一块污斑,就和在我脸上有一个墨点一样让我别扭,我非得跑进去给他们建议擦掉它不可。如果谁的衣裳破了,我甘愿为她缝补。杨蔷云,我不如你,许许多多事,我不会理解也不会表达。不论是悲伤,不论是快乐,全都表现在我的手上。记得小时候,其实也不太小,十二岁,我奶奶死了,全家都难受得了不得。我奶奶最疼我,她常常领着我去隆福寺吃艾窝窝。那几天,家里的人忙着殡葬,饭也没有人做,地也没有人扫,衣服也没有人洗。那几天,我难受极了,于是我把全家的家务担当起来。我请了几天假,每天生火、打水、扫院子、和面、烙饼、炒菜。从早到晚,我干得比平常还起劲,我烙各种饼,芝麻酱饼、葱花饼、水晶饼、肉饼、发面饼……家里人都奇怪,为什么我不哭,不难受,却整天忙着烙饼。我爸爸说我没良心,不孝顺,我妈妈说我的心是铁做的。只有我自己知道自己的难受,我难受得要死。但是让我不洗脸不梳头地守在棺材旁边哭吗?我做不到。我烙饼,正是因为我难受。算了,不说这些事。当我高兴的时候,我也得做点什么。如果我感情激动了,我做出来的不是抒情诗,而是葱花饼。我就那么平凡!"袁新枝说着说着倒叹息起来了,她摇一摇头。

蔷云拿着新枝的手来回地看。小小的手,洗得很干净,和旁人不同,她的手背细腻,手心却有些粗糙。她的指甲剪得短而且均匀,只有右手的弯弯的小指,留着一点指甲。新枝把手缩了回去。蔷云怀着敬意看着新枝,她说:

"说什么葱花饼和抒情诗呀,你刚才讲的这一段,比诗还吸引我。它也许是另一种诗,噢,大概是童话诗什么的,我还没有读过。你不仅会用你的手,我刚才说得不全,我觉得,你简直有一种外交家的风度!请相信,我这是从这个词儿的最好的意思上说的。我从来没有看见你和别人闹僵过,我以为,一只老虎来了,你也能讲个故事给它听。"

"你干吗和我过不去呀？简直愈说愈没有边儿了。"新枝做出一种受委屈的样子。

蔷云不理会新枝，仍然沉思地说："你确实是了不起，能大能小，大了像老师，小了像孩子。如果我能像你这样，事情就好办多了。而我只会用我的脑袋，或者用我的角，到处乱撞。"

"算了算了，你到底什么时候去校医室。咱们谈着话，我觉得你的嘴唇又肿了七分之一点五英寸。"

蔷云大笑，笑得嘴唇疼起来，不得不用三个手指头轻轻按一按。她弯下腰，把制图纸拿起来卷好，说："不用吓我。我相信在和你谈话之后嘴唇马上就会消肿的。校医室是我最讨厌的地方，不到抬我去的时候，我是不会去的！"

"你这些地方还不如我的妹妹。她如果生了病，从来不怕去医院治。杨蔷云，你应该小心点，你最近上火了。我建议你买一点梨煮了吃。"

"好，吃完饭就买去，煮梨倒很好吃。"

她们回到教室把东西整理好，拉着手去饭厅。蔷云不住地打量着新枝，似乎期待着每一眼从她身上再发现点新东西。当她们走过音乐教室的时候，新枝拉了拉蔷云的衣角，蔷云转过头，看见在音乐教室前的一棵大柳树下，郑波站着发呆。她低着头，用右脚在地上不规则地画着，她的手里玩着一片细长的柳树叶子，把叶子卷在手指上，又松开。她穿了一件土黄色的衣服，她换浅颜色衣裳这样早，引起了蔷云的注意。于是蔷云大声叫：

"郑波，嘿，想什么心事哪？"

二十四

有谁知道郑波的心事呢?连郑波自己也不知道啊。

下面是郑波几天来的日记。

4月7日　星期一

很久不记日记了,其实我是应该记的呀。譬如走路,总不能没有脚印;美好的生活,也该有痕迹。

昨天田林来找我,他可真神,来得那么早。他的头发像蓬草,他的衣服早就该洗,可是他穿着一双金光耀眼的皮鞋,皮鞋上镂着小孔、花纹,好像是一种外国的式样。

我把他让到宿舍,最初他还迟疑,像有点不好意思。但他一进屋,就和我的朋友们熟起来了。他说话的时候微微点着头,一只腿放在另一只腿上,简直是装老干部。他很会说笑话,逗得吴长福几乎从床上笑着滚到地上。每逢他的话引起笑声的时候,他总是回过头来看看我,而我总是像一块呆木头似的,没有笑,于是他向我做出一种抱歉的表情。后来,他还唱了一支歌,最初他不肯唱……他的嗓子很好,他为什么不大声唱呢?

后来我们在街上走,我不知道为什么一句话也说不出来,他说了许多……街上有电车、汽车……有一个孩子……

我真生气了,为什么不会记日记?像流水账似的。但是,我原来想记很多。明天再接着记昨天的事吧,今天先记今天的。

周会上张主任批评了我们班,特别批评了杨蔷云,这是为什么呀？后来开批评会，苏宁说是责任在她，大家不知道是怎么回事。我却觉得这赖我，我常和杨蔷云在一起，但是没有关心过她，她对我好极了。

今天吃晚饭的时候，周小玲摔坏了一个碗，我们班怎么搞的？让人难受极了。

4月8日　星期二

今天早晨不知道怎么醒的，好像是被惊醒的。觉，睡得正甜，一睁眼，天已经大亮了，院里的麻雀招呼我："快出来吧，快出来！"衣架上的衣服催促我："还不穿我们?!"太阳，也红着脸照耀我。我的明朗的日子开始了，世界向着我微笑。

第一堂课，钟先生叫我回答提问，我一点也没慌，我回答得很清楚，也有条理，先生笑了，她说："很好，请坐。"她说得亲切极了。我坐下来，耳边还响着她的声音。下了课，同学们一起跳集体舞，我也拉着大圈跳，几乎每次都有人邀请我，跳得出了汗。我觉得自己很健康、年轻、有活力。和我的同学们一样，我们是幸福的年轻人，但我又像是大一点，深一点，是么？

下午，我们班和高二赛篮球，我没上场，拼命在一边给她们加油。我的嗓子也喊哑了，手也拍肿了，结果，输了。我当时挺别扭，现在想想，也没什么。生活本来是有趣的，不妨来一点滑稽的挫折。

傍晚，天还没黑，我已经看见明亮的金星了。我在操场上散步，有一阵阵的小风，我想起前天我和田林去公园，那天也有一点风，后来还下了小雨。那场雨才妙呢，打落了好些花瓣。他看着雨，那么喜欢，好像……好像什么呢？

4月10日　星期四

昨天没能有时间记日记。昨天下了晚自习以后，天上有许多探照灯光移动,大概是准备五一,我站在院子里,仰头看了老半天。

为什么这几天天气这么好?在这样的好天气里,就像在妈妈的怀里,我觉得很温暖,很轻快。但我是不是对得起这个好天气呢?今天下午去锅炉房打开水,我把教员预备室的一个暖瓶踢翻了,暖瓶砰的一声,炸成了碎片。我报告给总务处,先生说不用赔了,我难过得几乎哭起来。倒不单单为了暖瓶的事。这些天,我渴望自己多做点好事情,渴望别人了解自己的善良的心,但是,没做出来。我想唱歌,好好地唱,可是昨天下午练歌的时候,就我一个人老不能把那个半音唱准,烦苏宁专门教了我一回。我想找杨蔷云聊天,从星期天公园归来以后就想找她了,但她正不要命地搞制图,我也没好意思找她。这两天,我特别想照一张照片,但是又有些不好意思……

生活多么美呀,我好像最近才在女七中过活似的。许多东西,也许是小事情,过去从来没发现过,现在却特别引起我的兴趣。譬如你走进空旷的礼堂,小声唱一句,马上就可以听见嗡嗡的回声。譬如你走路的时候,不要看走近你的人,而尽量看那远远拉着手走来的女伴们,你心里特别舒服。还有树的叶子,它正面和反面的颜色就不一样。还有小李的四川口音,她把"同学"读作"桶雪"。还有屋顶上瓦缝中间的草、校长的浅蓝色头纱、袁新枝的小辫、地上的小石头、夜半传来的汽笛声和清晨的广播操音乐……

为什么写这些呢?也许我琐碎,但是,日记本呀,你让我再写一点小事吧。我美不美呢?今天我换了一件浅色的衣服。梳头的时候,我照了半天镜子,我向着镜子笑。我的眉毛还是挺长的,眼睛也很秀气,可是,我的鼻子那么矮。我不美,我一点也不美。可是,我也不丑吧?我哪儿能丑呢?照着镜子,我觉得郑波她还是挺可爱的。

郑波呀郑波,你可真是……

日记已经写完了,心仍然不安,应该再记一点。再有十分钟就熄灯了,我得快写。如果有时间,我真想一连写三天日记,聊点心里的话。

这些日子,不论是天气,不论日月星辰,不论花鸟虫鱼,不论是我的同学、老师还是街上走过的一个工人,都给我一种浑然一体的激动。我的心像是燃烧着,烧得发焦。每天都经历了许多难忘的事,每天都有数不清的喜乐哀怒。最细微的一点声音,对于我却像雷鸣,像战鼓,像交响乐。白天匆匆地过去了,我觉得自己仿佛比前一天长得高大了些。又微微有些惧怕:难道这一天这样简简单单地过去了吗?(所以我非要写日记不可)我有时候觉得生活是一幅画,我在这幅画里是什么颜色?我愿意设想我静坐读书的姿势,高声唱歌的神情,以及如何说笑、沉思……我过去很少想自己,想,也往往是一二三,上中下,分开优点与缺点,"应注意的问题"与"今后努力的方向"。那时候比现在好,比现在轻松。不,不,那时候我太傻了,还像是个流着鼻涕的小丫头……

今天看到《人民日报》上的一篇通讯,是描写去年上甘岭战役中邱少云烈士的事迹,我哭了。我很快擦干了眼泪,哭是可耻的。为了这样美好的生活、美好的人、美好的世界,献出生命,这是幸福。我真希望自己也在朝鲜战场,如果祖国需要我,我决不吝惜自己的血。生活里有一种最伟大、最崇高、最不朽的东西,它使你像钢铁一样坚强。

从饭厅走出来,郑波等着蔷云一起去遛大街。

当她们走出学校的时候,天已经快黑了。西方的天空,飘着暗红色的一朵一朵云彩;东方,伸展着浅紫色与灰黑色的云条,像水墨画烘托出来的,显出一种古老、磅礴的色调。柏油路上各种车辆密密麻麻,行走得很快,争先恐后地希望在天黑以前到达目的地。人行道上，从工作地点下班回家的工作人员还没有走完。吃完晚饭出来散步的居民已经增多。卖夜宵的小贩，推出车，摆好座，生好火，做着种种准备工作，迎接夜幕的垂下。这平凡的向晚的街头景色，突然深深地打动了郑波的心坎，她感到人是这样众多和命运万千，生活是这样纷繁和奔流不息，郑波呢？如今怀着自己的隐秘的欢乐和苦恼，加入这熙熙攘攘的人群里了。她觉察自己有一种强烈的被生活吸引的感情。

郑波用手背碰一下蔷云的肘，说："小杨，给我提提意见吧。"

杨蔷云诧异地睁大了眼睛，"我？给你？"她指指自己又指指郑波。

"给我提提意见吧。"郑波小声重复。

她们走过一个小食品店，蔷云进去买了一斤梨，她告诉郑波，"这是'多克特尔'①袁新枝的主意，让我吃熟梨'去火'。为什么要给你提意见呢？我刚刚受了批评，现在你不是应该狠狠地骂骂我么？"

"不，杨蔷云，我羡慕你。你有该骂的地方，但是你克服缺点就像阳光照耀冰块似的，那并不难……"

蔷云止住了她，"你何必说这些。我需要的不是这个。你还是骂我吧……"

"下一次，下一次好不好？"看着蔷云的厚嘴唇，郑波微笑了，她因为激动因而略带口吃地说下去，"现在，还是让我说完了吧。我羡慕你，羡慕你的热情的火，你的不顾死活的勇气。你勇往直前，从无反顾。你到处留下痕迹，到处都是主人——而我，你会在天上飞而我只会在地下走，你是一泻千里而我却常常'到此止步'……"

"决不，决不！"蔷云吃力地分辩着，"我绝没有那么好，那只是你想的。最近我更常想到，我像一个肥皂泡一样，也许五光十色，但是

---

① 俄语，医生。

它没有自己的光辉,也就不长久。我容易被一切激动,于是我往往欣赏、流连,却很少埋头苦干。我对什么都感兴趣,但什么也钻得不深。记得六岁那年夏天,有一回下过了大雨,我和街坊的男孩子一起蹚水玩,他欺负我,把我推倒在水里,我爬起来,捡起一块大砖头打破了那个男孩子的脑袋,鲜血突突地往外流。回到家,我挨了妈妈打,病倒在床上,发烧到四十度。后来病好了,又赶上下雨,我仍然去找那个男孩子玩。我说到哪儿去了?是这样,从小我就是个冒失鬼,天不怕地不怕,我妈说我得皮一辈子。就这么回事,到现在,我仍然长进得很少。可是,我也该长大了。否则,又算什么呢?不错,我也相信,我可以给一部分人留下印象,使他们喜欢,使他们欣赏,但那是因为他们认识肤浅。"蔷云一口气说完了这些话,从口袋里掏出梨来狠狠地咬了一口。又掏出一个梨给郑波。郑波用舌头舔着梨,忽然想起来,"你不是要煮熟了吃么?"蔷云说:"没关系,还有两个呢。"

郑波似信非信地摇摇头。

"蔷云,你唱个歌吧。"

"我?在大街上?"

"啊,对了。或者你说点故事,说点你的事,什么都行。"

"郑波,我看出来了,你有什么事想说,是不是?"

"先别管我。你说吧,说吧。"

蔷云四下打量,她们走过一个电影院后门,买票的人排着一长队,蔷云停在一张大广告画底下,她说:"我们该往回走了。"

她们转过了方向,蔷云说:"我告诉你一件事,其实没有什么可说的。你,千万可别告诉别人!"

郑波把手搭在蔷云的肩膀上。

"上上星期日,有一个人来找我,他说他买了两张电影票和同学一块去看电影,走到半道上,他的同学忽然肚子疼,回家去了。他怕票废了,没办法,找我陪他去看。"

"谁呀?到底是谁呀?"

"就是他,赵尘,除夕晚上,他代表六十五中学生会来给咱们拜年。我当时看他说得挺诚恳,就随他去了。看电影的时候,他坐在我旁边,就像热锅上的蚂蚁似的老是坐不住。他不往银幕上看,却老是看我,这回,我警惕性也提高了,我想,他在闹什么鬼呢?

"看完电影,他脑门子上冒汗,他让我跟他去北海,我不去,他急了,说有重要问题要和我谈。我说要谈站在马路上谈,他说非去北海不可。气人极了,我答应他可以谈十分钟。后来去了,他给我买了门票,我拒绝不要……他说……讨厌极了,他说从除夕那天晚上起就认识了我,而且再也忘不了我,并且因而影响了情绪;他说我太好了,好极了,简直没有再好的了……我当时气得说不上话来,我勉强按住怒火把他教训了一顿。我说:'你知道我是干什么的?我要是个三门不及格正等着开除的学生呢?'我告诉他,'你年纪小小的,应该专心读书,好好上进。现在装腔作势,胡思乱想,那是非常可耻的。'我问他:'你和人家只见过半次面,凭什么就来胡说八道呀?'我问他功课学得怎么样,是不是团员,他说他正在争取,后来我就给他讲应该怎样争取入团……"

"有点过分,小杨,这有点过分。"郑波不赞成地说。

杨蔷云乞怜地看着郑波,她的眼睛并不凶狠,也没有嘲笑,只是充满了懊恼。这目光使郑波不能再责备她。

"最可气的还不在这里。他挨了骂,一点也不生气,却从口袋里掏出一张照片送给我——艺术摄影,穿着白衬衫,还拿着网球拍。我接过来看都没细看就撕了个粉碎。"

"你怎么这么大气呀?"

"我气?我都要哭了。你猜他最后还说什么?他说,既然照片已经给了我,既然照片毁在我的手里,他也就心满意足了。那时我全身的劲都没了,狠狠地瞪了他两眼……"

"别这样,你不该伤害他……"

"我伤害他?"蔷云惊叫起来,"我只是害怕我有什么轻浮的地方。"她的眼泪快要夺眶而出了。

郑波紧握住蔷云的手。郑波不明白,杨蔷云——这个洒脱的孩子,用讲笑话的口吻说完了那个叫人大笑三场的故事以后,为什么她自己却这样忧愁,这样难受呢?

杨蔷云把剩下的两个梨也拿出来了,递给郑波一个,郑波不要,说:"你还是煮熟了吃吧,这不是袁新枝给开的药方么?"蔷云不言语,自己咬着一个,另一个仍然举在郑波胸前。郑波只好接过来。

郑波和杨蔷云,是多么不同又多么相知的朋友!

"我是土地。"——杨蔷云会这样说:"生活像春天的雨,敲打着少年人的心灵。雨丝织成缭乱的网,当阳光穿过,就显出美丽的彩虹。"

"我是土地。"——而郑波会这样说:"生活像常绿的树,它把种子埋入我的胸膛,费尽千辛万苦,长出了树芽、树干和树枝,因而撕裂了我的身体,我的身体上覆着生命成长的裂纹。"

汽车一辆一辆地过去了。

人一群一群地过去了。

风一阵一阵地过去了。

蔷云啃了两口梨,把它扔到垃圾箱里,她紧紧地盯着郑波:"郑波,你告诉我吧,把你的秘密告诉我!"

郑波摇摇头。她捉住蔷云一只手,用她的手心打自己的手心。

蔷云责备地说:"不,你不该瞒我,我看得出来,你的生活里发生了什么事……"

"什么也没有。"

"那么……"蔷云迟疑了一下,终于大胆地问:"田林?"

"田林?"郑波觉得奇怪了,她恍然大悟,血涌到脸上来,她坚决地说:"你想到哪里去了?真讨厌!什么也没有,什么也没有……"然后她凑近蔷云的耳朵,把热气喷到耳朵上,她说:"小杨,我向你保证,如果将来——也许是十年二十年以后,如我有点……什么事,一定第一个告诉你。你呢?"说完,她的脸更红了。

"我呀,"杨蔷云满不在乎地说:"永远也不会有那事。"

路灯一下子全亮了,商店的橱窗也都亮起来。在昏暗中行进的,是各种车辆的灯。灯火散布在各处,像城市的无数眼睛。

"该回去了。"郑波说。她把她手里拿着的,没有咬过的小梨儿还给蔷云。

进门不一会儿,吴长福偷偷地向蔷云报告:"李春刚刚从外边回来,躲到宿舍哭去了。"

蔷云说:"别又瞎说……"

吴长福发誓说:"说瞎话不是人。这次我可没说瞎话!"

蔷云奇怪极了,因为李春是最不爱哭的一个,而且最近挺好啊。她跑到宿舍去,看见李春正弯着腰整理床铺。

"李春!"蔷云小声叫了一下。

李春回过头来,蔷云注意一看,果然她的眼睛有些发红。

蔷云走到李春旁边,问她:"你——是哭——不高兴了吗?"

李春转过身去了,没有回答。忽然,李春把脸埋在自己的手里。

"真的,李春,你怎么了?"

"没有,没有什么……"

蔷云一点也摸不着头脑,她一个问题一个问题地问着:

"你病了吗?"

"是不是跟谁有意见了?"

"准备演讲有困难吗?"

"……"

过了好久,李春才模糊不清地说:"眼镜,我得戴眼镜,我不愿意。今天去第六医院,他们说我近视得太厉害,非配眼镜不可了……"

蔷云不知道是劝好还是不劝好,她悄悄溜走了。

二十五

"这就是我们家的小花园,上两次来你不知道吧?"苏宁和杨蔷云站在那园子的门口,苏宁对她的朋友介绍说:"门口这儿是葡萄架,没有人照管,结出来的葡萄又小又酸,可是我爱吃酸葡萄。葡萄架以南,是一片杏树,看,杏花已经快落光了。那个角落,有两棵树,'一株是枣树,还有一株也是枣树'①。"

蔷云看着苏宁的绿毛衣(胸口有一枝黑梅花的图案)和巧克力色的裤子,听着她的笑话,有一种不寻常的感觉,于是询问地看着她。

"我今天有一点高兴,"苏宁解释说:"刚刚接到哥哥的信。他在广州过得很好。据医生说,他的肺病也是可以治好的。他说,他对生活有了信心。"

"那好极了。"

"对了,他还让我问候你。"

"噢。你们的花园里有坐的地方吗?"

"那边有一个木凳子,也快散架了,咱们去。本来嘛,没人照管,野草生得很高,都荒芜了。"

她们穿过杏树丛,坐在一个破旧的木凳上。木凳旁边,安着一个粗大的自来水龙头。

"你衣服真漂亮啊!为什么没见你穿过?"蔷云用手摸着她胸前

---

① 语出鲁迅的散文《秋夜》。

的那一朵梅花。

苏宁忸怩地说:"这还是解放前做的。我不敢穿,怕人家说我'港式'。"

"'港式'就'港式'!"杨蔷云大笑:"我要有的话,也会穿。如果我有那种十四世纪女人帽子上插着的什么羽毛——该不是什么鸡毛吧——我也敢戴!"

蔷云靠着苏宁,闭了会眼睛。上午的阳光,透过树叶,躲躲闪闪地照在她脸上,很舒服。她问:

"你们家是不是还有个男工人?"

"怎么?"

"今天我来你们家的时候,给我开门的是一个怪模怪样的男人。四十多岁,留着平头,脑瓜顶还秃了一块,烂眼边,穿着一身哪也找不到的破袍子,一双旧皮鞋。看他脑袋像仆役,看他眼睛像乞丐,看他袍子像穷秀才,看他皮鞋像机关干部,听他说话又像个大老爷。"

苏宁脸红起来,她无可奈何地说:"那是我父亲。"

"什么?"杨蔷云跳了起来,她蹲在苏宁面前,仰着脸说:"他为什么穿得那样坏?"

苏宁使劲拧着自己的裤子,"我也不明白呀!他有很好的西服,也有讲究的长袍,可是最近一个月来他非这样穿不可。他原来开营造厂,最近申请歇业了,到处喊穷,好像已经没有米下锅似的……"

"他不开营造厂,今后干什么去呢?"

"是啊,我也问他,他说自有办法。什么办法呢?他不说,我也就不管他。"

杨蔷云站起来,走到一棵大杏树旁,那杏树铺展开来占了一大片,许多蜜蜂恋恋不舍地在残花边绕圈子。苏宁走过来,忽然想起一件事,就围着这棵杏树,拨开枝叶寻找。蔷云问她:"找什么?"她说:"十年前,我在这棵树上刻下了自己的名字,等我给你找出来。"她弯着腰找了半天,蜜蜂威吓地在她耳边嗡嗡叫着,蔷云帮她把蜂赶开。

找了半天,苏宁累得沁出了汗,也没找着,她失望地说:"不见了,怎么刻上的字还会没有了呢?"

蕾云走开一点,坐在草上。苏宁垫上一块手帕,坐在她的旁边。苏宁说:"十几年前,我常在这个园子里玩,那时候我多么活泼呀!"她兴奋地靠近蕾云,"你想都想不到我小时候是什么样的人。穿着小洋服,头上梳着八个小辫子,又黑又胖。春天,我和我哥哥在这儿种花,我们一人分一块地,种茉莉花、指甲草和西番莲。我们俩说好,要赛一赛谁种得强。他比我大十来岁,自然是他会种。后来我听人说种东西得下粪,于是每天晚上偷偷跑到我种的花地上拉屎……有一次我妈看见了屎,以为是街坊养的狗偷跑进来了,乱骂了半天……还有这株枣树,每年秋天我都爬上去打枣,拿根竹竿,乒乒乱敲一阵,青枣红枣落了一地。打累了,自己捡大的吃。一回,一个'洋刺子'爬到了我胳臂上——你知道'洋刺子'吗?小虫,长着黄绿色的毛,爬到谁身上,它的毛就钻到你的汗毛孔里——那回可把我刺苦了,比蝎子蜇着还要疼得多。还有,还有刚才咱们坐的凳子旁边的那个水龙头,那也是我最喜欢的玩具,一到夏天,我把水放开,用手捂住龙头嘴,留一个小孔,水从小孔里喷出来,能喷好远……那时候多快乐呀,为什么我要长大呢?"

杨蔷云在一旁听得目瞪口呆,她还以为,苏宁从小就是左手抱着洋娃娃,右手拿手绢捂着嘴呢。她看着苏宁弯曲的头发,细长的眉毛和绿色的毛衣,无论如何也想象不出那个淘气的小苏宁如何爬树打枣来。

苏宁接着说:"我常想,一个人如果长到八岁就不再长了,那他一定是天下最幸福、最快乐的人……"她用一个手指头支着下巴,天真地思索着。

"我愿意当孩子,也愿意当大人,甚至于也愿意当老太太——经验丰富、学问高深的老太太。"

"你当然了,什么都好,但是我……"

"又是'但是我'！你怎么老爱说'但是我'呀？好像你总不能和别人一样……"蔷云顺手揪起一把草,把它拧出了绿汁。

"可我又怎么能和别人一样呢？杨蔷云,咱们聊聊吧。我知道你想帮助我,而我非常不争气……我也不是不想进步,谁不愿意像你一样呢？身强体壮,心情愉快,飞速前进。但是我,噢,又说'但是我'了……譬如,那天我无意哼起《千里送京娘》,那是解放前的黄色歌曲,当然不该唱。是这样,解放前我在家里,每天早晨似醒未醒的时候,总听见远方飘来的这样一个歌。听着歌,我想醒,又醒不了,浑身都像被什么东西压着。蒙蒙眬眬地,我看见父亲喝醉了酒,打了我母亲一个耳光;而母亲气愤地把唾沫啐到老妈子脸上;我想起哥哥的肺结核和姐姐又是通宵未归。我熟悉了、爱上了这个忧郁委婉的调子。直到解放以后,我还常常哼它,哼着哼着就回忆起混乱无聊的家庭和令人心酸的过去。蔷云,别那么看我,你当然不会对这个歌感到兴趣,因为旧的生活本来就没怎么折磨你,一解放,你生活在全新的环境当中。但是我呢？到今天,我一回家,仍然呼吸着发霉的空气,跟那个眼睛像乞丐,袍子像秀才的爸爸生活在一块儿！"

蔷云同情地点点头,她说:"慢一点说吧,慢一点。"

苏宁说:"没关系,我今天要把话说完。也许今天我说的话比过去一个月说的话还多。我不这样说就对不起你。刚才说到哪儿？《千里送京娘》,噢,我并不特别喜欢这个'破流行歌曲',但是它能代表我的一点辛酸。我的家庭,我的过去,我的天真的童年和不幸的少年时代,能够一笔抹掉么？"

"是的,当然。"杨蔷云这次严厉地告诫自己:"要冷静,耐心！"她说:"我不同意你的话。在一个人的以往经历中,有些是值得珍贵的;那就永远记着吧,永远。又有些呢,是应该抹掉的,那就抹得它一干二净。如果你后脑勺子上长了一个疮,难道这也可以算做永恒的纪念么？时间过了很久,你在杏树上刻下的名字都不见了,为什么解放四年来的太阳照不亮你心里的暗影呢？"

"当然,太阳也照着我。"苏宁喘吁吁地说。蔷云掏出手绢,给她擦汗。苏宁接着说:"现在是这样,当我和大家一起上课,一起唱歌的时候,我也是很高兴的,非常的、非常的高兴。但是,有时候,夜半翻身,听见远远的火车汽笛声和车轮'咣喊、咣喊'地响,或者当我受了点凉,生了点病的时候,痛苦就像阴云一样地压过来了。"

"痛苦,你才十八岁,就老说痛苦……"

"对呀,我才十八岁,但我从……"苏宁像喉咙里含着什么东西一样,久久地讲不出话来,"我从那么小就知道了痛苦!我和你们不一样……"

"怎么不一样?"蔷云心跳得快了。

"不一样!"苏宁心也跳快了。她原来想把一切告诉杨蔷云的,甚至于事先准备了一下,该怎么样告诉她最好的朋友。但是,她说不出来。向她的好朋友说自己已经……天,还不如去死!她的脸红得像火烧一样。

"苏宁!"杨蔷云揉着自己的手绢,一咬牙,决定了,"苏宁,我告诉你,你的不幸,我已经知道了!"她恨得浑身发抖,不由流出了泪。她两手使劲一扯,把手绢撕成了两半。

苏宁看着蔷云,脸色突然由红变得苍白……

蔷云摇着苏宁的肩膀,抚摸她的头发,抚摸她的衣服,她用无限的深情说:"苏宁,我知道了,你的哥哥告诉了我,这没什么!没什么,没什么!"苏宁一摇晃,扑在蔷云的身上,蔷云紧紧地搂住她,继续说:"这又有什么呢?我们仇恨他们,那些坏蛋,那些魔鬼,那旧社会!我们应该活得更快活,活得比谁都美!现在是毛主席教育我们了,是毛主席保护我们了,毛主席的手,能够医治我们国家的创伤,也能医治你心里的创伤。为什么你把这件事看得那么重?让它把你压得那么沉?结果,你用'但是我'三个字隔开了美丽的强大的生活……你还说要信什么天主教,你哪是要信教,只是在精神上找一个避难所。你起来,起来!你笑吧,今天一切全不同了,你能成为一个美丽的、善良的、有作为的社会主义姑娘……谈到那些事,就像谈到小时候被'洋刺子'刺了一样吧!我们要把'洋刺子'消灭,但我们自己,应该笑!"尽管杨蔷云说着"这没什么",说着"应该笑",但她自己的泪珠仍然不断地往下滚。在泪珠滚过的腮上,慢慢地显出了坚强的笑容。而隐痛积年的苏宁,就像受尽委屈的孩子见到妈妈一样,伏在蔷云怀里号啕大哭起来。

过了好久,好久,杏树的影子已经愈来愈短,勤劳的蜜蜂也纷纷飞去了,苏宁才停住哭。她稍稍直起身子,抽泣着说:"我害怕……"蔷云问她怕什么,她不说。蔷云一次一次地问,最后她才万般羞愧地说:"我怕……将来,将来人家不会喜欢我了!"说完,她又把头低低地垂下。

蔷云忽然感到一种无名的怒火,她说:"如果有这种人,他们因为这样就不,就不喜欢你,那么这种人就是浑蛋!他们一点都没有新思想、新道德,他们的脑瓜是腐朽的……"蔷云挥舞着拳头,想寻找一些更适合、更狠毒的字眼。

过了一会儿,蔷云又说:"可是,傻家伙,你何必要别人喜欢呢?那顶讨厌!我就不信自己不能过日子。苏宁,好朋友,咱们俩互相喜欢吧,再也不需要什么旁的浑蛋!"

苏宁抬起头,一丝艰难的微笑出现在她的泪迹斑斑的脸上。刮来一阵风,开败了的杏花,飘飘悠悠地落在她们的身边。

也是在这个晴朗的星期天上午,郑波像一只蜜蜂似的忙碌而快活。早晨,她约了呼玛丽来一起做功课。郑波做得非常快,有一种特别的力量使她轻巧、灵敏而且生气勃勃。呼玛丽觉察到了,她好几次抬头看看她朋友的眼睛。愉快的心情也传染了她,她告诉郑波:"今天,我有一件高兴的事:我吃了一样过去从来没有吃过的东西,真好吃呀!它的名字叫做蛋糕。今天一早,神甫给了我一块蛋糕吃,那是红褐色的,镶着一个瓜子仁,吃到嘴里非常的细,很甜,又有点油,真是好吃极了。郑波,你吃过那种叫做蛋糕的东西吗?"

郑波睁大了眼睛看着她,禁不住自己的惊奇,郑波不由得摇一摇头,说:"不,我没吃过。我想那一定很好吃。"她不能破坏呼玛丽为一块蛋糕引起的快乐。

后来她和呼玛丽聊怎么样过五一。呼玛丽还从来没参加过五一、十一的游行和联欢,这次也不想参加。于是郑波用全部的力量来动员她,郑波说话还很少有这样大的抒情性。最后呼玛丽犹犹豫豫地说:"到时候再说吧。"

把呼玛丽送走了以后,郑波跑到操场上找周小玲学跳高。她学了剪式又学滚式,从九十厘米跳到一米一,每次跳跃,都给她一种凌空而起的飞腾感觉。直到周小玲累了,她还不觉得累。然后她跑着走开,看见李春坐在跑道旁的一棵大柳树下看书,李春分开小腿,并着膝,用一种优雅的姿势读书。郑波蒙住她的眼睛,吓了她一下,再问候她的一切。李春向郑波发牢骚,大骂教导处,说她们物理小组要制作单管收音机,教导处不但不帮她们的忙,甚至禁止她们动用物理实验室的工具。郑波同情地表示:她一定把情况反映给吕晨,让团总支帮助解决。再问有关参加讲演比赛的事,李春说稿子已经写好了,于是郑波建议她下星期先在本班讲一讲。李春推推托托,说不必耽误大家时间了,郑波却直率地说:"你讲讲吧,譬如我,我一定努力给你提出意见。每人都提一提,会对你有帮助。"李春只好点头答应。郑波回到宿舍,吴长福正在拆洗被褥,郑波自告奋勇地去帮忙……这一上午,郑波做了许多事,她愉快地撩起衣襟擦一擦汗。时间轻快地富有节奏地流过,就像一支清新的叮叮咚咚的钢琴曲从心头拂过一样。

二十六

为了准备五一游行,几天来经常操练队伍。这天下午,高三的同学操练刚完,就聚在教室里开班会。她们的花衬衫还没有脱掉,就披上了蓝制服;她们的裙子还没有解下,怕冷的同学已经把长裤脚放下来——她们原来也没脱掉长裤,只是在操练的时候把裤脚挽上去一点。她们的单调的蓝、灰色的衣服与美丽的节日盛装混杂起来。她们就这样穿着奇形怪状的服装,乱糟糟地等着李春在班内试讲她的演说初稿。

李春戴上了新配的眼镜,这眼镜增加了李春的学究神气。隔着玻璃片,她稍稍斜着眼睛望着大家。最近,她发育得特别快,显得高了,也胖了。她慢慢地走到同学前面,慢慢地掏出讲稿。她极力装得自然,甚至于冷淡,结果倒有些不自然。

她先愁眉苦脸地问同学:"真没办法,这怎么讲呀?"

"用嘴讲!"同学们回答她。大家一笑,她开始讲了。她准备讲的题目是"热爱知识"。

"……学习是学生的巨大而光荣的任务。学习的动力在哪里呢?是在于得了一百分换取爸爸妈妈的夸奖,还是在于以'为了祖国'这一口号激发爱国主义的良心?"

李春停了停。这时吴长福弯着腰偷偷蹭到周小玲的旁边,捅了周小玲一下,说:"不好懂。"周小玲也耳语道:"她的话有很复杂的语法构造。"她让出一个位置,让吴长福与她同坐一把椅子。

李春用中指敲了一下桌子,继续说:"不,不是这样。推动我们学习的,在于对于知识的渴求。我们要打开知识的宝库,探求宇宙的秘密,日新月异地攀上学问的峰顶。

"一个人没有知识,就必然平庸。他会把周围的一切看得很简单:水就是水,火就是火,香就是香,臭就是臭,方块是方块,圆圈是圆圈……他得不到感官所能感到的以外的任何东西,他的头脑贫乏而可怜。

"科学的力量何在呢?就在于开拓前人没有接触过的新天地,窥破前人没有觉察到的事物的最微小的部分。记不清是谁说过:'一粒砂里见世界。'是的,哪怕是一粒沙,科学家都能从中掌握无限的奥秘——这粒沙的运动,这粒砂的几何图形,这粒沙的物理的和化学的、地质的和……其他的成分,等等。"

教室里非常安静,李春的声音渐渐提高,压过了院子里练集体舞的同学的歌声、笑声和踏步声。吴长福专注地听着,一只手搂着周小玲,仰着头,张开了嘴。袁新枝的桌子上放着游行时用的自己做的纸花,她一边听一边绑扎没系牢的地方。杨蔷云微皱着眉,看着窗外学跳舞的同学,但李春讲的每一个字她都没有漏掉。教室两边的窗户都打开了,阵阵的和风穿过,同学们舒服地吸气,嗅到了藤萝花味。

"……天文学是令人惊异和神往的,以渺小的身躯去探测空间的无限大——比起大的星球,人还不如什么微菌。天文学告诉我们,地球其实是太阳系中最平常的、体积不大的一个行星,太阳的直径要比地球大一百零九倍。而一些大的恒星,譬如恒星心宿二,它的直径又比太阳大五百倍左右。天文学又告诉我们,所谓恒星,也是运动的,整个太阳系就以每秒钟二十公里的速度向武仙座相对移动……"讲了这些之后,李春把手一挥说:"这些其实早已是人所共知的常识了。"然后她列举了宇宙航行、新星与超新星、火星上有无生物等"非常识"性的问题。

举完了天文学,李春又举近代物理——对于原子能的研究,生物学与有机化学——对于生命的研究……为例,她零乱地说着一些耸人听闻的故事(包括从科学幻想小说上看来的),她的脸上兴奋地闪着光,同学们目瞪口呆,迷惑而钦佩。

"我们的学习,就是通向这样丰富的宝藏,这样辽阔的大海。知识召唤我们前进!

"我们的先人,他们作为知识的奠基者,对于人类做出了伟大的贡献。他们往往是文武全才,一身而数任。譬如去年世界和平理事会号召纪念的达·芬奇,就同时是天文学家、物理学家、画家、文学家、哲学家……大家熟悉的名画《蒙娜丽莎》和《最后的晚餐》就是他画的。达·芬奇自制仪器来观察天象,他甚至于还自制钟表。在他制作的第一个钟上,他题上了一行充满诗意和思想的深度的句子:'我们有的是各种方法,来量度我们困苦的日子'……

"亲爱的同学们,我们热爱知识,就必须把科学的顶峰建筑得更高,承受先人的一切遗产,积累新的财富,赶上并且超过我们的先人——因为我们这一代是社会主义与共产主义的建设者!

"难道还有比这更幸福的么?"

她讲完了,停了一会儿,方才迅速地点一下头再迅速地抬起来,在掌声中不慌不忙地回到自己的座位。

教室里"嗡"的一下响了起来,交头接耳,议论纷纷,有的询问别人自己没有听清楚的字句,有的赞叹其中的精彩部分,有的已经在预言她能不能在讲演比赛中获胜……直到袁新枝拍着手掌叫大家提意见的时候,才渐渐静下来。

许久也没人说话,有人省事地说:"没意见,挺好,就这么讲去吧!"

吴长福"砰"地站了起来,碰响了桌子,她用手按着周小玲的肩膀,使周小玲这个身强力壮的人呻吟了一声。她自觉到自己是李春参加讲演比赛的举荐者,所以对这件事就特别积极,她说:

"同学们,听着李春的讲演,我觉得浑身上下都很舒服,就像一阵不凉不热的风从这边吹到那边。李春的讲演,意思是非常多的,譬如关于学习啦,知识啦,还有知识啦,学习啦什么的;她的词句也是非常多的,有许多字眼儿我从前根本听都没听过,她的样子也很好,很沉着、很稳重——不像我,我是非常不沉着、不稳重的。特别是她讲演的结尾:'难道……'难道什么来着?反正是反问一句吧,那是意味深长的,使你听完了她的讲演,就像……就像吃完了苏州豆腐干,很值得回味。当然,也有缺点……"她四周看了看,表示自己态度的公允,言论的全面,"缺点是说话太快,好像蹦豆儿似的,让人家的耳朵跟不上她的嘴。"

周小玲坐着说:"还有一个缺点,有些句子太长也太绕嘴,不像咱们平常说的话,倒像从哪个博士论文上抄下来的,这也希望她改正。"

李春谦逊地感激地点着头。

杨蔷云举手说:"主席,我有一个问题。"

袁新枝叫她起来,"有问题就提吧。"新枝富有深意地看了她一眼。

"我的问题是:李春讲得是否太玄妙,或者用她自己的话——太'奥秘'了呢?她讲的那些东西与咱们中学生离得很远。我们热爱知识,是不是仅仅因为知识本身是那样高深得可怕,玄妙得惊人?我举一个例子,譬如我们很喜欢看杂耍、魔术,那些东西非常吸引我们,不过,我们爱知识的心情应该与爱看杂耍的心情有所不同。不行,我也说不清楚……"蔷云没说完,就坐下来。

吴长福自言自语地说:"对了,李春讲得太玄妙了。"她的声音很大,全班也都听见。

停了停,有一个一向佩服李春的外号叫"大姐姐"的同学提出了不同的意见,她说:

"关于讲演比赛这一类的事,我从前倒也参加过几次。每次时间很短,你讲你的我讲我的,紧紧张张,谁也顾不上仔细分析你的内容。最主要的是能够吸引人,玄妙一点没关系,能吸引人就是优点。讲演必须发挥口才,发挥口才就不能受束缚,你喜欢什么就多讲,不爱讲的就少讲……"

李春在旁一听,心想:"糟了,她的辩护比不辩护还坏。"

果然,大家放下了李春讲演本身不管,纷纷反驳起"大姐姐"对讲演的看法来。

郑波和呼玛丽小声交换着意见,郑波极力怂恿呼玛丽发言,呼玛丽摇头不肯,于是郑波站起来说:

"刚才我和呼玛丽商量了一下,我们觉得李春讲的没有把科学知识对国家建设的作用联系起来。她,刚才呼玛丽讲得非常好,她说……对了,还是你自己说吧。"于是她把呼玛丽拉了起来,郑波自己却坐下了。

呼玛丽小声说:"就是刚才郑波说的那个意见……"

杨蔷云离开了自己的座位,走来走去和别人交谈。李春看见她这样活跃,不由得很不高兴。

杨蔷云又发言了,她说:

"我又想起一点,印度有一句俗话,大概意思是:如果你顺着一百层的阶梯向上走,那第一层与第九十九层所起的作用是一样的……"

"愈说愈糊涂了!"有人批评道。

"别忙,我还没说完呢。李春讲的知识的可爱,好像只是指第九十九层,指大功告成的一刹那,但是我们热爱知识,不仅要热爱那光辉灿烂的果实,而且也要热爱整个的探求过程。"

杨蔷云坐下了,但是她不得不一再地站起来力求明确地解释她的发言。

时间已经过了好久,袁新枝征求李春本人的意见,李春慢吞吞地说:

"大家提的意见都是非常对的,特别是杨蔷云讲的,真是好极了。说实在话,让我参加讲演比赛实在是强打鸭子上架,我认识问题片面极了,而且物理小组还有许多事等着我做,我最近身体也不好,趁着离五一还有一个多星期,我看咱们从集体荣誉出发,不如改让别人讲。譬如杨蔷云吧,她对这个题目就挺有研究的,如果她讲,我保证,一定能够讲得好。我觉得讲演并不是个人的问题,咱们必须从集体荣誉出发……"

同学们面面相觑,愣住了。蔷云马上就想跳起来说话,但是她又看见了袁新枝的目光,于是她使劲捏了一下自己,用一种过去没有的老练劲儿说:

"对了,我对这个讲演挺有兴趣,另外也有一些意见。当然,这些意见可能有错的,也许有对的。我所以愿意提出来,是希望能给李春帮点忙——当然,帮得上手帮不上手,那是另一回事了。这个讲演,李春已经准备了好久,她找了许多有意思的材料,那么,这一段,我愿意和李春一块准备……"她转头向李春说:"我的意见要是对,你就听;要是不对,就别听。我给你做个副手吧,你要不要?"

大家都笑着赞许杨蔷云的办法,李春待要反对,又说不出口来。

这次班会以后,杨蔷云老是去找李春研究讲演的事。李春不太欢迎,她的意见是"或者你讲或者我讲",而杨蔷云的办法却偏偏是"我帮着你讲",如果李春真的要讲,难道还非要杨蔷云"帮着"不可?!于是在杨蔷云发表自己的意见的时候,她哼哼唧唧,像听见又像没听见,像赞成又像不赞成。杨蔷云似乎根本没觉察这些,劲头儿十足地给李春提出各种建议,甚至于热心地要为李春誊清稿子。于是李春最初虽是拒人于千里之外,末了也得考虑考虑蔷云提的意见,与她争论一番,愈争愈高兴,最后对蔷云的一些意见也点头称是起来。

二十七

五一国际劳动节。

傍晚,女学生们尘土满面地倒在床上,起劲地聊着今年的游行,等待吃晚饭,吃完了好去参加盼望已久的联欢。

郑波坐在床上,靠着墙,用热水烫脚。她有轻微的关节炎,游行结束的时候,她的腿就疼痛起来。周小玲趴着,下巴放在枕头上,一只手揉摸着头发,另一只胳臂自然地垂下,两只小腿跷起,不时地摆动着互相碰击。吴长福直挺挺地躺在床上,用一块热毛巾覆盖着前额,好像一个病人(她说只有这样才"解乏")。李春把两条腿交叉着放在一边,半跪半坐地休息着,她拿着手绢擦眼镜,由于初次戴镜子,鼻梁两旁卡出了红印。只有蕾云没在床上,她拉了一只小板凳,矮矮地坐在周小玲的床边。

"咱们学校顶糟糕啦,"(你得费很大劲才能辨别这话是从吴长福嘴里说出来的,她现在说话的时候连脸上的肌肉都不动一动)"瞎费了半天劲,到时候一看,就属咱们穿得寒碜。还是原来的私立学校穿得美,譬如人家女十二中,她们的裙子那么样白,白得像雪,像玉兰花,像豆腐,像牛奶。而花边又是那么红,那么鲜艳,像玫瑰……"

"大概还像酱豆腐!"周小玲抢着说:"吴长福不论形容什么东西,总能牵连到豆腐;白的像白豆腐,红的像酱豆腐,酸的像麻豆腐……去吧。我觉得天安门太小了,咱们准备呀,操练呀,买衣服呀,做花呀,整天地盼着盼着,好容易到了五一,到了天安门前,连五分钟没有就走过去了,太短促了。"

杨蔷云说:"事先的准备和事后的回味要比游行的那一会儿有趣得多。真正从天安门过的时候就什么都忘了,过去了才想到。呵!今天的队伍真美!"

"五一和十一是我们生活中的兴奋剂,没有它们,生活就会减色,咱们就会很快地老啦。"李春戴上眼镜,从理论上加以分析提高。

郑波一声不响,她洗完脚,穿上袜子,她的脚像针扎似的一阵阵地作痛。

忽然起了风,北风凉嗖嗖地挟着尘土吹进来,宿舍的玻璃窗格格作响。杨蔷云叫了一声"好凉啊",站起来,走到窗边,向天空望去,在东北方,厚厚的黑云遮天蔽日而来。

"云是向哪边走的?"吴长福问。

"向西南。"蔷云回答。

"坏了!"直挺挺躺着的吴长福一骨碌爬了起来,她跑到蔷云旁边,观察着天象,念念有词说:"阴云往南,大雨冲船;阴云往西,雨没房基。今天晚上一定下大雨,咱们的跳舞要破产了!"

"没那事!"跷着腿趴着的周小玲也被惊动起来,"别说下点雨,五一晚上,就算下小刀子,去天安门跳舞的也一个少不了!"

过了不一会儿,雨果然下起来。这雨来头很猛,落到地上乒乓作响,留下清晰的酒盅大的痕迹。很快地,痕迹辨认不清,地已经湿透了。又过了一会儿,雨水积成水潭,冒起泡来,后来,聚成大的水流,哗啦哗啦地流向阴沟,向下泄去。

她们只吃了很少的饭,等着雨停。可是,雨却愈下愈大。等了一会儿,大家不顾一切地换上旧鞋,找出雨衣雨伞,奔向天安门去了。剩下郑波,因为腿疼,没有走。

呼玛丽游行回来,被李若瑟神甫叫了去。

"今天你做什么去了?"

李若瑟向里陷的两眼不放松地盯着呼玛丽。他照例地穿着黑衣服,端正地坐着,他的右肘支在桌子上,手在空中轻轻地抓着。他的住房阴暗而潮湿,混合着发霉的旧书和樟脑球的气味。

"我游行去了。"呼玛丽低着头说。

"游什么行?"李若瑟一字一顿地逼问。

"就是我们的五一游行。"

"为什么不告诉我?"李若瑟提高了声音,身子向呼玛丽探去。

"我,我……"慌乱中呼玛丽觉得两手没有地方放,她想拉过一把椅子来,但是不敢动。

"我本来没肯定去游行,犹犹豫豫地想到学校看看,到了学校,同学们正在集合,她们高高兴兴地把我拉到队伍里,我也就没再说不去,结果……我去游行了。"

"同学们?都是谁?有没有党团员?"

"有,有的。"

"主啊!"李若瑟凶狠地喝了一声,把桌上的破旧的茶壶茶碗推到一边,站了起来,走近呼玛丽,他的年老的威严的脸正对着呼玛丽的幼稚的惊慌的脸。

"你陷入了魔鬼的圈套!你随从了异端的浊流!你受到了敌人的诱惑!你玷污了教友的洁德!你……"

李若瑟气焰逼人地指斥着呼玛丽,呼玛丽吓得背着手退到墙角。

李若瑟叹了一口气,撇开呼玛丽,一个人来回踱着步子,他的每一步都发出沉重的音响,使呼玛丽发抖。透过这沉重的脚步声,不时有轻快的集体舞曲从窗外飘来。

过了不知多久,反正呼玛丽觉得是很长很长的一段时间,李若瑟坐到自己的床上,把头俯在床栏杆上,半天也不动。呼玛丽仍然在那个墙角,紧张地望着李若瑟神甫。忽然,她听见一种像远方的猫头鹰叫似的喉头的吞咽和摩擦声,接着,神甫抬起了头,呼玛丽惊异地发现,那向里陷的两只眼睛里,慢慢地闪着光,然后极其缓慢地流出了泪水,神甫的蓄着短须的嘴唇像嚼草似的嚅动着,于是,呼玛丽的心收缩起来了。

"玛丽,你过来。"神甫向她招手。

呼玛丽畏怯地坐在李若瑟身边。

"刚才,我责备了你,我是为了拯救你的灵魂。在主的面前,你悔罪吧。"李若瑟沙哑地说,在他的低沉的声音里偶然有一种尖细的声调,好像在用力撕裂一块绸子。他又抬起右手,在空中抓动着,用一种富有魅力的声音说:"我们的教皇——永无谬误之人,早已预言:教难即将到来,圣教会在危险中。我们遇到了凶恶的仇敌——共产党!共产党是立意要消灭圣教会的,从他们占领大陆以来,驱逐了教廷使者黎培里①,封闭了天主教协进会②,取缔了最光荣的队伍圣母军③,许多教友被逮捕,许多神职人员被屠杀,他们又利用一部分昏聩教友的盲目爱国心理,开展背教裂教的三自运动,教难已经到来。当然,圣教会是不怕的,因为它建立在磐石之上……而你,却去参加共产党的游行!"神甫严肃地在胸前划了个十字,"我今年快到五十岁了,从九岁进修道院,至今已四十年。我原籍山东,父母在上一次教难时被拳匪所害,外国主教陆庆化救了我的命……我的一切,皆是圣教会所赐,而我也四十年如一日地把自己献给了圣教会。你呢,是我最亲近的人,我对你的爱胜过自己的女儿,如果我连你都不能保护,又怎么能保护圣教会?如果你日益受到了魔鬼诱惑而最终堕入地狱,我又怎么能独升天堂?!"说到这儿,又流出了眼泪。

若瑟神甫回头注视呼玛丽,呼玛丽不由得跪了下来,她两眼发呆,无声地哭泣着,李若瑟肃穆地拉长了声音念道:"主……饶恕……罪人……"然后在呼玛丽头上画了十字,他代表天主做完了这些事之后,又以一种慈父的怜悯,提起自己的宽大的黑布袖口,为

---

① 黎培里:摩纳哥侨民,前梵蒂冈驻华公使,解放后在我国进行反革命活动,被我驱逐出境。

②③ 都是天主教内部的反动组织。

罪人呼玛丽擦一擦眼泪。

为了使生病的同学与怕雨的同学也能够欢度五一之夜,斋委会①在礼堂组织了联欢会。郑波在礼堂里和初中的同学一起玩摸鼻子的游戏,可是她的心仍然惦记着天安门,因为自己没能和同班的朋友一起玩,微微有些遗憾。九点钟刚打响,一个小队员从外面走进礼堂,告诉郑波有人找她。

郑波奇怪地向门口走去。

雨仍然下得很大,积水在灯下闪光,映出了墙壁的倒影。传达室挤满了打电话的同学,会客室也坐着许多客人,门洞里出出进进的同学停下来,在这里撑伞、换雨衣。郑波来到这个嘈杂的门口,四处瞅了瞅,没有看见找自己的人。

她走出大门,大门外的墙根边站着田林。他穿着硬领的米色衬衫,灰色的派力司裤子,还打着领带。他没打伞也没穿雨衣,雨水顺着头发往下流,流过眉毛、耳朵、眼镜、领子、下摆……他像"稍息"似的把重心放在一只脚上,显出烦躁和期待的神色。

看见郑波,他不走过来,于是郑波走过去,和他一同挨着雨水的淋浇。他笨拙地向郑波问好,脸红着,好像自己做了什么错事。他邀请郑波一同去天安门,他热情地、执拗地、局促地看着郑波。

郑波说:"我腿疼,不去了,咱们到学校里玩吧。"

田林紧咬着下唇,几乎哭了出来,他低着头,呆立着不言语,像受了申斥的小学生。半天,他才又小声恳求说:"你去吧,劳……驾。"他嘴动了动,把许多没有说出的话咽到肚子里。

在雨水的冲洗下面,在喧闹的节日音乐声中,在来往着的衣装美丽的姑娘们旁边,在这一刹那,郑波好像开始懂得了那早已接近、有意避开的东西,早已觉察、有意躲闪的东西。郑波没有想许多,她的

---

① 过去常把学生宿舍称为斋,斋委会即住宿学生委员会。

左眼收缩了一下,右眼睁大了一些,全身的血液"轰"地涌了上来,她带着一种又甜又苦的滋味,笑了。

她仁爱地、忠厚地说:"你挺想去啊?好,不要紧,咱们走吧。"她温柔地拉了一下田林的手。

郑波也没拿雨具,她只披上一件褪了色的灰制服,戴上一顶破草帽,和田林一道走出去。

雨点不时打在脸上,眼睛上,鼻子上,他们就用手揩一揩。哒哒的雨声时大时小,又热烈,又凄凉,又混乱,又单调。胡同的土路,本来就是坑坑洼洼,不好走,现在更是泥泞不堪。郑波费力地在黑暗中辨别,避开那些发亮的水坑,鞋还是湿透了,踩在潮湿的松软的道路上,"噗哧、噗哧"地响。郑波的腿疼得厉害起来。

因为郑波答应了自己的请求,田林很快乐。他的那些异样的表情全部消失了,大声谈笑着,说一些诙谐的话。但是郑波正为了自己痛楚的双腿而紧皱眉头,一句话也不说。田林打了个寒噤,湿透了的衣服,被风一吹,变得冰凉了。

高一的一群同学从后面走过来,她们五个人打着一把伞,头聚拢在一块,身子仍然在伞的庇护之外。她们招呼了郑波,郑波说:"咱们一块走吧。"其中的一个做了个鬼脸,"不,我们走得快,你们跟不上。"她们笑着走到前面去了。"你们""你们",什么叫"你们"呀,真不好!原来说不去,现在又去了,并且是和田林两个人。郑波懊恼万分。

呼玛丽回到自己的房间,衰弱地躺着,呆呆地怎么也睡不着。电灯泡的丝断了,开不亮灯,又没有月光星光,黑漆漆地什么都看不见。雨大一会儿小一会儿,一直不停,雨点打在台阶上"溅溅"地响,打在荷花缸里"滴溜滴溜"地响,打在树叶上"噗噗"地响。屋顶已经破旧不堪,漏雨,隔半天掉下一滴水。这间东屋是贮藏室兼呼玛丽的寝室,放着两只大榆木箱,一只柳条包,一个网篮,和许多破家具——包括过去李若瑟用的高贵的咖啡锅。黑暗中,呼玛丽觉得那些器物愈来膨胀得愈大,像许多野兽似的盘踞着,而自己却愈缩愈小……由于泛潮,屋子里有老鼠屎的臭味。

　　每到雨夜,呼玛丽就睡不着,她怕下雨,尤其怕雨在夜里下。她担心,担心谁的房子被冲塌;担心草原里的牧人没有地方躲雨;担心也许某个森林里有个孩子被雷电轰击。她甚至于还担心大雨流进了温暖的鸡窠,破坏了老母鸡与小鸡雏们的好梦,于是小鸡啾啾哀鸣。她也担心一阵雨过去,打得花木凋落……她知道世界上有许多软弱的生命,它们受不住那风风雨雨……

　　她想着今天的上午,她第一次参加游行,第一次看见这么多快乐的人,看见这么多的优美的感情汇合在一起。从学校出来,领队的体育教员吹着震耳的哨子,同学们整齐地迈着步,唱着歌。一个个喜气洋洋,精神抖擞。呼玛丽刚发现,她的同学,一经打扮,原来都是这样美。杨蔷云的衬衫是泡泡纱做的,绿底儿,有白、黄、浅紫的花,像小野花开在春天的草地里,而她的裙子,天蓝色的裙子梢儿上印着白色的圈圈、道道和点点,裙子飘飘,好像微风吹乱了大海反映出的破碎的星星和月亮。蔷云浓密的头发上扎着粉色的丝结。她的眉毛微微颤动,她的眼睛不时闪过欢呼和雀跃的神情,她的身体健康、丰满而且匀称,她露在外面的胳臂和腿,柔韧而且滑腻。呼玛丽甚至于觉得,在杨蔷云身旁站一会儿,是一件很舒服的事。袁新枝的衬衫外面套着鲜红的毛外衣,她的无瑕的洁白的绸子衬衫,是要钻着穿的,琥珀似的小黄扣儿,只排列到前胸的左方为止。她的毛衣的扣子也很特别,翠绿色的大扣子,两边对称地缝好,如果用那麻花状的绿纽子把衣服扣好,你就看不出应该从哪边解开。她的裙子是紫色的,用的是高贵的毛哔叽,颜色柔润……整个队伍里,只有呼玛丽却仍然穿着一身破旧的蓝制服,好像万紫千红的花丛中,隐藏着一棵隔年的枯折了的向日葵秆儿。中途休息的时候,苏宁拿了蛋糕同她一起吃,她又发现,许多人都有蛋糕吃,而她几天前才得到神甫的恩赐。于是,一向在自己的祈祷中得到满足和骄傲的虔诚的呼玛丽,现在伤心地感觉到,自己的生活是十分的困乏和不幸,而自己的伙伴们,倒是十分值得羡慕的了。

她们在东长安街歇下来,等候游行大会的开始。路旁北京饭店和中央各部的楼窗都打开了,许多人向她们观看和招手。她们围着圈儿玩,"猜领袖""炖萝卜",还跳集体舞。呼玛丽在众人的关心下也学会了一个舞,她拘谨地挪着步子,总不能尽情地跳。人愈来愈多,圈儿挡住了道路。她们蹲下,忙碌的医务人员和指挥人员从她们的头上迈过。一队队的女学生在她们旁边集合,有的全队头上都盘着花环,有的全队都提着小花篮。往远看,还可以看见大学生的队伍,和停放在人们头上的航空学院的巨大的喷气式飞机模型……看着看着,呼玛丽渐渐觉得自己一下子已经容纳不下这么多的印象。她想遍数,但是数不清;她想叫好,但是叫不出。于是,她站在那里发呆。

然后大会开始,几十万人迎风肃立。礼炮的巨大的声浪震荡得衣角随着抖动!红旗"泼拉泼拉"地响!庄严的国歌与国际歌奏起来,一片白云高高地飘过……然后是千万人把鲜花投向天安门!鸽子、气球都飞起来,欢呼声震动了大地,"毛主席万岁!"一个口号变成无数欢呼,无数欢呼变成一个口号。呼玛丽摇摇摆摆地跟着大家喊,她好像行走在大海的波浪之中。天上,阳光与重云交相映射,好像有万道霞光照耀着天安门。呼玛丽闭了闭眼睛,她不知道自己走到了什么地方,伟大的场面使她内心激动得经受不住,几乎倒在地上。狂热的群众的巨流挟带着她前进,她尽力支持着自己。

从南长街往回走的时候,忽然听见有人叫她的名字,人行道上看热闹的一群少先队员在招呼她。她愣了一下,猛然想起,天啊,这是原来"仁慈堂"的小孩子,离别了三年,他们长得很好,都入了少先队,一切变得这样厉害……回头一看,游行队伍中的文艺大军,"砰砰"地狠命敲着大鼓。

呼玛丽衰弱地躺在床上,也没吃晚饭,她在雨声中想着李若瑟的话,想着自己的深重的罪愆,想着如何卫护神圣的教会。但是她想不下去,思想屡屡被打断,一会儿是无数的红旗招展,一会儿是大队的提着花篮的姑娘们走过,一会儿是雷一样的欢呼声滚动,一会儿是原来的孤儿、现在的少先队员向自己招手……

难道,这一切都是魔鬼的诱惑?

魔鬼、地狱、灵魂毁灭,一切狰狞的字眼儿飞舞,集合成一片阴云,向她扑来。如果,天安门前的一切都是魔鬼的把戏——杨蔷云是魔鬼,袁新枝是魔鬼,戴着红十字章的护士是魔鬼,招呼她的少先队员是魔鬼,那为什么这些又那样可爱,那样壮丽?莫非呼玛丽的心已经被魔鬼换过了?为什么呼玛丽觉得他们好,而且爱他们,爱这五一游行?既然她的同学都是魔鬼,难道只有她——可怜的呼玛丽才是圣母护佑的人?人为什么要活着呀?这么多魔鬼引诱你,叫你死后受地狱的惩治……

整个世界,连同李若瑟和呼玛丽自己,都摇摇欲坠,都好像处于毁灭的边缘,一百个问号,一千个问号,诡诈而且残酷地在这充塞着耗子屎味的小东屋里跳动。

风吹来了天安门前的音乐声,是火一样热烈的调子。院子里有轻微的响动,台阶上的那个空花盆,灌满雨水,落在地上了。

天安门前灯火辉煌,人山人海。郑波他们赶到的时候,礼花还没有放完,"轰"的一声,一团火焰飞上天去,爆炸开,一种颜色变为多种颜色,一线光亮变成一片光辉,在天空撒下美丽的弧线,霎时间隐灭了踪迹,只剩下一片片的烟气随风飘散。也有那小小的火花,吊在纸降落伞下悬挂在天上,像新升起的雨天的星星。

对于节日的欢乐,雨又算得了什么?谁也没被雨阻挠,相反,和雨搏斗倒增添了狂欢的乐趣。许多穿着红绒衣的人在跳集体舞的时候,把对方的白衬衫染红了,许多莽撞的小伙子把又湿又脏的鞋踩在姑娘们的脚上,或者,有意无意地溅起水花,落在她们的洁净的裙角上,沾上了泥点子。

郑波也高兴——虽然腿疼,但她来到了多么美丽的地方啊!简直是神话中的宫殿。天安门像在燃烧一样光耀夺目。邮政大楼、前门箭楼的灯火神奇地浮在半空,正在修建中的人民英雄纪念碑,高高举起了一颗大红星。许多探照灯的强烈的光柱,交织成明亮的白网,光柱旋转着,瞬息间扫遍了北京的天空。大雨透过灯光落下,像一缕缕密密麻麻的白线。欢乐的舞曲,响得百倍于雨滴声,一支接一支地放送着。

郑波找着了自己的同学,她们与六十五中的男同学在一起,拉着圈儿跳舞。郑波迟疑了一下,丢下田林向舞圈跑去,同学们看见了她,喜出望外地与她握手、拥抱,在她肩膀上打一下,拉着她的手转一圈,骂着:"死家伙,到底来了,真好!"就像发生了什么意外的事,又不寻常地会见了。

田林迷惘地站在一旁,来往行动着的人群不时挤撞着他,大家都拉着手联欢,但他举目却一个认识的人都没有……田林故作轻松地东看看西望望,有两个女孩子跑来,向他招手。

是杨蔷云和周小玲,她们的兴奋的面孔在聚光灯交错的光网的映射下显得更美丽,她们的衣服上、额角上的水珠一闪一闪。她们邀请田林一起跳舞,田林心里不得劲,摇摇头。蔷云好像明白了点,用她因为潮湿而发凉的手指抓住田林的手,低声说:"来吧,和我们一块跳起来吧,一个人多没意思!"

感到了她的话的好心和关切,田林硬着头皮去跳。是最普通的"邀请舞",可是当一个少先队员邀请他时,他竟走错了步子,弄得那个队员忍不住笑。该他到圈里去邀请别人,他狼狈地从舞圈里逃走,离得远远的,害怕再有人来邀请他。过了会儿,蔷云又来了,她陪着田林说话,田林结结巴巴地说不出什么来。

　　礼花已经放完,雨也渐渐停息,广播器里报告:"现在是最后半点钟了,请大家尽情地跳吧!"同学们"哟"了一声,埋怨时间过得太快,然后更加热烈地跳了起来。每一个舞圈都沸腾了!郑波的腿疼愈加难以忍受,好像所有的筋都扭错了。她也疲倦,但她忍住一切,竭力跳着,雨水和汗水混合在一起。她对自己说:"今天是五一,大好的日子,我没有权力不高兴,没有权力让自己别扭。我要跳啊,跳啊,一直跳个不完。让大家都看我吧,我跳得快,我跳得美!我不知道在生活里碰到的是什么,也许是快乐,也许并不幸福,但我什么都不怕,什么都不在乎。啊,为什么我忽然要长大了呢?时间过得真快,我还没有尽情地把舞跳够……在我还是个孩子的时候跳吧,跳吧……"

　　舞曲已经不放了,联欢并没终止,孩子们自己拉手风琴,自己唱,自己跳。郑波终于没办法再跳下去,她喝醉了似的迈着不稳的步子,走上回学校的路。

　　"为什么我要折磨自己呀?"田林自问,他呆站了两个多钟头,郑波就这样走了,把他丢在一边,连看都不看一眼。风多么凉,田林的米黄色的湿衬衫紧贴着身体。他还特地打上了领带,多么可笑的傻领带!

　　郑波走了几步停住了,她回头四处寻找。田林忘记了一切,飞一样地跑过去,"我在这儿,我在这儿,回去吗?"

　　……呼玛丽来到"仁慈堂"高大的墙边,她靠着一棵榕花树。树底下有一口井。呼玛丽看着井口,音乐声从里面传来。过了会儿,从井里升起了一个粉红色的东西,那是一个气球。呼玛丽伸手去捉,没有捉着,气球围着榕花树飘浮。气球慢慢地落下了,呼玛丽走过去,原来不是球,是一个小男孩子。他的头发微微弯曲,他的嘴唇赌气似的凸出,他抱着一个和平鸽,向呼玛丽微笑着。

"你是谁?"

"……"

"你是谁?"

"……"

那孩子不理呼玛丽,呼玛丽走过去,把他从头看到脚,从脚看到头,于是她快乐地大叫:"毛毛乖!"

毛毛乖笑了,把和平鸽放起来,和平鸽飞得很高,响着鸽哨。但他仍然不言语。呼玛丽抱起毛毛乖,吻他的头发,吻他的眼睛,吻他的小手,呼玛丽哭着说:"我多么想你,多么想你……"她的泪落在地上,聚成了小河,稀里哗啦地流,毛毛乖仍然不说话。突然,不是毛毛乖了,是那个长着酒糟鼻子的醉汉,用他多毛的手抓住呼玛丽,大声说:"我是你的丈夫,亚孟!"……

呼玛丽夜半惊醒,她扶着墙踉踉跄跄地走到院子里。雨已经停了,又刮起了风。探照灯光在上空闪耀。积水还没有流尽,发出轻微的响声,云慢慢地散开,露出了几颗星星,呼玛丽隐约看见了小教堂上耸立着的十字架的黑影。看着这阴冷的十字架,呼玛丽的心几乎停止了跳动,她连跌带爬地摸到教堂里,开开圣母像上面的绿灯,呼玛丽眼睛晕晕乎乎,四肢软弱无力,她向圣母呼救,跪伏在圣母像前:

吁,信德的清泉,

您用永生的真理灌溉我的灵魂,

…………

您既战胜了罪恶及死亡,

请启示我痛绝罪恶,永不离开天主,

成为地狱的罪囚……

呼玛丽战栗着默诵这些祷文,像在风浪中抓住了救生圈一样。她抬起头,泪流满面,汗流浃背,依稀看见了圣母慈爱的容颜。无瑕的圣母,用她贞洁朴素的目光俯视着她,她平静点了……她忽然发现,圣母也是可怜的,孤独无靠的,一个人栖息在黑暗的空间,她的眼睛里充满了忧伤,她的头无力地低垂,她毫无作为地眼看着自己的女儿,自己的羔羊,在人世的无限痛苦中翻滚熬煎。

宿舍里黑洞洞,郑波回来的时候,大家都睡了。她走到自己的床边,筋疲力尽,再多走一步也办不到。两条腿火灼一样地疼痛,木棍一样的僵硬,特别是从里往外觉得酸,真恨不得把它们锯掉。她喘着气脱了鞋,鞋里还装着水,把鞋反过来,水"滴滴答答"地落下。袜子褪了颜色,颜色染在小腿上。脚掌和后跟被水泡得浮肿起来,苍白松弛,像泡在水里的馒头一样。

雨完全停了,又刮起了风。风迅速地把云吹开,月亮怯生生地露出头来。月光从高高的天上射下来,穿过窗户,斜照在郑波的床头。郑波拉开棉被盖上双腿,倚着枕头闭目沉思:

"今年的五一真好,大家活得都这么带劲。也许我对待田林不太好吧?他老远的跑来找我,我不该对不起他。但那……是不可能的……田林多好啊!但他又那么不听话。我有什么办法?该死的腿,为什么偏偏疼在今天?我困了,这一天,高兴的和不高兴的事都多得数不过来,我还没过过这样拥塞的一日呢。是的,我应该坦白,我有力量,不怕。我最近没有使劲念书……为什么越想越乱了呢?难道我要睡了,睡……"

周小玲咳嗽了一下,暂时又使郑波醒过来。周小玲的湿漉漉的头发散开着,耷拉在枕头上,拖得很长。脚把被子蹬下去了,肩膀露在外边。郑波蹑手蹑脚地走过去,拉起被子,遮住周小玲的粉色的马甲。在小玲床边,她才发现,蔷云的铺还空着,杨蔷云到哪里去了?怎么还不回来?郑波纳闷地坐在蔷云的床头,想等蔷云一会儿,后来,迷迷糊糊地倒在蔷云的床上睡着了。

二十八

五一节之夜,杨蔷云在天安门前到处寻找张世群。

白天游行的时候,女七中的队伍在金鱼胡同口停了一会儿,给一部分大学生队伍让路。休息着的中学生成了大学生队伍的评判员,三三两两地指手画脚,评头品足。蔷云无意中看见一个人戴着北京地质学院的校徽,她急忙在以下的队伍中寻找张世群。往后看,没有!啊,张世群早已走到前面去了!他穿着红上衣、白运动裤,打着一面大红旗,雄赳赳地迈着正步。他充当的这个角色使蔷云大笑,蔷云喊:"张世群!"叫了几声,张世群回过头来,她看见了张世群黑黝黝的脸,但张世群没看见她。这时哨子拉着长声一响,女七中的队伍继续前进了。

张世群打大红旗的雄姿给蔷云留下十分可喜的印象,使她在整个游行途中久久不能忘怀,她决定在当天晚上一定要找到张世群。天安门广场如许大,夜晚来狂欢的至少有二十万人,可怎么找?但是杨蔷云既然想做一件事情,那么就从来没听说过她的决心会落空。

蔷云陪田林说了会儿话。她非常同情田林,田林却无心与她聊天。她叹了一口气,走了。

要找张世群,必须先找到地质学院的舞圈,于是蔷云四处张望。那时天安门前很拥挤,来往的人们只好双手搭在前面的人的肩上,排成一字长蛇阵,结队移动着。蔷云站在一个人们来往的要道上,受到了服务员的干涉:"同志,请别在这儿挡路。"蔷云往旁边一让,看见了服务员戴着的红符号。她连忙问他地质学院的同学在哪儿跳舞,那人笑着摇头,又挤向别处去执行职务。蔷云哪能轻易放过,她追上去揪住服务员的肩膀,"劳驾,劳驾,劳驾!"她一面道劳驾,一面揪住人家不放。服务员回头对蔷云怒目而视,蔷云笑容可掬地给他鞠了一躬。他只好告诉她:"请到西华表旁指挥站去问。"

蔷云英勇地抵抗着别人的挤和挤着别人,冲向西华表。地滑,人多,大家拥来拥去,常常使你身不由己。蔷云支起胳臂,横着身子连闯带钻,曲曲折折地向西华表靠近。

"旗手,猜,我是谁?"蔷云蒙住张世群的脸,张世群正站在舞圈外面休息。

张世群没有猜,他让蔷云蒙着他,并不急于争取"自由",过了会,一声不响地用他结实的手掌把蔷云的凉手拿开。

"啊!"张世群惊呆了,他的脸上蒙着一层雨水,灯光下,他越发显得健壮,好像面部的每一块肌肉都经过锤炼和雕刻似的。他看着蔷云,嘴天真地咧开了,但是当他收起笑容的时候,眼睛里却流露出一点怨恨。

"你还记得我?"张世群怀疑地、嘲笑地问。

"什么话?!你知道我怎么找到你的?!"蔷云兴冲冲地把自己排除万难"千里寻人"的经过讲了一通。一边说话,她一边拧着上衣和裙子上的水。

张世群留心地站着,右脚尖轻轻打着地,他暗藏着微笑,似乎在说:

"啊,姑娘,你以为你找我是很难的,但你不知道我找你却要难得多……"

这一帮大学生在跳交谊舞,杂凑了一些西洋乐器,吹着黑管和长号,弹着音调不准的吉他,打着鼓点"嘣嚓嘣嚓",一对对同学翩翩地舞起来。

"来吧?"张世群问,蔷云点头,于是他们参加进去。

"你好吗?"张世群问,他的声音洪亮如钟。

"当然啦。"蔷云露出了洁白的牙齿。一滴雨水流到蔷云的嘴里,她转着头,啐吐着。

"你是坏人,半年来也没有看我。"张世群迈着花步。

"但我常想你。你跳得蛮不错。"蔷云轻巧地随着。

"我们搬到新宿舍了,郊外。"

"怎么找你?"

"东三楼503号。"张世群放慢步子,每两拍才走一步。

"什么?"

"东三楼五百零三。"

蔷云默念了一下,像咽进去似的闭了闭嘴,说:"记住了。"

"你会不会按顺时针方向跳?苏联人都那样跳的。"

张世群摇头,缓缓地、规矩地滑着步子。

"那我带你那样跳吧。"

张世群不言语,他认为这个提议是有侮辱性的,所以沉默地搂住杨蔷云不放。

"我最近制图学得很好。"蔷云忽然说。

"恭喜你。上学期,我受到了学校的表扬。"张世群诚实地、毫无卖弄地说。

他们缓缓地跳着,蔷云耐不住了,她带着刺激的意味说:"你为什么跳得这样'坚陀尔'①?"

张世群没听清。

"你跳舞像工商业者里边的老头子,或者十七世纪俄罗斯的退伍中将。你怕我吗?"

被她的话激怒了,张世群暗示都没暗示就飞快地旋转起来,他的

---

① 英语:绅士气,文明。

左手紧捏着蔷云的手,他的右手粗暴地扳着蔷云的腰,每小节,他都转三百六十度。

蔷云用脚尖点着地,不费劲地跟着他转,一面喘着气,一面笑着说:

"快一点,再快一点!"

"转呀,你倒是转呀!"

"你真废物,累了吗?晕了吗?"

"别踩人呀,笨死了。"

张世群天真地涨红了脸,拼命地转圈,他不顾姿势,把跳舞的技巧也全丢在一边。后来,连音乐都不听了,不管合不合节拍,只是转,转,转。蔷云的手被他捏得发疼,于是往回抽了抽。她把身体靠在张世群右手上,只用脚尖点着地,挪动着细碎的步子,轻松地旋转。张世群越使劲,她就越不费劲,飘飘然好像要离地而起。天安门不断地从眼前掠过,无数的灯火,像万道金蛇在空中旋绕。才看见一对舞伴,又迅速地丢开,超越过去。他们跳得满场飞,惹得人家看他们,他们还不觉得。

他们一直旋转到天色发亮。

五月二日早晨,蔷云刚刚睡熟,她梦见一条小蛇爬到了右臂上,于是她动了动,翻个身继续睡。仍然有什么东西触动她的胳膊,妨碍她睡觉,她生气了,想骂点什么,但是张不开口。她睡了,像掉到一个大黑洞里,往下沉,往下沉……忽然,又有什么东西碰她,她勉强地睁开眼,眼前一片咖啡色,咖啡色中间出现了一个人头,那人用蚊子一样的声音叫着:"杨蔷云!"她闭上眼,再睁开,咖啡色退去了,她看见苏宁站在她的床边。

"杨蔷云!"苏宁的脸上有惊慌的神色,上衣没有穿好,领子埋在里边。

蔷云打了个哈欠,打得两耳嗡嗡地响,推开被子坐起来,垂着头嘟囔地说:"困。我怎么睡在郑波床上?"

她睡的时候连湿衣服都没有脱,漂亮的衬衫和裙子揉皱得像老太婆的额头。她的脸被枕头上的绣花刻上了红印子,小腿上还有泥巴。她用两手扶着床沿,嘶哑地问苏宁,"什么事?"

"我要告诉你点事。"苏宁小声说,同屋的同学还都睡着。

蔷云重重地点头。她穿好鞋站起来,没站稳,扶了苏宁一下,又坐在床上。

"你怎么了?"

蔷云现在完全醒了,她用手指画着圈说:"我觉得什么都在转。"她咳嗽,笑着。

苏宁给蔷云拿起脸盆,蔷云道谢接过来。

太阳还低,雨洗过的、鲜嫩的小草拖着很长的影子,地上存着一处处的水坑,缓缓地蒸发着。学生会的两个告示被雨打下来,悲哀地躺在地上,墨迹不清了。天空清澄澄的,只是在远远的南方有一列扇面形的云。彻夜狂欢的人们正做好梦,汽笛、钟声、电铃都不响了,只有电车的"当当"声时有传来。经过热火朝天的五一,这一天显得特别宁静,正像经过昨夜的大雨,第二天的空气显得十分净洁。院子里只有工友老侯和一个男孩子在一起玩耍。

"新娘子!新娘子!"那个穿着背带短裤的男孩向蔷云拍手。

"什么?"

"这是校长的儿子,他看见谁穿得漂亮就说谁是新娘子。"老侯愉快地解释说,他好像不记得与蔷云有过芥蒂。

苏宁凑近与那孩子玩,蔷云跑着洗脸去了。

蔷云洗完脸,她们到新盖的教室楼的阳台上去,从阳台上,可以看见密密的干净的灰屋顶,空空的大操场,扎着彩牌楼、插着国旗的校门。远一点,还可以看见路口的转盘和转盘上勤劳的交通警。看见左右指挥着的交通警,蔷云联想起昨夜的旋转来,她回忆着狂欢一天的情景,笑着,轻轻叹了一口气,"五一呀,又过去了。"

苏宁躲避着阳光,她拉蔷云坐到阳台的一角,没头没脑地说:

"杨蔷云,你说我该怎么办?这算不算犯法呢……"

"什么事?你从头讲。"蔷云说,她搓着小腿上的泥巴,脑子里总留着雨夜、灯光、旋转的印象。

"昨晚上我原来告诉家里十二点以后再回去,因为雨老是不停,我又累,十点钟就往家走了。走到家,门关着,奇怪的是,小旁门开着。那是个铁门,解放以来就上死了,没有开过,今天怎么开开了呢?我走到小旁门边,还看见一辆手推车停在不远的地方,上边搁着好些油布。我奇怪得不得了,从小门进去,看见放旧东西的西厢房亮着灯。西厢房过去停过我爷爷、奶奶的棺材,平常总是上着锁。我想也没想就走进西厢房,看到了两个人……"

"谁?"苏宁的话驱散了蔷云的美好又略带忧郁的节日回忆,她惊奇地抬起了眉毛。

苏宁接着告诉蔷云,她看见了自己的父亲和一个陌生人。最使她吃惊的是,屋子里放满面粉,至少有几百袋。有一部分是新放上的,那陌生人肩膀上搭着布,昏黄的灯光照出了浮动的面粉与尘土的雾气,可以嗅见生面的气味。苏宁的到来使他们像被针刺了似的警觉地转过身,脸上露出惧怕和凶狠的表情。苏宁的爸爸认出了她,厉声问:

"你来干什么?"

"我?看……"苏宁慌乱地说。

"看什么?"

"我看见灯亮,就进来了。"苏宁解释着,她在昏黄的灯光下看见了垫在地上的木板,四角放着的老鼠夹子,和一条长板凳上搭着的许多空面袋。她想打量清楚那个陌生人,但陌生人转过身,钻到面袋垛后面去了,一声不吭,像并不存在一样。

"出去!"苏宁的爸爸命令。

"爸爸,咱买这么多面干什么?您哪儿吃得了呀!"苏宁镇定了一下,问。

"你不用管,你走吧。"他稍微和气了一点,再驱逐一次。

"我想他们是在做什么犯法的事情,"苏宁抓住蔷云揉皱了的衬衫,"吓得我怎么也睡不着,天安门前大家狂欢,我们家……我躺了一会儿又起来去看,西厢房灭了灯,小旁门锁得紧紧的,我甚至于怀疑刚才是自己的幻觉。天不亮我就醒了,去看那个铁门,果然有开过的痕迹,我害怕……"

"怕什么?检举吧!可是你爸爸为什么这样?现在,一般的资本家……"

"他不是'一般的'资本家,你不知道,"苏宁发愁地把眉头锁起来,"我听母亲讲过,二十多年以前,他在东交民巷干一宗特殊的职业——鉴别银元的真假。他右手拿着一叠银元,往左手一倒,如果里面有铜制的假银元,光听响声就可以把假的挑出来,倒手当中,如果听出假大头,只要用中指一弹……后来日本人来了,他开土膏店,你不懂? 就是卖大烟。后来国民党来了,开营造厂,直到最近……现在名义上是在家赋闲。我记事的时候,他已经很有钱了,但是仍然吝啬得要命,每天晚上吃完晚饭,他就坐在沙发上数小票,把零钱一沓子一沓子理好,这是他最大的快乐……他只念过初小,但是日本投降以后,他花了好些钱去一个私人补习学校学英文,那个开补习学校的是个骗子,拐了一堆学费以后跑了……他说他一辈子只吃过这么一次亏……"

蔷云站起来,她气愤地来回走动,在她的生活里还没有遇见过这种人。她扶着阳台的扶手,又去看那清洁的街道。她带点心痛地想,难道这样美丽的街道上,也曾经走过那样的人吗?她想起那个人的秃顶平头、旧袍子……忽然,她看见郑波正从这个阳台下走过,她大声招呼郑波。

郑波一跛一跛地跑到阳台上,她已经把最朴素的蓝制服换上了,她的眼睛火热地略带不安地闪着光。

"小杨,你活着回来了?哎哟,眼都睁不开了。啊!苏宁,你这么早就来了?"

"郑波,你看这事该怎么办呢?"蔷云问询地看看苏宁,苏宁点头,于是蔷云把苏宁刚才告诉她的事讲给了郑波。

"我认为应该写信去检举。"蔷云最后说了自己的意见。

苏宁苦恼地看看蔷云,又看看郑波。

"解放都四年了,这个人怎么搞的?"郑波说。

"她爸爸不是'一般的'资本家……"蔷云告诉郑波。

"如果他做了犯法的事,你愿意检举他吗?"郑波问苏宁,她也坐下来,对着苏宁,轻揉着自己的腿。

"当然……"苏宁小声说。

"你再想想吧。你还是试着劝劝他,跟他挑明了也没关系。你告诉他,做坏事终于会被发现的,那时候他就得受严厉的制裁。如果他不听,你再写信。"

"苏宁,你一定得跟他们做斗争!"蔷云气愤地说:"你这个家庭害过你,你不要心软……"

"我不能眼看着他做坏事,如果我包庇他,自己也就不是好公民了,你放心。"然后苏宁小声地单独对蔷云说:"这次,我,不会让你失望……"

苏宁走了以后,郑波问蔷云,"你什么时候回来的,睡没睡觉?我半夜坐在你床上等着,等着,后来睡着了。"

"我跳了一宿舞。"蔷云带点得意的神气转一转眼珠,"我那么跳,那么跳……"蔷云伏在阳台的扶手上,自己笑。

"干吗笑?"

"我笑……大雨……舞……有意思极了!"蔷云转过身,背手靠着阳台,她的脸因为笑已经绯红了,她说:"昨天,你干吗对人家田林那样呀?让他淋着雨,在天安门罚站。"

太阳升高了,五月的天空像玻璃般地发光,暴雨以后的太阳,以一种击败了阴云的得胜气概毫无阻拦地射出强烈的光和热,郑波不回答蔷云的话,她解开蓝制服的最上面的一个扣子,说:"热了……"

"你告诉我,你和田林是怎么了?我看得出来,你们昨天都……"

"不说他了,不说了。"郑波摇着头。

蔷云不言语,但她实在按不下自己的关切,而且,她觉得她应该为那个被雨淋透了的田林做点什么,于是她说:

"虽然我不了解,但我觉得田林是个好人。你昨天……"

"别说了。"郑波用颤抖的声音说,她默默地看着蔷云,脸上的肌肉收缩着,好像有什么虫子爬过。忽然,她甩过头,没有理蔷云,从阳台上下去了。

二十九

离学校还有好远,黄丽程已经听见悦耳的音乐声和阵阵的锣鼓响,看见了校门口插着的彩旗,和站在门边、含着手指瞧热闹的孩子。她不由加快了脚步,小跑着走到自己的母校——在这里她度过了学生时代,进入了战斗的人生。

门口有热情的服务员,她们拉着黄丽程的手,要她在签名簿上留名。她走到签名桌旁,看到正在签名的旧同学阿刘,她拍了一下阿刘的肩膀。

"哎呀呀,老天爷,你来了!我当是你不来呢,在哪儿工作?你胖了,不,瘦了……"

"一进门就碰见你,太高兴了,从解放以来就没见着面。"

"不,不,那次太和殿开大会,我看见你了……"

和久别重逢的老同学们谈笑着,黄丽程往里面走。学校布置得焕然一新,横幅上大字写着:"欢迎姐姐们返校!"教室的窗上装饰着纸花、绸带和丝线缠的"粽子",影壁的背面张贴着壁报——"纪念五四青年节与返校日"专刊,报头鲜艳得刺人眼睛。扫除也做得非常彻底,地面像用毛巾擦过,即使在这儿赛马也不会扬起一点尘土。初中的孩子们用羡慕和害羞的眼光看着她们的校友,有三个人商量了一下,推出一个梳小辫的黑黑的孩子,她跑向黄丽程,问:

"大姐,您是……飞行员吗?"

"不是。"黄丽程让她问得莫名其妙。

"您是作家？劳动模范？勘探队员……"

黄丽程明白了，这三个队员想在校友中寻找一个从事某种不平凡的劳动的人，于是黄丽程抱歉地告诉她们，她现在做的是平凡的机关工作，并且答应她，如果在老同学当中发现了飞行员之类的，一定负责给她们介绍。

看到了曾经在这儿生活了五年的地方，看到了在这个旧地方开始着自己的新生活的初中学生，黄丽程兴奋起来，却又被些微的惭愧扰乱了情绪。众多的回忆混合成为一种无法克制的兴奋；而那惭愧呢，许是因为她回到母校的时候不是飞行员，也不是劳动模范吧？

"图书馆那儿举行校史展览，礼堂里现在正进行演讲比赛；然后是联欢，表演同学自己创作的节目。化学实验室里还有同学的科学工艺品展览，操场上正在赛球。您愿意到哪儿都可以。如果疲乏，您可以到教员休息室休息，那里有茶水，可是没有烟卷。"服务员向黄丽程介绍道。

按照服务员的指点，黄丽程先去图书馆看校史展览。一进屋，就听见郑波的声音。

郑波背对着门口，用藤棍指点，像那么回事地解说关于解放前学生自治会的活动：

"……这是自治会成立时候的选票箱，同学们在这个箱子里投了票，选举自己的组织，向国民党的反动统治做斗争。这是由于校方不允许成立自治会，同学们写的请愿书，这个请愿书上还争取到了一部分老师的签名；这个请愿书是解放后从伪校长的字纸篓里找出来的，左上部分已经残破不全了。这是自治会出的最后一期油印小报，这一期有自治会写的告同学书'迎接风暴'（当时师范大学刚刚被特务砸了），还有一位姓张的同学写的信'为何实验室没有仪器'和一位姓黄的同学写的诗'我们不能忍耐'……"

黄丽程的心猛地跳动了一下——那姓黄的同学就是她。所有的参观者都怀着一种庄严的心情，看着这些标志了一代青年的英勇斗争的小小证物。当黄丽程重新看到曾经看过不知多少遍的这些东西的时候,也觉得有一种巨大的力量从脊背上渗入身躯,在这种力量下面,血液飞快地流动。

"……这是一把刀。"郑波的声音激动起来,这时她已经看见了黄丽程,"一九四八年四月二十九日,我们自治会和六十五中自治会联合举行晚会,中途受到混进来的特务和学生中间的反动分子破坏。他们喊:'为什么不挂蒋总统像?''反对共匪间谍操纵自治会!'这是当时特务用来砍演员的一把刀,我校刘君曼同学,现在在教育部工作,被他们砍伤了腿。"

黄丽程捏紧了拳头。

解说完了,郑波跑向黄丽程,对她说:"我们轮流解说,我的任务完了。"黄丽程注意地瞧着郑波的头发,郑波把头发分开,用黑绸子系住——这是梳辫子的第一步。郑波也看着黄丽程的头发,她烫了发,弯曲而柔美。然后她们相视而笑。

"瞧我们学校多好啊……"

"咱们学校!"黄丽程纠正她。

"对!咱们学校。咱们学校完完全全地变了,你这个没有良心的校友也不来看看!东院盖了新的教室楼,西边把那个药铺买了过来,扩大了操场,同学有一千多人了,你在的时候只有四百……"

郑波在校史展览会上进行解说的热情还没有消失,她用鼓动性很大的话向黄丽程宣传学校的进步。黄丽程点着头,感到她的朋友的话比过去多了,过去是平静地流出,现在却是冲荡着涌出来。黄丽程微笑着说:

"假如我能重新上一次中学,有多么好啊!"

"鬼东西,你藏在这儿!过三十分钟就该你去讲了,我还以为你躲在厕所……"杨蔷云拿着一只大梨,对站在浴室的镜子前边练习演讲的李春说。

李春的郑重的准备被蔷云发现了,她有点不好意思,口吃地说:"怎么?"

蔷云把那只拳头大的金黄的梨塞给李春,"刚才我到街上买纸,碰见一个推车卖梨的白胡子老头,他招呼我:'姑娘,吃个梨吧,不要钱。'我当他是开玩笑,没理他。他又叫,我问他,'卖梨不要钱,你这是什么意思?'他说:'怎么?不认得我了么?'其实到现在我也没认识他,他说他认得我,而且说一年半以前有次他在冰上滑倒了,是我把他扶起来的,他非说是我!后来我买了一只大梨,想了想,应该给你吃,吃了梨,待会儿你的话就特别清甜!"

李春抬起眼皮看蔷云,见她还喘着气,额头上流出了汗;又看看大梨,发光的表皮上均匀地布着酱色的小点点。李春感激地望着蔷云,笑了,手哆嗦着。李春用手使劲把梨掰开,和蔷云分着吃了。

蔷云一边吃着梨,一边闪出了一个淘气的念头,"我要做一个袁新枝式的人物。"于是她细致地审查了李春的脸面、服装,指出她的耳朵梢上还有点泥,然后用自己的欢快、轻松的神气鼓舞着李春,与她一起到礼堂去。

晚上,校友和同学一起吃饭,学校为校友们预备了更丰富的菜肴。

两个老同学正在倚老卖老地谈话:

"你看了她们的科学工艺品了么?我看了。现在的中学生真是了不得,我们那时候……"

"中学生未免太喜欢鼓掌了,她们欢迎我就像欢迎什么国际友人似的……"

一个穿着军服,梳着长辫,戴着抗美援朝纪念章的女同志去找袁先生。

"袁老师!"她深深地给袁先生鞠躬。

"啊!你……你……"袁先生慌乱地伸出手。

"您忘了我了吗？我叫李宝芬,一九四八年毕业的,有一次上您的课我偷着吃东西……"

"啊,啊。"袁先生答应着,其实袁先生碰到过的上课吃东西的学生也不下几十个。

一个去年才上大学的同学跑到高三同学的饭桌去：

"我不是校友,我是同学,我是中学生,我一直觉得自己还是中学生,我愿意在这边吃饭。中学多好啊,我愿意老当中学生。刚上大学的时候,我还哭了呢。我不习惯。大学里一到星期六就跳交谊舞,我是宁死不跳。文娱干事动员我,我就夹着《工程制图原理》去参加舞会,可是玛露霞①已经成了'跳舞之花'了,哼……"

黄丽程吃完了饭,走出门去的时候呕吐了,她恶心地咳着,没有吐出饭来,却吐出了许多肥皂沫似的水。几个同学围上了黄丽程,黄丽程弯着腰,扶着墙摇头说："没事,什么事也没有。"后来,郑波就拉着黄丽程去宿舍休息。

宿舍里没有别人。黄丽程进了屋变得活跃起来,她摸一摸床,敲敲墙壁,又打打窗户,她说："我在这个屋里住过……"

郑波关心地看着她,"你生什么病了？脸色坏极了,黄得像蜡。"

黄丽程大笑："别吓唬我。我给你讲,高一的时候我在这个屋子里住。不信？那时你还没上中学。我的床就在这儿,"她指着门边现在空出来的一块地方,"我的旁边住着一位小姐,她的爸爸是立法委员,有一次,半夜里睡着觉,她忽然大哭,把全屋都吓醒了,她发着抖,像得了疟疾,哭着说：'你看,你看……'原来她在床上看见了一个土鳖！以后半夜里边经常折腾人,又哭又叫,只好把宿舍管理员和校医都找了来。有一次是因为梦见了一只猫,一次是因为天上打了个雷,一次是因为一个姓刘的同学打呼噜吓了她……听说她得了肋膜炎,死了。"

---

① 这是某个同学的外号。

"那时候的中学生……"

"没办法说。"黄丽程摆着头,感慨地说。

"丽程,你在我床上躺一会儿吧。"

"不用,我跟你来宿舍,是想聊聊,并不想睡觉。"

"那你也坐到床上去好不好?我有许多问题问你。"

"问问题?考试吗?"黄丽程玩笑地说着坐到郑波的床上,用手顺一顺自己的头发,斜倚在床上,自然地荡动双腿。

郑波拉了一张椅子,坐在黄丽程的对面,关心地注视着黄丽程的脸,她的眼角上已经有极细碎的放射纹,她的脸没有血色,好像血液被什么东西吸去了。郑波伸出一只手指,在自己的下巴上摩擦着。

黄丽程也用沉静的亲切的注视回答她,她们用这种注视代替了长久不在一起的朋友的互相问安,也各自用眼睛说明着自己的生活。郑波的眼光是天真的,期待的,开始成熟而火热的;黄丽程的眼光是询问的,微笑的,由于思索而带几分狡狯的。

"提什么问题呢?"黄丽程用手拍一拍被褥。

"你今天不来,我也要找你去了,我有几个问题。"

"什么?"

"第一个问题,"郑波迅速地笑了一下,用大拇指玩弄着上衣的第二个扣子,"为什么当我解说自治会的活动的时候是那样激动?比现在做任何事情……"郑波捏着手指,"为什么我遇到了解放前在一起的同志,和他们一见面好像比谁都亲切,更有感情……你明白我的意思吗?"

"懂的,我明白。"黄丽程把两手交叉在胸前,"在我走进咱们学校的时候,一个少先队员问我:'您是飞行员吗?'她们梦想着各种美好的事情,她们很幸福。可我也不羡慕,我们在她们这种年纪的时候,已经尝够了生活的苦味儿,已经经受了一些风霜。严酷的斗争使一个人精神上升得很高,虽然我们只做了一点点事情,但是它给我们许多考验和锻炼。我这样理解你的话:要永远记住我们最初走向革命的时候所受到的教育,使我们不仅是在战斗中,而且要在和平建设中,不仅在冲破宪兵包围的时候,而且在烫着头发的时候,(她撩一撩头发)都有一样的火热的斗志。"说完,她又补充一句,"当然,这不容易。"

"可是我特别激动……"郑波又说。

"那就激动吧。"黄丽程笑了。

"第二个问题,"郑波站起来,转过头去,"如果都做对了,那么还会难受吗?如果互相都为了别人好,那怎么还会伤害别人?"

黄丽程敏锐地瞥了郑波一下,问着:"你是说爱情吗?"

郑波转过头,勇敢地说:"也可以。"

一刹那间,许多感触和揣测从黄丽程的心中掠过,黄丽程转了转眼睛,说了声"小鬼……"

"丽程!"郑波走过来,像小孩似的摸着黄丽程的领子,说:"我什么都告诉你,"但是她只说了一句"……田林……"就没说下去。

这时候,黄丽程的心情就像自己遇到了什么一样,她想起自己的表弟,想起他的瘦长的身体和闪光的眼镜片,她看了看郑波正预备梳起来的辫子,又说了声"小鬼……"她抓住郑波的手,站起来,来回踱着。

郑波脸上各种不安的表情已经消失了,她平静地等待黄丽程的回答。

虽然黄丽程已经结过婚,但她一直觉得郑波是小孩子、小鬼。现在,郑波却长大了,有了自己的爱情、自己的苦恼和自己的玄玄妙妙的问题。是啊,当然要长大的,女孩子……没有什么奇怪。不过,黄丽程究竟没有完全估计到。于是,她觉得光阴过得好快,而这种感觉在她自己结婚的时候却没有感到。

"怎么回事?"黄丽程右手扶着窗台,左脚抬起来放在右脚右边,问。

"回答我的问题吧。"郑波不想叙述。

黄丽程想了好久,一字一句地说:"你的问题好抽象,像是柏拉图向苏格拉底提出来的……你说什么?做得对和难受……生活是在缺陷和追求中前进的,做得对也可能并不是皆大欢喜。特别是初恋,"黄丽程轻轻地说到"初恋",好像回忆起什么久远的事情,"第一次爱情就像第一首诗一样,换来的眼泪往往和欢笑一般多。"黄丽程长出了一口气,"但是,没关系,如果有快乐,就接受下来吧,它使你幸福。如果难受的话,就去忍耐和克服吧,它使你坚强。然后,我们就成长了,长大了,变成大人了,小鬼……"

"你还没回答完。"郑波不仅是听着黄丽程的话,而且用心灵吸收着,像海绵吸收水分似的。

"没答完?"黄丽程想了想,"噢,你还说到伤害。伤害,我不明白。让我胡说一句吧,好心总会有好的结果,不管这有多么曲折……"

"第三个问题——我的问题很多,有人说我特别理智,你说呢?"

"理智?"黄丽程重复着,把椅子拉到放过她的床铺的地方,坐在那里,把头仰放在椅背上,眯着眼睛,看房顶,看窗外的新楼。她抬起头,忽然问:"你们的房顶怎么高了?"

"什么?"郑波不明白。

"我问,这间屋子是不是重修过?房顶好像比过去高了。"

"修过,刷过墙,糊过棚,换过玻璃,屋顶可还是那么高。"

黄丽程眯起眼又看了半天,她说:"也许我错了,我觉得屋顶好像变高了。我在这儿住的时候,它非常的矮,好像压在你的身上;也许因为那时候光线太暗,玻璃都不透明。这是一间很有意思的宿舍,冬天刮风的时候,门后头总像有人在哭,而等人睡醒了,脸上就会蒙着一层土。"

"是么?怎么这样的事从来没有在我们宿舍发生过?"郑波惊异地说。

"是么?"黄丽程也有一点惊异,"我记错了?没有,算了,我对这所学校和这个宿舍的记忆都已经陈旧了,没用处了,还是谈理智吧。

这样抽象地答问实在让我憋得慌。我只想给你提一个意见:只有合乎理性的幸福,才是真正的和巩固的。"

郑波睁大了眼睛。她用两只手在身后扶着床,支持着倾斜的身体,好像听见了一支美好的歌。不一会儿,她摇头了,坐起来,掸掸衣襟上的土,说:

"第四个问题是关于你的,而且非常具体。"

"关于我?"黄丽程用手掌指着自己,不明白了。

"告诉我,黄丽程,你为什么结婚呢?"

这个问题可把黄丽程问住了,她简直没有想到要向旁人解释自己结婚的理由,区政府负责婚姻登记的同志也没有这样审查过她。她说:"这算什么问题……"

郑波天真地把自己的想法告诉她:"我觉得,你是一个职业革命者……"

"难道结了婚我就变成职业新娘子吗?"黄丽程忍不住嘲笑说:"中学生同志,你究竟是个孩子!"然后她诚恳地走近郑波,"看看我吧,我还是那样。谢谢你,我知道你担心我结婚以后生活庸俗起来,这样的女同志并不是没有,但我不会!"她肯定地说,又半真半假地补充了一句:"说不定,早一点听到你提的问题,我就不去结那个婚了。"黄丽程狡猾地微笑。

当黄丽程离开她的母校的时候,已经是万家灯火。老师和同学们挤在门口与校友握别,校友们走了老远还回头招手。她们隔了好多年后重新在母校度过了这短短的一天,心头不由有一种温煦的感觉。最初大家走在一起,出了胡同,分开了,有的向南,有的向北……向南的到了道口,再分开,最后,每个人走每个人的路。

五月的夜,到处都有洋槐花的香味儿。平凡的、小小的花儿放出了比牡丹、玫瑰更清雅的酒一般的香气。散完了香气的花儿,落在人行道旁,在南风的吹拂下滚到墙角,或是等候第二天清道工人的收拾。空气显得纯洁、芬芳,而且明亮,走在这样的空气里,就像鱼儿游在水中。女孩子们已经穿上了短袖衬衫和短裙,她们的健康的皮肤在灯光下闪耀。黄丽程一路上想着郑波,想着旧日的友谊和爱情。她想起了自己的顾明,有一次与顾明一同去划船,好像也是个五月的晚上,水鸟擦着湖面低飞,顾明故意把船划得很慢,想悄悄地说点什么,黄丽程不容他说话,只是催他,"快!快!"于是顾明发怒似的拼命划,溅了自己一身水,又把水溅到黄丽程身上。划完了船,顾明像牛一样地喘着气,伸出手,已经布满了水泡。顾明问:"你怕我吗?"黄丽程摇头。顾明说:"可是,我有一点怕你……"

一个戴着旧草帽的老头儿走过来,他提着一个装满鲜红的草莓的篮子。黄丽程买了一些草莓吃,她喜欢吃酸东西。顾明出差到南方去了,已经走了两个礼拜,黄丽程突然初次十分想念起他来,而且是婚后并不常有的少女般的燃烧的爱恋。黄丽程想起今天的呕吐,在她的年轻的身体里,一个神奇的生命开始诞生了,这是她的和顾明的。

"青春呀……"黄丽程在一株洋槐树下停了一会儿,听着自己的心跳。

但是,她并没有诗人似的想很久,在回家的后半段路上,作为一个政治工作干部,她一直考虑第二天如何与一个令人挠头的干部个别谈话。

三十

　　五月七日下午,公布了参加五四各种比赛的结果,举行了发奖仪式。高三班的篮球队输了个一塌糊涂(篮球队的"台柱",她们班的大高个儿赶上了生病,没有上场)。合唱团得到了高中第三名的成绩,其实参加比赛的只有七个班,不过总算上了名次。

　　根据评判,大家认为李春的演讲内容丰富,声音嘹亮,态度也还自然。但是,政治教员指出她有乱用名词的地方;物理教员觉得她引用科学材料过滥,也欠条理;语文老师评论说:"太洋味儿!"于是,决定李春参加讲演比赛的成绩是第二。

　　李春听着念到第一名的名字不是她,脑袋"轰"的一下,几乎想从发奖仪式上溜掉。第二名是她,她说不上是悲是喜,领来了奖品——精装的"美术日记",看也没看,高兴又高兴不起来,失望又失望不下去。但是,等她们回到教室,却受到了同学们的热烈祝贺。大家鼓掌欢迎她和苏宁,袁新枝代表班委会和她们握手,说:"这是我们班的荣誉。"苏宁带回一面小锦旗来,说实话,锦旗是用红布做的,不高贵也不漂亮,但是同学们马上把凳子一层层架好,蹬在上面,把锦旗挂在墙壁最显眼的地方。李春的美术日记也被大家传看,夸奖它装帧很精美。一个同学说:"明儿我也买一本去。"另一个向她撇嘴,"你买算干吗的?人家这是奖品,意义不同寻常!"李春在这种气氛中渐渐快活起来,心想:"不容易呀,她们说我给本班带来荣誉了!"于是男孩子般神气地把手插在裤袋里。

只有周小玲很可怜,谁也不理会她,她听见有一个人问:"篮球怎么样?"另一个人答:"甭提了。"她躲在大家后头看着微笑的苏宁和快活的李春,拿起一管铅笔咀嚼着,像嚼一块关东糖。她的舌头变黑了,而且在铅笔杆上咬掉了漆皮,新木头上显出了深深的牙印子。

大家庆贺完毕,李春招呼蔷云:"我伯父刚好给我寄了点钱,咱们去买点吃的吧。谢谢你,这次讲演当中,你给我的帮助非常大。"

她们走进果子铺,李春问:"你喜欢吃什么呢?今天按你的意思买。"这问题却不好回答,因为蔷云说过,"凡是能吃的东西我都爱吃。"蔷云两眼扫着各种干果鲜果,想挑一种便宜的东西,她看见了一种当她上小学以前常吃的零食——老玉米花。杨蔷云指着老玉米花说:"我爱吃它。"李春告诉营业员:"买五千块钱的。"营业员吓了一跳。平常,都是很小的孩子来买一百二百元的,怎么她们要买五千的?李春又说:"拿五千的。"于是营业员找了两个大的纸口袋,每个口袋有半个面袋大,装满了老玉米花,杨蔷云与李春各自捧着一大口袋出去了。

杨蔷云不禁大笑,"你真抽风,怎么真买这么多,一只手捧不起来,吃都没办法吃!"

李春不用手的帮助,低头从口袋里叼起一颗,向蔷云示意:该这样吃。蔷云说:"咱俩趁早别在大街上走了,否则人家非把咱们当成卖老玉米花的不成。"

李春嚼着老玉米花,含糊地说:"我买东西向来是集中力量解决主要问题。不像吴长福,她一千块钱能给你买十样东西,一百块钱买一样!"

老玉米花虽然多,吃起来也很快,她们吃了一部分,把剩下的放在衣袋里,腾出了手。蔷云问她:"你讲演胜利了,挺高兴吧?"

李春不回答,她手心里拿着一把老玉米花,玩玩意儿似的一个个地扔到嘴里,装满了嘴巴再一下子吃掉。她问蔷云:"是不是就可以高兴起来了呢?"

蔷云疑问地看着她。

李春爽快地说:"我想,这很有意思。演讲比赛,得第二,还有奖品、袁新枝的握手和你的大梨,包括咱们俩现在吃玉米花。天气好像变了。去年,我在班上成了最倒霉的人物,'除外'的人物,特别是被你讨厌。团分支会上要我检讨,我谈了什么你必定跟着反驳……寒假里,我和袁先生谈过,我想:何必呢?我就改正一下缺点吧,那怕什么?于是我改正了,你们对我也好些了,似乎看见了:我除了该批判的缺点以外,也有仿佛像优点之类的东西。我念书,照样努力。对同学,决不再有不敬的行为。做物理研究组组长,也干了活儿了。让我参加讲演比赛,遵命准备。这样,我就算有了一定的进步了吧?"她挑战地看看蔷云。

蔷云停止了吃老玉米花,她的思想没有李春这么快,从演讲得第二到老玉米花以及其他等等。她扶着电线杆站下了,等待李春说完。

李春仍然机械地把玉米花一个个地运到嘴里,继续一针见血地说:"你们硬想改变我是办不到的,要改变得等我自己改变,如果我想改变了,那就自然会好好地变。如果我高兴,也可以为集体做点事情。演讲比赛其实算不了什么,物理小组引起我很大的兴趣——我们的收音机快要做成了!"

她们继续走,蔷云掏出一粒玉米花,咬了半个,说:

"怎么搞的?小时候我以为这是天下最好吃的东西呢,现在吃起来却没多大意思。"

李春又口快地说:"也许上学期我们的争吵,像语文老师讲过的,是一部拙劣的作品的'误会法'吧?"

蔷云把那半个玉米花扔到地上,上下打量着李春,问:"你怎么了?"

"我没怎么。"李春不明白她的意思。

"我很想知道那本漆皮的'美术日记'对你的情绪起了什么微妙的作用……别气,是你开的头。我同意咱们应该团结得好,过去我对你有过分的地方,我承认。但是有一点,你缺少一颗爱别人的、真正崇高的心,这不是误会,心是不容易看出来的,但也隐藏不住!如果只是在表面上'为集体做点事情',却不爱这个集体,这种积极性难道可靠吗?你以为我不和你争吵了?等着吧,别那么放心!"

李春低下头来,她没想到这个时候蔷云还这样说她,真正崇高的心?李春的思想方法是简单的,她以为挨了批评就是倒霉,得了奖品就是顺利……她的简单的思想被蔷云几句话打乱了。于是,她敏感地意识到:在同学们特别是杨蔷云的帮助之下,才取得了演讲比赛并不令人满意的那么小小的一点成绩,就对着蔷云瞎讲上那么一通,那的确不太体面……

"那好得很,希望你骂我。"她带着笑容,向蔷云伸出手。

"干什么?宣战吗?"

李春点点头。她们握了手,蔷云最后还是与李春把老玉米花吃光了,吃得肚子发胀,两个人回去只吃了很少的一点晚饭。

下了晚自习,离睡觉还有半个钟头,宿舍里乱哄哄,大家铺床叠被,扫床洗脚,郑波找着蔷云一起到操场去。

初夏的多星的夜,可以看见低空闪过的电车弓子上的蓝火光,天上仿佛有神秘的雾气飘浮。垂柳的浓密的枝条,妩媚地波浪般地摆动,在黑暗中好像是女人的头发。

郑波坐在树底下,蔷云站在她的旁边,她们对面的篮球架,显得高大了,像耸立着的凯旋门似的。小胡同里传来卖夜宵的小贩的吆喝:

"硬面饽饽!"

工友老侯,干完了一天的工作,提着一木桶水从操场的一端走来,愉快地毫无顾忌地唱着京戏:

> 一马离了西凉界……
> 不由人,一阵阵
> 泪洒胸怀……

他走到近处,招呼了一声,"老郑,还没睡呀?"

对学生招呼做"老",这表示了很大的敬意。

郑波用两个松握着的拳头托住腮,远望着天上的星星,谛听着夜晚的各种聒噪,半晌也不说话。

"说吧。"蔷云体贴地耐心地说。

"我想给田林写一封信。"郑波背诵似的说。

蔷云屏住了气。

"我想告诉他,请他……以后不要找我来了。"郑波诚恳地看着蔷云,似乎没有蔷云的允许她不能这样做。

一只蝙蝠从柳树上飞过,像流星一样迅速地消失了踪迹。蔷云的心好像渐渐沉重,她问:

"怎么?为什么?"

郑波没有回答。

那个被雨浇成了落汤鸡的田林的影子出现在蔷云心里,她问:"他,不好吗?"

"不,他好。"

"你们争吵了?"

"没有。"

"你不满意他哪一点?"

"也没有。"

"那可为什么呢?"

郑波低下头,不回答。蔷云撕下一片柳叶,卷成了小哨,含在嘴里呜呜地吹着。

"别吹……"郑波无力地摆摆手。

"我什么也不懂,什么也不明白。"蔷云慌乱地说,"可是我觉得你是对的。"

郑波感激地握住了杨蔷云的手。

郑波给田林的信：

田林同志：

我该早一点给你写信，早一点问候你，早一点考虑到这些。但是我没能够，所以，我错了。

你直率地纯洁地向我走来，我从来没有这样的感动过。你的无瑕的好心肠，换得的是终生难忘的感激。如果我伤害了你，那就不可饶恕了。

慢慢地，事实告诉了我，"要考虑考虑啊，傻孩子!"五一夜晚归来的时候你对我说的，话虽不多，也可以完全明了。于是，我强迫我冷静下来，闭目冥思，我肯定：这是不可能的。

我还是个孩子。旧社会的困苦耽误了两年的学习，现在才上高三。祖国的伟大的建设刚开始，对青年的要求是高得无比的，而自己的知识是这样贫乏、可怜，即使咬着牙每天念二十四小时的书，我也觉得还差很远，又怎么能谈到别的呢?

我还是个孩子。我的生活还没有开始，田林啊，你说我做什么好呢? 我不能确定，在未来的伟大的社会主义建设中，我是去边疆探矿，还是在显微镜底下研究花蕊? 是穿着白色的医生的服装，还是手拿着板刷擦粉笔? 一切都没肯定，一切都只是准备、再准备，这个时候，我又能肯定什么?

在我们短短的接触中，我发现你比我已经成熟得不可估量。生活磨炼了你，你已经是走南闯北的"大丈夫"了，而我，我什么都不是。

我曾觉得，我们之间的了解超过了一切，但是难道已经"够"了么? 如果严肃而自然，又怎么能满足灵感式的知心?

十二万分地请求你，别伤心吧，原谅我! 你是勇猛的纯洁的战士，丢开一切，向前去吧。让我说句傻话，我看得出，你不是个平凡的人! 相信吧，你会取得美好的成绩。到那时候，我会不和你共享么? 不。

不多写,因为你坚强。过去、现在和将来,你我都是最好的朋友,光阴一天天地逝去,而永恒的友谊会受得住漫长的岁月的考验。没什么,生活有宽大强壮的翅膀,它永远不会使我们寒冷,永远会温暖着你和我。

再见!

郑波　5月9日

接到信以后,过了几天,田林给郑波打电话,请她星期六晚上到自己这里来。

田林理了发,刮了脸,洗了澡,换上最新的衣服。星期六整个中午,他忙碌地把自己的办公室扫除干净,还从总务科领来了新椅子。吃完晚饭,他出去买了茶和水果。

郑波走进田林的办公室,田林精神焕发地、很有礼貌地接待她,像接待任何一个来访的友人。郑波坐在新椅子上,房间的清洁程度使她惊异。墙上贴着一幅图,画着一个女教师和几个少先队员观看地球仪,背景是夏天的大树,远眺是纵横的阡陌。图旁挂着鲁迅半身像的石膏浮雕。办公桌玻璃板底下压着会议日程表、田林在南方照的一张侧身照片和一张从日记本上撕下的纸,纸上写着鲁迅的诗:

灵台无计逃神矢,风雨如磐闇故园。
寄意寒星荃不察,我以我血荐轩辕。

朴素的办公室给人一种恬静愉快的感觉。郑波看得出来,田林刚刚用心打扫过这间屋子。不过也可以看出,田林并不是一个高明的"主妇":擦玻璃的抹布太湿,留下了泥道子;墙脚的棱子上的尘土,也没有清除掉。郑波笑了。

"你的办公室很漂亮。"

"谢谢你的夸奖。"他们一齐轻轻地笑。

田林随意地与郑波闲聊,谈笑,好像他与郑波中间并没有发生什么激动人的事情,他掩藏得毫无痕迹。过了会儿,郑波奇怪了,难道他找我来只是为了说几句笑话么?于是郑波问他:"接到我的信了么?"

"是的。"田林的脸上蒙上一层阴影。

"你……这两天高兴吗?"

"不。也没什么。"

"高兴吧,为什么不呢?"郑波恳求地说。

田林一动也不动地看着郑波,郑波换了一件工装裤,裤腿短了,露出细瘦的脚踝。郑波的年纪显得更小了。田林爱慕地看着穿工装裤的小郑波,努力把这印象深深刻在心里。他知道,以后也许没有很多时候和郑波在一块儿。他不敢再看下去,因为泪水已经在眼眶里打转。他沏了茶,把水果拿了出来。

"你做什么呀……"郑波对他的招待谦让着,同时脸红着从衣袋掏出几只香蕉,抱歉地说:"有的已经坏了。你吃么?"

"谢谢你。"田林接过香蕉,剥开了皮,他吃了一口香蕉,托了托眼镜,说:

"看了信了,就那样吧,谢谢你,请不要怪我……"

"我不怪……"

田林的态度异常平和,这是他和郑波在一起的时候从来没有的。他说完话,点起一支烟,悠然地喷出烟圈。郑波想起第一次在黄丽程的婚礼上和他见面时制止他抽烟的情形;现在,田林又抽烟了,但她没有再制止他。

"田林为什么这样平静?"郑波问着自己,心里不好受。

慢慢地,空气又活泼了,两个人聊夏天,聊什刹海游泳池,聊最近一期的《青年日报》。

在送郑波走的时候,他们听到了礼堂里飘来的舞曲声,田林说:"有工夫来跳舞吧,我们星期六常有晚会。"郑波笑着摇了摇头。

郑波骑上车回身招手,田林跑过去,"握握手吧。"郑波一手扶着车把与田林握了手。田林回过头,奔跑着回去。在握手的时候,他的全部抑制着的眼泪,像泉涌一样地流出来了。他回到房间,抓住自己的头发,伏在桌子上,一动也不动。

当自行车的轮子飞快地转动起来的时候,郑波经历的全部意义,全部激动,付出的全部代价,也就愈来愈明显了。

郑波捏着闸,避开周末夜晚的车辆,穿过繁华的街。霓虹灯组成了耀眼的彩色图案。食品摊上琳琅满目:红色的山楂糕又嫩又鲜,切成了整齐的长方体;连着枝叶的荔枝装在篓子里,浮面的几个剥去了皮,露出多汁的、半透明的、富有诱惑力的果肉。霓虹灯下,水果摊旁,围着一圈一圈的初换夏装的年轻人,他们的没有拘束的笑声,使一切显得那样美满……

为什么郑波不能够静静地享受这奔流不息的生活的美妙?为什么她的心不能平静?为什么她要使田林——她所尊敬和喜爱的人含泪走开?难道事情不能是另一个样子么?假使……啊!

随着思想和感情的冲击,车子已经远远地离开田林那里。

"但那不是我的,还不是我的!"郑波坚决地想。

"吱呀"一声怪响,自行车的后轱辘卡住了,胶皮带紧贴着后叉子,车轮受着摩擦,骑不动,也没办法推;天晚,找不着修理车的摊子。郑波只好把车扛起来,费力地往前走。一会儿胳膊酸了,她喘着气,流出了汗,她想起田林最后与她握手时候的痛苦的凝视……郑波把牙齿咬得紧紧的,就这样,她扛着车,一步一步地艰辛地走到学校。就这样,她平复了少女心灵上的初次微波。

三十一

过了五一节,呼玛丽像石头一样的沉默,她躲着全班的同学,特别躲着郑波(郑波原来为了她去参加游行而欢喜过呢)。每天一下课,还没给老师鞠完躬,她拿起书包就走掉了。校庆那天,她也没到学校来。

郑波和平常没有分别地找她一起做功课,她惶恐地摇头,要走,郑波问她:"怎么,你?"她说:"原谅我!"

郑波放心不下,她又找了一个机会,追着呼玛丽问:"告诉我,为什么你不理我了? 我做错了什么事情?"

呼玛丽着急地说:"不,没有……"

"那为什么?"

"因为我的神甫……"呼玛丽终于说了,她像等候裁判似的仰视着郑波。

郑波明白了。

"我不懂,为什么一个神甫要离间我们同学之间的感情?"郑波气愤地问。

"你说什么?"呼玛丽害怕了。

"我说他离间! 他这样做是不对的。我没有说过你的神甫的坏话,他不该禁止你和我做朋友。我知道,天主教并没有规定教徒应该没有朋友,没有同学,只有孤独……"

"别说了……"呼玛丽咬紧了下唇,"郑波,我知道,你是好人,你比谁都好,你为了我好……但那是不行的,我不能不听我的神甫的话,等一等,再等一些时候,我要把你的品德告诉他,我要去求得他的允许,可是……"

"不,不要把我告诉你的神甫,我觉得他不是好人。"郑波沉重地说。

"啊?"呼玛丽倒吸一口气,离开了。

在郑波去田林那里以后的星期一,呼玛丽没有到学校上学。

中午,校长把郑波找了去。

校长不慌不忙地让郑波坐好,指点着新买的画叫郑波品评,给郑波倒水喝,和她闲聊着班上的事情。郭校长看着郑波,有一种模糊的、或许有些"狭隘"的感情。郭校长不仅是校长,她还是党的支书。她各种工作太多,过组织生活又经常与学生中的党员分开,用她的话说:"对这些'小'党员关心得太少。"但是,她爱这些年轻中学生里边的党员,因为她们对党的事业忠诚,她们的精神成长得很快,她们在自己年纪轻轻的时候就担起了很沉的担子。她总觉得应该比对一般同学更多地为她们做一些事情,但是她没有做,于是,她在向郑波谈工作之前,补偿般地亲切地与郑波闲谈,亲热地笑着。

"你瘦了!"校长像母亲似的说。

"没有。"郑波否认。

"你的生活怎么样?我听说……"

郑波简单地把田林的事告诉她,并且说:"这一切都已经成为过去……"

"噢,"校长的嗓子响了一下,"为什么不一起玩了呢?"她用手指轻轻地敲敲桌面,迅速地说:"你做得对,这样好。我们谈别的吧,呼玛丽今天来没来上课?"

"没有。"

"那就是了。"校长小声说:"公安局来人说,今天早晨,把她的监护人——天主教神甫李若瑟逮捕了,李若瑟是潜伏的反革命分子。"校长站起来,把门关紧,皱起眉头说:"他们讲,呼玛丽表现得很不好,在抓李若瑟的时候,呼玛丽抱着李若瑟哭,对公安人员的态度也非常坏,他们想了解一下,呼玛丽本人有什么问题……"

郑波稍微有点紧张地想了想,她肯定说:"没有,我觉得呼玛丽是个好人,她很不幸。"

"嗯,"校长点点头,"我也是这样想,如果呼玛丽怨恨我们,那只是因为我们的工作还没有做到家,没有把李若瑟这个坏蛋的影响从她脑中清除。解放才三年多,她跟着李若瑟已过了十来年,解开束缚在她身上的绳索,并不容易。可是现在好了,把李若瑟这个坏蛋抓起来了!"

"我觉得呼玛丽已经不错了,我们常在一起聊,今年五一游行她也参加了。但是近来,她又和我渐渐疏远,她自己说,李若瑟不让她和同学们接近。"

"我们偏偏要去接近她。我已经跟你们班主任研究过,下午,你再找个同学,跟袁先生一道去看看她吧,还不知道她一个人会怎么样。无论如何,我们得耐心,一百个耐心,一个孩子到现在还不了解自己的祖国,那是痛苦的……"

从校长室出来的时候,郑波坚信地保证说:"呼玛丽一定会好起来。"校长用感激的眼光目送郑波出去。

李春、郑波和袁先生去看呼玛丽。他们走得很快,间或谈论几句,各自思忖着怎样进行这次不平常的访问。李春看看郑波,又看看袁先生,对要做的事产生了新鲜的感觉。她想她可以易如反掌地帮呼玛丽补上一天的功课,同时她也愿意以自己"好学生"的威信和机智的口才去鼓舞、劝说呼玛丽。袁先生努力迈着大步,他有些跟不上,多少年,他访问过各式各类的学生的家庭——偷窃者、阔小姐、半白痴的年轻人……但是他还摸不准呼玛丽这个虔诚的教徒的心,他有些不安,怕做不好。由于连日没睡好,郑波有些疲乏,她仍然时不时地揪着心想起田林,因而——谁知道——她急迫地想给呼玛丽做一些事情。他们拐了几个弯,走进一个死胡同,到了。

呼玛丽的"家"门口挂着一块破旧的牌子,上写"圣鲍斯高①苦修会"。一个持枪的公安战士站在门口,使李春他们吃了一惊。他们说是找呼玛丽的,战士含笑挥手请他们进去,对于出入、找人,并没有任何限制。这个院落前边住着几家三轮车夫、鞋匠和给白塔寺的丑角演员"大妖怪"敲锣的"乐师"。他们疑惧地打量着郑波等三个人,回答他们的询问,告诉他们呼玛丽和李若瑟住在最后院。去后院的路口,三个穿得破烂的孩子偷偷扒着头看院落里匆匆工作着的公安人员,小孩子把呼玛丽住的东屋指给她的老师和同学。

"呼玛丽!"郑波叫了一下,没有应声。

他们走进那阴暗而潮湿的小屋,拥塞的杂物压迫着这三位客人。他们进屋的时候,呼玛丽侧卧在床上,蜷曲着,背对着他们。床边是一张跛腿的桌子,在凹凸不平的桌面上放着一个大窝头和一碗萝卜汤,几片萝卜漂在没有油的盐水上。窝头掰下了一块,但是没有吃,放在萝卜汤旁。袁先生又招呼了一声呼玛丽,李春也说:"瞧,袁先生来看你了。"呼玛丽无声地转过身,坐起来,呆呆地看着他们。

呼玛丽的神情使他们战栗了。她的头发散乱,眼睛红肿,脸上布满黑一道白一道的泪痕。她的嘴唇干裂,好像咬出了血。她的显得肥大的衣服揉皱了,斜拧着,好像要从瘦弱的身体上脱落下来。这一切,尤其是呼玛丽呆滞的眼光包含着的深重的忧伤和莫知所措的茫然神情,以可怕的痛苦的力量刺激着她的同学、老师的心——他们已经多么习惯观看年轻人健康的幸福的笑脸啊。

"呼玛丽同学,你身体不好吗?今天你没去上课,大家都很不放心……"袁先生首先说。

呼玛丽不回答。

---

① 鲍斯高:圣徒名。

"呼玛丽,我帮你补上笔记吧,今天外国史讲得特别多。"

仍然不做声。

没有比沉默更使人难受的了,呼玛丽的沉默好像千斤重担似的压在他们三个人的肩上。李春鼓起勇气走近呼玛丽,拍她的肩膀,大声问:

"你怎么不说话呀?袁先生也来了……"

"我说什么呢?"她嗓子的嘶哑使她自己和别人同样地吓了一跳,她推开李春的手,恨恨地说:"我不去上学了,今天不去,明天也不去,再也不去学校了。"

李春往后退了。

"呼玛丽同学,你的情绪不太平静,我们知道。你好好休息一下吧,明天到学校来。政府逮捕反革命分子李若瑟,这并不干你的事,你是个肯努力的、用功的学生,眼看就要毕业了,你的前途是光明而且是远大的……"

"先生,您说李神甫和我没关系,"呼玛丽打断袁先生的话,用从来没有的抵抗神气争辩着,"您这是凭什么说的?我要问,政府是不是要消灭天主教?"

"当然不是。"

"那为什么要逮捕我的神甫,我的亲人李若瑟?"

"如果他犯了法,如果他做下了反革命罪行,那不管是神甫还是别人,都要受国家的制裁。"

"那么我呢?"

"你是个爱国学生,你应该拥护政府的措施,为混入教会的反革命分子的被清除而感到庆幸……"

"庆幸?"呼玛丽悲愤地喊起来,一向温顺的、难得说几个字的呼玛丽叫喊起来了,这是可怕的。她嘶哑地一边哭一边说话,悲痛哽塞着喉咙,"庆幸?先生,你们多么轻松,多么快活,你们庆幸吧,让天主保佑你们的快活吧……但是你们知道我的难过吗?一个无依无靠的孤儿,一个谦卑的天主教徒,你们知道她的难过吗?"呼玛丽被眼泪所窒息,摇晃着说:"郑波和李春,我的同学,我和你们不一样!你们有爸爸,有妈妈,"呼玛丽痛苦地说着"爸爸"、"妈妈"这两个十分生疏的词儿,"他们疼你们,爱你们,养活你们,天冷了给你们盖被,生病了给你们煮水,可是有谁告诉我我的父母是谁么?啊,我也活了,也活下来了,也长成了人,也能和你们这些上天宠爱的幸运者在一起上学。我靠什么?只有靠教会,靠神甫。我从五岁就开始劳动,绣手绢累弯了腰,洗衣服磨破了手。五岁!知道吗?那时候你们也许还在妈妈怀里吃甜饼……十几岁,我几乎被嫁出去,谁救了我?若瑟神甫。到现在,我一无所有,没有棉袄,棉裤穿了五年,大雪天露出了通红的小腿。没有文具,写字的时候去借人家的钢笔。没有钱,没有亲人……前些日子我吃了半块蛋糕,我以为那是天下最好的食物……为什么要说这个?别以为我怨恨自己的命运,不,不,我也快乐,因为我有天主,有信仰,有我的神甫。我的神甫用天国的光辉照耀着我,使我坚韧地活下去,但是……"她愈说愈激动,已经泣不成声,"为什么,为什么要逮走我的神甫呢?!"

她伏在床上,凄厉地哭着,慢慢变成含混的呜咽。她抓起肮脏的床单的一角,擦拭眼泪。

呼玛丽的爆发似的诉说,感动了那三个人,他们的眼泪仿佛也已经涌上来,袁先生不忍地摇头和叹气。而呼玛丽最后得出的结论——归结为对李若瑟的忠实的信仰和爱,却又荒谬得令人气恼,半天,谁也说不出话。

呼玛丽一跃而起,她给袁先生鞠躬,又向着郑波,向着李春,拉着他们说:"谢谢您,袁先生;谢谢郑波,好郑波;谢谢李春。请你们可怜可怜我,咱们一起去求求他们公安局的人,求他们把李神甫释放了吧……"

李春和袁先生像受了打击似的说不出话。郑波慢慢地抑制住千丝万缕的感触,挺身站起来,拉着呼玛丽的手,用自己的手拭去她的

眼泪,说:

"安静点,你安静点……"

呼玛丽向郑波叫:"我要我的神甫!"

"你错了,完全错了,你想想你有多么糊涂!"郑波摇着她的肩膀,说出每一个字,像吐出每一颗铅弹一样,"你过去的生活很苦,这难道是共产党给你的?不,正是我们的伟大的党,她要擦干我们的眼泪,给青年缔造幸福!你说得不对,五岁的时候我没有在妈妈怀里吃甜饼,那时候我和妈妈一块为我的爸爸烧烧纸,我爸爸被美国吉普车轧断了肠子……"郑波沉默着,她等待那阵痛似的激动过去。

这时李春沉重地说:"五岁的时候,我也没有父母了。"然后她用手蒙住了自己的眼睛。

"……在旧社会,哪一个儿童也不幸福。"郑波接着说:"可是现在呢?五一晚上我们跳了一夜舞,同学见了同学就笑个不住,所有的童年的难过的记忆,就像太阳底下的冰雪一样,消失得没有踪迹……当然,你比我们要苦许多,我们对你的关心也太少,那正是因为李若瑟害了你,李若瑟是你最大的敌人。他迷惑你,威吓你,束缚你,使你不能畅快地生活在美好的新世界……你住在解放了的中国的首都,却不了解自己的祖国。你在女七中念书,却像处于咱们班之外,甚至于,你都不敢和自己的同学谈话,大家也没法帮助你。亲人,咱们班的每一个同学都愿意做你的亲人,但是李若瑟叫你把所有的朋友推出去,李若瑟从精神上踩躏着你,杀害着你,你却为这个大罪不赦的坏人求饶恕!"

郑波严厉地,不带任何怜悯地直视着呼玛丽。

五一以来,所有的动摇、意外、恐怖和悲哀,已经把呼玛丽弄昏了。整个的世界在她眼前都翻了个儿,天空摇摇欲坠,即使一张桌子、一把椅子,也变得歪歪斜斜,加在呼玛丽身上的残酷的生活,使她朦胧地渴望着抵抗和斗争,或者大哭一场也好。李若瑟被逮捕了,她的苦恼,她的怨恨一齐转向了党和政府,于是恭顺的呼玛丽向党咆哮了,然而,郑波用坚决的手止住了她。

也许李若瑟对她的"好处"其实很有限,也许她未尝没有不满意过李若瑟,但是由于失去,由于事变的发展大大使她意外,就使她百倍地觉得可贵。多少年来,她的心目中的李若瑟,是天主的使者,是圣母的洁德的化身,她向李若瑟跪拜,就像向耶稣基督跪拜一样。可怜的孩子,用你的虔敬的心去美化那本来丑恶的骗子,去填补对于圣洁的渴望,结果不是常常把自己欺骗了吗?

当呼玛丽受着郑波的驳斥的时候,她的头麻木了,好像有无数的肉眼不能见的小针扎在她的脑子上。

她僵硬地回身坐下。

"郑波说得对,"袁先生咳嗽着说:"我知道,你把你的整个的心都交给宗教了。青年人都是热情而且真诚的,可是你也要提防那些披着宗教外衣的特务,披着羊皮的豺狼,这样的人我也接触过,他们口口声声讲着上帝,实际上,他们最卑劣……"

呼玛丽没有听完袁先生的话,她眼睛里的悲痛和怨恨的火渐渐熄灭了,只剩下黯淡的疲倦的神色,呼玛丽先用一只手支持着自己,慢慢地头垂下了,倒在床上,昏昏沉沉。

过了会儿,郑波走近去看她,小声说:"她睡了。"把被子给她拉上。

"我给她补上笔记吧?"李春问。

"她还没吃饭呢。"袁先生指一指窝头和可怜的萝卜汤。

他们三个人悄悄地议定,李春替呼玛丽抄上笔记,袁先生出去给她买点心,郑波回学校拿被褥,陪呼玛丽睡一宿。最初李春坚持郑波面色不好,还是由她来照顾呼玛丽,但是郑波觉得自己还可以和呼玛丽谈得来,于是,那样决定了。他们还商量好,明天一早就劝呼玛丽搬到学校去。

……夜里,呼玛丽醒了,她看见了地下睡着的人。郑波不等问就起来,说:"我是郑波。"

"你为什么睡在这儿?"

"怕你不舒服,有什么事。你快吃点东西吧,这都是袁先生给你买的……"

呼玛丽摇摇头,用她火热的手拉了一下郑波的手,忽然,她探身坐起来,问:"那是什么?"又无力地躺下了。

郑波看看四周,什么都没有。这时,呼玛丽又说:"你走吧,走吧……噢,怎么这么疼……"她摸着自己的头,辗转着。

"睡吧,我的好朋友,"郑波一个个地抚摸着她的手指,"别惊慌,一觉睡醒,什么都亮了,什么都好了,一场噩梦也就过去了。明天,一早,咱们搬到学校,听吴长福说笑话,看周小玲打篮球,或者,干脆我们也去玩玩篮球,然后袁先生给上课,袁先生讲得多好……"

呼玛丽不再动,她不时地抽噎着,像一个挨了打的满腔委屈的小孩子。慢慢地,呼吸平顺了,所有的痛苦、怨怒和破碎的语句,一齐消失在低沉的黑暗中。郑波也困了,她打一个哈欠,久久地张着嘴,她忘记了自己在做什么。她躺在地上,地不太平,又有些潮,她细心地听着呼玛丽的呼吸。

三十二

当李春给呼玛丽补完了笔记,离开那窄小的屋子,回绕在曲折的小胡同里的时候,她的心愈来愈觉沉重。李春向来怕别人哭,一看见眼泪就手足无措。呼玛丽哭得多么伤心啊!这个和她在一个教室上课,一个时间交作业的普普通通的呼玛丽,却有那么多辛酸的遭遇,李春过去想也没想到。她对同学的了解,本来就超不过各人的考试成绩的范围,她只是把同学当做一起做实验的伙伴和竞争分数的对手。现在,一个人的生活的幕布揭开了,她看见了很多。一种质朴的、对于朋友的衷心的关心和爱护在她心底产生了,她给呼玛丽抄笔记的时候,每个字都写了正楷,没用过一次橡皮,比抄自己的笔记还要用心。呼玛丽的生活使她想起自己,她不也很早成了孤儿了么?受了伯母的许多气!当然,她比呼玛丽幸福得多,她觉得生活辽阔而自由,她立志做女科学家。但是,她终日浸沉在冷静的计算和个人的进取中,她不了解自己的同学,根本不是自己同学的好朋友,(郑波说:"还是我和她谈得来。"瞧!)在同学们各自的生活和命运中做一个可有可无的同伴是不妙的,甚至于,她都很少自己对自己讲讲知心话……

回到学校,她抱着从来没有的热烈的同情,把呼玛丽的情形讲给同学们听,同学们一齐恨恨地咒骂李若瑟。

风波总是凑在一起,呼玛丽刚刚搬到学校,苏宁又住了医院。

苏宁询问她的父亲关于囤积面粉的事,她父亲不予置理,粗暴地威吓她,于是,她下决心写了封信,寄给区政府工商科。

那天下午,区政府工商科和区工商联把苏宁的父亲找了去,问这件事,他最初抵赖,区政府和工商联的同志严正地告诉他:

"苏宏图,面粉放在你们家,你想毁也毁不掉,你想破坏面粉的统销,难道还能赖过去么?我们找你来,是对你仁至义尽的最后的争取,根据你一贯的不法行为,早就应该按法律制裁了。请你想想'五反'当中你怎么狡猾蒙骗和怎么被揭破的吧!"

谈话结果是:给他一个晚上的时间考虑,叫他交代自己的不法行为和同伙,改过自新。

苏宏图鞠着大躬从区政府退出来,心里想:"有把刀子和你们拼了,一个够本儿,两个还赚一个,省得受这气!"他恨恨地拧青了自己大腿上的肉,骂着:"又他妈的被知道了,套子越拴越紧。"路过烟摊,他买了一包纸烟,把税票撕下来扔到地上,"哼,三千元的烟倒有一千五的税!剥削,谁剥削谁呀?就算资本家剥削工人,可是政府剥削资本家!"然后他抽着烟,费力地想区政府怎么知道他倒卖面粉的。

带着四两白酒和一对大虾,苏宏图回到家,跑到北屋——过去的"客厅"里吃闷酒。客厅已经没有客厅味儿,沙发和檀木桌全卖了,充做私运粮食的本钱。他喝了一口热辣辣的酒,恨不得把酒杯咬碎。他老婆问他话,他像个傻子似的发愣。晚上九点多了,他叫赵妈把苏宁喊来。

"今天区政府的同志对我进行了个别教育。"他告诉苏宁,眼睛从眉毛下面注视着她。苏宁"唔"了一声。

"我是思想顽固、唯利是图、屡次违法、罪大恶极呀!"

苏宁疑惑地看着他,不知道是真是假。

酒已经喝完了,苏宏图抑制着自己,舐着空酒杯。

"爸爸,您想想,您要是规规矩矩地做买卖不是也行吗?"

"对,我不规矩,我不是好人。好女儿,我得谢谢你,你把我挽救了……"

"什么?"

"区政府的同志告诉我了,你检举了我,你真是大义灭亲!"

苏宁不答话。

"其实,唉,你应该先劝劝我,别忙着说出去呀。"苏宏图使人难测地说。

"我劝您,您不听……"

苏宏图慢慢站起来,扶着椅子走到苏宁旁边,酒已经发生了作用,他快发狂了,"好女儿,没良心的……"他抡起巴掌打在苏宁的脸上。

没等苏宁明白过来,又一拳打在她身上。苏宏图叫骂着,"好女儿,不白养你!我出去给共产党当孙子,回了家可不能给你当!揍不了别人我还揍不了你?!"

虽然苏宁受过许多欺负,但她并没有挨过这么凶狠的殴打。一开始,被打蒙了的苏宁连防护都不曾,接着,鼻孔和牙床流了血,她本能地挣扎着,抵抗着,嚷起来:"你们来呀,快来……"

丧失理性的苏宏图被苏宁的叫喊更激怒了,怀着一不做二不休的面临末日的心情,又猛地一拳,把苏宁打晕了过去。

看看手上沾着的亲生女儿的血,他推翻了桌子,踢倒了椅子,等苏宁的母亲哭叫着向他扑去的时候,他伸手又要打人,苏宁的母亲一头把他撞到墙角,他才清醒过来。

苏宁送到了外科医院,苏宏图被派出所拘留。

杨蔷云、袁新枝、周小玲去病房看苏宁。

按规矩,看病人的时间只有一小时,而且三个人只能轮流进病房,不准同时去两三个。蔷云先进去,规规矩矩地穿上白罩衫走进白色的充塞着酒精味儿的病房,她看了好几眼才认出苏宁。苏宁脸上、脖子上缠的绷带使她消瘦的面庞显得臃肿。蔷云招呼:"苏宁。"向苏宁的病床跑去,蹬响了一向沉寂的病房的地板。

苏宁眼中含着感动的泪花,像瞧见了最关心她的亲人一样。她精神很好,说:"我的伤不重,一两天就可以出院。"她告诉蔷云,"我们这个病房好极了,有一半病人是共产党员,大家互相安慰,互相鼓励,还互相批评——有一个人对护士态度不好,大家就批评她。不但如此,她们介绍说,每星期六晚上这儿还举行联欢会呢。"

真是奇怪的事,能够在一切环境里摄取消沉和忧郁的苏宁,却在病房里感到了生活的温暖。

"你挨了你父亲的打,不难受么?"杨蔷云问。

苏宁安靠在舒适的大枕头上,她闭上眼睛,摇头。

"那晚上,爸爸叫我去。他喝酒,吃虾,脸色阴沉,骂自己罪大恶极。那时候我倒真有点难受,甚至于为他惋惜;好好的一个人,怎么弄成了这样;我盼望着经过这次他能做一个正派人。可是他对我下了毒手……"

苏宁不由得摸一摸头上的绷带。蔷云叫她歇会儿,给她倒水。

"连我自己都没想到,挨了打,一点不难受。在写检举信的时候,我已经准备了一切。他打我的脸,随着第一个巴掌,我对这个使我受够了罪的家的一点点留恋,也就消失了。我只觉得我身体太坏,没有劲,白白地在那里挨打,有点冤……"

等蔷云从病房出来,被袁新枝和周小玲埋怨了一顿,因为蔷云一个人就占去了四十分钟,使袁新枝和周小玲每人只剩下十分钟可以看望苏宁了。

在苏宁的屋里她的母亲蹒跚地端着一碗挂面走进来,说:"我给你做好了,搁了两个鸡蛋。"

今天早晨,苏宁回到家。她的屋子四天没有住人,各处蒙上了一层灰尘。去年周小玲她们给挂上的卓娅画像脱落了左上角,苏君喜爱的那个竹笔筒跌倒在藤桌上。天热了,有一只苍蝇惹厌地在窗边飞。

苏宁闷闷地坐在床上,她把挂面接过来,喝了一口,很烫,放在藤桌上,顺手扶起了小笔筒。

苏宁的母亲交叉着双手坐在一边,身子松软而肥胖,她的下巴上有一颗黑痣,随着肌肉的收缩时大时小。

"前天政府来了人,把西厢房的洋面全封了。"她用她的大手捶着腿。

"……"

"你爸爸写来了信,"苏宁的母亲叹了口气,"他觉得很对不起你,他一时喝醉了酒,他求你别嫉恨他。"

苏宁哼了一声。

"法院已经起诉,他说这次是凶多吉少,劝我们早想办法。买卖已经完了,洋面也不能动,手底下的现款很少,现在是只有花的没有进的……"

苏宁吃面。听着母亲的絮叨,漠漠然毫无反应,就像那些事和自己根本没有关系似的。

"现在的人们也真是,听说你爸出了事,都来了。大前天'德聚涌'来要酱油钱,'永发号'也来了人,说是咱们春天买了三百斤甲块煤没有给钱……简直待不下,受不了。"

苏宁的母亲黏黏糊糊地说着,把昏暗招引到屋里来,苏宁拉开电灯。

"我这几天眼皮也合不上,右眼皮还不住地跳,饭也不想吃,晚上吃了一口馒头觉着是苦的,就又吐出来。厨房的自来水龙头坏了,滴滴答答,也没修理……"

屋子里只有苏宁吃面和喝汤的声音,过了一会儿,苏宁的母亲又说:

"我把赵妈辞了……这两天我天天想,万一你爸爸要判了刑,咱们娘儿俩怎么办呢?我想把这所房卖出去,咱们搬到济南你姥姥家,彼此也有个照应。"

听说要卖房子,苏宁动了一动。他们住这所房已经二十多年了,苏宁生就生在这里,小学时候,她到过许多同学家,觉得谁家的房屋也没有自己家的好……她怀疑地问母亲:

"您就不能在北京住下去吗?"

"一个人在这儿我害怕,坐吃山空也不是办法,咱们得走……"

"不,我不走,眼看就要毕业了,毕了业我考北京的大学。"

"你上大学?"苏宁的母亲诧异了。

"怎么?"苏宁为她母亲的诧异而诧异了。

"孩子,我不是不愿意你多上几年学,可是你看看咱们家,供得起你上大学吗?你身体又弱,大学功课太累,准受不了。你妈也老了,说不准哪天挨饿,你高中毕了业找个事做,也能早几年挣钱。"

"您想不让我上大学?那哪成?!"

苏宁的母亲又叹气,擦眼圈,流泪,咳嗽,"再说,大学毕了业,不定分配到天南海北什么地方,我要离了你,就活不了……孩子,你检举你爸,我不怨你,在共产党的学校里当个学生,你也不能不那样。可是,你爸爸已经完了,你别再扔下你妈,你得守住妈,咱们上济南找事去……"

苏宁的母亲是掉泪的能手,她可以随时召唤自己的眼泪,而她的眼泪总能使苏宁的心又酸又痛。她疼爱苏宁,这是真的,因为当她有某种抒情的冲动的时候,苏宁最能默默地听她叙述自己如何命苦,女仆如何刁钻,箱里藏着的衣料如何丢失等等。但是现在,当她悲哀地与苏宁讨论她们的明天,她的庞大笨重的身躯和凄婉衰弱的声调配合起来,除了使苏宁心乱,也引起了一种可笑的感觉。

"妈,您别来这一套了,我现在念书念得正好,怎么会好好地中断自己的学业陪着您解闷去?明天我就上学,我打算住校,将来考工学院。身体不好可以锻炼,大学的功课总归能顶下来。经济困难可以申请助学金。"

从医院出来,苏宁说话有一种新的口气,这是苏宁的母亲一直没在自己的女儿身上发现过的。这种新的、对于家毫无留恋、对自己的前途有不可动摇的信心的口气,把她打垮了。

赵妈走进来,打破了僵局,她问候了苏宁,向"太太"报告说:"我把下房打扫干净了,按太太的吩咐,今儿下午我叫进一个打鼓儿的,把破鞋、酒瓶子,还有旧菜刀、不用的麻袋、废铁片全卖了,一共卖了二万五千块钱……"

赵妈费力地把手伸到怀里掏钱,掏了好久掏不出。

"那二万五你收着吧,临走了,也没有别的东西给你。"

这及时的馈赠使赵妈大为感动,她使劲擤了鼻涕,用发颤的声音说:"太太,像您待下人这么好的,我一个也没遇见过,我真不愿意离开您,盼望着老爷平安无事……"

苏宁的母亲止住她,和她一起出去了。

苏宁只吃了半碗挂面,那半碗放在桌上,母亲忘了端走。灯底下,这间房子更显得空洞、单调,特别是苏宁睡的这个俗不可耐的大铜床,简直不像年轻姑娘用的。可厌的苍蝇一直盘旋在屋里,苏宁找蝇拍也找不到。从医院回来,苏宁觉得她的家也变了,她们的房子本来还是高大和舒适的,苏宁在这里度过了又温暖又寂寞又痛苦的少年时代……现在,这所房子却像一个死人的躯壳,乏味而且干枯。她的母亲也变得丑陋,没有脑筋。至于赵妈,早就被苏宁厌恶了。

"也许就这么结束了?"苏宁托着下巴,看着略略歪了的门——她的母亲和赵妈都已经去远了,平静地想。

三十三

夜色渐渐染黑了院子,橙红色的小灯——她们费了老大劲才安装在宿舍外边——变成了浅黄色。桌椅摆成一个椭圆形,铺上各色的床单做桌布,同学们聚在一起,欢迎新搬到大宿舍住的两位伙伴。欢迎会是由大宿舍的斋委会出面主持的,但是几乎全班同学都参加了。

在每个同学面前,摆着三四个红中带青的杏子和一杯白糖水,算做欢迎会的茶点。快要开会了,传来一声微弱的蝉嘶,早鸣的知了和早飘的白雪以及早放的桃花一样,都有一种微弱和羞怯的劲儿。其实,浓密的显得沉重的树叶,也已经在懒散的摆动中诉说了初夏的到来。

"同学们,安静点,现在请大宿舍的'名誉主席'吴长福致开幕词……"胖胖的司仪宣布。

吴长福听说自己是"名誉主席",顿时有一种不胜荣幸的感觉,她整整衣襟起来致词,因为个儿矮,踮起了脚跟:

"……首先,我代表大宿舍的老住户对新搬来的呼玛丽和苏宁同学,表示热烈的衷心的欢迎!"大家鼓掌。"其次,我要介绍一下我们的宿舍的优越性:第一,我们知道,南房有南房的好处,北房有北房的好处,而这间宿舍,两种好处都占着——因为它是北面有门,南面开窗,就是说,它空气流通,冬暖夏凉;第二,大宿舍当然是大的,有七八十平方米,高三住校同学全在这儿,'人多好办事',一点也不会闷得慌,因为我们宿舍的生活很丰富,包括卫生扫除、文娱杂耍、朗诵小说和批评自我批评,都开展得十分活跃;第三,我们宿舍是非常团结的,日子过得亲亲热热,那些家在外地的同学,只要一搬进我们的宿舍,马上就把家庭观念给克服了……"

"说得好!"周小玲喝彩。她违反"纪律",没等宣布开始用"茶点",自动咬了一口酸杏子。

多少天来,呼玛丽疲倦地隔着一层泪水看世界,周围一切是模糊的、混乱的、毫无意义的。经过巨大的震荡,她恢复了顺从,顺从地搬到学校,顺从地上课听讲,顺从地按时作息。她没有爱也没有恨,甚至连宗教的热忱也稍微淡了些——本来嘛,当她还是儿童的时候,爱、恨和热忱就已经太多了。报上登出了逮捕一批天主教内的帝国主义分子的消息,他们是河北献县大特务尚建勋组织的"公教报国团"的残留人员,其中负责宣传和情报工作的有李若瑟的名字。呼玛丽顺从地看报,看李若瑟的罪恶事实,说不上相信还是不相信。"那没有看见就信的,有福了"[1],这是指上帝;可是人间的事呢?信还是不信?信谁?呼玛丽没法把自己分成两半,只好谁也不信。她只觉得疲倦,心灰意懒的疲倦:如果抬起手,不由得落下来;如果摆摆头,不如趁势一直摆下去……

主日[2],呼玛丽坐电车到东天主堂望弥撒,东、西、南、北,北京有四个大教堂,这儿比"圣鲍斯高苦修会"的小教堂宽大,也明亮得多。讲究的风琴嗡嗡地响起来,穿长黑衣的老神甫沙哑地领唱,套在脖子上的银色十字架在暗灯下发光。呼玛丽重又跪在信徒的中间,齐声

---

[1] 见《圣经·约翰福音》第二十章。耶稣被钉死,在复活后第一次来见门徒们的时候,有个名叫多马的刚好没在,旁人告诉他耶稣已复活,他总不信有其事。八日后,多马真的见到了耶稣,耶稣对他说:"你因看见了我才信,那没有看见就信的,有福了。"

[2] 即星期日。

赞美光荣的圣主,于是,神圣的宗教像催眠术似的安静了这个多难的姑娘的心,帮助她把毫无头绪的生活忘却。

一切仪式都举行完了,教徒依次退去,他们虔敬地摸一下门口挂着的十字架,再在胸口画一个十字。呼玛丽独独向前走近那年老的神甫:"神甫,我想和您说话,可以么?"

坐在客厅里,呼玛丽注视着这陌生的神甫。他已经十分老迈,他驼背、秃发、气喘,难怪刚才唱诗的时候断断续续。他伸出精瘦的关节僵硬的手指,放在桌子上,厚厚的嘴唇谦恭地笑着:

"年轻的教友,你是学生?"

"我叫呼玛丽,读高中三年级。"

"我姓黄。你是不是第一次来这儿?"

"我原来在'圣鲍斯高苦修会'望弥撒,可是……我的神甫最近被捕了。"

"谁?"

"李若瑟。"

"他!"黄神甫用他嶙峋的手指摸一摸胡须。

"您认识他?"

"你先说。"

"我的同学们来找我,其中有共产党员,李神甫是不许我理她们的。现在我已经搬到学校去住,和她们一起念书,这样,我会不会受到天主的弃绝呢?"呼玛丽眼里闪着恐惧的目光。

"年轻的教友,你是在仁慈堂长大的么?"

"是的,您……"

"我也在仁慈堂侍奉过主,那儿的孩子都很瘦弱,一眼就可以看出来。仁慈堂是个可怕的地方。"

"您这么讲?"

"唉!我在仁慈堂,每天都看见十几个儿童的尸体,外国人叫我去给死者祈祷,真惨呀。他们压榨童工,买卖人口,他们是法利赛人①。"

"什么?"神甫这样说,使呼玛丽惊异了。

黄神甫庄严地看着呼玛丽,似乎在考察她会不会听他的话,然后他感慨地说:"我待不下去,离开了那里。有一次,一个小女孩子来忏悔,她说她有一个好朋友——我还记得,她的朋友有一个奇怪的名字,啊,是毛毛乖,她说毛毛乖在姑奶奶的处罚下死去了,她哭了,所以有罪,她希望早一点死……你怎么了?"

呼玛丽脸色惨白,又咸又苦的泪水停留在腮边上。

"那是我。"呼玛丽好容易才叫出来。

"感谢主,我们又见面了。"黄神甫低头,默默念了一段表达感谢的祷文,他听见呼玛丽的凄惨的声音:

"我又见到了您,黄神甫,又来忏悔我的罪……"

"有罪的不是你,是那些法利赛人,他们混到圣教会,执掌大权,胡作非为,真是耻辱!日本刚投降不久,田耕莘红衣主教给蒋介石祈祷,做三天弥撒;那时候我就知道,坏了!我太老了,话也说不清楚。有坏人,确实有!'你们这假冒为善的文士和法利赛人有祸了,因为你们走遍海洋陆地,勾引一个人入教,既入了教,却使他做地狱之子……'记得吗?"

"记得,"呼玛丽小声背诵下去,"'你们洗净杯盘的外面,里面却盛满了勒索和放荡……在人前,外面显出公义来,里面却装满了假善和不法的事。'②"

"吾主耶稣,"黄神甫画了个十字,"说得好极了。仁慈堂,那就是假善,参加反政府的政治活动,那就是不法。"

"您喜欢现在的政府么?"

"能问一个神甫喜欢不喜欢么?他听从主的安排。"

---

① 法利赛人:见《圣经·马太福音》第二十三章,耶稣曾论及他们有几大罪祸,并告诫门徒切勿效法他们的行为。

② 见《圣经·马太福音》第二十三章。

"那么我可以和我的同学、没有信仰的人和共产党员在一起了?"

"如果面酵离开了三斗面,面团怎么能发起来?①"

电车"当当"地响,一个解放军同志给她让了座,她回过头,隔着车窗看见掠过的店铺、楼房和戏院。她的眼睛里面仍然蒙着一层泪,但是想起同学们近来对她的无微不至的照料,从她内心的深处涌出了一丝微笑。还没有笑出来,她的思想又转到李若瑟身上,法利赛人身上……如果是真的,那他骗得我好苦!于是怨恨和怀疑又交织压迫……终于,对于同学们的感谢赶走了那些缠人的念头,隔着眼泪,她看到世界十分明亮……"也许郑波等我等急了吧?"她看着市场外面发亮的时钟。

吴长福以天才的幽默家的风度结束了欢迎辞,笑声在庭院里滚动。下面,该是呼玛丽和苏宁的回答了。

呼玛丽惶恐地看着大家,大家用友爱和信任的眼光支持着她,她叫了一声:"好同学……"喃喃地说不出话。

"说吧,玛丽!"

"没关系,随便说吧。"

大家鼓励她,有人轻轻拉她的衣角。

她说下去:"谢谢同学们,谢谢吴长福,吴长福说得大家都笑了,她真会说笑话,这些笑,对于我,好像还很生疏,真的。可是你们宿舍,不,咱们宿舍,每天都笑,所以,虽然我搬到学校只有十天,却已经大变了,就像生活又重新开始,好些难受的事,慢慢地消散了。有一阵子,我傻,我糊涂,不幸把我压倒了,我觉得天昏地暗……这些都过去啦。大家待我真好,我只有这样说:同学们,我有勇气生活了,我敢

---

① 语出《圣经·马太福音》第十三章,把宗教譬喻作面酵,把世人譬喻作三斗面,意即宗教能带动和感化全体。黄神甫在这里讲是劝呼玛丽不要离群独处。

生活,敢!"

郑波期待地看着呼玛丽,呼玛丽将说些什么呢?……讲完了吗?她的紧张,她的关切,决不下于呼玛丽自己。最后,活了十九年,十九年翻不过身来的呼玛丽,用她没有恢复健康的嗓子,终于喊出了第一句肯定的、响亮的口号……

刹那间,大家都安静了,能听见每一个人的呼吸。郑波头一个跑向呼玛丽,拥抱她,摇她的手,许多同学也都跟过来,搂着她,笑着,把杏子拿给她。

会场重新活跃的时候,苏宁站起来,脸上显出兴奋的红色。她穿得很美:藕荷色的裢子,和长长的快垂到脚面的蓝绸裙子。

"我没说的了,我想得和呼玛丽一样。"苏宁的话里有一种不平常的男子气,"我有两个要求,想在现在提出来。第一,周小玲能不能收留我做球队的候补队员?我的身体太不好,从前上体育老是逃课,希望周小玲能够像带徒弟似的指导我……"

没等她讲完,周小玲已经大叫:"好极了,欢迎!"

"第二个要求,"苏宁低下了头,好像还下不了决心说出来,过了一会儿,她才慢慢地说:"在咱们班,也许我是个消极的、不太长进的学生,但我已经决心往前追赶了。过去,在无病呻吟和莫名其妙的颓丧里边,我浪费了许多宝贵的光阴……今后,再也不能盲目地,叫别人拖着、拉着生活了,我要求……团组织教育我和审查我,我申请加入到青年团①的队伍里去!"

她说完,没看旁人就急忙坐下,答复她的要求的是一阵热烈的鼓掌。

"我的学生们!"袁先生高兴地把眼镜摘下又戴上,"当我们在这儿开会的时候,时间一分钟一分钟地走过,再过三十来天,用你们学

---

① 当时团组织全称是"中国新民主主义青年团",简称"青年团",不是现在的简称"共青团"。

过的算术计算,就是还有四万多分钟,就要毕业了。毕业之前,我们开这样一个团结的、愉快的、难忘的晚会。说实话,在我做班主任的这一年,从你们——我的学生们身上得到的,要比我教给你们的还多。这当然令人汗颜喽……多少年来,在咱们学校,我看见学生们一班一班地考进来,又一班班地毕业出去,从来没有一班,像你们这一班这样幸福。在你们还是中学生的时候,在你们自己身心迅速成长的时候,也正是我们国家发生大风暴、大变革的时候;你们亲眼看见旧社会怎样崩溃,变成了碎屑,而且你们当中许多人,也和它面对面地战斗过。我们欢迎呼玛丽和苏宁,并不是她们搬到学校住有什么了不起,而是欢迎她们战斗的胜利。同时,你们也亲眼看见新生活在旧的废墟上建立起来。虽然国家的建设刚刚开始,虽然我们开晚会的时候只有酸杏和白糖水,但是我们永远觉得快乐,觉得温暖,觉得生气勃勃而且有信心。现在,我们把白糖水拿起来,为了我们班的团结和进步,为了就要走向生活的同学们的健康,我们起立……"

袁先生还没有说出"干杯",同学们还没有站起,忽然传来一个声音:"等一等!"

大家停住,寻找声音的来源——李春在一角站起,那儿灯光已经不大射得到,她的脸隐藏在半明半暗中:

"干杯之前,我也说几句,我又凑热闹了,我爱出风头也算够了……"李春自我嘲笑地,甚至带几分凄然地说:"我拿起盛着甜水的茶杯,我心里惭愧,因为我没有为咱们班的团结和进步做过什么事情。从前,我以为自己最聪明,因为我不管别人,一心一意为自己,我希望自己在班上能取得一个拔尖的地位,让大家都尊敬我,听我的。虽然我是团员,但我觉得团组织忙来忙去都是瞎掰。不错,我用功,我知道怎么样得好分数,但是我不知道怎么做人,就像袁先生对我说过的,我一点也不了解生活,不了解即使在年轻的同学里边也是复杂的充满了斗争的生活。我们在这个时候,决不应该做一个骄傲的、脱离群众的家伙。也许扯得太远,我尊敬苏宁对她父亲的正义检举,我同情呼玛丽的不幸遭遇,我更为我们的集体对于每个人的关怀而感动,于是我觉得,我过去是太骄傲,太狭隘了,我要和同学们一起前进,首先,我愿意和骂我骂得最多的杨蔷云拉一拉手……"

杨蔷云拉着李春的手大声说:"不,她说得太过分了,她肯钻肯干,是我们大家的榜样,同学们也许有人不知道——听学生会说,她和别人一起制作的收音机,要送到全国学生科学工艺品展览会上去呢!"

全体同学欣然起立,高举起装着满满的甜水的杯子,一饮而尽。

快要散会,杨蔷云着急地举手,"主席,我提议……"

大家都看着她。

蔷云说:"咱们的会开得很有意思,而且,夜色非常好。为了我们班,为了即将结束的中学时代,我恨不得建议咱们一齐举着火把去大街上游行。也许,我又异想天开了?等开团小组会的时候再检讨。至少,我建议,我们一起在学校里走走,参观参观抚育了我们的、包容着我们六年的多彩的生活的学校。固然,学校的每一条路我们都走过好几十次、好几百次了,但是,我们并没有好好地爱过我们的学校,甚至没有特别去看看它,哪能这样呢?我们一起走走吧,也许有什么角落能够唤起美好的回忆,使我们发现生活在前进、变化,引起我们对于师长的感激……"

就这样,同学们三三五五地参观自己的学校,她们在操场散步,谈志愿,谈友情,谈毕业考试,在她们漫无边际的闲扯中总有一种纯洁的和高尚的东西。她们走近各种体育设备,跳起来抓抓篮球网,碰响排球柱上的铁关节,摸一摸新安上的杠子。她们走近礼堂,高二班不知道和哪个学校的小伙子们在那儿联欢,歌声和笑声混成一片……最后,为了怕惊动那些用功的小妹妹们,她们踮起脚,静悄悄地走过初一班的教室,看看那些严肃的少先队员,她们想起了自己刚来学校的时日……

三十四

…………

我每每寻觅一种光明的、奇妙的、多彩的生活,原来,这生活就在身边,就在中学的孩子们里。

……冬夜,风雪,星空发出惨淡的青辉,街道已经瑟缩地入睡,偶然驰过一辆"吉斯",沿着排气管落下了几滴水。我走进宽大的正屋,她们的笑声和炉火的温暖一齐扑来,我脱下大衣,看见了那十一位少女。她们都在十六七岁,互相以青春的光亮照耀,笑声在她们中间荡来荡去。有一个年纪长一点的,也许过了二十岁了,在胸前戴着某个大学的牌子。她们正在聊昨天什刹海的一场冰球比赛和本期《人民文学》上的故事诗。钟声响了,八点整,屋中立刻安静下来,每人从衣袋里掏出一条红领巾,大学生也不例外。红领巾系好了,其中有一位严肃的姑娘还在左衣袖上别起一道红红的小队长标志。这个家的主人也把队旗拿了来……

  我们新中国的儿童
  我们新少年的先锋……

"小队长"向那大学生报告:

"荣获四次奖励的、以英雄刘胡兰命名的小队第四十一次队日准备好了,请辅导员准许开始队日。"

"准许你们,祝你们成功!""辅导员"举手还礼。

两年前,她们是女二十一中少先队刘胡兰小队的伙伴,初中毕业了,分手了,长大了,离开了少先队。她们珍重刘胡兰小队的光荣和队员间的友谊,决定每年寒假聚在一起过小队日,把红领巾和队长符号戴起,仍然请原来的辅导员前来辅导。那时,这些分散在高中、技术学校、师范学校的"队员",要在一年一度的小队日上向朋友们报告:一年来,自己用什么行为增添了刘胡兰小队的荣誉或是玷污了它。

"那天下大雨,打得眼睛都睁不开,"黑皮肤的崔琍正在报告,"一个孩子滑倒了,大卡车在他身后开来,他母亲吓得靠在树上,我跑去救他,也滑倒了,强把他拉过来……交通警问我的名字,我说:'我是刘胡兰小队队员。'"

为什么您笑了,读者?忠实于少年时代的友爱、热情和誓言,这是人生最严肃的事情。

再说一点男孩子们的事,写他们写得太少了,我感到对不起。我参加过他们团小组的一次批评会,难忘的批评会,虽然在我们生活里批评会并不稀少。

一个头发粗短的年轻人站起来。他还完全是个小孩,眼睛善良而且质朴。从他的眼光中流露出来的,不是恐惧,也不是气馁,而是恨不成人的自我谴责的痛苦;也有几分期待,似乎在请求同志们责备自己。他的嘴角上现出一种难于放开也难于收敛的微笑,他的手指紧抓着桌面,指甲的血色渐渐失去。他说话了,用低沉的声音:

"在这次考试里,我做了错事……"

于是我弄明白,他在考数学的时候,偷看了别人的卷子,教师和同学并没有发觉,他得到良好的分数;但他受不了,他说出来了。

"我破坏了学习纪律,我想起邱少云是怎样遵守纪律……"说到邱少云的名字,我看见他的身体摇动了,他几次要说话,紧闭着的嘴怎么也张不开,眼皮慢慢垂下又努力抬上,他没哭,男孩子难得落泪,所以更沉重。

"坚强些！坚强些！"许多同学小声支持他。

继续沉默。团小组长从笔记本上撕下一页纸，飞快地写上几个字："战胜错误，不要怕！"纸片经过同学们的手，传给他。

难怪上级团组织常常指出学生在批评与自我批评中的过左的偏向，事实是如此；但是，在这过分紧张的安静中，我能听见每一颗渴望完美的、不允许有丝毫污点的心的跳动。

下面是团小组其他成员的认真、诚挚的发言，他们尖锐地批评他，也纷纷表示对他的信任，相信他能够跨过自己的错误，变得完美。他努力做记录，记下大家的意见。他不时抬起头，感激地点点头。还有一个发言者，过去与他吵过架，关系不好，这次最初有点幸灾乐祸，在批评会上被那纯洁、正直的气氛感染，检讨了自己，与他握手。别人鼓掌。情绪迅速从低沉变为高昂，进行完了批评，又谈起对批评会本身的感想；体会愈来愈多，大家更爱团小组，彼此也更亲密。作为批评会的结尾的是全体起立唱歌，那是一支狂风暴雨般的雄壮的进行曲。

在学生时代的一切插曲中，没有比暑假生活更动听的了。放暑假了，校长和教师暂时退到一边，时间属于学生自己，一场生活智慧的竞赛——谁都愿意自己过得最美，最快乐，最有意义——开始了。

七月，下过几场热雨，太阳重新把大地蒸烤。四处是火烫烫的，只有黎明前的一瞬清凉，给沉睡着的人们片刻甜梦。这时，街上已走满了中学生。一个姑娘匆匆地骑车从北新桥向南，像有什么急事，你问她，她憧憬地说："我要去看披着朝霞的天安门，一个人。"一队士兵喊着"一、二"开来——啊！不是兵，是穿上军装的男学生，他们组织了"红突击连"，请了军官进行操练。丰沙铁路沿线，五个姑娘徒步去官厅水库，她们是水利小组组员，已经走了两天，预计今天夜里到达。一路上许多好心人对她们说："坐车吧，何必找罪受。"越是这样说,更坚定了她们非走不可的决心。太阳升起,七点半,各校"暑期之家"开放了,同学们清扫了教室,分别从自己家搬来了挂钟、字画、盆花、藤椅、挑花桌布、留声机,以至沙发、古玩、蝈蝈、翠鸟……布置成超过任何家庭的典雅、舒适的集体的"家"。到"家"来的同学很多,有的借书,有的借棋,有的听音乐。今天服务的男生特别卖力,因为待会儿有女同学来参观。整整一天,各公园、郊外,都有学生在旅行。在青龙桥附近爬山的是几个精力旺盛的小伙子,他们组织了"哈哈小组",他们过暑假的目标很简单,就是笑,哈哈大笑。他们郊游,十分之九的时间追赶、走路、出汗,十分之一的时间略略欣赏一下风景。最好是来一阵大雨,把他们淋个透,他们落汤鸡似的回到城里,那时一定会哈哈哈笑个不住。

　　最美妙的当然是夜,夏季欢腾的夜。这边,露天电影快要映完;那边,中学生剧团的演出刚开始——不幸,"老爷爷"在痛哭的时候掉了胡子,终场的时候"司幕员"笑得忘记了拉幕,这一切增加了根本不需要的喜剧效果;家里,中学生组织全家坐着小板凳开音乐会,姥姥唱《杨三姐告状》,弟弟唱《小猫钓鱼》;宿舍里,一个用功的同学正在整理白天观察故宫建筑的记录。你呢?你去操场吧,那儿有几个学校联合举办的"月光舞会",照明的其实不仅有月光,还有萤火虫。拉手风琴的同学快要陶醉了,拉二胡的恰恰相反,他道貌岸然,正襟危坐。正在奏的舞曲是三步的朝鲜童谣《小白船》:

　　　　蓝蓝的天上银河水,
　　　　有只小白船……

　　你仰望蓝天,小白船漂荡在云海里,你也感动了,你想去跳舞,好吧,不过不要把她们搂得太紧,中学生不常跳交谊舞,她们有点不好意思。

　　直到露水浸湿了衣衫,喧闹的暑假里的一天,才和他们告别。你跳完"月光舞会"的最后一曲,走在街上,似乎第一次发觉我们的生活是多么辽阔、新鲜、迷人,而人是多么自由……

暑假里,也有人并不轻松——对了,是毕业生。每年夏天,有多少个学生告别母校和同学,勇敢地、快乐地、但也不胜依恋地走向明天;又有多少个怯生生的新同学参加进学校生活里来,他们好奇地眨着眼睛。等到下学期开始的时候,同学们的模样就变了。生活本来是这样的么,它常自更新,奔流不已!毕业的时候有快活也有烦恼,有苦艾味儿的回忆也有数不清的、五彩缤纷的梦;毕业的时候大家的心都不平静……亲爱的读者,让我们一道掀开中学生活中最灿烂也是最后的一页吧……

三十五

光阴疾速地流逝,高三班已经提前举行过毕业考试,同学们开始自由而又紧张地温习功课,翻开高中三年来学过的大叠教科书、讲义和笔记本,拼命念着,背诵着,演算着,严重的关头——高等学校入学考试就要来了。

招生委员会发下了登记表,要每人填四个志愿,这可是决定终身命运的大事情,大家眼花缭乱,不知道选择什么好,上午填写了的,下午又变卦,到处都在谈论、磋商、征求意见……加上功课的重担,她们都瘦了。

最近周小玲到处诉苦,这一天,下了晚自习,她坐在桌子上第三次对吴长福说:

"朋友,你看我学什么好呢?我想学体育,可又舍不得数理化,它们耗费了我多少心血!我也想学地质,这方面人才缺少,但是地质工作似乎不太具体,我说不清我的意思,我的性格喜欢从头至尾,知道开头也知道结尾,地质工作却只是替别人开路。春假当中,听了从鞍钢实习回来的大学生的报告,我真想到炼钢炉旁边去,钢铁工业,这是重点的重点!可是,我怕热,这倒没什么。我还喜欢体育,学体育,可以当选手,可以教学生……体育学院到底怎么样?我不知道。糟糕,现在有什么志愿好填?最好所有的学院、科系都让我上一遍,然后就知道学什么最好了。"

"你太挑剔!"吴长福摆着头责备她,"你看我,不论什么系,不论什么学校,不论什么地点,只要有大学上,阿弥陀佛,就行!可是我的功课够不够起码水平呢?倒霉,今年还有三万名机关干部考学校。完蛋了,我考不上了,考不上……"

周小玲说选择志愿的困难,吴长福说对升学考试的担心,她们各说各的。周小玲继续不厌其烦地说:

"我到底学什么呢?真缺德!是哪位作家描写少女选择志愿来着?'我要做教师',第一位女士说;'我要做医生',第二位说;第三位呢?也许是想做芭蕾舞演员之类的。去他的,哪里有这样轻松如意?我们高中毕业生,不知道学什么好,又怕考不上大学,脑袋都要急炸了;作家却偏要温柔、细腻、甜言蜜语地描写我们,谁让他描写我们的?他们根本就没有好好体验生活!"

"可不是!"吴长福表示十分同感,"我饭量都减少了,馒头由每顿五个改为四个半,体重由五十九公斤降到五十八公斤半!"

"五十八公斤半?够沉的了,朋友!"

杨蔷云在操场上漫步。经过少先队员的义务劳动,操场翻修得十分平整。蔷云拔脚跳了跳,又跑了两步,觉得特别舒服。

"我应该坚持清晨跑步!"蔷云告诉自己,这么好的操场,这么好的跑道,如果六年来每天早晨跑上四百米,她的肌肉将会多么发达,她的四肢将会多么灵活,还有她的肺活量——她将把多少新鲜甘美的空气吸进去!可恨,她几次开始了清晨锻炼,又几次中断了。

这是排球架。蔷云用手拉了下挂网子的那个铁接头,想起高一时候与女附中赛排球,她怎么扑过去抢救险球,磕破了膝盖。为什么高二以后她就再没有一板一眼地练下去呢?也许她本来可以成为丝毫不比周小玲逊色的运动员吧?

从操场望望高三的教室,蔷云隔着窗户寻找自己的座位——姓名:杨蔷云;徽章号数:5802;赶明年就不是了,桌子的颜色渐渐变暗,它的主人也将要更换了。杨蔷云在这个座位上看书、听课、画图、下棋、记日记,在这个座位上做了多少事情!在这个座位上,其实能多做多少事情!譬如记日记,高一的时候每天记,高二的时候每周记,在高三头一学期,什么时候想起什么时候记,到第二学期,半年只记过三篇日记。为什么她不每天记呢?应该清清楚楚地生活,一步一个脚印儿呀!如果有这么一部中学六年的日记,作为自己写给自己的信、写给自己的书、写给自己的鞭策和鼓励,那多么有价值!

六年了,一转眼,两千四百多个日夜,三百多个星期,不短啊!蔷云初一在那个教室,初二在那儿,初三在那儿……教室离教室不过几十步,现在的她和刚入学的时候已经相距十万八千里!人,都有点顺流而下的劲,初中时候盼高中,上了高中也没什么。高中时候一想到毕业就心跳,谁如果提起毕业,升大学,班上同学就会又高兴又害怕地嚷:"别说了,别说了!"……现在呢,简简单单地毕了业,考试、交相片、检查身体、发毕业证书和准考证,然后在闷热的天气抹上一头万金油念书,就是如此了么?

好像有许多话想说,却不知道对谁讲好,蔷云有点憋得慌。

蔷云看着隐在黑暗中的教室、实验室、图书馆,听着指引着全校几千人的起居作息的电铃声;这座熟悉透了的、平凡的、甚至是破旧的学校,这座学校的一草一木、一砖一瓦,突然变得新鲜、生动、意义深远起来。假如中学时代能重新开始一次的话,书要一个字一个字地读,百米赛跑要一步一步地跑,歌儿要一小节一小节地唱,总之,日子要一天一天地、一分钟一分钟地细细地过!只有认真地生活才能得到真正的生活!……再见吧,中学时代!蔷云现在已经懂了许多,明天,她就要以新的姿态出现了,等到大学毕业的时候,她将不会再有丝毫遗憾,不再希图重来一次,她将骄傲地、毫不恋惜地送别以往的时间。

蔷云唱起一个中学生最爱唱的歌:

> 像那春天的鸟群……
> 像那五月的江水……

她相信,虽然没有录音机,没有无聊者"×月×日到此一游"的题字,也没有假惺惺地在树皮上刻下姓名,但是,她的歌声,她的笑意,她的热情和思念——决不会无影无踪地消逝。她将留下点什么,留在学校的天空、地面和大大小小的角落里,至少留在一个小角落,那个角落里存在着不朽的东西:她的美妙的中学时光。

回到宿舍,苏宁给她拿来一封信,看到那粗大的字体已经知道是谁写的了。

当你毕业的时候,我祝贺你。

你的朋友　6.29

张世群写的寥寥几个字,引起了蔷云难以形容的感激,她一遍又一遍地读着这普通的一句话,每一遍都体会到新的意义……"当你毕业的时候",张世群没有忘记朋友,注意着她什么时候毕业,有谁像张世群这样及时地关心人,用自己的火点燃别人的火,用自己的心鼓舞别人的心?"我祝贺你——你的朋友",是的,祝贺、支持和问候,这一切对于在生活里正要跨前一大步的人是多么需要呀!不会问好的朋友算得上什么朋友呢?没有朋友的问好,在生活里前进又有什么光彩呢?

蔷云收起信,跑着回宿舍,她心里十分快活。

……蔷云来到一个陌生的庭院,树影重叠,房舍高大,她大声喊道:

"张世群!张世群!"

远方飘来颤抖的回声,四处空无一人,她又叫:

"张世群!张世群!"

仍然没人回答,蟋蟀轻轻地叫,一朵云彩落下来不见了,她多么想见张世群呀……恍惚有人告诉她:"张世群住在最后一层院子里。"

于是她飞一样地跑去,蹬动了地面,地面像水波似的起伏摇动。过了一个院落,又一个院落,老也到不了最后一个,她累了,坐下,身边有一朵黑颜色的花,她低头默想:"多久没有见到张世群了,能不能找到他呢?"

……老侯拿着长长的竹扫帚扫地,在花园的门口挡住了她,扬起的树叶和尘土在空中打转。

"对不起,时间已经过了。"老侯横起扫帚说。

"我?我是客人啊,我好久没见,我想他……"

吕晨走过来,她穿着旗袍,夹着笔记本,问老侯怎么回事,蔷云抢着说完自己的意思,吕晨帮了她,放她进去,告诉她:"以后要遵守制度……"

她顾不得表示感谢,重新回到初来时停留过的院子,叫道:

"张世群!张世群!"

吕晨又来了,她面露难色,说:"张世群那儿有一个朋友,你别去吧……"

"怎么?他爱有什么朋友有什么朋友,和我有什么关系?我要看他。"

"可是你有他的相片吗?"一声低沉的、缓慢的警告,蔷云吓了一跳,抬起头,看见了苏君脖子上绕着长长的围巾……再一回头,郑波来了,她掏出许多相片,一张又一张……

"我有没有张世群的照片呢?"蔷云费力地想,"这相片是不是他的呢?"她怎么样也想不起,随口说:"没什么,没什么……"

她走进张世群的屋子,张世群盖着被,脸烧得通红,躺在大铜床上,蔷云知道他病了,正要招呼他,被另一个人惊呆了。

离开大床远处,放着一个橙色的带扶手的藤椅,一个美丽的、高大的、成熟的女人坐在那里,一动也不动,像一尊石膏像。

那人的美丽使蔷云震惊,乌黑的头发波浪般地卷起,湿润的眼睛和蔼地望着蔷云……蔷云也向那人微笑,她觉得自己应该退走了。

张世群一扶床沿站了起来,他高兴地拉过蔷云,和她坐在一起,说:"你来了,你来了……"

于是他们说了一些话。

张世群亲热地告诉她:"这是我的表姐。"他用目光指向那人,又小声补充:"我把一张照片送给了她。"

蔷云快乐,因为张世群对她推心置腹。

"给你一点礼物吧。"张世群吃力的把手伸进上衣的小口袋,慢慢地摸……"难道也送给我照片么?"蔷云心跳着想。

张世群的手伸出来,没拿什么照片,只有一连串的曲别针。

蔷云说:"我不要。"张世群诧异了,蔷云无力拒绝,悲苦地说:"给我……两……个吧。"

她去接曲别针,挣扎着伸出手。

夜,漆黑,一只猫凄婉地"咪"了一声,远处有婴儿哭泣……蔷云睁开眼,身上好像压着什么东西,她听见自己醒来时犹自呵呵地呻吟。

她蓦地坐起来,米色的毛巾被落在地上。

"张世群,张世群,"她动着嘴唇,吃吃地叫。她高兴,因为她真真地听到了这清楚的三个字。在长梦之后,夜静更沉的时刻,她第一次懂得了这名字的动人的力量。"我的朋友,好朋友。"她又低语,在这一瞬间,在她的召唤下,张世群仿佛来到了:黝黑的面孔傻笑,头发蓬松冒着大雨和电车赛跑,自行车的轮子旋转,溅起水,溅起泥……水花和泥土里,张世群赤背站起,筋肉条条的胳膊扶着铁锹,笑说:"像你这样的,我一辈子也忘不了。"哈哈哈,朔风凛冽,灯火辉煌,他们在冰场上高举红杯,痛饮甘露,然后在天安门前跳一夜华尔兹舞……

为什么蔷云梦见了张世群?为什么做了这样荒唐和曲折的梦?为什么梦后还记得那样清晰,那样痛楚?

蔷云老没见张世群了,写好信常常忘记寄出去,多么想他呀,为什么?也许,他们的友谊也是荒唐的吧?露营时候初次熟识,以后再也没有机会在一起……露营时候住在西郊,帐篷里边,吹起小铜号:"答答嘀答答",那时所有的事都记得清清楚楚;那时候的朋友,铭刻在蔷云的心里边,蔷云永远爱他们,愿为他们尽心,赴汤蹈火……珍贵的、永不再现的少年时代呀……她和张世群相处很少,愈少,记忆就愈纯粹,愈值得温习怀恋。

蔷云穿上鞋,走到寝室门口,同学们都沉睡着,她扶着门框,听见一种咝咝的声响,是由于自身血液的流转还是由于太空中万古不灭的运动?

晨曦冉冉,凉风吹动了薄衫,树叶无声地落到地上,一天就要开始……

三十六

七月十五日。高等学校的入学考试在前一天结束了。

紧张的气氛顿时消失,早晨八点钟,高三同学的大宿舍还有好多人没起,懒洋洋地聊着监考先生的口音、考场门口卖冰棍的小贩和作文题目出得如何"缺德"。大宿舍里不时发出一声放肆的哈欠和一阵哄笑,一天以前使她们心忧如焚的升学考试,现在已经变成谈笑的材料了。

郑波显得沉闷,她悄悄地起床,洗完脸,在学校里走来走去。

教导主任办公室的门开开,杨蔷云鞠过躬转身走出,她看见郑波,急急地跑去拉住郑波的手,说:"我要和你谈谈……"

她们走进教室,没等坐稳,蔷云急迫地问:"你是有关节炎么?"

郑波莫名其妙地一愣,说:"是的,有一点。"

"啊……"蔷云颓丧地坐下,这才说:"教导主任告诉我,学校要保送我和袁新枝去考留学预备部,将来去国外学习。我奇怪为什么没有你,她说你的关节……那可怎么好!"

这个消息给郑波带来极大的激动,但是她掩盖住了,阴影从她脸上闪过去,她竭力平静地说:

"祝贺你,去国外,真好。我大概不上大学了。"

"什么?"蔷云就像根本没听见似的。

"我不上大学了。"郑波努力笑着。

"为什么?"蔷云睁大了两只眼睛。

"看你那个样,这又有什么呢?我要做老师了,"她停了停,好说得随意而且简单,"教导主任对我说,解放以后学生的数量增长了好几倍,教员太少,不够用,今年教育局决定要留下少数的高中毕业生做初中教师,教导主任征求我的意见,我同意留下了。"

"你?留下做教师?"蔷云像是仍旧不相信。

郑波点点头。

"你报的志愿可是桥梁建筑呀!"蔷云提醒她。

郑波托着腮,沉思地说:"教导主任说,那完全是自愿的,但我觉得自己是非留下不可。教师少就不能招收太多的学生,就会有孩子失学。解放前,我失过学,我知道想念书而没能念书的孩子听到学校的钟声是什么滋味,我应该去建筑另一种桥梁,孩子们通过它走向文化、科学和觉悟……"

过了一会儿,蔷云紧皱着双眉,气恼地说:

"这不公平!我去国外学习,你不上大学,这不公平!我要告诉教导主任,我哪儿也不去,我和你一起教小孩子吧!"

"多好笑……"郑波说这句话的语气使蔷云觉得她真的像个老师了,"上国外去是多好、多美的事情!你的天地是多么广阔,你会学到多少有用的东西!你不去?"

"开什么玩笑,正因为好我才不去。"蔷云脸红着低下头,"我觉得命运对你太苛刻了。"

沉默。蔷云发觉自己说得太过分,不过话已经难于收回,她惶恐地看着郑波微微摇动的头,郑波的左眼微闭,右眼却充满光泽地张大了。

郑波说:"胡说,不是命运,是我的心,心告诉我该做什么,难道做教师就没有美好的命运了么?你想得……可不太高尚呀!"

蔷云明白,郑波的严厉的话与其说是为了驳斥她,不如说是为了安定她,她解释说:

"不,不,我没有那个意思。不过,上大学或者留学得有更好的条件……"

"条件又怎么样?"郑波坚决地说:"条件好使人舒畅,条件不好,却能锻炼意志呢! 我倒想和你这个未来的留学生赛一赛,看是不是我落在后边!"

郑波的少见的挑战姿态使蔷云活泼了,她说:"我们赛吧,我最喜欢比赛了!"又想了想,说:"可我不一定能考上留学预备部……"

郑波抓住这个机会打趣她,指着她的鼻子:"瞧,你还是想去!"

她们都笑了。

这一刹那,蔷云的思想又飞到了明天,想起离别,想起各自踏上不同的道路,想起去国外的直达列车与拥挤的教员预备室,她叹气了。

她说:"郑波,告诉我,如果我们分手,是不是仍然能继续做好朋友呢? 还是慢慢失去联系……"

"不会的。"

"那可能吗? 听说过谁把中学时代的友谊保持很久? 想到我们将要离开,也许以后谁也不知道谁了,陌生了,我简直怕!"

郑波搂住蔷云:"何必理会别人,我们永远是好朋友,我们做,就做到了,你不相信我和你自己?"

"相信,相信。"蔷云喃喃地说,把头靠在郑波的肩膀上,郑波的长头发弄痒了她的脸。然后她离开,甩一甩头,说:"我要出城一趟,现在就要走了。"头也不回地跑出教室,郑波追问她,"你回家吗?"蔷云嚷:"不是!"郑波说:"别耽误了今天晚上!"蔷云已经没了影子。

"这孩子!"郑波笑了笑,看看钟,转身到校长室去。

"郑波同志,请坐。"郭校长强调"同志"两个字,表明她已经不是以师长对学生的身份说话,"这是杭州来的朋友带给我的真正的西湖龙井……"她把茶壶高高举起,水流到杯子里发出悦耳的声音。

"我们将要一道工作,换句话,要做同事喽,你高兴吗?"校长继续随便地说。

"我愿意做教师。"

"真的？有些人可不愿意干这一行呀！"

郑波把她对杨蔷云讲过的理由讲给校长听。

"对！"校长赞许，又摇摇头，"可是，促使你这样决定的，沉重的义务感要比事业的吸引力强，对吗？"

郑波想一想，老实承认："是的。"

郭校长靠在沙发背上，用略带倦意的关切的眼神看看郑波，问："给我讲讲你的中学时代吧，这六年过得怎么样？"

"从哪里说起呢？那么长的时间，那么多的事……"郑波困惑地说。

"毕业的时候总要想到一些事情，想到什么就说什么吧。"

郑波点头："昨天晚上我想了很久，这六年过得真快，我们的中学时代有意思极了，它是那么严肃又那么轻松，那么复杂又那么单纯……不，我说不好。"郑波仍然没找着要说的话。

"严肃又轻松，复杂又单纯，"校长重复和吟味着郑波的话，"嗯，说得好，说得好。再讲点什么具体的吧，难忘的事儿……"

郑波喝茶，嗅着那深远清淡的茶香，想了半天，她放下杯子，一边说一边探索着自己的话的意义："那天我参加高一分支的团日，高一的团员和一位长胡子的老科学家联欢，她们高兴得举起两只手敲打桌子，像敲打小鼓似的，后来她们还做游戏，她们笑得真凶……我猛然想起，变化有多么大呀！我们这一班，上高中的时候恰好赶上抗美援朝运动开始，我记得那年十一月在咱们学校小礼堂开的会——控诉美帝国主义的暴行，那时候，校长您还没有来。我记得那天是阴天，落着雪；那天我穿着一身蓝布裤褂……我的父亲是被美国军队吉普车轧死的，我到台上去控诉，我没有哭，我只是恨得跺脚，说到半截，初一一个小同学晕过去了——直到现在，一闭上眼我就看见她白纸一样的带点青色的脸；她躺在护士的怀里，我也记得那护士的肥大的白衣服,那护士像母亲一样地救护她。后来才知道,这个小同学的妈妈是在青岛被美国水兵强奸以后自杀的,她一直没对人讲过……在我们升到高中的时候,学到的第一课是仇恨!那时候青年艺术剧院正在演《保尔·柯察金》,全体团员去看了,住宿生回来没睡觉,连夜讨论'怎样把自己献给全人类的解放事业?'第二天下午,我们班的'刘胡兰战斗队'成立,团区委书记也来参加,同学们自愿组织起来学习军事、救护、防空……我们都下定了'一旦需要,立刻奔赴前线'的决心,我们举起右手宣誓:'在抗美援朝的伟大斗争中,要像刘胡兰一样的坚强,一样的纯洁……'在我们宣誓的时候泪流满面,最后揩干了眼泪,喊出雄壮的口号。前天我去考场,还看见刘胡兰战斗队的副队长呢,她参军了,做文化教员……这些事情已经过去了,但是我永远怀念和珍爱那火一样的生活,它锻炼了少年人的心,到现在,说起'祖国'、'建设'这些平常的字眼,我就渴望着献出自己的一切。现在的高一学生不同了,她们无忧无虑,最近朝鲜停战协定也签了字……真的无忧无虑吗?不,我总觉得在这个时代,应该在每个中学建一口大钟,每天把钟敲响,钟声要唤起那无忧无虑的少年人,使他们想起我们国家多难的过去,想起壮烈的斗争,想起在敌人包围中进行的建设,让他们听到这钟声,就会和着它唱起国际歌:

起来,饥寒交迫的奴隶,
起来,全世界受苦的人,
…………"

郑波说完,郭校长站起来,匆匆地在屋里来回走动,弯下身子说:"告诉我,在这种火一样的生活里,教师给了你们什么?"

"这……"郑波口吃起来,"这几年,老师们把知识传授给我们。但是,说起我们思想和性格的成长,从教师那儿得到的毕竟不多。"

"对了!"校长叹一口气,"这不太正常。对于学生的身体、知识、心理、脾气、爱好,一切的一切,第一个负责者和领路人应该是教师!

目前许多教师还做不到这一点。学生的成长十分迅速,他们的内心丰富而且壮丽,教师们在日行千里的学生面前显得有些无能为力了,这是教育工作者的羞耻。"校长停了停,两手紧捏在一起,"中学时代是多么美妙啊!它对人的一生的意义太重大了;我们多么需要优秀的教师呀!如果你万分珍爱自己的已经度过的中学时光,就应该同样地珍爱那么多的数不清的孩子们的中学生活,做一个好教师,帮助他们,指引他们吧!或者,像你说的,做一个敲钟手,把那口钟'当当'地敲响,不单给年轻人以建设祖国的本领,而且燃烧他们的心!"

"对!"校长的热烈的言语把郑波说服了,也可以说,是郑波自己鼓舞了自己,她想起自己的和别人的中学时代,想到自己要做一个中学教师,她心里充满了难以形容的庄严的幸福,她的湿润的眼睛慢慢发出光辉,她的平和的脸庞渐渐显出有力的线条,她说:"我要做一个教师,一个敲钟手!"

然后,这两位年龄悬殊的未来的同事,平等地、亲热地而又女性地搂在一起。

三十七

晴空万里,阳光照耀着无边的土地。新修好的郊外的马路路面已经发软,兽力车走过,刻下了清晰的车辙和蹄印。护路工人推着沙土车,一铲一铲地把沙土洒在沥青路面上。绕过护路工人,有一辆自行车飞也似的扬长而去。

杨蔷云单手扶着车把,离开拥塞的市区,奔驰在看不到头的大路上。她一面尽快地蹬动车轮,一面左顾右盼那匆匆掠过的诸种风景:眼底下移动着自己骑车的威武的黑影;路旁铺展着大片的墨绿色的庄稼;庄稼地旁边纷纷矗立着的新完工的和尚未完工的大楼;遥远的地平线上飘浮着的雾气……一幅幅掠过的简单的图画,是这样符合蔷云的心境,使她兴奋而且舒畅。刚刚结束了中学时代的杨蔷云,她的心不正是和天空一样的辽阔,和太阳一样的明亮,和土地一样的灼热,和庄稼一样的葱郁,和矗立的楼房一样的富有新兴的朝气么?何况,她是第一次到大规模建设着的北京文化区去;何况,在那里有她的一个顶好顶好的朋友。

今年五一节之夜,天安门前狂舞的时候,张世群把他的住址告诉给蔷云:"东三楼,五百零三号。"蔷云牢牢地记住了。现在,她走进北京地质学院的大门——其实没有门,只是临时扎起的牌坊;走上校内的路——其实没有路,只是钢筋、混凝土、工棚和大水坑间自然形成的小径,按那个地址打听张世群的宿舍。

那次梦以后,蔷云决定考试完以后去找张世群一次,而且是非和他见一次面不可,为什么?因为她想他。在蔷云心里,张世群隐约地开始发出一种神秘的光亮,也许,这光亮最终会变成照耀杨蔷云全部生命的光辉?也许,它只是人生初期的惑人的昙花一现?

来到五〇三号房间前,在房门嵌着的卡片上看见了张世群的名字。蔷云怦怦地心跳了,那小伙子见着她会想些什么?她多么害怕张世群不在呀。假期里,事先没联系,冒冒失失地从城里跑了来……凑近房门听一听吧,也许能听得见张世群豪迈的笑声。

敲门,静无声息;再敲,仍然没有动静;把门推开,一个又瘦又长的男学生正躺着打盹。他迷糊中听到脚步声,猛然坐起,一看是个陌生的姑娘,慌忙披上衬衫,又拿起拢子梳了两下头。

蔷云失声笑了,这老兄怎么见人先梳头呀?

"我找张世群。"

"找张世群?对了,他不在。"

蔷云失望地"啊"了一声,脸色迅速黯淡了。

高个子男生连忙说:"张世群不在宿舍,他在图书馆。你到楼下……好,我替你找去吧。"

干净的、散发着油漆气味的房间里,只剩下了蔷云一个人,她走到窗口,快乐地看着为修建七层主楼扎起的脚手架,在那边,混凝土搅拌机"轰轰"地响。张世群在这种蓬勃的建设气氛里学习,多么值得羡慕呀……蔷云一低头,偶然看见了窗台上斜放着的一本小说。

屠格涅夫的短篇《初恋》,第一页题着:"1953.7.14. 张世群购于西郊。"还是昨天刚买的,这家伙在看这个?!随手翻开,有精美的插画——年轻的俄国女子、少年、花园,在纸牌上绕毛线、骑马的人……翻到最后两篇,几行字不唤自来地出现在蔷云眼前:

啊,青春,青春,你什么都不在乎……连忧愁也给你以安慰,连悲哀也对你有帮助,你自信而大胆,你说:"瞧吧,只有我才活着。"

蔷云把书掩住,竭力回想这些句子在哪里见过;这些话这样熟悉,这样亲切,这样撩人心绪……再读下去:

可是你的日子也在时时刻刻地飞走了,不留一点痕迹,白白地消失了,而且你身上的一切,也都像太阳下的蜡一样,雪一样地消失了……

不对,一点也不对,屠格涅夫为什么嘲笑青春呢?日子不会白白地过去。地质学院的高楼盖起来;什刹海边新植的小树在生长;杨蔷云,聪明、结实,要做大学生了。再往下看:

也许,你的魅力的整个秘密,并不在乎你能够做到任何事情,而在乎你能够想你做得到任何事情……

蔷云笑了,这倒像针对她的某种讽刺!

她把书放在原处,打开窗户,看窗下正在义务劳动的大学生。男女大学生们把乱石、秽土打扫干净,用碎瓦垒成弧形的花池,植上小柏树和一些不知名的花。阔气的、带着手表的南方同学用他们特有的嘹亮的喊叫和笑闹压过了别人。蔷云看得正出神,听见有人大声叫她的名字——张世群远远地挥着手,仰脸望着楼窗后边的杨蔷云急匆匆地奔跑而来。

"你终于来了,你终于来了,你这个人真好!"张世群像盼了好久似的,一面喘着气,一面用力握紧蔷云的手。

"我怕找不见……"

"找得见,一定找得见。可是,让我看看,你高了!"张世群像发现了什么似的欣喜地赞美,"你高多了。"

蔷云觉得,在张世群不断地打量和不住地说她高了的后边还隐藏着一句话:"你美!"哪个姑娘看不出那被自己的美丽所感染的眼光呢?蔷云骄傲又有些不好意思地转身坐在床边。

然后房间里充满了从他们一见面就没有间歇的谈话。

张世群说:"我以为你再也不理我了呢,想不到……"

杨蔷云说:"哼,还说这个,五一晚上谁找的谁?现在又是谁找的谁?"

"今天来得真巧,明天晚上我们就要走了,去温泉、周口店实习,第一次到野外……"

"去实习为什么不告诉我一声?"

"对了,还没问你,考什么系?"

"机械制造……"

"真糟糕,为什么不考我们地质学院?现在,地质人才是金子!地质部副部长给我们讲话,第一句就称呼我们:'未来的土地爷、土地奶奶们!'我们学校的楼房多么高,多么大,现在才完成了七分之一……"

"地质学院是好,可惜考试已经错过了。当时我也想报地质当做第一志愿,临时忘了'地质'两个字怎么写……"

"气死我了!"

"……"

"……"

在这貌似嬉闹的谈话里,谁知道包含了多少亲密的纯真的友谊和温暖的青春时期固有的欢乐呀!

下午,他们到颐和园后山的苏州河畔,这是个清幽的好地方。两岸,丛生着没人膝盖的野草,草丛中有可怜的小白花,她们的花朵只有女孩子小手指指甲的四分之一大,蝴蝶才一吻,她们就深深地弯下腰去。在小白花旁,杨蔷云和张世群找了块石头坐下,梧桐树用它们的圆叶子织成多孔的阴影,覆在他们身上。低下头,看见河水不慌不忙地流过,蜻蜓和一些紫色的飞虫寻找伸出水面的枯梗栖息,一只青蛙跳到浮萍上,又滑落了;抬起头,看见一架一架的小红桥,红桥上有远处天边的白云飘浮,白云下面,近处的山坡上有喜鹊喳喳地叫。在苍茫天地之间的这一角,清风徐来,万物各得其所。杨蔷云也得到真正的休憩了,她的奔腾的幻想暂时停止,她的燃烧的热情暂时退去,她安宁地任凭光阴在无所事事中度过。她索性闭上双眼,靠在张世群身上,静听自己的呼吸、蜻蜓的"嗡嗡"和水波的"溅溅",还有低空盘旋的飞机马达声、附近村落野犬的吠叫和郊外部队试炮的轰响。听完了再去嗅,有野蒿子的香气、尘土的香气、水面蒸发出的河泥味和从游船上吹来的淡淡的粉香。焦躁的杨蔷云,现在却忘我地沉醉在自然与人类的混杂的声音和气息里,一想也不想,一动也不动,只是偶然拾起根枯树枝,投到水面上,撒下了一圈圈的圆晕,把胆怯的小鱼惊走。

一群男学生从岸边山坡上走下来,为首的叫道:"来了,一、二、三,快唱!"于是齐声用俄文唱起"春天的花园花儿好",蔷云好奇地睁开眼,离开张世群,看见前方河面的转弯处出现了一只古色古香的画舫,船工用竹篙缓缓撑来,上面坐着一家苏联朋友,他们指指点点,游兴正浓,妇女的艳丽的服装在阳光下十分耀眼。男学生们唱了两句,一齐用俄语向他们招呼:"苏联同志,您好!"

苏联朋友们喜出望外,大人、小孩都跑到船的这一边,高声叫喊,举起了汽水瓶子乱敲,船身失去平衡,剧烈地倾斜了一下,船上的和岸边的游人都大笑起来。

"你们这些男学生,相当贫。"蔷云挑衅说。

"胡说,这是活泼开朗!"

他们不再安静,热烈地谈论起各种事情,从男学生对苏联朋友打招呼谈到人的性格,谈到乐观主义,谈到礼貌,谈到歌儿,谈到俄罗斯音乐的历史,谈到学习外国语言的必要性……

天渐渐晚了,蔷云准备离去,她告诉张世群:

"张世群,我有保送去苏联留学的希望呢。"

"真的?"张世群高兴地跳起来,"太好了,太好了,我恭喜你!"他伸出自己的大手,把蔷云的手紧紧握住,使劲摇晃。

"据说,一去就要七年,多么想这个颐和园呀。"

"不要紧,你去克里米亚玩去,黑海海滨的公园很美!"

"要离开北京了,相当远啊。"

"远什么?到了共产主义社会,从北京去莫斯科,就和从你们女七中到地质学院一样方便。"

"对了。"蔷云同意。

"将来多多地给我写信吧。"

"不写。"

"写吧,写吧,哪怕一年只写一封。"张世群半闭上眼,看看已经走向西边的太阳,感慨地说:"有时候我真怕离别,譬如原来两个人是好朋友,顶好的朋友,分开了,最初是一星期来一封信,后来一个月一封,后来一年来一封信,最后,慢慢地失去了联系,就此生疏了,隔阂了,谁也不想谁了。过了十几年,两个人在大街上碰了面,使劲握握手,这个说:'你不是老王吗?快把住址告诉我,我要去看你。'那个说:'老李,你住在哪里?后天星期六我找你一起吃馅饼。'……星期六到了,老李没去看老王,老王也没找老李吃馅饼,友谊,就被日月给冲洗掉了。"

这个豪迈的大个儿,用很懂世故的口气,透露出几分天真的惆怅。蔷云觉得自己和张世群的心靠得很近,她想说:"好朋友,难道我们会这样吗?不,绝不!"但是她没有说,她摇摇头,嘴唇似笑非笑地动了动。

张世群误解了她的意思,以为她嘲笑他煞有介事的感触,便说:"当然,有时候我也'爱'离别,譬如我的一个好朋友,譬如你,走了,到很远的地方,我就想,世界是多么广大呀,生活是多么辽阔,你去你的吧,去一个遥远的、新鲜的地方,开辟你的战场,进行你的战斗吧!写不写信,毕竟是并不重要的,我们相距几千里,几万里,可是在每一个白天和夜晚,都忙碌着,为了一个共同的事业!"

蔷云站起来,走到水边,向游船上一个戴表的人问时间,回来,她看看张世群,说:

"我给你写信,写,甚至于一个月一封,至少春、夏、秋、冬,每季都写。"张世群站起来,感谢地向她鞠躬。她说:"我要走了。"

张世群低下头,恳求地说:"再等十分钟……"

"不行了。"

"那么五分钟。杨蔷云,请你用眼睛看着我,我有什么变化吗?"

"不知道,不知道,不知道。"

"我不应该瞒你,你这么老远来找我,是好朋友……我现在有了一种……幸福,也许是……很幸福。"张世群羞涩地低下头,这时候,蔷云稍稍向后退了,她好像有点怕,怕有什么不必要的……怎么说呢?

"我告诉你,好朋友,别笑我。我们班……"张世群使劲搓着手:"我认识了一个同班女同学,我们非常要好。也许是我瞎想……真是发疯啊,怎么办呢?"

原来是这样,原来竟是这样。一切都多么突然呀,突然,张世群远远地离她去了,"大"了。而她,她悲苦地觉到自己是个不懂事的小孩子。张世群,同班的女同学……奇妙的安排。为什么杨蔷云那么烦恼呢?她低下头。她抬起头,看见了张世群那信任的、友好的眼光……

他们从昆明湖畔走过。牵牛花依然盛开,青松依然摇荡。湖水依旧清凉、平静,和去年来的时候一样。蔷云的心比湖水还一清见底。她爱恋地望着湖水:"露营时候我们并肩走过,他赠给我牵牛花。今天,给了我什么呢?湖水,你隐藏着一切,没有咆哮,没有波涛,一声也不言语,什么都知道。告诉我吧,亲爱的湖水,我现在在想什么呢?帮助我弄清自己吧,亲爱的湖水,我好像不高兴了……"

骑车才走了不远,蔷云忽然感觉天昏地暗了。她不想再走了,就把车靠在枯树上,自己躲到庄稼地里。

一片云遮住了太阳,难道会下雨吗?只有一片云。高粱叶悲哀地呜咽……从早晨,到现在,杨蔷云跑了多少路啊。她为什么悲哀呢?张世群……在她心里,一种宝贵的不可言喻的感情的萌芽在还没有被她自己了解的时候,就破灭了。晶莹的泪水,像珍珠一样,一滴一滴地落在盘着的胳膊上。

眼泪使蔷云觉到了耻辱,不！她抬起头,看见云彩四散,天空更亮了,回过头,她看见马路上驶过的运送建筑材料的大卡车,也许这些建筑材料是运往地质学院的？很大很大的学校,张世群在那儿。

"我们是最好的朋友。"杨蔷云骄傲地想。慢慢地,她觉得,在张世群告诉她他爱着什么人之后,他们的友谊变得更无私,更纯洁,也更美丽了,虽然这种骄傲是以隐约的创痛做代价的;当人们收起了眼泪,灵魂就会变得崇高。真的,好朋友比一切都可贵。

…………

谁都有这么一个时光,这时光只有一次。青春的善意和激情,像泉水一样地喷涌不息。那时,一天想唱一百个歌,每个歌都会引起虔诚的思索和感动;一天想记几十篇日记:把自己欣赏,把自己渲染,把自己斥骂。生活里最小的微波——一阵骤雨、一霎清风、一首诗,都会掀起连绵的喜乐伤悲。那时,惹人欢喜、为人效力的愿望压倒了一切,亲热地问一声"你好",开个小玩笑,都表示了无比的聪明和善心。

而那时的知心朋友,哪怕是偶然碰见的,哪怕相逢只是一瞬间;如果幸运地邂逅的那个人恰恰和自己有着同样的心境、同样的爱,有着同样为朋友鞠躬尽瘁的愿望,那么这一切就会成为长久不灭的纪念。时间、地域,相隔愈远,记忆就愈鲜明、愈迷人。

生活不会使少年时代的朋友常在一起,他们各自西东,除了回忆,什么都会云消雾散。但是,杨蔷云和张世群,待来日,当紧张的战斗耗尽了他们头上的青丝,变成了额皱鬓白的老人的时候,当年保留下来的友谊仍会联结着他们;那时,某次大会上可能发生的意外相遇,或者获得了某个曲折传来的消息,都会重新燃起他们的激情,唤起他们的欢乐的回忆——杨蔷云在营火旁高声朗诵,张世群在冰场上评东论西……而所有老年人或有的衰颓、疲倦和无动于衷,就会在这再升的春日阳光下面黯然失色,悄悄地消退下去。

三十八

七点半,蔷云回到学校。同学们聚在院子里,准备集合。有的一边说笑一边喝水,有的把没吃完的瓜子分给别人,有的帮助别人梳好辫子,大家一见杨蔷云,一齐围上来。

"你这家伙!急死我们了!你跑到哪儿去啦?要是晚了怎么办?"

袁新枝跑过去,拉着蔷云往宿舍跑,"快点,换件衣服吧!可是,你吃饭了没有?"

蔷云挣脱了手,含糊地点头。她没有吃饭,也不想吃。

袁新枝跟着她,兴高采烈地讲:"大伙都说了,为了今天晚上,一定要把最漂亮的衣服穿上,一定是最漂亮的……"

蔷云这才注意地看袁新枝。袁新枝挑战似的穿着显眼的桃红色的圆领衬衣,上面布着重叠的墨绿色、黄色和白色的小点子,一块白头纱围着领口;她把头发梳成许多小辫,然后连成两条长辫子,辫梢系着纯白的丝带;她的牵牛花图案的裙子有一条宽荷叶边,两个绿色的、花瓣状的扣子和两个淡蓝色的小玻璃扣把裙子紧束在腰间。袁新枝的装束鲜丽而又纯净,天真而又成熟,于是蔷云扶着她的肩膀称赞,"哎哟哟,果然,好美呀!还来了这么块头纱!"

袁新枝拈着头纱,灵活的眼睛一闪,解释说:"我是怕尘土……"

蔷云笑了,她走到自己小小的衣箱旁边。尽管她为袁新枝的穿着赞叹,却无心好好地打扮自己。不顾袁新枝的激烈反对,她穿上最普通的翻领漂白衬衫,挽起袖子,露出右臂上的小疤痕(那是童年的顽皮的痕迹)。她的头发不长,袁新枝用一块绸子把蔷云右边的一绺头发扎起,蔷云扯掉绸子,用橡皮筋把头发绑住,偷着往镜子里一照:头发又密又厚,眉毛颤动着,眼光显得激动而且不安。再没好意思照镜子,换上天津新出的白底儿的、末梢有条形花纹的短裙子。最后,换了一双乳白色的夏季皮鞋,抱歉地看一看袁新枝:"成了吧?"

袁新枝领着杨蔷云,"巡视"检查同学们的服装。毕业的时候,确与往日不同,人长大了,穿衣服也大胆了。不讲究衣饰的李春,今天穿了件杏黄色的连衣裙,而且上衣没有领子,露出一小块脊背和胸口,如果她不戴眼镜,该多么漂亮啊。郑波,妙极了!她第一次把留长了的头发梳成短短的两个小辫,她的由蓝、黄、赭石三种颜色构成的小碎花图案的衬衫,看来也非常悦目。苏宁,奇怪,她向来不是能够穿得很高贵吗?今天却穿上单色的布质米黄衬衫和蓝裙子。周小玲只穿了一条竹布短裤,骄傲地把晒黑了的粗壮的大腿露出来。

呼玛丽仍然穿着褪色的长裤子,由于自小跪着念经,她的膝头起了厚茧,她不愿意让别人看见。但是,她第一次穿上了用节省下来的助学金买的花格衬衣,也显出一种新气象。

袁新枝欢腾雀跃,议论着,赞美着女伴们百花齐放的服装。杨蔷云含笑欣赏,好像她的心已经跨过了这色彩纷纭的少女时期,挂牵着什么更重要的事情。

八点半,她们聚集在北海白塔旁的山顶。有人说:"先安静一会儿吧,咱们看看城市。"

走到可以俯瞰北京全城的塔边,夜幕已经垂下,西方天空的红色的晚霞逐渐变紫,变灰,变黑,终于遁去。一下子,路灯亮了;商店、住宅的电灯也先后放光;金鳌玉𬯎桥的上空映出一片白雾,桥上汽车照明的光带子相互交错,随着南风送来了"嘀嘀"声。满公园的知了,在天黑的时候叫得分外响亮。杨树、桦树的叶子,在昏暗中也加紧喧哗起来。

近看脚下,绿树红墙已经模糊隐藏,发亮的湖面摇曳着稀疏的灯影,在五龙亭旁边过团日的年轻人的哄笑与水上的笙歌同时传来。往远看,西边耸立着白塔寺的小白塔,北边有钟楼和鼓楼,南边是巍峨重叠的金色宫殿……虽然在暗中,也分辨得清清楚楚。岂止这样呢,她们在白塔上还纷纷寻找自己的家、学校、常去的商场、书店和影院,以及曾经在那里参加过义务劳动的街道和广场,她们甚至想找出自己练习骑自行车时候撞了人的地方和国庆节游行时常在那儿休息的马路牙子……她们都有把握地找到了,千真万确地用手一指:"就是那儿,就是那儿!"于是大家都知道了,"就是那儿,就是那儿!"

站在这里,那个给了她们多少幸福的、和她们一起开始了新生命的古老的城市,似乎向她们低语:

"你们好?祝贺你们!好好地看看我吧,也许我们要离别呢,你们爱我,我知道。你们的祖先把我建设得严整而且壮丽,你们的父兄从敌人的魔爪里夺得了我,你们的同代人恢复了我的青春。可我最盼望,最盼望着的是你们,盼望你们快快成长,好好地打扮一下我,就像刚才你们打扮自己一样!"

呼玛丽一个人走到东边,看着东郊工业区的几丛烟囱和新建的楼房,风一阵阵吹来,阴凉而且黝暗。在大家欢笑的时候,呼玛丽常常笑不起来,好像她比人家缺少很多东西似的。呼玛丽不是已经和同学们生活在一起了么?她不是已经战胜了痛苦,说出自己"敢生活"了吗?是的,现在看来她和别人并没有区别,她已经毫不犹豫地选择了新的道路,但是漫长的记忆重重地压着她,就像做了一宿噩梦的人到了清晨也不能畅快一样。对她说来更加可怕的是,她的信仰的火焰也有冷却的危险。就在前天祈祷的时候,可怕的念头一滑而过:"是否这一切都是骗人的?李若瑟不是天天祈祷吗?"这念头使她吓得发抖。魔鬼!于是她一直到今天还痛加忏悔。

"看什么哪?"袁新枝没等她一个人立多久,走到她身边,关心地问她,然后不等她回答,天真地说:

"你看北京好不好？东郊区建筑真多。知道吗？我的志愿是学建筑，看到北京新盖的楼房这样多，我真害怕将来毕业以后没有我设计的份儿啦。如果我设计，我准得把市中心建设成一个花朵形，放射线般的街道把花瓣分开，中间高大的楼房就像花蕊，如果你坐着飞机从上面看……"

李春正和杨蔷云并肩坐在一棵老松树底下，李春说：

"说真的，小杨，毕业的时候我更觉得你是我最可贵最可贵的朋友。中学时代的批评、思想斗争是多么有意思呀。我真希望永远和你在一起，好有一个人直爽地、及时地、尖刻地指出我的一切毛病。换句话说，我真需要一个人常常骂我。"

另一角，周小玲正在问吴长福：

"告诉我，怎样闹情绪呢？许多同学都闹过情绪，然后她们都进步了，可是，我不会。毕业时候团小组的鉴定说我'比较简单'，可不是，就连现在我的感想好像也太少……"

吴长福同情地点头。

时间到了，袁新枝站在一块石头上，拍手把大家叫拢。月亮已经升在头上，发出微弱的青光。袁新枝高高地挺起胸，昂起头，激动地说：

"亲爱的同学们，让我代表咱们班全体同学，向我们亲爱的城市、亲爱的祖国、亲爱的周围一切宣布：我们毕业了！"

"我们毕业了！"同学们齐声狂热地呼应。隐隐有回声传来："……毕业了……毕业了……"

袁新枝继续讲下去："我们毕业了，我们是骄傲的。我们在毛主席的教导下，在首都北京，胜利地进行了六年的学习，踏上了生活的新阶段。明天给我们的，到底有多少阳光和花朵，多少责任和期待，这，我们还不大清楚，但是，我们都确定地知道了未来的生活道路，这道路就是为了祖国，为了社会主义献出一切！"

女友们热烈地鼓掌，把手都拍红了，拍疼了。

新枝接着说："全新的、不知道要复杂多少倍的生活就要开始了,未来张开了手臂迎接着我们。不久,我们就要分手,有些同学将和我们的城市告别。现在,让我们一起度过中学时代最后的也是最盛大的欢庆的时刻,让我们的心永远连在一起。亲爱的同学们！人生是这样美好,我们的父兄和弟妹都羡慕地注视着我们,劳动和功勋召唤着我们,让我们献出中学时代所有的热情、聪明和美丽,尽情地唱吧,跳吧,笑吧,只要地球不脱离它那椭圆形的轨道,震荡它一下也不要紧。"

学生们齐声高唱"我们举杯",那是改过的词："如果在明天,我们能相会,这样的友谊更可贵……"她们互相握手庆贺,奏起手风琴吹起横笛,纷纷背诵自己心爱的诗句。她们把所有的诗都端了出来,自己作的、诗人作的,中国的、外国的、近代的、古代的,从歌颂"金色的中学时代"到"故国神游,多情应笑我,早生华发"①,从"为自己建造一座非人工的纪念碑"②到"铁锤,和诗句,啊,赞美,青春的大地"③……她们还朗诵毛主席填的词："恰同学少年,风华正茂;书生意气,挥斥方遒……"她们也弄不清哪一个字是哪一个意思,反正,只要是好诗就能和她们今宵的欢乐相通,只要是朗诵就能表达她们的激情。当她们沉醉在万诗丛中的时候,袁先生气喘吁吁地赶来,他刚参加完会,手里还拿着路上买的一块干面包。今天,他丢下了教师的矜持,完全成为年轻的学生中间的一个,他扯开嗓子唱了岳飞的《满江红》,据他自己说,是四十年前他的父亲教的。

深夜,同学们在马路上行走。

洒水车洒完了最后一遍水,路面散发出清新的潮气。几段电车铁轨翻起了身,工人们在夜里抢修,保障明天的交通。双氧管"嗤嗤"地响,蓝色的火花静静地洒到地上。

---

① 见苏轼词《念奴娇·赤壁怀古》。
② 见普希金诗《纪念碑》。
③ 见马雅柯夫斯基诗《好》。

交通警已经撤去,蘑菇样的交通岗上悬挂着孤单的灯,照亮了周围两个半圆形的花池子。一片绿草中开放着圆圆的、杂色的小花。

"在这儿站岗真好,"蔷云告诉郑波,"有这么多花。这花不像夏天的,像秋天的。"

"为什么是秋天的呢?"

"春天有满树的桃李,像一片片的火。夏天有大朵的牡丹、芍药,富足而且丰满。秋天呢,开得多的是牵牛、茉莉,这些花的叶子密,花朵小,随开随谢。"

"不见得。美人蕉就开在秋天。但是你究竟是细心和有欣赏能力的。可惜,让你在这里站岗非出车祸不可。"

蔷云微笑,手指撩一下头发,似玩笑又似认真地说:"不错,我必须和自己的欣赏能力做斗争。"

"斗争?"

"是的,它分散我的精神,影响指挥车辆。"

"但你不是交通警啊!"郑波还不完全了解杨蔷云想着什么,觉得有些好笑。

"会是的,干别的也一样。"蔷云固执地说。

前边又见到了几个工人,正在修补路面,他们把凹凸不平的、碎裂的路面挖起,拿冒着刺鼻的青烟的沥青材料填补到里边。

每天夜里,当幸福的年轻人安详地做着好梦时,有多少工人在为着首都市民的方便工作着啊。他们多辛苦!大家议论起来,周小玲提议:"注意,我喊一、二、三,你们一起喊'工人同志们辛苦了!'"于是"一、二、三",大家喊起来,这意外的殷勤把工人们逗笑了。他们三三两两地向同学招手,有的也招手回答:"同学们好!"

"小杨,你告诉我,为什么要说这些呢?"郑波不解地问。

杨蔷云随着步子说得时快时慢:"毕业的时候要想许多事情,然后才明白过去是多么不够,多么浮躁……今天我到一个大学去了,大学跟中学一点都不一样:楼房那么高,校园那么大……我看见了一个好朋友……我真希望上了大学之后,自己变得更好,变得谁都不认识。我要拿出全副精力学习、工作、思索,放暑假的时候也要钻到图书馆里读书……说起欣赏能力,我已经欣赏、感动得够了!最主要的是实际干!"

"按你的话,要实际干只有做书呆子……"

蔷云不等说完,又强调说:"真希望自己什么都变一变,变得谁都不认识。"

"什么都变?少年时代的誓言也变了么?"郑波怀疑地问。

"誓言不改变,实现誓言的人却要变,她将不再依赖一时的热情了……"蔷云没有说完,目光从郑波身上移开,望向马路的尽头。

忽然,蔷云走到前面,转身向大家唤道:"同学们,咱们别这么零零散散地走了,大家拉起手唱个歌好不好?"

"好!"

于是一排排地挽起了手臂,在平直的大道上,在满天的星斗下,高声歌唱起来。歌声惊醒了路旁自行车铺子里的小伙计,"吱"地推开了门,睡眼惺忪地看了这些女学生一眼,出声打了个哈欠,又缩回头去。同学们像顽童恶作剧似的满意地笑起来。

杨蔷云回头对郑波说:"瞧,我不是书呆子。"

成为孩子们青春的象征和生活的要素的天安门,出现在眼前了。好啊!

天安门肃穆地矗立着,美丽的东西长安街是她巨大的臂膀,平整的天安门广场是她壮阔的胸怀,她代表祖国,代表北京,欢迎结束了中学时代的孩子们。

从举行开国大典的那个时候起,天安门就变得庄严而且亲切。在那个伟大的时刻,毛主席宣布了新中国的诞生,接着,礼炮的鸣响震动了世界。中学生们用她们的鲜花和旗帜,组成了红色的海洋里的一个浪头,涌过了天安门。后来,在阳光明丽的日子,在大雨倾盆的时辰,在开国以后的劳动节和国庆节,她们又骄傲地走过光芒四射的天安门,把自己的欢呼融合在向繁荣富强前进的历史的号音里。在绿色的夏天,她们去中山公园听音乐,或去劳动人民文化宫跳舞,她们逗留的地方,就紧挨着天安门,大家爱恋地向她招手。现在,深夜,她们又来了,天安门唤起人们回忆英勇的过去,幻想光辉的未来,在天安门前,胆怯的人变得自信,小气的人变得开阔,平庸的人也要想一些伟大的事情……

等她们走近,看见金水桥汉白玉栏杆旁边有一堆男学生正在鼓掌、欢呼,然后听见一个男学生说:"现在,开始瞻仰天安门!"于是他们散开,神气活现地"瞻仰"起来。

"你们来干吗?"男学生惊奇地问。

"你们做什么呢?"女学生惊奇地反问。

"我们是中学毕业生……"

"我们也是!"

于是,他们汇合在一起,拉开大圈跳集体舞。他们都为这意外的相遇,为这如出一人的设计而欢喜。

午夜两点,一辆银灰色的小汽车从北京饭店沿着长安街的林阴大道驶来,天安门前夜半的喧嚷惊动了它。

汽车停住了,毛泽东同志坐在里边,他问道:"那边发生了什么事?"

打开车门,一个人跑下去询问,回来报告说:"是今年的中学毕业生,他们在这里欢庆中学时代的结束。"

孩子们玩得正欢,谁也没有注意周围。吴长福首先发现,再近一点,她紧张得发抖,她跑到别人身后,推着大家,断断续续地说:"你们看,你们快看!"大家都转过身来,愣住了,谁都不说话。

他们看见了毛主席的高大身材,质朴的灰色中山服,健康的棕色脸庞,他们听见了一声亲切的、清楚的、湖南口音的问话:

"娃娃们好!"

同学们骚乱了,然后欢呼爆裂开来:"主席好!""主席万岁!"这过分的幸福使大家迷乱,每个人都小声自语:"我见到了他……"

毛主席用手势止住大家的欢呼,微笑起来,缓缓地问:"毕业生么?"

"是的。"大家点头。

"大家高兴吧?"毛主席说话的时候就像对自己的孩子一样。

"谢谢主席,我们都很高兴。"一个男同学代替大家回答。

"中学这几年,过得怎么样?"毛主席问。

就这么一会儿,那种控制着每个人的沉重的紧张消失了,谁都觉得,现在和自己谈话的不仅是国家的领袖,而且是熟识的长者,亲爱的父亲,甚至是孩子们的最好的朋友,而他们的谈话也就变成最朴素、最重要、最自然的了。

"我们过得非常好,一切都好。"还是那个男同学说,别人应和着。

"非常好?"毛主席小声重复了一下,像是不大了解似的,走近那个男同学,把手放在他肩膀上,问:

"你们学校有多少学生?"

宽厚的手掌使所有的人都感到温暖,那个男同学说:"一千八百多人。"

"有多少副篮球架子? 多少个篮球?"主席又问。

那男同学瞠目结舌,口吃地说:"记……不……清了。"

"是不是你从来不打篮球?"

这句话问完,全体哄然大笑,毛主席也笑,那男同学脸红到了脖子,也随大家一齐笑。

"有两副篮球架,七八个球。"别人替他悄悄回答。

毛主席离开那男同学,转身问女学生:

"你们怎么玩?"说着用手在胸前做了一个表示游戏的手势。

"篮球、排球、羽毛球、高低杠还有柔软操……"周小玲一口气说。

"你会玩哪一种?"

"我,什么都会。"周小玲说完,觉得自己有点吹牛,很后悔。

毛主席看一看她健壮的身体,向她竖一竖大拇指,愉快地夸奖说:"你的身体,蛮好!"于是大家鼓掌。

"可是你为什么这样瘦呢?"毛主席看见了呼玛丽,呼玛丽倚着袁新枝,躲在周小玲身后,她起先有点怕,后来就不怕了,没想到毛主席问她话。

她一阵心酸,流下了眼泪。

袁新枝接住她,向毛主席说:"她是个孤儿,从小被送到天主教会的仁慈堂孤儿院,受了很多罪,折磨坏了身体。"

毛主席同情地看着她,脸上显出老年人的皱纹,静了一会儿,对呼玛丽说:"以后,再没有人敢欺负你们!"

到这时候,呼玛丽再也忍不住,她伏在袁新枝肩上泪如泉涌。

"你们是幸福的,但也不见得一切都非常好。"毛主席沉思地说:"新中国成立不到四年,旧的遗产破破烂烂,许多事情要做,许多事情还没有做。我们的中学生过着艰苦的生活,一千八百人,两副篮球架子,这太不够用。你们的宿舍,课堂,也未必好得很,旧社会遗留下的少年人的疾病和衰弱也远远没有彻底消除。但是,你们是第一批在新时代成长起来的新人。你们毕业了,这样高兴,到天安门前来庆祝,这种快乐的心情,是多少时代的学生没有的。向前走一步,就庆祝庆祝,这是不坏的,这使人奋发起来,我也祝贺你们!"

"谢谢!"

又过了一会儿,大家静下来,毛主席说:"不过,昨天听高等教育部说,你们的入学考试成绩不算好。"

大家呆了,都想起自己答的试卷里写错了的得数,列乱了的式子,用得不对的标点符号……毛主席知道了。

杨蔷云鼓起勇气说:"是的,是这样,我们努力还不够。我们,特别是我自己,喊口号、鼓掌比别人多,做的却少。我们爱一切,却没有超乎一切地爱劳动,顽强的、持久的劳动。说这些,您也许会生气,但是我们能改,我们一定要学得更好一些。"

毛主席点点头:"应该说,我们的革命事业还没有完成,咱们都是先驱者。先驱者就是要用自己的血汗为后世千秋万代创造幸福。前人种树,后人歇凉,种树的时候就不能怕受苦,怕风吹日晒。现在,我们全国五万万穷棒子要建设一个又富又强的大国,这不是轻松的事情。你们是幸福的,但是你们肩上有着沉重的担子,你们可要抓紧自己!"

大家说:"我们一定努力,请主席放心!"

"同志们,我要走了,怎么能在路途上耽搁太久呢?"毛主席指一指自己的汽车。大家才恍然大悟,才想起自己是在什么地方。听说毛主席要走了,孩子们都舍不得,天真地要求说:

"再给我们谈点吧……"

"还说什么呢? 希望你们好好上大学。"毛主席找着了最初向他答话的男同学:"特别希望你多玩篮球。"又向泪痕斑斑的呼玛丽说:"不要哭了,做一个快乐的孩子!"

"这样吧,同志们,"毛主席用一种告别的声音说,"我们订一个合同好不好?"

"订……合同?"

"是的,订一个合同。"毛主席把同学们看了一遭,没有人猜出他的意见,他说:"再过十年,三千六百多天,我希望你们每人给我写一封信,告诉我你们在中学毕业以后做了些什么;写你们的成就,你们的缺点,你们的要求,你们满意的或者不满意的一切。那时候,"毛主席做了一个手势,向东方一挥,似乎十年以后的时光就在那里,在那不远的太阳升起的地方,"我要亲自一封一封看你们的信,你们同意吗?"

"同意,谢谢!"

"那就签字了。"

学生们睁大了眼睛,这"合同"掀起了他们移山倒海的壮志,他们的生活,他们的成绩将被毛主席重视,将被毛主席关心,祖国和自己,自己和祖国,这时是离得多么近啊。如果谁虚度了光阴,谁就是毛主席面前的罪人……

　　学生们欢呼着送毛主席上车,纷纷挥动帽子,由于兴奋和幸福,互相拥抱,你靠着我,我靠着你,天安门的四角,好像也在这欢呼声中翘了起来。

　　汽车开动,毛主席对学生们说:"十月一日再见!"学生们快乐地把帽子扔到天上,落下来,再高高抛起……

　　呼玛丽离开人群,飞也似的向已经开动的车子跑去。

　　汽车重新停住,发动机嘟嘟地响,她听见车门开开,毛主席走下来,抚摸着她的头发:"有事吗?"

　　呼玛丽不答话,她拼命抑制住自己的眼泪,抬起头来。

　　她看见毛主席慈祥的眼睛和略带严峻的眼角的皱纹,从这眼睛里,她看到的不是祖国吗?不是那个亲爱的、曾经失去过的、永远关怀着自己的儿女的祖国吗?

　　她真的笑了,她说:"毛主席,您看,我笑了,我是会笑的。我想说,想说,现在时间已经这样晚,您还没有休息,您太辛苦……"

　　"不要紧,马上就会睡的,谢谢你。"

　　汽车驶去,穿过天安门前淡蓝色的曙光,高高的修建人民英雄纪念碑的架子顶端已经发亮,新的一天就要到来了。

人民文学出版社 1979 年初版